TOD AN DER SEEBRÜCKE

W0367257

Gerd Kramer wurde 1950 in der Theodor-Storm-Stadt Husum geboren und ist dort aufgewachsen. Nach seinem Physikstudium in Kiel arbeitete er als Akustiker und Software-Entwickler im Rheinland. 1987 gründete er eine eigene Firma, in der er noch heute tätig ist. Einen Teil des Jahres verbringt er in seiner Heimatstadt, die ihm den Stoff für seine Romane liefert.

Dieses Buch ist ein Roman. Handlungen und Personen sind frei erfunden. Ähnlichkeiten mit lebenden oder toten Personen sind nicht gewollt und rein zufällig.

GERD KRAMER

TOD AN DER SEEBRÜCKE

Küsten Krimi

emons:

Lust auf mehr? Laden Sie sich die »LChoice«-App runter, scannen Sie den QR-Code und bestellen Sie weitere Bücher direkt in Ihrer Buchhandlung.

Bibliografische Information der Deutschen Nationalbibliothek
Die Deutsche Nationalbibliothek verzeichnet diese Publikation in der Deutschen Nationalbibliografie; detaillierte bibliografische Daten sind im Internet über http://dnb.d-nb.de abrufbar.

MIX
Papier aus verantwortungsvollen Quellen
FSC® C083411

© Emons Verlag GmbH
Alle Rechte vorbehalten
Umschlagmotiv: Montage aus Jan Krützfeldt, DieterN/photocase.de
Umschlaggestaltung: Nina Schäfer, nach einem Konzept von Leonardo Magrelli und Nina Schäfer
Umsetzung: Tobias Doetsch
Gestaltung Innenteil: César Satz & Grafik GmbH, Köln
Lektorat: Dr. Marion Heister
Druck und Bindung: CPI – Clausen & Bosse, Leck
Printed in Germany 2019
ISBN 978-3-7408-0650-7
Küsten Krimi
Originalausgabe

Unser Newsletter informiert Sie regelmäßig über Neues von emons:
Kostenlos bestellen unter
www.emons-verlag.de

Wie wenn das Leben wär nichts andres
Als das Verbrennen eines Lichts!
Verloren geht kein einzig Teilchen,
Jedoch wir selber gehn ins Nichts!
Denn was wir Leib und Seele nennen,
So fest in eins gestaltet kaum,
Es löst sich auf in Tausendteilchen
Und wimmelt durch den öden Raum.
Es waltet stets dasselbe Leben,
Natur geht ihren ew'gen Lauf;
In tausend neuerschaffnen Wesen
Stehn diese tausend Teilchen auf.
Das Wesen aber ist verloren,
Das nur durch ihren Bund bestand,
Wenn nicht der Zufall die verstäubten
Aufs neu zu einem Sein verband.

Theodor Storm

Prolog

Das Erste, was Sabrina wahrnahm, als sie aufwachte, war die entsetzliche Kälte. Ununterbrochenes Zittern schüttelte ihren Körper. Ihr Gleichgewichtssinn meldete regelmäßige Bewegungen, das Gehör empfing Klopfgeräusche. Es war stockdunkel. Doch da war eine Tür. Undeutlich, ein wenig verschwommen. Aber sie war da. Unter dem Spalt lugten Sonnenstrahlen hervor, und Staubteilchen tanzten im Licht. Wieder dieses Klopfen. Das ist Daniel. Daniel, komm rein! Ich brauche dich! Mir ist so kalt. Du musst mir helfen! Wegen gestern, das tut mir leid. Du bist das Wichtigste in meinem Leben. Es ist Zeit, dir das zu sagen. Hörst du mich?

»Verdammt! Sie lebt!«

»Sie ist tot, Mensch!«

Wer sprach da? Das war nicht Daniel. Sie kannte diese Stimmen. Aber die Worte verstand sie nicht. Sie ergaben keinen Sinn. Wo war die Tür geblieben? Wo das Licht? Das Klopfen war immer noch da. Ein leises Plätschern hatte sich dazugesellt.

Sie öffnete die Augenlider. Der Mond schien ihr ins Gesicht. Es musste spät sein. Sie hatte versprochen, rechtzeitig zu Hause zu sein. Ihre Eltern würden sich Sorgen machen.

»Verdammt! Verdammt! Wir müssen zurück!«, schrie jemand.

Ja. Zurück. Hier wollte sie nicht bleiben. Es war so kalt an diesem Ort. Bringt mich zurück!

Sie hob ihren Kopf einige Zentimeter an. Weiter war es ihr nicht möglich. Eisiger Wind zerrte an den verklebten Haaren. Wasser spritzte in ihr Gesicht und brannte auf der Haut. Sie öffnete die Augen.

Vor ihr standen zwei Gestalten. Ihr Blick schweifte zur Seite. Sie erkannte die Konturen eines Boots. Wie konnte das sein? Eben war sie noch mit ihrem Fahrrad auf dem Heimweg gewesen. Nein, vorher wollte sie noch zu Jörn. Nur ganz kurz. Er hatte ihr eine Nachricht geschickt. Sie hatte das Ladegerät bei ihm vergessen. Sonst wollte sie nichts von ihm. Das musst du mir glauben, Daniel.

»Es gibt kein Zurück!«, rief der eine. »Gib mir die Plane!«

»Was?«

»Die Plane, verdammt noch mal!«

»Das kannst du nicht machen!«

Mit den Händen suchte sie nach einem Halt. Ihre Beine waren gefühllos, so als wären sie nicht vorhanden. Sie musste sich mit ihren Armen emporziehen. Solange sie auf dem Rücken lag, war sie völlig hilflos. Ihre Rechte fasste den Bootsrand. Das Holz war glitschig, die Arme ohne Kraft. Die Anstrengung verstärkte das Pochen in ihrem Kopf, das sie bisher ignoriert hatte. Sie spuckte Blut aus, um den Würgereiz zu mindern und besser atmen zu können. Noch immer verstand sie nicht, was vor sich ging. Aber sie war in Gefahr, in Todesgefahr. Panik ergriff sie. Einer der Männer kam auf sie zu. Er hielt ein Metallrohr in der Hand und holte zum Schlag aus. Sie versuchte zu schreien, brachte aber nur ein Krächzen hervor. Ihre Finger lösten sich vom Bootsrand. Ihr Kopf fiel auf die Bretter. Das Metall durchschnitt die Luft mit einem pfeifenden Geräusch. Dann war es still.

1

»Du brauchst es dir gar nicht erst gemütlich zu machen«, empfing Hilgersen seinen Kollegen, Hauptkommissar Waldemar Flottmann. »Wir haben einen Mord. Kann auch sein, dass es keiner ist. Ich meine, vielleicht ist die Leiche gar nicht tot.«

»Was redest du für einen Stuss?« Flottmann setzte sich an seinen Schreibtisch und schaltete den Computer ein.

»Blut an den Wänden und auf dem Boden. Ein blutverschmiertes Messer wurde am Tatort gefunden. Aber das Opfer ist spurlos verschwunden. Eine Streife ist bereits vor Ort. Rasmussen und Schmidtmann.«

»Wo?«

»In einer Nobelvilla in Schobüll. Also, was ist? Soll ich allein fahren?« Hilgersen stand auf und ging Richtung Tür.

»Nix da. Bin schon unterwegs.« Flottmann erhob seine derzeitigen achtundneunzig Kilogramm und folgte Hilgersen, der nicht nur einen Kopf kleiner war, sondern auch schlank und wendig. Zudem war er mit seinen achtunddreißig Jahren zehn Jahre jünger.

»Was hetzt du so?«, keuchte Flottmann. Hilgersen hatte bereits den Motor angeworfen, als er einstieg.

»Du weißt doch. Die ersten Stunden und Tage sind am wichtigsten. Danach wird so manche Spur kalt.«

»Stunden, aber nicht Sekunden. Außerdem liegt in der Ruhe die Kraft.«

»Ein blöder Spruch für phlegmatische Menschen. Damit bist du natürlich nicht gemeint.«

»Verstehe.«

Hilgersen steuerte den Dienstpolo auf die Poggenburgstraße und fuhr Richtung Umgehungsstraße.

»In dem Haus wohnen Vater und Sohn. Der Vater heißt Wilhelm Küster. Macht irgendetwas mit Immobilien. Zurzeit ist er geschäftlich in München unterwegs. Er wurde benachrichtigt und wird in ein paar Stunden hier sein. Der Sohn heißt Alexander, fünfundzwanzig Jahre alt. Er ist verschwunden. Seine Freundin hat am frühen Morgen das Haus betreten. Die Tür stand offen. Als sie die Blutspuren und das Messer gesehen hat, hat sie die 110 gewählt. Das ist alles, was ich weiß.«

»Und daraus schließt du, dass wir es mit einem Mord zu tun haben?«

»Okay. Es könnte natürlich auch sein, dass der Sohn im Wohnzimmer einen Hahn geköpft, das blutige Messer auf den Boden geworfen hat und das Hähnchen jetzt am Strand grillt.«

»Deine Witze am frühen Morgen sind unerträglich, Gustl.«

»Deine Laune auch.«

»Bogomil hat meinen Keichosaurier zerbrochen.«

»Ist das schlimm?«

»Ob das schlimm ist? Das Stück hat über sechshundert Euro gekostet!«

»Ich dachte, du hättest deine Fossiliensammlung weggeschlossen, damit der Kater nicht drankommt.«

»Er hat die Glastür irgendwie aufgeschoben.«

Hilgersen lachte und schlug dabei mit der Hand mehrmals auf sein rechtes Knie. Ein Zeichen dafür, dass er sich ganz besonders amüsierte. »Dein Kater ist ein echtes Talent. Du solltest stolz auf ihn sein.« Hilgersen bog in die Schobüller Straße ein und beschleunigte. Er lachte erneut auf und schüttelte den Kopf.

»Was ist daran eigentlich so witzig?« Flottmann warf Hilgersen einen zornigen Blick zu.

»Nichts. Gar nichts. Es ist eine traurige Geschichte. Ich hab mir die Szene nur gerade bildlich vorgestellt. Du hattest doch mal so eine Kamera in der Wohnung installiert. Hast du eine Aufnahme …?«

»Nein, hab ich nicht.«

»Schade. Ich meine, dann hättest du Bogomil einwandfrei überführen können. Außerdem hätte ich es gern gesehen.«

Flottmann antwortete nicht. Er nahm sich vor, beim nächsten Mal genau zu überlegen, was er seinem Kollegen an privaten Dingen mitteilte. Allerdings wusste er, dass Hilgersens Reaktion keine echte Schadenfreude ausdrückte, sondern eher einer Stichelei unter Freunden glich. Außerdem konnte Flottmann selbst ganz gut austeilen, und er wusste, dass er dabei manchmal einen Schritt zu weit ging.

Nach wenigen Minuten erreichten sie das Schobüller Ortsschild. Linker Hand lag das Meer. Nebelschwaden versperrten die ansonsten freie Sicht auf die Halbinsel Nordstrand. Sie passierten das Freibad und den Campingplatz, auf dem sich nur wenige Wohnwagen und Wohnmobile befanden, da die Saison gerade erst begonnen hatte.

Am Straßenrand vor der Villa stand ein Streifenwagen. Flottmann erkannte Rasmussen, der an der Fahrertür lehnte. Hilgersen steuerte den Polo entgegen der Fahrtrichtung vor das Auto der Kollegen. Die Kommissare stiegen aus.

»Moin«, grüßte Rasmussen.

»Moin, Moin«, erwiderte Hilgersen, und »Morgen«, murmelte Flottmann. Es war nicht so, dass er kein »Moin« über die Lippen gebracht hätte. Nach zwei Jahren in Nordfriesland wäre das unverständlich gewesen. Aber er verwendete den norddeutschen Gruß nur, wenn er gute Laune hatte. Und die Voraussetzung war an diesem Morgen nicht gegeben. Das lag nicht nur an Bogomil und dem Keichosaurier. Vielmehr kam das unbestimmte Gefühl hinzu, seine Versetzung nach Husum könnte ein Fehler gewesen sein. Anstatt hier eine ruhige Kugel zu schieben und sich von den Strapazen der Scheidung von Monika zu erholen, wurde er vielleicht zum dritten Mal in der kurzen Zeit mit einem Mordfall konfrontiert. Es war fast so, als hätte er sich Arbeit aus Bonn mitgenommen, wo er Leiter des Dezernats Tötungsdelikte gewesen war.

Jahrelang hatte es in Husum keine Mordfälle gegeben. Aber seit er an die Küste gezogen war, häuften sie sich. Natürlich war das Zufall, und zuständig für solche Verbrechen war das Flensburger Kommissariat 1. Die Kriminalpolizeistelle Husum wurde jedoch in die Ermittlungen eingebunden, wenn die Tat in ihren Bereich fiel, zu dem neben Husum auch Bredstedt, Eiderstedt, Friedrichstadt, Viöl, Hattstedt, Nordstrand und Pellworm gehörten. Je älter Flottmann wurde, desto mehr belastete ihn die Beschäftigung mit den menschlichen Abgründen.

»Merkwürdige Sache.« Rasmussen nahm seine Dienstmütze

ab und kratzte sich am Kopf. »Die Tür wurde aufgebrochen. Blut im Wohnzimmer und ein Messer, mit dem offenbar zugestochen wurde. Sieht alles nach einem Überfall aus.«

»Wo ist die Zeugin?«, fragte Flottmann.

»Bei den Nachbarn.« Rasmussen zeigte auf ein Wohnhaus in unmittelbarer Nähe. Es sah bescheidener aus als die reetgedeckte Villa. »Sie heißt Caroline Voigt. Schmidtmann ist bei ihr.«

»Wem gehört die Rostlaube dort?« Flottmann zeigte auf einen alten Ford Fiesta, der hinter dem blau-silbernen Einsatzwagen der Kollegen stand und einige Kratzer und Beulen aufwies.

»Rita Förster, unserer neuen Spurensicherungskraft. Das ist ihr erster Fall. Sie ist schon fast eine Stunde drinnen. Scheint ihren Job ernst zu nehmen. Ich weiß nicht, ob sie euch reinlässt.« Rasmussen grinste.

»Und ob.« Flottmann ging auf den Eingang der Villa zu. Hilgersen folgte ihm. Der mit blau schimmernden Natursteinen gepflasterte Weg führte in Schlangenlinien durch einen gepflegten Rasen zum Gebäude. Die schwere Holztür stand offen.

»Warte hier. Ich peile erst mal die Lage.« Flottmann erklomm die drei Stufen und betrat die glänzenden Marmorfliesen im Flur. Ein Spiegel, der bis zur Decke reichte, empfing den Besucher. Flottmann zog spontan den Bauch ein, als er sein Ebenbild erblickte. Er strich sich die vom Wind zerzausten schwarzen Haare glatt. Dann folgte er einem Geräusch, das vom Ende des Flurs herüberdrang. Ein gemauerter Rundbogen führte in das Wohnzimmer. Er wollte gerade eintreten, als ihn ein summendes Etwas zu seinen Füßen fast zu Fall gebracht hätte.

»Wer hat das Ding losgelassen?«, hörte er eine resolute Frauenstimme schimpfen. Dann stand ihm Rita Förster in ihrem weißen Schutzanzug gegenüber. Der Overall raubte der burschikosen Vierzigjährigen die letzten weiblichen Attribute. Mit einem geschickten Fußtritt beförderte sie den Staubsaugerroboter in Rückenlage. Hilflos wie ein Käfer rotierte der einige Male um die eigene Achse, bis er verstummte.

»Der macht mir ja alle Spuren kaputt!«, keifte die SpuSi-Expertin. »Und Sie auch!«

Warum sie ihn siezte, wusste Flottmann nicht. Letzte Woche hatte sie sich mit ihrem Vornamen vorgestellt und ihn mit Waldemar angeredet.

»Keine Panik. Wie lange brauchst du noch?«

»Ich bin fertig.«

»Ach.«

»Na ja. Vielleicht müssen die Flensburger noch mal ran. Obwohl das eigentlich überflüssig wäre. Ich hab alles aufgenommen. Aber falls hier ein Tötungsdelikt vorliegt ...«, sie schob Flottmann in den Flur zurück, »... werden die Kollegen wohl noch mal rangehen wollen. Deshalb habe ich nichts verändert.« Sie zog ihre Kapuze vom Kopf. Trotz ihrer kurzen schwarzen Haare wirkte sie jetzt ein wenig weiblicher.

»Gehen wir vor die Tür, und du erzählst mir, was du rausgefunden hast«, schlug Flottmann vor.

Sie nickte und brachte ein angedeutetes Lächeln hervor.

»Moin«, grüßte Rita Förster, als sie Hilgersen sah, der es sich auf der obersten Treppenstufe gemütlich gemacht hatte und die ersten Sonnenstrahlen genoss.

»Moin. Und? Was haben die Spuren ergeben?«, fragte er.

Förster und Flottmann gingen an Hilgersen vorbei die Stufen hinunter und bauten sich vor ihm auf.

»Das Messer muss zum LKA. Vielleicht ist da die DNA des Täters dran. Wenn wir Glück haben, sogar Fingerabdrücke. Das Opfer ist offenbar überrascht worden. Jedenfalls finden sich keine Kampfspuren im Wohnzimmer.«

»Kannst du was zum genauen Tatablauf erzählen?«, fragte Flottmann.

»Ohne Leiche ist das schwierig. Es gibt einen partiellen Schuhabdruck im Blut. Ob der vom Täter oder vom Opfer stammt, kann ich nicht sagen. Eine Schleifspur mit Blutresten führt Richtung Flur. Der Tote oder Verletzte wurde vermutlich über den Boden zur Haustür gezogen, dann bis zur Einfahrt getragen und in ein Fahrzeug verfrachtet. Der Täter muss kräftig gewesen sein oder das Opfer ein Leichtgewicht. Es wird Zeit, dass jemand das Absperrband anbringt. Vielleicht finden wir Fußabdrücke. Möglicherweise auch Reifenspuren.«

»Auf der gepflasterten Einfahrt?« Hilgersen schüttelte den Kopf.

»Wenn sie ein wenig verschmutzt ist, ist das durchaus möglich. Aber ich hab etwas, das euch begeistern wird.« Rita griff in die rechte Tasche des Schutzanzugs und hielt eine SD-Karte direkt vor Flottmanns Augen.

»Was ist das?« Flottmann runzelte die Stirn.

»Die Hütte ist mit allem Schnickschnack ausgestattet. ›Smart Home‹ nennt man das.«

»Der berühmte Kühlschrank, der die Ware über das Internet bestellt?«

»So in etwa. Jedenfalls sind überall Überwachungskameras angebracht. Der Einbrecher hat versucht, das Aufnahmegerät zu zerstören. Der Speicher scheint aber unbeschädigt zu sein. Vielleicht ist da etwas Interessantes drauf.«

Flottmann griff nach der SD-Karte, aber Rita zog ihre Hand zurück und bildete eine Faust. »Sei vorsichtig damit.« Erst jetzt überreichte sie ihm den Speicher. »Am besten gibst du sie jemandem, der sich mit so etwas auskennt.«

Sie traute Flottmann offenbar keinen technischen Sachverstand zu. Damit hatte sie in gewisser Weise recht. Aber woher sollte sie das wissen?

»Ich hab einen sechswöchigen Computerkurs absolviert«, sagte er in Anspielung auf ihren sechswöchigen Lehrgang zur Spurensicherungsfachfrau an der Polizeidirektion für Aus- und Weiterbildung. Sie zuckte mehrmals mit dem linken Augenlid und schien über seine Äußerung nachzudenken.

»Wann bekommen wir deinen Bericht?«

»Morgen oder übermorgen.«

»Gut. Können wir jetzt da rein?«

»Nur mit Schutzanzug. Viel zu sehen gibt es nicht. Blut am Boden und ein paar Spritzer an den Wänden, kaum sichtbar. Ich hab Fotos, die ich euch schicken kann. Aber die geben kaum etwas her. Eine Leiche gibt es ja nicht.«

»Hast du sie vielleicht übersehen?«

Rita Försters Blick erinnerte Flottmann an den einer Giftschlange, die zum tödlichen Biss ansetzt. Sie holte tief Luft, suchte offenbar nach einer passenden Antwort, fand aber keine. Ihr linkes Augenlid zitterte. Schließlich drehte sie sich um und verschwand wieder im Haus.

»Was hat sie denn?«, fragte Flottmann.

Hilgersen zuckte mit den Schultern und grinste. Er stand auf. »Wir sollten jetzt die Zeugin befragen, Caroline Voigt, die Freundin des Toten.«

»Des Toten? Ich bin mir alles andere als sicher, dass die Leiche tot ist, um bei deinen Worten zu bleiben. Vielleicht hat sie sich rausgeschleppt und liegt jetzt irgendwo hier in der Gegend herum und braucht Hilfe. Warum sollte der mutmaßliche Mörder sein Opfer beseitigen? Das ergibt doch keinen Sinn.«

»Um Spuren zu vernichten. Wenn er sich ein wenig auskennt, weiß er, dass er beim Angriff auch mit Handschuhen ziemlich sicher DNA an dessen Kleidung hinterlassen hat.«

»Und dann lässt er oder sie das Messer am Tatort zurück?«

»Wenn alle Mörder umsichtig und rational handeln würden, hätten wir keine Aufklärungsrate von fünfundneunzig Prozent.«

Flottmann nickte. »Trotzdem. Mein Bauchgefühl sagt mir, dass hier etwas nicht stimmt. Lass die Fahndung nach Alexander Küster anlaufen und dann stell einen Suchtrupp zusammen. Wenn es sein muss, mit Freiwilligen. In dieser platten Gegend wird der Junge leicht zu finden sein.«

»Platt? Drüben ist der Schobüller Berg. Der Gipfel ist einunddreißig Meter hoch. Wusstest du das nicht?«

»Mensch, verschon mich mit deinen Touristeninformationen!«

»Dein Kater ist schuld.«

»Was?«

»An deiner schlechten Laune. Er hätte den Saurier nicht demolieren dürfen.«

»Meine Laune wird sich sofort verbessern, wenn du jetzt

gehst und alles veranlasst. Und sag Rasmussen Bescheid, dass er das Gelände absperren soll.«

»Okay, okay.« Hilgersen hob beschwichtigend die Hand.

Er ging den Weg zurück bis zur Straße und gab die Anweisung an den Polizisten weiter. Dann rief er in der Dienststelle an. Spontan konnte er fünf Kollegen der Streife sowie einen Spürhund organisieren.

2

Flottmann blieb noch einige Minuten vor dem Haus stehen. Er versuchte sich ein Bild von der Lage zu machen, ein Gesamtbild, ohne über Einzelheiten nachzudenken. Die Einzelheiten kamen später, Stück für Stück. Und wenn sie sich perfekt zusammenfügten, war der Fall gelöst. Aber bis dahin war es noch ein langer Weg. Für einen kurzen Augenblick schloss er die Augen, kniff sie fest zu, als betätigte er den Auslöser einer Kamera, um ein Foto seiner spontan gewonnenen Eindrücke zu schießen und abzuspeichern. Bewusste und unbewusste Wahrnehmungen konnten später von Bedeutung sein und manchmal in entscheidenden Momenten zur Verfügung stehen, zusammen mit einer Portion Intuition oder Bauchgefühl. Aber all das ersetzte nicht die Kleinarbeit. Und um die musste er sich jetzt kümmern. Sobald Rita Förster mit ihrer Arbeit fertig war, würde er sich ein Bild vom eigentlichen Tatort machen.

Er griff in seine Jackentasche und brachte die SD-Karte zum Vorschein. Vielleicht hatte die Überwachungskamera alles aufgezeichnet und gab Auskunft über den Hergang und den Täter. Das wäre ein Glücksfall. Ein seltener Glücksfall. Meistens stellte sich heraus, dass nichts so einfach war, wie es zunächst schien. Er steckte die Karte wieder ein und machte sich auf den Weg zum Nachbarhaus. Eine Frau öffnete die Tür, noch bevor er den Klingelknopf über dem Messingschild mit der Prägung »G. Nissen« drückte. Sie war geschätzte siebzig Jahre alt, hatte graues Haar und eine zierliche Figur.

»Sie sind der Kommissar, nicht wahr? Die Kleine ist völlig fertig. Vielleicht braucht sie einen Arzt. Kommen Sie herein!«

Flottmann grüßte mit einem Kopfnicken und trat in den Flur. Frau Nissen schloss die Tür und führte ihn an einer sperrigen Kommode vorbei ins Wohnzimmer.

Dort saß eine junge Frau mit verheulten Augen und einer braunweißen Katze auf dem Schoß. Ihr hübsches Gesicht war stark geschminkt. Die Wimperntusche hatte dunkle Streifen auf beiden Wangen hinterlassen. Blonde Strähnen klebten an ihrer Stirn.

Die Hausherrin setzte sich neben sie aufs Sofa und tätschelte kurz ihre Hand. »Es wird alles wieder gut. Bestimmt ist nichts Schlimmes passiert.«

Flottmann wandte sich an Jürgen Schmidtmann. »Danke. Hast du die Personalien aufgenommen?«

»Ja, natürlich. Wir haben uns auch ein bisschen unterhalten. Ich schick dir die Infos.«

»Gut. Ich mach dann weiter hier. Rasmussen kann Hilfe gebrauchen. Hilgersen stellt ein paar Leute zusammen, die die Umgebung absuchen. Die müssen bald hier sein. Lasst keinen ins Haus, weder von der Familie noch von unseren Leuten.«

»Geht klar.« Der Uniformierte nahm seine Mütze vom Couchtisch und ging.

Flottmann setzte sich in einen der beiden Ledersessel. Die eigentliche Vernehmung musste er auf der Dienststelle durchführen. Im Beisein von Frau Nissen konnte er nicht alle Fragen stellen. Aber die Nachbarin schien eine moralische Stütze zu sein, die er zu schätzen wusste.

»Sie sind Caroline Voigt?«

Das Mädchen nickte.

»Wie alt sind Sie?«

»Zwanzig. Nächste Woche werde ich zwanzig.«

»Sind Sie in der Lage, mir ein paar Fragen zu beantworten?«

»Ja.«

»Bitte erzählen Sie mir, was passiert ist.«

»Ich bin heute Morgen zu ihm gefahren. Wir hatten uns gestern gestritten, Alex und ich. Da wollte ich … da wollte ich, dass wir uns wieder vertragen. Die Tür stand offen. Ich bin ins Wohnzimmer gegangen. Als ich das Blut am Boden sah und das Messer, bin ich nach draußen gerannt. Ich war in Panik und bin auf die Straße und einfach zu diesem Haus gelaufen. Ich hab geklingelt. Frau Nissen hat mir geöffnet. Wir haben dann die Polizei gerufen, das heißt, ich hab mit meinem Handy den Notruf gewählt. Das ist alles.«

»Wann war das? Zu welcher Uhrzeit?«

»Um kurz nach sieben.«

»Das ist sehr früh für einen Besuch.«

»Ich hab die ganze Nacht nicht geschlafen. Wegen des Streits. Wir sind schon fast sechs Monate zusammen. Da kann man eine Beziehung doch nicht so einfach beenden.« Sie schluchzte.

»Worüber haben Sie sich gestritten?«

»Wir haben gar nicht richtig gestritten. Alexander hat an dem Abend mit mir Schluss gemacht. Einfach so, ohne Grund. Das heißt, er hatte schon vor zwei Wochen Schluss gemacht. Aber ich dachte, er würde es sich noch einmal anders überlegen. Deshalb war ich am Abend da. Er war wütend, weil ich gekommen war. Er hat mich quasi rausgeschmissen. Trotzdem wollte ich es an dem Morgen noch einmal versuchen. Schließlich hab ich immer zu ihm gehalten.«

»Hat Alexander mit Ihnen über seine Probleme gesprochen?«

»Das gehört doch dazu, wenn man zusammen ist.«

»Wurde er bedroht? Wissen Sie etwas darüber?«

Sie schwieg.

»Frau Voigt, wir müssen das wissen. Wir werden ihn suchen. Jede Information über seine Kontakte und die Geschehnisse könnte wichtig für uns sein.«

»Ich weiß nichts. Ich möchte jetzt nach Hause.«

Flottmann war klar, dass sie ihm etwas verschwieg. Aber er wollte sie zu diesem Zeitpunkt nicht weiter unter Druck setzen. »Sie wohnen hier in der Nähe?«

»In Husum.«

»Wie sind Sie hierhergekommen?«

»Mit dem Auto. Es steht auf dem Parkplatz am Freibad. Ich wollte nicht in die Einfahrt fahren. Ich hatte Angst, dass er gar nicht erst aufmacht, wenn er mein Auto sieht.«

»Haben Sie etwas im Haus angefasst? Ich meine, heute Morgen?«

»Nein. Die Tür vielleicht. Aber drinnen nichts.«

»Auch das Messer nicht?«

»Nein, nein. Ich weiß doch, dass man in solchen Fällen nichts berühren darf.«

»Frau Voigt, haben Sie irgendeine Ahnung, was im Haus vorgefallen sein könnte?«

Sie schüttelte den Kopf. »Ihm ist etwas Schreckliches zugestoßen. Er geht nicht ans Telefon. Sein Bruder Erik weiß auch nichts.«

»Sie haben ihn angerufen?«

»Ja. Kurz bevor Sie eingetroffen sind. Er studiert in Kiel. Er kommt hierher.«

»Alexander wohnt bei seinem Vater?«

»Ja. Er hat zwar in Kiel studiert, Mathe und Informatik. Aber er hat aufgehört. Das war nichts für ihn. Jetzt will er etwas anderes machen. Vielleicht Journalist werden oder Schriftsteller.«

Die Katze streckte sich auf Carolines Schoß und sprang auf den Boden.

»Sie leben allein?«, fragte Flottmann an Frau Nissen gewandt.

»Ja. Mein Mann ist schon lange tot. Balu leistet mir Gesellschaft. Ein Wachhund wäre vielleicht besser. Im Sommer herrscht reger Betrieb in Schobüll. Aber im Winter ist es einsam hier. Ich mag mir gar nicht vorstellen, was bei den Küsters geschehen ist. Balu könnte wohl keinen Einbrecher verjagen. Haben Sie ein Haustier, Herr Kommissar?«

»Einen Kater. Er ist auch eher ungeeignet für den Personenschutz.«

Flottmann stand auf.

»Sie sollten heute nicht mehr mit dem Auto fahren«, sagte er zu Caroline Voigt. »Ein Streifenwagen könnte Sie nach Hause bringen.«

»Meine Eltern holen mich ab, wenn ich sie anrufe.«

»In Ordnung. Ich werde mich in den nächsten Tagen für weitere Fragen bei Ihnen melden.«

Flottmann bedankte sich bei Frau Nissen. Beinahe wäre er beim Rausgehen über die Perserkatze gestolpert. Ich würde um meinen zerbrochenen Keichosaurier wetten, dass Bogomil der bessere Mäusefänger von euch beiden ist, dachte er.

Er ging zurück zum Haus Küster. Auf dem gepflasterten Weg kam ihm Rita Förster entgegen. Sie trug immer noch den weißen Schutzanzug und hatte eine Reisetasche in der linken Hand.

Rita blieb vor ihm stehen und streifte die Kapuze ab. »Ich bin so weit fertig. Die Eingangstür wurde nicht gerade fachmännisch mit einem Hebelwerkzeug aufgebrochen. Das war kein Profi. Außerdem sieht es nicht so aus, als hätten die Täter nach Wertgegenständen gesucht. Allerdings habe ich Spuren am Tresor im Keller entdeckt.«

»Im Keller befindet sich ein Tresor?«

»Ja. Jemand hat versucht, ihn mit roher Gewalt zu öffnen. Absolut dilettantisch und ohne Erfolg. Ich hab Fingerabdrücke genommen. Ob die von den Hausbewohnern oder einem Täter stammen, wird sich zeigen. Ansonsten sieht es nicht so aus, als hätte jemand die Räume nach Wertgegenständen durchsucht. Das Aufzeichnungsgerät für die Kameras wurde aus der Verankerung gerissen und vermutlich mit den Füßen bearbeitet.«

»Ob etwas gestohlen wurde, wird der Besitzer feststellen können, der Vater des Vermissten. Hätte man das Öffnen der Haustür nicht im Wohnzimmer hören müssen?«

»Die Musikanlage ist noch eingeschaltet. Vielleicht hat das Opfer gerade eine Platte abgespielt.«

»Und was sagen die Spuren im Wohnzimmer?«

»Sie sind typisch für eine Messerattacke. Allerdings gibt es keine Schleuderspuren. Der Täter hat vermutlich nur einmal zugestochen. Die Spuren an Wand, Fliesen und auf dem Teppich dürften vom fallenden Messer stammen beziehungsweise durch das Auftreffen desselben auf dem Boden entstanden sein. Aber für genaue Aussagen fehlen mir die technischen Mittel.«

»Verstehe. Was meinst du mit Schleuderspuren?«, fragte Flottmann, obwohl er in etwa wusste, was darunter zu verstehen war.

»Wenn das Messer nach dem ersten Stich herausgezogen wird und der Täter erneut ausholt, lösen sich Blutstropfen, die beim ersten Mal am Messer haften geblieben sind. Fliehkraftprinzip.«

»Und das lernt man alles in sechs Wochen?«

Rita Förster verzog das Gesicht. Ihr linkes Auge zuckte mehrmals. Dann ging sie wortlos an ihm vorbei.

Okay, die Frau war empfindlich, konstatierte er. Keine guten Voraussetzungen, um sich bei den Kollegen zu behaupten. Aber vielleicht kam sein Humor nur einfach nicht gut bei ihr an.

Flottmann überlegte kurz, ob er einen Schutzanzug überziehen sollte. Er verzichtete darauf, ging zum Eingang und schob die Tür mit dem Fuß auf. Dann ging er den Flur entlang bis ins Wohnzimmer. Der Raum war mindestens fünfzig Quadratmeter groß und modern eingerichtet. Es waren keine Heizkörper zu sehen, was auf eine Fußbodenheizung schließen ließ. Trotzdem war ein Teil des hellgrau gefliesten Bodens mit einem beigefarbenen Teppich bedeckt. Erst bei genauem Hinsehen fielen die Blutspritzer auf, die Förster beschrieben hatte. Eine verschmierte Lache von weniger als zehn Zentimetern Durchmesser befand sich auf den Fliesen in der Nähe der Stereoanlage. Viel Blut schien das Opfer nicht verloren zu haben. Das Messer lag etwa einen halben Meter entfernt vom Teppichrand. Eine circa fünfundzwanzig Zentimeter lange Klinge, beidseitig geschärft. Vermutlich ein Jagdmesser. Die Blutanhaftungen reichten fast bis zum Griff. Flottmann ging davon aus, dass Rita Förster die Lage der Waffe nicht verändert hatte.

Er stellte sich in einer passenden Entfernung vom Tatort auf, um seinen Gesamteindruck abzuspeichern, so wie er es zuvor im Außenbereich versucht hatte. Zusammen mit Försters Fotos, ihren Untersuchungsergebnissen und dem Video würde es sicher möglich sein, den Hergang zu rekonstruieren. Auch ohne Leiche.

3

Der Suchtrupp rückte mit einem Mannschaftswagen an. Hilgersen hatte den Dienstpolo genommen und war vorangefahren. Er dirigierte die Kollegen zum Wohnhaus Küster. Flottmann stand mit Schmidtmann und Rasmussen vor deren Einsatzwagen. Hilgersen stieg aus und kam auf sie zu.

»Wie gehen wir vor?«, fragte er. »In fünf Minuten ist der Trupp einsatzbereit. Soll zuerst der Hund die Witterung aufnehmen?«

»Wenn du den Job nicht übernehmen willst, wäre es sinnvoll«, antwortete Flottmann.

»Dafür bräuchten wir ein getragenes Kleidungsstück des Vermissten.«

»Hm. Klar. Hab ich nicht dran gedacht. Vermutlich ist Alexanders Zimmer im Obergeschoss. Sieh dich mal um. Und meide das Wohnzimmer. Dort wirst du sowieso nicht fündig werden. Ich kümmere mich um die Organisation des Suchtrupps.«

»Ich würde mich nicht wundern, wenn der oder die Mörder die Leiche der Nordsee überlassen hätten. Am Campingplatz vorbei führt ein Weg zur Seebrücke, und wenn ablaufendes Wasser war, schwimmt Alexander Küster jetzt irgendwo da draußen im Atlantik.«

»Wir sollten im Moment noch davon ausgehen, dass er lebt und Hilfe benötigt. Deshalb ist höchste Eile geboten. Also mach hin. Und zieh Handschuhe an, wenn du reingehst«, sagte Flottmann.

Als Hilgersen nach zehn Minuten wiederkam, hatte er einen Pullover und eine Socke in der Hand.

Flottmann unterhielt sich mit dem Hundeführer Dieter Sönksen, einem hochgewachsenen Mann in Zivil, mit Kinnbart und schwarzem Stoppelhaar, der einen Schäferhund an der Leine hielt. Die anderen Mitglieder des Trupps hatten bereits mit der Suche am südlichen Strandabschnitt begonnen und sollten sich nach Norden vorarbeiten. Rasmussen und Schmidtmann waren damit beschäftigt, die Nachbarschaft zu befragen. Jede Beobachtung konnte von Bedeutung sein.

Hilgersen überreichte Sönksen die Kleidungsstücke. Dieser hielt den Pullover nur für einige Sekunden vor die Nase des Vierbeiners. Der Hund mit dem Namen Jester wedelte aufgeregt mit dem Schwanz. Er konnte seinen Einsatz offenbar kaum erwarten.

Die drei Männer gingen zum Hauseingang. Jester bewegte seine Schnauze dicht über dem Boden. Als er die Tür erreichte, wollte er die Stufen hinauf in den Flur laufen. Durch ein geschicktes Manöver setzte Sönksen ihn auf eine andere Fährte, die Richtung Einfahrt führte. Dort schnüffelte das Tier in einem Umkreis von mehreren Metern. Selbst ein Laie erkannte, dass es die Spur verloren hatte.

Sönksen zog den Spürhund an der Leine zurück und belohnte ihn mit einigen Streicheleinheiten.

»Sieht so aus, als wäre die Zielperson in ein Auto verfrachtet worden. Oder sie ist in ein Auto gestiegen und weggefahren.«

»Hat der Hund auch eine Witterung, wenn der Vermisste getragen wurde?«, fragte Hilgersen.

»Klar. Es sind nicht die Fußspuren, die er erschnüffelt. Es sind die Hautschuppen, die jeder Mensch verliert. Das sind Tausende in jeder Minute. Jester ist ein echter Mantrailer. Kleinste Blutstropfen kann er natürlich ebenfalls riechen.«

»Mann, bin ich froh, dass ich nicht so einen Geruchssinn habe. Mir würde so manches stinken. Stattdessen hab ich einen siebten Sinn, sozusagen einen übersinnlichen Riecher. Und der teilt mir gerade mit, dass wir zur Seebrücke gehen sollten.«

»Einen Versuch wäre es wert«, sagte Flottmann.

»Allerdings gibt es ein Problem. Bei Hochwasser und entsprechendem Wind wird der Steg überspült. Das Salzwasser könnte alle Spuren vernichtet haben«, sagte Hilgersen.

Sönksen nickte. »Aber heute Nacht hatten wir nur eine seichte Brise aus östlicher Richtung.«

»Okay. Vielleicht haben wir Glück«, sagte Flottmann.

»Als Glück würde ich das nicht betrachten. Jedenfalls nicht für Alexander Küster«, unkte Hilgersen. »Sein Wagen steht übrigens in der Garage. Ich hab den Vater angerufen. Er wusste bereits Bescheid. Erik und er hatten miteinander telefoniert. Er war im Auto, als ich ihn erreicht habe. In circa fünf Stunden wird er hier sein. Ich hab ihn vorgewarnt, dass er sein Haus nicht betreten kann, da die Spurensicherung vermutlich noch andauert.«

»Davon ist auszugehen. Wenn wir nicht ausschließen können, dass ein Tötungsdelikt vorliegt, muss die Kriminaltechnik tätig werden, Ritas Anstrengungen in allen Ehren. Der Suchtrupp hat sich noch nicht gemeldet. Also los. Folgen wir deinem siebten Sinn, Gustl.«

Sie fuhren mit dem Mannschaftswagen bis zum Campingparkplatz und stiegen aus. Den Sandweg bis zur Seebrücke wollten sie zu Fuß und abseits des Pfads gehen, um mögliche Reifenspuren nicht zu zerstören. Falls Hilgersen mit seiner Annahme recht hatte, war der Täter vermutlich über den für den Verkehr gesperrten Weg bis an die Brücke gefahren.

Jester versuchte, Witterung aufzunehmen, konnte aber offenbar keine Spur erschnüffeln. Erst in unmittelbarer Nähe der Brücke merkte man dem Tier an, dass es etwas entdeckt hatte. Es zog an der fünf Meter langen Leine und war kaum zu halten. Flottmann bemühte sich nicht, mit dem Tempo der anderen mitzuhalten. Mit gemächlichem Schritt stapfte er über die Holzplanken und genoss die Aussicht. In der Ferne war die Skyline der Halbinsel Nordstrand mit dem markanten Silo Süderhafens zu sehen. Sogar die historische Mühle war deutlich zu erkennen. Das Watt glitzerte in der Morgensonne. Zahlreiche Vögel suchten nach Nahrung im Schlick und sorgten für den akustischen Hintergrund. Flottmann identifizierte Austernfischer und Lachmöwen, die bereits ihr Sommerkleid mit dem typischen schwarzbraunen Gefieder am Kopf trugen. Für mehr reichten seine ornithologischen Kenntnisse nicht.

Als er am Ende des Stegs ankam, war Hilgersen nicht zu sehen. Sönksen saß auf einer Bank, und Jester schnüffelte immer noch die Umgebung ab.

»Wo ist der Kollege? Im Watt versunken?«, fragte Flottmann und setzte sich zum Hundeführer.

»Klettert da unten rum.« Er nickte mit dem Kopf zur Treppe, die ins Watt führte. »Hat was gefunden. Könnte vom Opfer stammen. Er sucht wohl noch weiter.«

In diesem Moment kam Hilgersen zum Vorschein. Er stieg die Stufen empor und hatte einen Schuh in der Hand. Seiner Kleidung war anzusehen, dass er tief in den Schlick eingesunken war.

»Das nenne ich Einsatz«, bemerkte Flottmann anerkennend.

»Wie immer. Und ich hatte die richtige Nase«, antwortete Hilgersen. Der Hund war auf ihn zugestürmt und beschnupperte das Fundstück.

»Das riecht nach dem Vermissten«, interpretierte Sönksen das Verhalten seines Mantrailers.

»Bingo.« Hilgersen kramte einen Plastikbeutel aus seiner Jackentasche und tütete das Beweisstück ein. »Der oder die Täter haben den Jungen in der Nordsee versenkt, wie ich vermutet hatte. Ich denke, wir können die Suchaktion abbrechen.« Er stampfte mehrmals auf den Boden, um den gröbsten Schmutz abzuschütteln, was aber ohne Erfolg blieb.

»Nee. Sie sollen weitersuchen. Sicher ist sicher. Weißt du, was mich die ganze Zeit beschäftigt, Gustl?«

»Du wirst es mir sagen.«

»Warum hat sich der Täter die Mühe gemacht und die Leiche bis ans Ende der Brücke gebracht? Er hätte sie am Anfang des Stegs ins Wasser werfen können.«

»Sie hätte sich im Schilf verfangen. Außerdem ist in Ufernähe die Strömung bei ablaufendem Wasser zu gering, um den Körper auf Nimmerwiedersehen in die Nordsee abdriften zu lassen.«

»Wie lang ist der Steg?«

»Über zweihundertfünfzig Meter.«

»Niemand schafft es, einen toten Körper so weit zu tragen oder zu schleifen.«

»Soweit ich weiß, war Alexander ein Leichtgewicht, und wenn der Täter kräftig war, konnte er es ohne Probleme schaffen.«

»Mag sein.«

»Außerdem kann man durchaus mit einem Auto auf die Brücke fahren. Verdammt, hab ich kalte Füße«, schimpfte Hilgersen. »Ich fahr jetzt erst mal nach Hause und zieh mir andere Klamotten an.«

»Hättest die Schuhe vorm Schlicklaufen ausziehen und die Hosenbeine hochkrempeln sollen.«

»Guter Tipp. Aber ich war so heiß auf die Bergung des Beweisstücks, dass keine Zeit dafür blieb. Es ist das Fieber, wenn du weißt, was ich meine.«

»Klar.« Flottmann klopfte Hilgersen auf die Schulter. »Du bist unser bester Mann, Gustl.«

»Endlich merkt das mal einer.«

»Wir müssen die Brücke absperren. Auch den Weg. Vielleicht kann die SpuSi was feststellen, Reifenspuren zum Beispiel.«

Sie gingen zum Parkplatz zurück. Hilgersen übergab Flottmann den Plastikbeutel mit dem Schuh.

»Wir treffen uns im Büro«, sagte Flottmann. »Ich bin gespannt auf das Video.«

»Was ist mit Erik und dem Vater?«

»Sollen unmittelbar zur Dienststelle kommen. Ich sag den Kollegen Bescheid, dass sie die beiden abfangen sollen, wenn sie hier in Schobüll eintreffen.«

»Ich will ja nicht kleinlich sein, Waldemar, aber es heißt nicht Scho*büll*, sondern *Scho*büll. Ich hab es dir schon einmal gesagt. Die Betonung liegt auf der ersten Silbe.«

»Du *bist* kleinlich, Gustl. Und wenn du nicht so einen guten Riecher gehabt hättest, dann … Ach was.« Flottmann machte eine wegwerfende Handbewegung.

»Bogomil ist schuld an deiner Laune«, brummte Hilgersen und ging quer über den Parkplatz zu seinem Wagen. Dabei hinterließ er eine Spur aus getrocknetem Schlick, der bei jedem Schritt von seiner Jeans und seinen Schuhen abbröckelte.

Flottmann und Sönksen fuhren zum Haus Küster zurück. Dort trafen sie auf die Kollegen des Suchtrupps.

»Mit dem Küstenbereich sind wir so weit durch«, empfing sie Thomas Jensen, ein hochgewachsener Mann in blauer Montur und schweren Stiefeln. Die vom Regen vergangener Tage aufgeweichten Felder hatten ihre Spuren auf seiner Kleidung hinterlassen. »Den Osten und den Wald zu durchkämmen wird schwieriger. Dafür bräuchten wir mehr Leute.«

»Wir brechen ab«, sagte Flottmann. »Vielen Dank, dass ihr so spontan dabei wart.«

»Bei so schönem Wetter stehen wir gern wieder zur Verfügung.« Jensen tippte mit dem Zeigefinger an die nicht vorhandene Mütze und ging.

4

Hilgersen saß bereits an seinem Schreibtisch, als Flottmann ins Büro kam. Wie Flottmann feststellte, trug der Kollege noch dieselbe Kleidung wie vorher. Er hatte die Jeans nur grob vom Schmutz befreit. Schuhe und Strümpfe hatte er ausgezogen und zum Trocknen unter die Fensterbank gestellt.

»Ich dachte, du wolltest dich duschen und umziehen«, sagte Flottmann und setzte sich auf seinen Drehstuhl.

»Hab es mir anders überlegt. Schlick soll gut für die Gesundheit sein. Wirkt so ziemlich gegen alle Leiden. Kriegst du sogar auf Krankenschein. Wusstest du, dass es hier eine Firma gibt, die den Schlick trocknet, zermahlt und als Pulver verkauft? Ein Kilo Watt im Plastikbecher. Das kannst du dann zu Hause mit Wasser anrühren und dir auf die Haut auftragen.«

»Und jetzt behandelst du deinen Fußpilz damit?«

»Ich bin ins Büro gedüst, damit wir uns das Video zusammen ansehen.«

»Lohmeyer hat eine Kopie auf dem Server bereitgestellt. Also beweg deine Schlickfüße.«

Hilgersen rollte mit seinem Stuhl zu Flottmann herüber.

Dieser startete mit einem Doppelklick auf die Datei »Camera1« einen der Filme im Videoplayer. »Die Aufnahme geht über vierundzwanzig Stunden, hat Lohmeyer gesagt. Es wurden vier Kameras gleichzeitig aufgezeichnet. Eine befindet sich im Wohnzimmer, zwei auf der Terrasse, eine am Treppenaufgang zum Obergeschoss. Der Speicher wird nach Ablauf der vierundzwanzig Stunden wieder überspielt.«

»Ist keine Kamera draußen am Haupteingang?«, fragte Hilgersen.

»Nein. Offensichtlich wollte man keine Einbrecher anlocken. Die Kameras im Haus haben übrigens integrierte Mikrofone. Es wurde also der Ton mit aufgezeichnet. Rund um die Uhr.«

»Auch bei Anwesenheit der Hausbewohner?«

»Offenbar ja. Wenn wir Glück haben, hat der Mörder sich mit Namen vorgestellt.«

»Bestimmt.«

Flottmann startete das Video. Es zeigte das Wohnzimmer. Niemand befand sich im Sichtfeld der Kamera, die an der Decke angebracht war. »Das Weitwinkel- oder Fischaugenobjektiv erfasst nahezu den gesamten Raum. Das geht allerdings auf Kosten der Auflösung, sodass Details vermutlich kaum zu erkennen sind. Aber vielleicht hat die Kriminaltechnik Möglichkeiten, noch etwas herauszukitzeln, falls es erforderlich ist.«

»Vierundzwanzig Stunden?« Hilgersen legte die Stirn in Falten. »Und das multipliziert mit vier. Du willst dir doch nicht alles angucken?«

»Bleibt uns etwas anderes übrig? Wir könnten die Aufgaben an Kollegen verteilen.«

»Geh mal weg da. Von Technik verstehst du nichts«, sagte Hilgersen schroff.

Murrend überließ Flottmann dem Kollegen seinen Platz.

Mit ein paar Klicks stellte Hilgersen den Mediaplayer auf maximale Geschwindigkeit, sodass der Film wie im Zeitraffer ablief. Die Aufnahme startete in der Nacht. Der Raum wurde nur durch spärliches Licht von außen beleuchtet. Die Nacht und ein ganzer Tag vergingen, ohne dass sich etwas Wesentliches tat. Um dreiundzwanzig Uhr und zwölf Minuten wurde Licht eingeschaltet, und Alexander Küster betrat das Wohnzimmer. Hilgersen spulte einige Sekunden zurück und ließ das Video dann mit normaler Geschwindigkeit ablaufen.

Alexander Küster ging auf den weißen Schrank zu und öffnete eine Glastür, hinter der sich ein Plattenspieler für Vinylplatten befand. Man sah, wie er den Tonarm positionierte. Noch erklang keine Musik. Er setzte sich in einen der Ledersessel und nahm offenbar die Fernbedienung vom Couchtisch. Denn kurz darauf schallte Miles Davis aus den Lautsprechern.

Alexander legte seine Füße auf den Tisch, wobei er die Schuhe anbehielt, blau-weiße Sportschuhe mit Klettverschluss. Soweit erkennbar, sahen sie genauso aus wie das Exemplar, das Hilgersen an der Schobüller Seebrücke gefunden hatte.

»Spul weiter«, sagte Flottmann.

»Magst du Miles Davis nicht?«

»Doch. Kann ich aber auch zu Hause hören.«

»Du hast Platten von Miles Davis?«

»Klar. ›Kind of Blue‹ und ›Milestones‹. Und nun mach schon. Vielleicht legt er noch Helene Fischer für dich auf.«

Hilgersen warf Flottmann einen bösen Blick zu. Dann ließ er das Video mit maximaler Geschwindigkeit ablaufen. Alexander Küster spielte weitere Platten ab. Er verließ einige Male den Raum, um sich ein Bier zu holen, das er aus der Flasche trank.

»Warum hört er nicht in seinem eigenen Zimmer Musik?«, fragte Hilgersen.

»Vielleicht wollte er mal authentische Stücke und ohne Stöpsel im Ohr hören. Jedenfalls hat er in seinem Zimmer keine so edle Stereoanlage. Stopp! Da tut sich was!«

Plötzlich tauchte eine weitere Person auf. Hilgersen hielt den Film an und spulte zurück. Flottmann rückte näher an ihn heran. Beide starrten gebannt auf den Bildschirm. Led Zeppelins »Stairway to Heaven« war gerade verklungen. Alexander stand auf, offenbar um die Platte umzudrehen oder eine neue aufzulegen. In diesem Moment erschien eine Gestalt im Bild. Sie war vom Flur hereingekommen. Sofort fielen ihre ungewöhnlich dicke Kleidung und die Handschuhe auf. Zwar war es inzwischen Nacht – der Zeitstempel zeigte ein Uhr sieben –, aber die Außentemperaturen waren sicher nicht unter sechs Grad gesunken. Und ein Einbrecher würde keine hinderliche Montur anziehen. Der Fremde trug einen Parka mit Innenfutter und Kapuze. Für einen kurzen Moment war sein Gesicht zu sehen. Der Bart, die Brille und die langen schwarzen Haare, die unter der Kopfbedeckung hervorlugten, vermittelten den Eindruck, dass er sich verkleidet hatte. Vermutlich war nicht einmal seine markante Nase echt.

Es war still im Raum. Zumindest hatte das Mikrofon keine hörbaren Geräusche aufgezeichnet. Selbst die Schritte des Einbrechers waren nicht zu hören. Und doch musste Alexander etwas wahrgenommen haben. Vielleicht hatte sich eine Bewegung in der Glastür des Schranks gespiegelt. Jedenfalls wandte er sich langsam um. Man sah, wie er die Augen aufriss und den Mund öffnete, um etwas zu sagen. In diesem Moment zog der Angreifer ein Messer aus der Jackentasche. An der Armbewegung konnte man erkennen, dass er nur einmal zustach. Der eigentliche Stich wurde durch seinen Körper verdeckt. Ein kurzes Röcheln war zu vernehmen. Das Opfer drehte sich um die eigene Achse und sank zu Boden. Man hörte, aber sah nicht, wie das Messer auf den Fliesen aufschlug. Alexander zuckte einige Male mit den Gliedmaßen und blieb dann regungslos liegen. Der Täter stand eine Weile vor dem Opfer. Dann holte er aus und versetzte ihm einen Tritt mit dem Fuß. Als sich der Angreifer umdrehte, erfasste die Kamera kurz sein Gesicht. Hilgersen stoppte den Film. Das Standbild hätte gut für eine Fahndung verwendet werden können, wenn die Person nicht verkleidet gewesen wäre. Der Täter hatte anscheinend sein komplettes Äußeres verändert.

»Er wusste, dass die Kameras existieren«, sagte Hilgersen. »Vermutlich hat er Ortskenntnisse. Vielleicht kennt er die Familie. Zumindest spricht einiges dafür, dass er bereits einmal im Haus gewesen war.«

»Er könnte sich auch zur Sicherheit verkleidet haben.«

»Ja, könnte. Aber das glaube ich nicht. Der ist entweder ein Bekannter der Küsters oder ein Handwerker oder Staubsaugervertreter.«

»Der Tritt mit dem Fuß lässt eher auf eine Beziehungstat schließen, die von Hass geleitet wurde«, warf Hilgersen ein.

»Vielleicht. Mach weiter, Gustl.«

Hilgersen klickte auf den Startknopf. Der Mann beugte sich über das Opfer und verdeckte mit seiner Gestalt dessen gesamten Oberkörper.

»Was macht der da?«, fragte Flottmann.

»Vielleicht prüft er, ob Alexander noch atmet.«

»Hm.«

Die nächsten Sekunden zeigten, wie der Täter den leblos wirkenden Alexander an den Füßen bis in den Flur und damit außer Sichtweite der Kamera schleifte.

»Das war's wohl.« Hilgersen stoppte das Video. »Küster war sofort tot. Der Stich ging direkt ins Herz.«

Flottmann nickte. »Sieht so aus. Hätte er noch gelebt, wäre mehr Blut geflossen. Bei einem Toten bricht die Blutzufuhr unmittelbar ab.«

»Der Täter muss das Aufzeichnungsgerät für die Kameras im Keller entdeckt haben, als er versucht hat, den Tresor zu knacken. Wahrscheinlich kannte er sich mit der Technik aber nicht aus und hat nicht an die Speicherkarte gedacht.«

»Wie Rita schon sagte. Das war kein Profi. Lohmeyer schickt die SD-Karte nach Wiesbaden. Das BKA wird sich alles genau ansehen, alle vier Kameras und die gesamten vierundzwanzig Stunden.«

»Es kann dauern, bis wir den Bericht kriegen. Versuch, einen Kollegen zu finden, der sich damit beschäftigt. Vielleicht gibt es doch noch etwas, das wir im Schnelldurchlauf übersehen haben.«

»Ich könnte Knoblauch-Malte fragen. Der ist sehr gewissenhaft in solchen Sachen.«

»Du solltest ihn nicht so nennen, Gustl.«

»Und du solltest mich Gustav nennen.«

»Ich werd's mir überlegen. Wir müssen das K1 in Flensburg informieren. Es besteht wohl kein Zweifel mehr, dass Alexander Küster ermordet wurde.«

»Dann werden Hofmann und seine Leute übernehmen. Irgendwie schade.«

»Bis dahin machen wir weiter. Erik Küster, der Bruder, wird gleich kommen. Und der Vater, Wilhelm Küster, muss auch bald hier sein.«

»Sollen wir ihnen das Video zeigen?«

»Keinesfalls. Aber Lohmeyer soll ein Foto des Täters aus dem Video extrahieren. Die beiden Küsters sollen es sich ansehen. Vielleicht fällt ihnen trotz der Verkleidung irgendetwas an der Gestalt auf.«

»Okay. Ich werde das anleiern und Knoblauch-Malte überreden, sich die kompletten Aufzeichnungen anzusehen.«

»Ich wüsste nicht, was ich ohne dich machen sollte, Gustl.«

»Das Gleiche hat Ute vor unserer Scheidung auch immer gesagt.«

5

Lena Abendroth hatte eine anstrengende Nachtschicht hinter sich. Meistens ging sie an solchen Tagen von der Klinik direkt nach Hause. Keine fünf Minuten benötigte sie bis zu ihrem Bungalow am Erichsenweg, den sie seit ihrer Scheidung allein bewohnte. Aber das sonnige Frühlingswetter lud zu einem Spaziergang und einem Bummel durch die Stadt ein. Sie nahm die Abkürzung durch den Park, in dem zu dieser Jahreszeit Millionen Krokusse für ein lilafarbenes Naturschauspiel sorgten. Die verschlungenen Sandwege führten an der Theodor-Storm-Büste und dem Brunnen vorbei zum Ausgang. Sie durchschritt das Sandsteinportal und warf einen Blick auf das Schloss mit dem Wassergraben, der grünlich in der Abendsonne schimmerte. Enten zogen ihre Bahnen und schleppten konzentrische Kreise hinter sich her. Lena nahm es als Kompliment, dass ihr ein junger Mann, der ihr entgegenkam, ein Lächeln schenkte. Vielleicht wirkte sie mit ihrer schlanken Figur und den strohblonden Haaren nicht wie eine Mittvierzigerin. Ende dreißig wäre okay, fand sie und amüsierte sich über ihre Gedanken. Sie hatte kein Problem mit ihrem Alter, aber ein wenig eitel war sie doch.

Sie wollte weiter Richtung Hafen und Innenstadt. An der Hohlen Gasse lag das »Mischmasch«, ein Laden für Geschenkartikel und allerlei »Dinge, die niemand braucht«, wie es auf einer Werbetafel hieß. Daran konnte sie einfach nicht vorbeigehen. Vor der Steintreppe, die in den kleinen Verkaufsraum führte, waren einige Exponate ausgestellt. Ihr Blick fiel sofort auf eine Skulptur, die aus Strandgut hergestellt worden war. Sie ähnelte einem der Flugsaurier, den sie bei Waldemar gesehen hatte, war aber offenbar ein Produkt künstlerischer Phantasie. Zwei Steine formten die Augen, und das Skelett bestand aus gebleichtem und von Wellen feingeschliffenem Holz. Sie benötigte einige Zeit, um zu registrieren, was sie beim Anblick irritierte. Sie bückte sich und strich mit Daumen und Zeigefinger über eine Querstrebe des Skeletts. Kaum zu glauben, aber sie bestand eindeutig aus einem abgesägten Oberarmknochen. Die proximalen und distalen Endstücke fehlten. Trotzdem war sie sich sicher.

Lena schüttelte ungläubig den Kopf. Was hatte ein menschlicher Knochen in einem Kunstwerk zu suchen? War die Künstlerin, die laut Messingschild Carmen Lorenzen hieß, sich bewusst gewesen, was sie verarbeitet hatte?

Lena ging die Stufen hinauf in den Laden. Sie stöberte in den Ausstellungsstücken. Eine Zeit lang schenkte sie den dekorativen und lustigen Angeboten ihre Aufmerksamkeit: Dreamcatchern, die von der Decke hingen, Thermometern mit Pin-up-Motiven und anderen nützlichen Sachen wie einem Rückenkratzer, einer Metallstange, an deren Ende sich Zacken befanden. Aber der Gedanke an den Knochen ließ sie nicht los. Sie hatte vielleicht eine Viertelstunde im Shop verbracht, bevor sie wieder hinausging, um das Werk aus Strandgut erneut zu untersuchen. Sie traute ihren Augen nicht. Die Kreatur war verschwunden. Jemand musste sie in der kurzen Zeit, die sie im Geschäft verbracht hatte, gekauft oder gestohlen haben.

Hastig lief sie zurück in den Laden. Mit einer Entschuldigung schob sie eine Kundin am Verkaufstresen beiseite, die darauf wartete, dass ihre Ware als Geschenk verpackt wurde.

»Das Kunstwerk da draußen, diese merkwürdige Figur mit den Steinaugen und dem Knochen. Wo ist die geblieben?«

Die Verkäuferin sah sie einen Augenblick irritiert an. »Sie meinen das ›Geschöpf aus der Tiefe‹ von Carmen Lorenzen. Das haben wir gerade verkauft. Wir hatten es nur in Kommission genommen.«

»An wen?«

»Was?«

»An wen haben Sie es verkauft?«

»Keine Ahnung. Aber im Innenhof sind noch weitere …«

»Wie sah der Kunde aus?«

»Ein älterer Herr mit Brille, Bart und Schirmmütze.«

»Danke.« Lena Abendroth wandte sich um. Vielleicht gelang es ihr, den Mann noch einzuholen. Ihr wurde plötzlich bewusst, dass ihre Entdeckung von großer Bedeutung sein konnte. Natürlich konnte der Knochen auf vielfältige Weise in den Besitz der Künstlerin gelangt sein. Womöglich stammte er von einem Friedhof oder einem Schiffsunglück irgendwo auf dem Atlantik. Aber auch ein Verbrechen war nicht ganz auszuschließen. Es stieg ein unbestimmtes Gefühl in ihr auf, dass Letzteres der Fall war. Ein Opfer, das im Meer versenkt oder bei Ebbe im Watt vergraben worden war. Hirngespinste vermutlich, aber doch nicht ganz von der Hand zu weisen.

»Warten Sie!«, rief die Verkäuferin ihr hinterher. »Ich gebe Ihnen eine Visitenkarte der Künstlerin.«

Lena griff zu, bedankte sich noch einmal und stürmte aus dem Laden über den Hof zur Toreinfahrt. Sie sah Richtung Neustadt und Richtung Hafen. Entweder war der Fremde in eine der Seitenstraßen verschwunden oder zum Binnenhafen gegangen. Sie entschied sich für den Hafen als das wahrscheinlichere Ziel. Kurze Zeit später stand sie an der Schiffbrücke und ließ ihren Blick über die Außenplätze der Gaststätten und das Hafengelände streifen. Kein Mann mit Schirmmütze und dem sperrigen Kunstwerk in Sicht. Langsam schritt sie die von Touristen gut besuchten Lokalitäten ab. Der Fremde musste einen anderen Weg genommen haben. Vielleicht war er irgendwo eingekehrt und würde bald wieder auftauchen.

Lena Abendroth setzte sich an einen freien Tisch am Goldenen Anker. Dann zückte sie ihr Smartphone und wählte Waldemar Flottmanns Mobilfunknummer. Noch etwas aufgeregt überschüttete sie ihn mit chaotischen Informationen.

»Was ist passiert?«, unterbrach er ihren Redeschwall. »Ein Knochen in einer Skulptur? Ein Menschenknochen? Humerus? Sorry, aber ich verstehe kein Wort.«

Lena legte eine Pause ein und atmete tief durch. Sie wusste selbst nicht, woher ihre Aufregung kam, hatte sie doch im Krankenhaus ständig mit Krankheiten, Leid und Tod zu tun. Damit konnte sie professionell umgehen und in den meisten Fällen die erforderliche Distanz wahren. Aber aus irgendeinem Grunde hatte sie der mysteriöse Fund besonders berührt.

»Okay.« Sie sprach betont langsam: »Ich bin mir sicher, dass ich einen menschlichen Oberarm in einem Kunstwerk gesehen habe. Hast du verstanden?«

»Ja. Hab verstanden. Ich bin gerade in einer Vernehmung. Äh – wo ist die Skulptur?«

»Sie ist weg.«

»Weg?«

»Ja, weg. Vergiss es. Ich dachte nur, es müsste die Polizei interessieren.«

»Ja, natürlich. Klar. Sehen wir uns heute Abend? Dann kannst du mir alles erzählen.«

»Ich hatte Nachtschicht. Ich gehe jetzt nach Hause und leg mich ins Bett.« Lena beendete die Verbindung. Sie war über Flottmanns Reaktion ein wenig enttäuscht. Sie hatte ihre Entdeckung für wichtig gehalten, aber er schien nicht besonders beeindruckt zu sein. Vermutlich gab es eine harmlose Erklärung für den Knochen. Trotzdem hätte er etwas mehr Interesse zeigen können.

Sie zog die Visitenkarte aus der Gesäßtasche ihrer Jeans. »Carmen Lorenzen, Collagen, Reliefs und Skulpturen«, stand in Schreibschrift auf einem Hintergrundbild, das eine Phantasiekreatur aus Treibholz zeigte. Auf der Rückseite war die Adresse in Hattstedt angegeben. In diesem Moment fasste Lena den Entschluss, der Sache nachzugehen. Allein, ohne Polizei. Dann musste sie nichts erklären, musste sich nicht dafür rechtfertigen, dass sie womöglich abwegige Vermutungen anstellte. Sie hatte ein paar freie Tage, und ein wenig Detektiv zu spielen war eine willkommene Abwechslung. Sie lächelte bei dem Gedanken.

Als die Bedienung an ihren Tisch trat, bestellte sie einen Kaffee. Ihre Müdigkeit war verflogen. Sie war zu aufgekratzt, um nach Hause zu gehen und sich schlafen zu legen. Stattdessen genoss sie die letzten Sonnenstrahlen des Tages und beobachtete die vorbeischlendernden Passanten. Die Anzahl von Einheimischen und Touristen hielt sich augenscheinlich in etwa die Waage. Das war es unter anderem, was ihr an Husum gefiel. Die Stadt hatte ihren Charakter bewahrt. Die Einheimischen waren nicht aus der Innenstadt verdrängt worden, und die Zahl der Andenken- und Kitschläden hielt sich in Grenzen.

Im Hochsommer und zu den Hafen- und Krabbentagen mochte das Gleichgewicht etwas zu den Auswärtigen verschoben sein. Dafür traf man im Herbst und Winter vorwiegend Husumer und Bewohner der umliegenden Dörfer an.

Die Sonne war hinter den Häusern verschwunden, und Lena spürte eine Gänsehaut auf ihren nackten Armen. Sie bezahlte, stand auf und ging am Eiscafé vorbei durch die Twiete Richtung Schlossgang. Auf dem Weg nach Hause musste sie ständig an den menschlichen Knochen denken. Egal, welche Geschichte damit verbunden war. Sie wollte die Hintergründe aufdecken.

Alle Gegenstände besaßen eine Geschichte, insbesondere alte Dinge. Das hatte sie immer schon fasziniert. Aber selten gaben sie ihre Geheimnisse preis. Manchmal verrieten sie ihre Biografie durch ihre Herkunft oder durch die Gebrauchsspuren. In einigen Fällen wurde sie bei der Abgabe an einen Nachfolger mündlich weitererzählt. Hatten die Dinge eine historische Bedeutung, so existierten oft schriftliche Aufzeichnungen über ihre Vergangenheit. Lena war keine Sammlerin. Aber einige alte Gegenstände mit Geschichte bewahrte sie in ihrem Haus auf. Das meiste waren Erbstücke aus der Familie, wie das Grammophon und die Seekiste mit den hübschen Brandmalereien auf der Innenseite des Deckels. Die hatte angeblich ihr Urgroßvater mit auf Reisen genommen. Einige wenige Antiquitäten hatte sie auf Flohmärkten und in Trödelläden erstanden.

Und nun dieser Knochen. Der war kein Sammlerstück, hatte aber garantiert eine Geschichte. Vielleicht sogar eine schaurige.

6

Peter Jacobsen hatte die Flasche Korn bereits zur Hälfte geleert. Er saß an seinem Schreibtisch in der gemieteten Zweizimmerwohnung. Er füllte das Trinkglas bis zur Null-Komma-zwei-Liter-Marke und nahm einen kräftigen Schluck. Das Zeug schmeckte wie Spiritus. Aber es half. Zumindest für eine gewisse Zeit. Solange das Gehirn benebelt war, ließen ihn die Geister einigermaßen in Ruhe. Die Jahre in der Psychiatrie hatten nicht geholfen, sie für immer zu vertreiben. Er hatte sich auf Drängen seiner Frau freiwillig in Behandlung begeben, hauptsächlich, um seine Ehe zu retten. Auch das hatte nicht funktioniert. Immerhin war er in der Zeit vom Alkohol losgekommen. Nach der Entlassung hatte es keine zwei Monate gedauert, bis er rückfällig geworden war. Vielleicht war es ein Fehler gewesen, die Tabletten eigenmächtig abzusetzen, doch die Nebenwirkungen, die Alpträume und die Halluzinationen am helllichten Tag waren genauso schlimm wie die depressiven Phasen. Jacobsen glaubte zu wissen, wie er aus dem Teufelskreis herauskam. Er musste handeln.

Er hatte den Brief mit dem Namen des Mörders die ganzen Jahre über wie seinen Augapfel gehütet. Soweit es möglich war, hatte er ihn am Körper getragen. Die Schrift war verblichen und das Papier brüchig und fleckig geworden. Er faltete es ein letztes Mal auseinander. Eigentlich ergab es keinerlei Sinn, den Text erneut zu lesen. Seit Langem kannte er ihn auswendig. Der Absender nannte sich Amnestia. Das war natürlich ein Pseudonym. Die Geschehnisse wurden in wenigen Sätzen geschildert. Sie klangen wie ein Polizeibericht, sachlich und emotionslos, und sie ließen wichtige Fragen offen. Sie erklärten nicht, wo genau man Sabrina hingebracht hatte. Es schien so, als wenn der Briefeschreiber etwas verschwieg oder nicht alles wusste. Aber Jacobsen war überzeugt, dass dieser Amnestia den Mörder persönlich kannte. Jacobsen bezeichnete ihn als Mörder, auch wenn der Unfall und die Fahrerflucht vor Gericht maximal als Totschlag gewertet worden wären oder gar als schwere Körperverletzung mit Todesfolge. In beiden Fällen hatte der Täter vermutlich lediglich eine Bewährungsstrafe zu erwarten. Auch dass er Sabrina wie Müll ins Meer geworfen hatte, würde ungesühnt bleiben.

Den letzten Zeilen konnte man eine ehrliche Betroffenheit des Schreibers entnehmen. Von Schuld und Reue war die Rede. Keine religiösen Floskeln, sondern einfühlsame Worte des Bedauerns. Gern hätte Jacobsen gewusst, welche Verbindung der Verfasser zur Tat hatte, aber davon stand nichts im Brief. Doch er war offenbar auf irgendeine Art beteiligt und nicht nur Zeuge gewesen.

Jacobsen legte das Papier beiseite. Es war nicht gut, dass er betrunken war. Eigentlich brauchte er einen klaren Kopf für seine Vorbereitungen. Aber nichts ging mehr ohne Betäubung. Er hatte alles verloren, seine einzige Tochter, seine Frau, die Arbeit und das Haus. Der, der ihm das angetan hatte, musste bestraft werden. Das war er Sabrina schuldig. Und sich selbst, auch wenn er sich nicht sicher war, dass er dadurch Ruhe finden würde.

Jeder Blick in den Spiegel zeigte, wie alt er geworden war. Die Jahre in der Psychiatrie hatten seine Haare vollständig ergrauen lassen. Sein Gesicht war schmal geworden, und die Wangenknochen standen hervor.

Das erste Jahr nach Sabrinas Verschwinden war die Hölle gewesen. Immer hatten seine Frau Silke und er auf eine Nachricht gehofft. Das Telefon war zu einem Folterinstrument geworden. Wenn es klingelte, zuckte er noch heute zusammen. Schwieg es tagelang, wartete er darauf, dass sich jemand mit einer Neuigkeit meldete. Aber die Polizei hatte die Vermisstenanzeige schon lange zu den Akten gelegt.

Die Beamten hatten damals sogar Daniel in Verdacht gehabt, etwas mit Sabrinas Verschwinden zu tun zu haben. Das war völlig absurd. Daniel war ein guter Kerl. Niemals hätte er ihr etwas antun können. Die Ermittlungen hatten zwar ergeben, dass sie sich einen Abend vorher gestritten hatten. Angeblich war er sauer gewesen, weil sie auf einer Feier mit einem anderen geflirtet hatte. Genaues wusste Jacobsen nicht. Die Polizei hatte den mutmaßlichen Nebenbuhler ermittelt. Sowohl er als auch Daniel hatten ein Alibi für den Abend, an dem Sabrina verschwand, für die Zeit nach achtzehn Uhr. Um vier Minuten nach achtzehn Uhr hatte sie noch mit Daniel telefoniert. Da war sie bei ihrer Freundin gewesen, die in Lund wohnte. Das Gespräch hatte neun Minuten gedauert. Um zwanzig Uhr dreißig war ihr Handy nicht mehr mit dem Mobilfunknetz verbunden gewesen.

Die Polizei hatte immer wieder nachgebohrt, ob es Konflikte und Streit in der Familie oder im Freundeskreis gegeben hatte. Aber das war nicht der Fall gewesen. Der Umstand, dass sie keine persönlichen Sachen mitgenommen hatte, hatte letztendlich auch die Polizei überzeugt. Sie war nicht von zu Hause fortgelaufen. Wenn der Briefeschreiber die Wahrheit sagte, und er hatte keinen Zweifel daran, dann war sie tot.

Was sie wohl heute machen würde? Sie hätte ihr Abitur mit Leichtigkeit geschafft. Vielleicht hätte sie studiert, Chemie oder Biologie. Sie hatte sich für Naturwissenschaften und für die Umwelt interessiert. Sie war sogar Mitglied bei Greenpeace gewesen.

Jacobsen kippte den Rest aus seinem Glas die Kehle hinunter. Das Zeug brannte wie Feuer. Genau das Richtige für diesen trüben Tag.

An jenem Abend war sie von ihrer Freundin auf dem Weg nach Hause gewesen. Jedenfalls hatte ihre Freundin das ausgesagt. Aber man hatte keine Spur von ihr gefunden. Auch das Fahrrad war nie wieder aufgetaucht. Ein rotes mit einem Gepäckträger. Ebenso der Rucksack mit dem Inhalt.

Er füllte das Glas bis zum Rand und trank es in einem Zug aus. Dann nahm er die Tageszeitung in die Hand und blätterte darin. Mit einer Schere schnitt er die fett gedruckten Überschriften aus. Aus den Buchstaben wollte er den Erpresserbrief zusammensetzen. Vermutlich gab es bessere Methoden, aber das Ergebnis würde in gewisser Weise authentisch wirken, vielleicht weil man das Verfahren aus diversen Fernsehfilmen kannte. Wie viel Geld sollte er fordern? Eine hohe Summe barg die Gefahr, dass der Mörder sie nicht aufbringen konnte und nicht zur Übergabe erschien. Eine sehr niedrige Summe wäre dagegen wenig glaubhaft. Fünfzigtausend war ein realistischer Betrag, der zwar nicht besonders hoch war, aber vermuten ließ, dass weitere Forderungen folgten.

Natürlich kam es ihm nicht auf das Geld an. Ziel war es, dass der Mörder durch die Zahlung seine Schuld eingestand. Und Jacobsen wollte ihm in die Augen sehen, von ihm wissen, was damals genau geschehen war und wohin er Sabrina gebracht hatte.

Er benötigte mehr als eine Stunde, um den Text zu formulieren und aus einzelnen Buchstaben zusammenzusetzen. Er klebte sie auf ein weißes DIN-A4-Blatt. Datum, Uhrzeit und Ort der Übergabe umrahmte er dick mit einem schwarzen Filzstift.

Zur Sicherheit trug Jacobsen Einweghandschuhe, um keine Fingerabdrücke zu hinterlassen, obwohl er sich nicht vorstellen konnte, dass der Empfänger mit dem Erpresserschreiben zur Polizei ging. Auch auf dem Kuvert und der Briefmarke sollten keine Abdrücke und keine DNA-Spuren von ihm zu finden sein.

Jacobsen zog die Schublade auf und nahm die Pistole heraus, eine Glock 17, die er nach vielen vergeblichen Versuchen über das Internet erworben hatte. Sie lag leicht in der Hand, aber mit ihr einen Menschen zu töten, würde ihm nicht leichtfallen. Letztendlich wusste er nicht, ob er es tatsächlich schaffen würde. Vielleicht hoffte er insgeheim sogar, dass es schiefging. Allein der Versuch war wichtig. Etwas zu tun war wichtig.

Die Buchstaben verschwammen vor seinen Augen. Er faltete das Blatt, steckte es in den Umschlag und legte ihn beiseite. Dann nahm er den Brief von Amnestia, knüllte ihn zusammen und zündete ihn mit einem Feuerzeug an. Er ließ das brennende Knäuel fallen. Nach wenigen Sekunden blieb nur ein Haufen verkohltes Papier und ein Brandfleck auf der Schreibtischplatte zurück. Das Schreiben in der Wohnung zu verstecken, war jetzt zu riskant geworden. Niemand durfte wissen, dass er den Mörder seiner Tochter kannte.

7

Erik Küster kam gegen vierzehn Uhr. Der dunkelblonde Sechsundzwanzigjährige hatte eine sportliche Figur, war circa einen Meter achtzig groß und fiel durch eine gebeugte Haltung auf.

Flottmann begrüßte ihn mit Handschlag. »Bitte, setzen Sie sich.« Er zeigte auf die beiden Stühle, die neben der Eingangstür standen.

Hilgersen ließ seinen Stuhl in Richtung des Besuchers rotieren und beschränkte seine Begrüßung auf ein freundliches »Moin«.

»Danke, dass Sie gekommen sind«, begann Flottmann. »Sie studieren in Kiel?«

»Ja. Geophysik. Alex' Freundin Caroline hat mich angerufen. Sie hat wirres Zeug geredet. Was ist passiert? Wo ist Alex?«

»Das wissen wir nicht. Aber einiges spricht dafür, dass er einem Verbrechen zum Opfer gefallen ist. In das Haus wurde eingebrochen. Wir haben ein blutiges Messer gefunden. Außerdem hat eine der Überwachungskameras den Angriff auf Ihren Bruder aufgenommen.«

»Ich verstehe das nicht. Wo ist er jetzt?«

»Wir befürchten, dass er nicht mehr am Leben ist. Wir haben einen seiner Schuhe an der Seebrücke in Schobüll gefunden.«

»Dort ist er oft gewesen. Vielleicht ...« Erik Küster stockte. Er lehnte seinen Kopf an die Wand und schloss für einen Moment die Augen.

»Ist der Angreifer auf dem Überwachungsvideo zu erkennen? Wer ist es gewesen?«

Flottmann öffnete die Mappe »Küster« und zog ein Bild hervor. Es zeigte einen Ausschnitt aus dem Video, auf dem das Opfer bereits am Boden lag. Küster stand auf, nahm das Bild entgegen und setzte sich wieder.

»Haben Sie diesen Mann bereits einmal gesehen?«

Küster antwortete nicht sofort. Dann schüttelte er den Kopf.

»Nein, den kenne ich nicht. Sind Sie sicher, dass der Bart echt ist?«

»Vermutlich ist er aufgeklebt. Überhaupt scheint es so, als hätte der Täter sein Äußeres verändert.«

»Dann muss er den Einbruch bei uns geplant und von der Überwachungskamera gewusst haben.«

»Das ist anzunehmen. Wer könnte davon Kenntnis gehabt haben?«

»Jeder, der einmal im Haus war. Das sind sicher viele gewesen. Mein Vater hat so manches Mal Kunden in den privaten Räumen empfangen, obwohl er ein Büro in Husum hat. Außerdem hat er einen großen Bekanntenkreis. Aber Genaues kann ich Ihnen nicht sagen.«

»Wir erwarten Ihren Vater noch heute. Er wird uns Auskunft geben.«

»Aber was ist mit Alex? Er liegt am Boden. Was ist mit ihm passiert?« Küster wirkte betroffen.

»Wir sind dabei, das herauszufinden. Wo befindet sich Ihre Mutter?«

»Nashville, Tennessee. Sie ist vor zehn Jahren mit einem Amerikaner durchgebrannt. Unsere Eltern sind geschieden.«

»Wann haben Sie Ihren Bruder zuletzt gesprochen, Herr Küster?«

»Vor ein paar Tagen. Am Freitag war das. Wir haben telefoniert.«

Hilgersen rollte mit seinem Schreibtischstuhl in eine Position, in der er besseren Blickkontakt zu Küster hatte. »Wo waren Sie in der Nacht von gestern auf heute?«

»Wollen Sie ein Alibi von mir? Sie glauben doch nicht im Ernst, dass ich Alexander etwas angetan habe?«

»Die Frage nach Ihrem Alibi ist reine Routine.«

»Gestern hatte ich bis dreizehn Uhr Vorlesungen. Danach war ich in meiner Wohnung und hab für eine Prüfung gelernt. Wann hat der Überfall stattgefunden? Das müsste die Kamera aufgezeichnet haben.«

»Um kurz nach ein Uhr in der Nacht.«

»Da war ich auf einer Feier. Bis etwa zwei Uhr.«

»Dafür gibt es sicher Zeugen.«

»Ja. Natürlich.«

Für einige Sekunden herrschte Schweigen. Flottmann blätterte in den Unterlagen. Dann sagte er: »Wie ist Ihr Verhältnis zu Alexander? Verstehen Sie sich gut?«

»Wir sind zusammen aufgewachsen. Er ist ein Jahr jünger als ich. Zwischen uns gab es nur die üblichen Streitereien, die Geschwister so haben.«

»Und heute?«

»Alles bestens. Seit er aus Kiel weg ist, sehen wir uns nicht mehr so oft. Aber ich hab noch ein Zimmer im Haus meines Vaters, und alle paar Wochen komme ich nach Husum. Manchmal unternehmen Alex und ich etwas zusammen.«

»Und das Verhältnis zu Ihrem Vater? Ich meine, Ihres und Alexanders.«

»Das könnte besser sein. Er behandelt uns immer noch so, als wären wir Kinder. Er macht uns Vorschriften und glaubt zu wissen, wie wir leben sollten.«

»Er finanziert Ihr Studium?«

»Bis zu einem gewissen Grad. In den Semesterferien jobbe ich. Und Alex auch. Jetzt hängt er ein bisschen durch. Er weiß halt noch nicht genau, was er zukünftig machen soll.«

»Ist Ihnen in letzter Zeit irgendetwas Besonderes an Ihrem Bruder aufgefallen? Hat er etwas erwähnt, das Ihnen ungewöhnlich vorkam? War er in Schwierigkeiten? Wir sind für jeden Hinweis dankbar.«

»Nein, nichts. Aber wenn es ein Einbrecher war, den er überrascht hat ...«

»Wir müssen jeder Spur nachgehen«, sagte Hilgersen. »Wir können nicht gänzlich ausschließen, dass eine Beziehung zwischen dem Täter und Ihrem Bruder besteht. Wir hoffen immer noch, Alexander lebend zu finden. Es versteht sich von selbst, dass Sie uns benachrichtigen, wenn Sie irgendetwas von ihm hören.«

»Klar.«

»Haben Sie vor, zurück nach Kiel zu fahren?«

»Kann ich ins Haus meines Vaters?«

»Das geht leider noch nicht. Die Kriminaltechnik muss dort noch tätig werden.«

»Dann fahre ich heute Abend zurück.«

»Ihr Vater wird bald hier eintreffen. Wenn Sie wollen, können Sie im Besucherraum auf ihn warten.«

»Nein. Ich telefoniere lieber mit ihm, wenn ich wieder zu Hause bin. Von dort aus werde ich noch ein paar von Alexanders Freunden anrufen. Vielleicht wissen die etwas.«

»Das sollten Sie uns überlassen. Wir wären Ihnen dankbar, wenn Sie uns die Telefonnummern und die Adressen geben könnten.«

»Okay. Ich hab nur das, was in meinem Handy gespeichert ist.«

Hilgersen ging zu seinem Schreibtisch, schnappte sich einen Notizblock und gab ihn Erik Küster. Zehn Minuten später hatte dieser die Daten zu Papier gebracht.

»Sie sind über Ihr Mobiltelefon erreichbar?«, fragte Flottmann.

»Ja, natürlich. Tag und Nacht.«

»Gut. Dann sind wir fertig.«

Wilhelm Küster öffnete schwungvoll die Tür und gab den Kommissaren die Hand, wobei er so kräftig zudrückte, dass Flottmann beinahe vor Schmerz in die Knie gegangen wäre. Dann setzte er sich auf den Besucherstuhl und schlug die Beine übereinander. Der dunkle Anzug, die blank geputzten Schuhe und die grau melierten Haare verliehen ihm ein Verkäuferimage. Auch sein Auftreten passte dazu.

»Ich bin zunächst zu meinem Haus gefahren. Aber man hat mich nicht hineingelassen.«

»Die Spurensicherung ist noch nicht abgeschlossen«, sagte Flottmann.

»Wo ist Alex? Wissen Sie schon, was passiert ist? Erik hat mir erzählt, dass eingebrochen wurde. Man habe ein blutiges Messer gefunden.«

»Das ist richtig. Wir müssen leider davon ausgehen, dass Alexander angegriffen und verletzt wurde. Wir haben einen seiner Schuhe an der Schobüller Seebrücke gefunden.«

»Was bedeutet das? Ist er …?«

»Wir wissen nicht, was passiert ist. Allerdings ist auf dem Überwachungsvideo zu sehen, wie Alexander von einem Unbekannten attackiert wurde. Erik haben wir bereits befragt. Wir müssen Ihnen die gleichen Fragen stellen wie Ihrem Sohn. Herr Küster, hat Alexander Feinde? Fühlte er sich bedroht?«

Küster rieb sich die Stirn, als müsse er nachdenken. »Nein, nicht dass ich wüsste.«

»Er wohnt bei Ihnen?«

»Nur vorübergehend. Er hat sein Studium abgebrochen und sucht jetzt nach einer anderen Betätigung.«

»Der Abbruch des Studiums war sicher nicht in Ihrem Sinne?«

»Nein, natürlich nicht. Er hat Mathematik und Informatik studiert. Damit hätte er die besten Chancen auf dem Arbeitsmarkt gehabt. Stattdessen überlegt er, ob er Journalist wird oder gar Schriftsteller. Damit verdient man kein Geld. Jedenfalls schaffen das nur wenige.«

»Haben Sie ihn finanziell unterstützt?«

»In den ersten drei Semestern habe ich meine Söhne unterstützt. Inzwischen verdient Erik seinen Unterhalt weitgehend selbst, während Alex komplett auf meine Kosten lebt. Aber das ist unwichtig. Wenn ihm nur nichts zugestoßen ist. Haben Sie nach ihm gesucht?«

»Ja. Aber wir haben keine Hinweise, wo er sich befinden könnte. Sein Mobiltelefon ist ausgeschaltet, sonst hätten wir vielleicht die Möglichkeit gehabt, es zu orten. Kennen Sie seine Freundin Caroline Voigt?«

»Ja. Alexander hat sie mir vorgestellt. Sie war einige Male bei uns im Haus. Aber ich habe nur ein paar Worte mit ihr gewechselt. Sie weiß nicht, wo Alexander ist?«

»Nein. Sie hat das Messer gefunden. Sie wirkte sehr betroffen. Der Angriff auf Alexander wurde von Ihren Überwachungskameras aufgezeichnet.«

»Ach, ja, die Kameras.« Küster beugte sich vor. »Haben Sie die Aufnahmen ausgewertet?«

»Ja, haben wir.« Flottmann nahm das Bild, das den Täter

zeigte, aus der Akte und überreichte es Küster. »Kennen Sie den Mann?«

Küster betrachtete die Aufnahme lange. »Nein. Er sieht merkwürdig aus.«

»Wir vermuten, dass er sein Aussehen stark verändert hat.«

»Ich kenne niemanden, der ihm ähnlich sieht. Erik sagte, dass die Haustür aufgebrochen wurde.«

»Das ist richtig. Sobald Ihr Haus freigegeben ist, bitten wir Sie, zu überprüfen, ob etwas fehlt.«

Küster nickte.

Hilgersen rückte mit seinem Stuhl näher. »Bei Ihnen ist eine Alarmanlage installiert. Aber die war nicht aktiviert.«

»Wir hatten zu oft Fehlalarm. Deshalb haben wir sie ausgeschaltet. Allerdings waren die Kameras in den Wohnräumen damit gekoppelt, das heißt, sie zeichneten erst auf, sobald Alarm ausgelöst wurde. Wir haben sie dann einfach durchlaufen lassen. Niemanden aus der Familie hat das gestört. Die Aufnahmen wurden ja alle vierundzwanzig Stunden überschrieben. Die Alarmanlage auszuschalten war im Nachhinein betrachtet falsch. Die Überwachungskameras schrecken offensichtlich keine unliebsamen Besucher ab.«

»Wer hat sie angebracht?«

»Eine Firma aus Flensburg. Wie sie heißt, fällt mir gerade nicht ein. Alex hat sich ein wenig um den ganzen technischen Kram gekümmert.«

»Sie haben manchmal Kunden in Ihrem Haus empfangen?«, fragte Flottmann.

»Ja. Nicht oft, aber es kam vor. Weshalb fragen Sie?«

»Wir gehen davon aus, dass der Täter gewisse Ortskenntnisse hatte. Vermutlich wusste er sogar, wo die Kameras installiert sind. Es ist auch nicht auszuschließen, dass ihm bekannt war, dass die Alarmanlage ausgeschaltet war.«

»Ich finde es ziemlich abwegig, dass einer meiner Kunden für die Tat in Frage kommen soll.«

Flottmann nickte. »Aber wir dürfen keine Möglichkeit ausschließen. Jemand hat vielleicht Wertgegenstände in Ihrem Haus vermutet und war überrascht, dass Ihr Sohn anwesend war.«

»Das ist keine Erklärung dafür, dass Alex verschwunden ist.«

»Wie gesagt, müssen wir auch abwegig erscheinende Szenarien verfolgen. Wie Sie wissen, haben wir einen Schuh Ihres Sohnes am Kopf der Seebrücke gefunden.«

»Sie denken, dass ... dass jemand meinen Sohn dort ins Meer ...?« Küster sprach nicht weiter.

»Unsere Kollegen haben Spuren an Ihrem Tresor gefunden, der im Keller angebracht ist. Allerdings ist es dem Täter nicht gelungen, ihn zu öffnen. Können Sie uns sagen, was Sie darin aufbewahren?«

»Etwas Bargeld. Weniger als zehntausend Euro. Ein paar Uhren und etwas Schmuck, alte Stücke aus der Familie. Der Gesamtwert dürfte weniger als hunderttausend Euro betragen. Allerdings wusste niemand davon, schon gar nicht die Kunden, mit denen ich zu tun habe.«

»Trotzdem würde ich Sie bitten, uns eine Liste zu erstellen, die alle Personen umfasst, die in den letzten Jahren Zugang zu Ihrem Haus hatten.«

Küster nickte. »Ich werde mein Möglichstes tun.«

»Sie waren mehrere Tage in München?«

»Ja, eine ganze Woche.«

»Laut Aufzeichnung der Überwachungskamera geschah der Angriff auf Ihren Sohn um etwa ein Uhr in der vergangenen Nacht. Wo waren Sie zu der Zeit?«

Küster schüttelte den Kopf. Es war nicht verwunderlich, dass er kein Verständnis für die Frage hatte.

»Ich war im Bett, im Hotelbett meines Zimmers. Aber ich hatte am Abend eine Besprechung mit einem Kunden in der Hotelbar. Die ging bis zweiundzwanzig Uhr. Ich kann Ihnen den Namen des Gesprächspartners geben.«

»Nicht nötig. Aber wenn Sie sowieso die Liste erstellen, können Sie den Namen, Ort, Datum und Uhrzeit des Treffens mit aufschreiben. Wir werden Sie benachrichtigen, sobald Sie in Ihr Haus zurückkehren können. Voraussichtlich wird das in wenigen Tagen der Fall sein.«

8

Flottmann lebte im vierten Stock eines Wohnblocks, ganz in der Nähe der Dienststelle. Seit zwei Wochen benutzte er den Aufzug nur noch, wenn er schwere Sachen zu tragen hatte. Auch an diesem Abend überwand er sich und stieg die sechzig Stufen empor. Natürlich war das nur ein minimaler Beitrag zur Wiedererlangung seiner Fitness. Aber besser als gar nichts, fand er. Und dass ein gewisses Maß an sportlicher Betätigung notwendig war, spürte er, als er vor der Wohnungstür stand. Außer Atem steckte er den Schlüssel ins Schloss. Erst jetzt bemerkte er, dass die Tür nur angelehnt war. Hatte er am Morgen vergessen, sie zuzuziehen und abzuschließen? Nein, hatte er nicht. Jemand war in seine Wohnung eingebrochen! Schon lange hatte er vorgehabt, sie besser abzusichern. Allein schon wegen seiner Fossilien- und Mineraliensammlung.

Flottmann konnte nicht ausschließen, dass sich der oder die Einbrecher noch in der Wohnung aufhielten. Es wäre von Vorteil gewesen, hätte er seine Dienstwaffe dabeigehabt. Aber die lag im Waffenschrank, wo sie hingehörte. Er zog den Schlüssel leise ab und steckte ihn in die Jackentasche. Dann öffnete er langsam die Tür. Die Scharniere quietschten. Das war ihm bisher nie aufgefallen. Jetzt erzeugten sie Töne wie in einem Thriller von Edgar Wallace. Flottmanns Herzschlag beschleunigte sich erneut. Doch diesmal nicht vor Anstrengung, sondern aus purer Angst. Wie der Held des Films fühlte er sich ganz und gar nicht. Noch nicht einmal wie ein Hauptkommissar der Kriminalpolizei.

Im Flur griff er nach dem Schirm, der an der Garderobe hing. Keine perfekte Waffe, aber besser als gar keine. Er umfasste den Griff mit fester Hand. Das gab ihm ein gewisses Gefühl der Sicherheit, auch wenn dieses trügerisch war. Er warf einen Blick in die Küche. Niemand da. Weiter zum Wohnzimmer. Vor der Tür blieb er stehen und horchte, ob er irgendwelche Geräusche wahrnehmen konnte. Nur dumpfer Verkehrslärm aus der Ferne war zu hören.

Er schob die Spitze des Schirms durch die Türöffnung, als erwartete er, die Eindringlinge würden darauf schießen. Jetzt kam ihm sein Verhalten lächerlich vor. Zwei schnelle Schritte, und er stand im Wohnzimmer. Sekunden reichten aus, um die Lage zu checken. Niemand da. Die Tür zum Schlafzimmer war geschlossen, die zum Arbeitszimmer stand offen. Aber auch dort befand sich niemand.

Bogomil! Wo war Bogomil? Flottmann riss die Tür zum Schlafzimmer auf. Hatte er den Kater versehentlich eingeschlossen? Kein Bogomil, weder unter der Bettdecke noch unter dem Bett. Er eilte zurück in den Flur, sah noch einmal in der Küche nach und dann im Badezimmer. Der Kater war verschwunden.

Die Einbrecher hatten ihn gestohlen! Entführt! Umgebracht! Ein beunruhigender Gedanke nach dem anderen schoss Flottmann durch den Kopf.

Die Tür hatte offen gestanden. Die logischste Erklärung war, dass der Kater die Treppe hinunter- und ins Freie gelaufen war. Vielleicht aus panischer Angst.

Er ging zurück ins Treppenhaus, sah sich im Hausflur um, stieg die Stufen hinauf bis zur Stahltür, die auf das Dach führte. Dann fuhr er mit dem Fahrstuhl bis in den Keller. Er suchte sogar in der Tiefgarage, obwohl es unwahrscheinlich war, dass Bogomil dorthin geflüchtet war. Er klingelte bei den Nachbarn, immer noch mit dem Regenschirm bewaffnet. Niemand hatte etwas Verdächtiges beobachtet, und niemand hatte den Kater gesehen. Bogomil war wie vom Erdboden verschluckt.

Zurück in der Wohnung durchsuchte er noch einmal jeden Winkel. Auch die Schränke ließ er nicht aus. Das Tier war schon auf so manche abwegige Idee für ein Versteck oder einen Schlafplatz gekommen. Aber der Kater blieb verschwunden. Flottmann merkte, wie Traurigkeit in ihm hochkroch.

Er lief im Wohnzimmer auf und ab. Sein Blick fiel auf den Glasschrank, in dem er einige Exponate untergebracht hatte. Die Schiebetür war bis auf einen Spalt von etwa zwei Zentimetern geschlossen. Einige kleinere Fundstücke fehlten, einige Haifischzähne, ein paar Insekten, ein Seeigel und eine Asselspinne. Alles kleine Exponate ohne besonderen Wert. Entweder hatten die Einbrecher keine Ahnung von Fossilien, oder sie hatten nur das mitgenommen, was sich leicht transportieren ließ. Aber selbst in einer Plastiktüte hätten sie mehr Material fortschaffen können. Vielleicht waren sie gestört worden. Dafür sprach auch, dass keine weiteren Schubladen und Schränke offen standen. Die Wohnung sah nicht so aus, als hätten Einbrecher nach Wertgegenständen gesucht. Außer der Sammlung wäre bei ihm nicht viel zu holen gewesen.

Bogomil irrte jetzt vermutlich verängstigt durch die Straßen. Hätte er ein Halsband mit Adresse, eine Tiermarke oder einen Mikrochip, dann bestünde die Chance, dass das Telefon klingelte und der Finder sich meldete. Fundbüro!, war Flottmanns nächster Gedanke. Quatsch, Tierheim! Gleich morgen wollte er dort anrufen.

Und wenn die Täter Bogomil doch mitgenommen hatten? Das war unwahrscheinlich, aber nicht gänzlich auszuschließen.

Draußen hatte es zu regnen begonnen, und die Dämmerung hatte eingesetzt. Flottmann zog sich eine Jacke über und begab sich auf die Suche nach Bogomil. Er klapperte alle Straßen der Umgebung ab, blickte in Hinterhöfe und fragte jeden, den er traf, nach einem schwarzen Kater mit weißen Pfoten und einer weißen Nase. Aber niemand hatte Bogomil gesehen.

Nach zwei Stunden brach Flottmann die Suche ab und kehrte in die Wohnung zurück.

Er hätte jetzt gern mit Lena geredet. Aber sie hatte Nachtdienst und war sicher im Stress.

Die Spurensicherung musste anrücken! Rita Förster! Sie war auf Einbrüche spezialisiert. Vielleicht hätte er netter zu ihr sein sollen. Egal. Morgen wollte er sie ansprechen. Als steuerzahlender Bürger hatte er einen Anspruch auf polizeiliche Hilfe.

9

Trotz ihres Schlafdefizits hatte Lena Abendroth Schwierigkeiten, einzuschlafen. Die Sache mit dem Knochen hatte sich in ihr Gehirn eingenistet. Ihre Gedanken kreisten unablässig um Geschichten, die damit verbunden sein konnten. Im Halbschlaf mischten sich ihre Überlegungen mit Halluzinationen. Über ein U-Boot aus dem Ersten Weltkrieg, das vor Kurzem an der Küste entdeckt worden war, einen Inselfriedhof, den eine Sturmflut überspült hatte, bis hin zum sagenhaften Rungholt, das immer wieder Fundstücke freigab, darunter auch Tier- und Menschenknochen.

Der Oberarmknochen in der Skulptur war zwar mit dunkelblauer Farbe übermalt worden, aber trotzdem gut erhalten. Zu gut für eines der Szenarien, vermutete Lena. Vielleicht war der oder die Tote vor fünf oder zehn Jahren dem Salzwasser überlassen worden. Allerdings fehlten ihr die Kenntnisse für solche Schlussfolgerungen. Und auch ein Forensiker würde das genaue Alter nur anhand umfangreicher Untersuchungen des Fundstückes feststellen können. Sie beschloss, sich auf die Suche nach dem Kunstwerk zu begeben, und schlief endlich ein.

Ihr Entschluss stand auch noch am nächsten Morgen fest. Sie hatte die Visitenkarte der Künstlerin vor sich liegen, als sie am Frühstückstisch saß. Sie war noch etwas müde. Aber der starke Kaffee würde helfen, ihren Kreislauf in Schwung zu bringen.

»Carmen Lorenzen, Collagen, Reliefs und Skulpturen, Hattstedt«. Lena überlegte, ob sie die Frau anrufen sollte. Auf der Rückseite der Karte war ein Gebäude abgebildet, ein altes Bauernhaus, vor dem einige ihrer Werke zu sehen waren. Vermutlich verkaufte sie ihre Arbeiten auch direkt vor Ort. Unterhalb der Adresse wurde auf eine Homepage verwiesen. Aber Lena hatte sich sowieso schon entschieden, der Künstlerin einen Besuch abzustatten.

Nach dem Frühstück setzte sie sich in ihren Opel Corsa und

fuhr nach Hattstedt. Das Backsteinhaus lag direkt an der Bundesstraße 5. Es sah nicht ganz so fotogen wie auf dem Bild aus, sondern wirkte ein wenig heruntergekommen, aber idyllisch. Das Reetdach war fast vollständig mit Moos bewachsen. Das Haus hatte kleine weiße Sprossenfenster und eine blau-weiß gestrichene Eingangstür.

Lena fuhr in die Einfahrt. Der Kies knirschte unter den Reifen des Wagens.

Sie stieg aus. Ihr Blick fiel sofort auf das Nebengebäude, eine Scheune, aus der fortwährendes Hämmern erklang. Das Tor stand offen, und Lena sah eine zierliche Gestalt in weiten Jeans und blauem T-Shirt, die ein Blech auf einem Holzklotz bearbeitete. Lena blieb am Eingang stehen und wartete, bis der Lärm verklungen war. Der Schuppen war vollgestopft mit Materialien, Metallen, Kunststoffteilen und Holzresten, die zu verschiedenen Haufen sortiert auf dem Boden lagen. An einer Wand standen ein Tisch und eine Werkbank mit Werkzeug. Daneben ein Schweißgerät.

»Frau Lorenzen? Darf ich Sie kurz stören?«

Carmen Lorenzen legte den Hammer auf den Holzklotz und drehte sich zu Lena um.

»Klar.« Sie nahm die Schutzbrille ab und wischte sich mit dem Handrücken den Schweiß von der Stirn, wobei sie den Schmutz auf der gebräunten Haut verteilte. Ihr kurzes schwarzes Haar unterstrich ihre feinen, gleichmäßigen Gesichtszüge.

»Was kann ich für Sie tun?«

»Ich hab draußen einige Ihrer Kunstwerke bewundert. Sie gefallen mir sehr gut.«

»Das höre ich gern. Haben Sie Interesse an einem bestimmten Stück?«

»Vor einigen Tagen hab ich eine Skulptur im ›Mischmasch‹ in Husum gesehen. Leider wurde es mir von einem Kunden vor der Nase weggeschnappt. Das Werk hatte den Titel ›Geschöpf aus der Tiefe‹.«

»Ich hab drinnen einen Ausstellungsraum. Sie können sich dort gern einmal umsehen. Vielleicht gefällt Ihnen eine der Arbeiten.«

»Die Sache ist die …« Lena überlegte, wie sie vorgehen sollte. »Es geht mir speziell um das genannte Stück.«

Lorenzen runzelte die Stirn. »Ah, ja. Verstehe. Aber wenn es bereits verkauft ist, wüsste ich nicht, wie ich Ihnen weiterhelfen könnte.«

»Die Skulptur war komplett aus Strandgut zusammengesetzt?«

»Soweit ich mich erinnere, ja. Kommen Sie, ich zeig Ihnen etwas.«

Lorenzen ging mit Lena weit in die Scheune hinein, bis sie vor drei schlichten Holztruhen standen. Sie öffnete eine davon, die mit Treibholz, bunten Glasscherben, Muscheln, verrosteten Metallstücken und Tauen vollgepackt war. Sogar ein Rettungsring und Gummistiefel befanden sich darin.

»Manchmal nehme ich wahllos ein paar Fundsachen heraus und überlege mir, was ich daraus machen kann.«

»Sie sammeln die Dinge am Strand?«

»Ja. Besonders nach einem Sturm findet man jede Menge Material im Spülsaum. 2016 haben Urlauber vor Nordstrandischmoor sogar ein Beil aus der Steinzeit geborgen. Es stammt aus einer Epoche, in der dort noch kein Meer war. Irgendwann gibt die Nordsee alles wieder her, was sie verschluckt hat. Das Watt verändert sich ständig. Priele suchen sich einen neuen Lauf, und dann werden solche Fundstücke freigespült. Die Sachen, die ich einsammle, sind natürlich nicht so spektakulär.«

»Sind auch Knochen dabei?«

»Manchmal.«

»Auch menschliche Knochen?«

Carmen Lorenzen sah Lena verdutzt an. Dann lachte sie. »Nein, das kann ich mir nicht vorstellen. Warum fragen Sie?«

»Im ›Geschöpf aus der Tiefe‹ haben Sie den Oberarmknochen eines Menschen verarbeitet.«

Lorenzens brauner Teint nahm eine fahlgelbe Farbe an.

»Eines Toten?«

»Ja. Tier- und Menschenknochen sind nicht immer leicht zu unterscheiden. Aber ich bin Ärztin, und ich bin mir sicher, dass der Knochen von einem Menschen stammt. Nach der Größe zu urteilen, wahrscheinlich von einer männlichen Person. Wissen Sie noch, wo Sie das Stück gefunden haben?«

»Sehr wahrscheinlich am Strand von St. Peter-Ording. Dort bin ich am häufigsten. Genau kann ich es nicht sagen. Ich erinnere mich nicht an den Fund. Er war für mich nichts Besonderes. Aber ich führe Buch über meine Werke. Kommen Sie ins Haus. Ich mache uns einen Tee. Dann können wir weiterreden. Wirklich ein menschlicher Knochen?«

Lena nickte. Die Künstlerin führte Lena ins Haus, durch einen schmalen Flur in einen Raum, der wie eine Mischung aus Wohnzimmer und Küche wirkte. Holzfußboden, gelb gestrichene Wände, eine Küchenzeile mit weißblauen Fliesen, ein antiker Tisch mit drei gepolsterten Stühlen.

»Bitte, setzen Sie sich!« Lorenzen füllte den Wasserkocher und stellte ihn an. »Assam?«

»Gern.«

»Ich lasse den Tee drei Minuten ziehen. Nehmen Sie Milch oder Zucker?«

»Nein, danke.«

Nachdem die Gastgeberin den Tee aufgesetzt und Tassen auf den Tisch gestellt hatte, verschwand sie im Flur und kam nach kurzer Zeit mit einem großformatigen Buch wieder. Auf der Vorderseite war eines ihrer Kunstwerke abgebildet. Sie legte das Buch auf den Tisch, goss Tee in die Tassen und rückte mit einem Stuhl an Lenas Seite.

»Mit der Zeit hat sich einiges angesammelt.«

»Haben Sie alle abgebildeten Werke verkauft?«

»Nein, aber die meisten haben irgendwann einen Interessenten gefunden. Manchmal kommen Urlauber hierher und nehmen etwas als Andenken von der Küste mit. Natürlich sind mir Käufer lieber, die meine Arbeiten aus anderen Motiven erwerben, die meine Kunst zu schätzen wissen. Zum Glück muss ich nicht davon leben. Meine Eltern haben mir dieses Haus und ein kleines Vermögen hinterlassen. Nicht viel, aber es reicht. Sich mit etwas zu beschäftigen, was man liebt, ist ein unschätzbarer Luxus. Sie sind Ärztin?«

Lena nickte. »Freizeit und Job lassen sich da nicht so leicht miteinander verbinden. Aber auch ich liebe meinen Beruf. Und in meiner Freizeit jage ich Knochen nach.« Sie lachte.

»Die Skulptur hab ich vor etwa einem halben Jahr erschaffen.« Lorenzen blätterte die Seiten langsam um. Lena unterbrach sie einige Male und stellte Fragen zu den Werken. Carmen Lorenzen freute sich sichtlich über das Interesse der Besucherin.

»Das ist das ›Geschöpf aus der Tiefe‹.« Sie tippte mit dem Finger auf eine Abbildung.

»Darf ich?«, fragte Lena und zog das Buch zu sich herüber. »Ja. Das ist das Kunstwerk, das ich gesehen habe. Und das hier ist der Oberarmknochen.« Sie strich mit dem Zeigefinger über den Verlauf der Querstrebe, die dem Objekt offenbar die notwendige Stabilität verlieh.

»Hätte ich gewusst …«

»Wie gesagt sind Menschen- und Tierknochen nicht immer leicht zu unterscheiden. Es trifft Sie also absolut kein Vorwurf. Trotzdem wäre es wichtig, die Herkunft zu erfahren. Dann könnte man das Alter, Geschlecht und den Todeszeitpunkt feststellen.«

»Sollten wir die Polizei benachrichtigen?«

»Ich hab das bereits getan. Aber die schien kein besonderes Interesse daran zu haben. Wenn wir den Knochen fänden, sähe die Sache bestimmt anders aus. Was bedeutet die Nummer neben der Abbildung?«

»Ich mach mir zu jeder Arbeit Notizen. Die Nummern verweisen auf eine Eintragung, die ich in einem Notizbuch vornehme. Warten Sie.«

Lorenzen stand auf und verschwand im Flur. Eine Minute später kam sie mit einem Notizbuch zurück und setzte sich wieder an den Esstisch.

»Nummer vierundvierzig. Fertigstellung am 15. Januar. Alle verwendeten Fundstücke stammen aus St. Peter-Ording. Ich hab sie an zwei Tagen im Dezember gesammelt, Weihnachten, am 26. und am 29. Dezember. Am 5. März hab ich die Skulptur an das ›Mischmasch‹ gegeben. In Kommission. Mehr steht hier leider nicht.«

»Sehen Sie eine Chance, an den derzeitigen Besitzer zu kommen?«

Lorenzen schüttelte den Kopf. »Wenn die Verkäuferin die Adresse nicht hat …«

»Sehr schade. Darf ich die Abbildung fotografieren?«

»Ja. Selbstverständlich.«

Lena nahm ihr Handy aus der Gesäßtasche und schoss mehrere Fotos vom Kunstwerk.

»Es fehlen die Enden des Knochens. Haben Sie die abgesägt?«

»Ja. Sie passten nicht. Ich meine, optisch.«

»Haben Sie die Endstücke noch?«

»Nein. Die sind im Abfall gelandet.«

»Hab ich mir gedacht.«

Lena blätterte weiter. Als sie sich alle Fotos angesehen hatte, klappte sie das Buch zu.

»Wirklich schöne Arbeiten.« Sie trank ihren Tee aus und verabschiedete sich.

»Sind Sie demnächst wieder einmal auf Strandtour?«, fragte sie im Hof.

»Ja. Kommen Sie doch beim nächsten Mal mit.«

»Das war der Hintergrund meiner Frage. Ich würde Sie gern begleiten.«

»Wenn Wetter und Tide stimmen, rufe ich Sie an.«

»Das wäre toll. Ich gebe Ihnen meine Visitenkarte.«

Lena Abendroth kramte in ihrer Handtasche und brachte eine Karte zum Vorschein. »Die letzte Nummer ist die meines privaten Mobiltelefons. Ich denke, wir sollten uns duzen. Einverstanden?«

»Gern.«

10

Flottmann stürmte ins Büro. Er nahm sich nicht einmal Zeit, um auf das »Moin« seines Kollegen zu antworten, sondern griff sofort zum Telefon und wählte Rita Försters interne Rufnummer. Dann ließ er sich auf seinen Drehstuhl fallen.

»Moin«, wiederholte Hilgersen.

»Moin«, antwortete Flottmann, ohne darauf zu achten, dass die Spurensicherungshilfskraft sich bereits gemeldet hatte.

»Was?«, schallte es aus der Hörmuschel.

»Äh ... Frau Förster – Rita, ich brauche deine Hilfe.«

»Wer ist da?«

»HK Flottmann – Waldemar. Ein neuer, ein dringender Fall. Es wurde eingebrochen, und wertvolle Gegenstände wurden gestohlen.«

»Wo?«

»Bei mir zu Hause.«

»Was?«

»Außerdem gab es eine Entführung.«

»Eine Entführung? Wer wurde entführt?«

»Bogomil.«

»Wer?«

»Mein Kater.«

Schweigen am anderen Ende. Dann knackte es in der Leitung.

Flottmann starrte auf die Hörmuschel. »Die hat aufgelegt. Sie hat einfach aufgelegt!« Er warf den Hörer auf die Gabel.

»Kann es sein, dass du mit Frauen nicht umgehen kannst?« Hilgersen ließ seinen Stuhl rotieren und sah seinen Kollegen an. Sein angedeutetes Grinsen brachte Flottmann noch mehr auf die Palme.

»Nein, das kann nicht sein. Der dummen Kuh werde ich was erzählen.« Er griff erneut zum Hörer.

»Mit Freundlichkeit würdest du bei ihr bestimmt weiterkommen.«

»Soll ich ihr ein paar Gänseblümchen pflücken, oder was meinst du?«

»Das wäre eine Möglichkeit. Aber sag mal, was ist passiert?«

»Bei mir wurde gestern eingebrochen.«

»Echt? Und was wurde gestohlen? Etwa deine Fossilien?«

»Nur einige wenige. Aber Bogomil ist weg.«

»Gestohlen?«

»Ja, oder entführt.«

»Wer stiehlt oder entführt denn eine Katze? Obwohl dein Kater zugegebenermaßen außergewöhnliche Talente besitzt, kann ich mir das nicht vorstellen. Rechnest du mit Lösegeldforderungen? Wie viel würdest du für Bogomil bezahlen?«

Flottmann antwortete nicht.

»Okay. Ich nehme die unmoralische Frage zurück.«

Flottmann schwieg. Er schaltete seinen Computer ein und schlug die Akte »Küster« auf.

»Ich kümmere mich um den Fall«, sagte Hilgersen nach einer Weile.

»Die Flensburger sind informiert. Die werden den Fall übernehmen.«

»Ich meine die Sache mit Bogomil.«

»Was?«

»Du bist zu sehr involviert. Ich übernehme den Einbruch und den Vermisstenfall Bogomil.«

Flottmann runzelte die Stirn.

»Ich meine das ernst. Hast du ein Bild von deinem Kater?«

»Jede Menge.«

»Dann schieb sie auf meinen Rechner. Wir entwerfen ein Suchplakat mit genauer Beschreibung. Deine Computerkenntnisse in Ehren. Aber ich kann das besser. Ich helfe dir auch beim Kleben.«

»Wirklich?«

»Klar, Mann. Papier und Druck spendiert das Haus. Und ich überzeuge unsere Spurensicherungs-Rita, dass sie sich der Sache annimmt und ihr Bestes gibt.«

Flottmann erwartete, dass sein Kollege einen seiner Scherze nachschob. Aber es kam nichts.

»Mann, ich will dir wirklich helfen. Obwohl ich deinen Kater nicht persönlich kenne, ist er mir allein schon durch deine Erzählungen ans Herz gewachsen. Ehrlich. Und ich kann nachvollziehen, was in dir vorgeht.«

Flottmann kannte Hilgersen gut genug, um zu erkennen, dass dieser von der üblichen Flachserei in den ernsthaften Modus gewechselt war. Und er wusste, dass er sich auf seinen Kollegen verlassen konnte, wenn es darauf ankam.

Er kopierte einige Bilder von seinem Smartphone auf den Rechner und schickte sie über das Netzwerk an Hilgersen. Zwanzig Minuten später verließ dieser das Büro und kam mit dem Ausdruck des Laserdruckers, der im Flur stand, zurück.

»Gut. Sehr gut«, lobte Flottmann.

»Fehlt nur noch die Beschreibung, besondere Kennzeichen und so weiter.«

»Intelligent, verschmust, guter Charakter …«

»Mensch, Waldemar. Das ist doch keine Kontaktanzeige.«

»Wie meinst du das?«

»Wir schreiben: Übergewichtiger, träger Kater mit weißer Nase und weißen Pfoten, hört manchmal auf den Namen Bogomil – oder so ähnlich.«

»Gefällt mir nicht.«

Eine Viertelstunde später hatten sich die beiden auf einen Text geeinigt, und Hilgersen stellte das Plakat fertig. Dann druckte er fünfzig Exemplare aus. Flottmann begab sich zum Drucker und blieb daneben stehen, bis der Job beendet war. Die Aktion war ein gefundenes Fressen für die Kollegen. Natürlich würde sich die neue Geschichte um Bogomil herumsprechen, aber das musste nicht sofort sein.

Flottmann nahm den Stapel aus der Ablage, ging zurück ins Büro und packte ihn in seinen Aktenkoffer.

»Heute Nachmittag kleben wir die Plakate«, sagte Hilgersen.

»Okay. Ich besorge Klebeband und Heftzwecken. Und du bist wirklich dabei?«

»Klar. Und jetzt gehe ich zu Rita und lass meinen Charme spielen. Das wird eine Kleinigkeit für mich sein.«

Hilgersen stand auf und verließ das Büro.

Flottmann erkundigte sich im Tierheim, ob ein schwarzer Kater mit weißer Nase und weißen Pfoten abgegeben worden sei. Die Mitarbeiterin verneinte. Doch sie hätten viele herrenlose Tiere, die auf einen neuen Besitzer warteten. Er wies ein wenig unfreundlich darauf hin, dass sein Tier etwas ganz Besonderes sei, das man nicht so einfach ersetzen könne. Die Frau blieb höflich und äußerte Verständnis. Sie fragte sogar nach seinem Namen und seiner Telefonnummer und wollte sich bei ihm melden, sobald ein »besonderer« schwarzer Kater bei ihnen abgegeben werde.

Flottmann rief Lena Abendroth an und erzählte ihr, was passiert war.

»Das ist sehr traurig. Hatte Bogomil kein Halsband mit Namen oder Ähnliches?«

»Nein, aber sobald er wieder da ist, werde ich das ändern.«

»Was hast du vor? Wie wäre es mit einer Suchanzeige in der Zeitung?«

»Das ist eine gute Idee. Ich werde es noch heute veranlassen. Außerdem haben wir Plakate gedruckt. Die werden wir in der Umgebung aufhängen.«

»Wer ist wir?«

»Gustav und ich.«

»Ich kann euch helfen.«

»Danke, Lena. Aber das ist nicht nötig. Wir beide schaffen das. Du hattest mich wegen eines Knochens angerufen. Hab ich das richtig verstanden?«

»Vergiss es. Das war nicht so wichtig. Ich erzähle es dir am Wochenende. Kümmere dich erst einmal um Bogomil.«

»Okay. Wir haben hier gerade einen komplizierten Fall. Ich rufe dich heute Abend noch einmal an. Bis dann.«

»Mach's gut, Waldemar.«

Es war das erste Mal, dass Flottmann sich wünschte, anders als mit seinem Vornamen genannt zu werden. Ein Kosename wäre schön gewesen. Ganz sicher nicht »Schatz« oder gar »Dickerchen«, wie seine Ex ihn manchmal genannt hatte. Und »Waldi« kam auch nicht in Frage. So nannten manche ihren Hund. Aber »Waldemar« aus Lenas Mund klang befremdlich. Er hatte seinen Namen in all den achtundvierzig Jahren seit seiner Geburt nie richtig gemocht. Warum mussten seine Eltern ihn ausgerechnet so taufen? Beschweren konnte er sich nicht mehr bei ihnen. Sein Vater war vor vier Jahren an Krebs gestorben, seine Mutter wenig später an Herzversagen, wie der Arzt festgestellt hatte.

Abgesehen von der Namensgebung hatte er keinen Grund zum Klagen. An seine Kindheit hatte er fast nur gute Erinnerungen, wobei das natürlich auch der Tatsache geschuldet war, dass im Rückblick alles Negative ein wenig verblasste. Ein Trick des Gehirns beziehungsweise der Evolution, der dafür sorgte, dass man sich mehr um die Gegenwart und Zukunft kümmerte. Die Vergangenheit ließ sich nicht ändern. Sich zu sehr mit ihr zu beschäftigen bot keinen Überlebensvorteil. Sicher hinterließen gravierende Ereignisse ihre Spuren. Aber solche hatte es in Flottmanns Kindheit nicht gegeben, außer einer nicht erwiderten Liebe zu einer Mitschülerin und dem Tod seiner Katze Mollie.

Hilgersen kam zurück und riss ihn aus seinen Gedanken.

»Das war schwieriger, als ich dachte«, sagte Hilgersen und setzte sich an den Schreibtisch.

»Hat dein Charme für Rita nicht ausgereicht?«

»Ich musste tief in die Trickkiste greifen. Und dann hab ich ihr erklärt, dass du gar nicht so ein Kotzbrocken bist, wie sie denkt. Du seist nur manchmal etwas unsensibel. Deine Scheidung habe dich sehr mitgenommen, und –«

»Erspar mir die Details.«

Hilgersen grinste.

»Sie nimmt also die Spurensicherung in meiner Wohnung vor?«

»Sie wird morgen Punkt neun Uhr damit anfangen, und zwar ganz besonders sorgfältig. Wie gesagt, war es ein hartes Stück Arbeit, sie zu überzeugen. Es wäre übrigens besser, wenn du nicht dazukämst. Das könnte sonst meine Strategie konterkarieren, wenn du verstehst, was ich meine.«

»Ich ahne, was du meinst. Aber das wird nicht gehen. Sie muss von mir erfahren, welche Gegenstände der Einbrecher bewegt hat, welche Schränke und Türen geöffnet wurden und so weiter. Wegen der Fingerabdrücke und DNA-Spuren.«

»Dann sei nett zu ihr.«

»Ich komme zwar an deinen Charme nicht ran, aber ich werde mich bemühen.«

»Ich hab übrigens Rita gegenüber nicht noch einmal erwähnt, dass die Einbrecher Bogomil verschleppt haben könnten. Das klang mir zu abwegig. Es gehe um die wertvollen Gegenstände, die die Täter mitgenommen hätten. Was den Wert angeht, habe ich etwas übertrieben. Nur dass du Bescheid weißt. Wir reden hier also nach meiner Darstellung von um die zigtausend Euro. Hast du die Sachen eigentlich versichert? Ich weiß nicht, ob die normale Hausratversicherung bezahlt.«

»Nee, hab ich nicht. Den Verlust kann ich verschmerzen. Es war ja nicht viel. Entweder hatten die Täter keine Ahnung von Fossilien, oder sie wurden gestört.«

»Und dann haben sie den Kater mitgenommen. Besonders logisch klingt das nicht, wenn du mich fragst. Die Sache mit der Lösegeldforderung können wir wohl ausschließen. Dass Bogomil ganz einfach weggelaufen ist, scheint mir die wahrscheinlichste Variante zu sein.«

»Er hatte es gut bei mir. Außerdem fällt die Hauseingangstür automatisch zu. Bogomil ist zwar intelligent, aber ich schließe aus, dass er sie geöffnet hat.«

»Er könnte entwischt sein, als jemand hereinkam oder hinausging.«

»Ich weiß. Deshalb kleben wir ja die Suchplakate. Trotzdem glaube ich, dass die Einbrecher ihn gekidnappt haben. Und wenn wir sie schnappen, krieg ich auch Bogomil wieder.«

»Egal, was passiert ist. Wir geben jetzt eine Anzeige in der Zeitung auf.« Hilgersen drehte sich in Arbeitsposition. »Wir machen das zusammen. Am besten setzt du dich zu mir.«

Flottmann nickte. Er schnappte sich einen Besucherstuhl und nahm neben seinem Kollegen Platz. Eine Viertelstunde später war alles erledigt. Sie hatten gerade den Text und ein Bild an die Zeitung abgeschickt, als der Dienststellenleiter Dirk Drechsler ins Büro kam.

»Wir bekommen Unterstützung im Fall Küster«, sagte er ohne Gruß. »Vom LKA.«

»Wird der Fall so hochgehängt?« Hilgersen zeigte sich überrascht. »Wir wissen ja noch nicht einmal, ob wir einen Mordfall haben.«

»Die Kieler Kriminaltechnik wird ein neues Verfahren testen. Eine Riesensache, sag ich Ihnen. Sie wollen einen 3D-Laserscanner einsetzen.«

Flottmann stand auf und stellte den Besucherstuhl wieder an den alten Platz. Das wirkte wie ein Angebot an Drechsler, sich zu setzen, was der auch tat. Flottmann ging zurück an seinen Schreibtisch.

»Ich hab mir alles erklären lassen. Das Ganze funktioniert in mehreren Stufen. Zuerst erzeugt ein Laserscanner ein hochauflösendes virtuelles Abbild des Tatorts. Millimetergenau, mit allen Einzelheiten. Man kann den Raum dann von jedem Blickwinkel aus betrachten. Um alle Oberflächen mit einer detailgetreuen Struktur zu versehen, werden Aufnahmen mit einer Digitalkamera angefertigt und in die virtuelle Szene eingearbeitet. Das Ergebnis soll unglaublich realistisch sein. Aber das ist noch nicht alles. Ein weiteres Lasermessgerät, ein sogenanntes ›Tachymeter‹, misst jeden Blutfleck genau aus und integriert die Informationen ebenfalls in die virtuelle Abbildung. Eine spezielle Software berechnet aus der Position und der Größe der Blutflecken die Geschwindigkeit jedes einzelnen Tropfens, Einschlagwinkel und so weiter. So kann man den Tathergang exakt rekonstruieren. Das ist doch genau das Richtige für unseren Fall. Was meinen Sie dazu?« Drechsler sah abwechselnd Hilgersen und Flottmann erwartungsvoll an.

»Klingt ganz nett«, sagte Flottmann.

»Nett? Ein bisschen mehr Begeisterung hätte ich erwartet.«

»Sehr nett«, korrigierte Hilgersen. »Aber wie Sie wissen, haben wir ein Video, das den Tathergang im Original zeigt.«

»Umso besser. Dann können die LKA-Kollegen damit die Ergebnisse ihrer Methode überprüfen.«

»Und was haben wir davon?«

»Zumindest das Gefühl, einen Beitrag zur Forschung zu leisten. Ich werde übrigens dabei sein. Übermorgen rückt die Kriminaltechnik an. Ich werde Ihnen berichten.«

»Sollen wir trotzdem weiterermitteln? Ich meine, gegen solche Technik kommen wir wohl nicht an«, sagte Flottmann.

Drechsler machte eine wegwerfende Handbewegung. »Irgendwann kommt der Tag, an dem wir hier alle nicht mehr gebraucht werden. Eine künstliche Intelligenz wird dann alles übernehmen. Bis dahin müssen Sie leider noch ausharren.« Er stand auf und ging zur Tür. »Ach, ehe ich es vergesse. Die Kieler haben mich gebeten, ihnen alle Daten des Opfers zukommen zu lassen, Statur, Größe, Gewicht und so weiter. Das ist für die Rekonstruktion wichtig. Normalerweise liegt ja eine Leiche vor, der man die Maße entnehmen kann. Aber ich denke, anhand von Ausweis, Fotos und des Videos sowie der Angaben der Angehörigen können wir die mit einer gewissen Genauigkeit abschätzen.«

»Die digitale Revolution hat jetzt auch uns endgültig erfasst«, sagte Flottmann, als Drechsler das Büro verlassen hatte.

»Dagegen bist du doch immun.«

»Stimmt.«

11

Rita Förster kam um kurz vor neun Uhr am nächsten Morgen. Flottmann war froh, dass sie die volle Schutzmontur trug. Das zeigte ihm, dass sie seinen Fall ernst nahm. Sie betrat die Wohnung mit einem betonungslosen »Morgen«.

»Moin«, antwortete Flottmann.

Im Wohnzimmer stellte sie die Reisetasche mit ihren Werkzeugen ab. Als Erstes brachte sie eine moderne Kamera zum Vorschein und begann, den gesamten Raum zu fotografieren. Für die Ablichtung der Vitrinen mit den Exponaten nahm sie sich besonders viel Zeit. Sie sprach kein Wort.

Flottmann ließ sich in einen Sessel nieder und beobachtete ihr Tun. Er hielt es für das Klügste, ebenfalls zu schweigen. Die Spurensicherungsfrau war in ihrem Element und konnte vermutlich auf seine Sprüche und Ratschläge verzichten.

Sie brachte ihr Fingerabdruckzubehör zum Einsatz, Rußpulver, Fiberglaspinsel und Abdruckfolien, legte die Dinge auf den Boden und kniete sich nieder. Flottmann war zufrieden. Sie machte ihren Job offenbar sorgfältig.

Nach einer guten halben Stunde war sie fertig.

»Die anderen Räume?«, fragte sie, ohne ihn eines Blickes zu würdigen.

Flottmann erhob sich aus seinem Sessel. »Dort wurde nichts mitgenommen.«

»Ich will sie trotzdem sehen.«

»Selbstverständlich.« Flottmann stand auf und führte sie in die Küche, ins Arbeitszimmer und schließlich ins Schlafzimmer. Die Räume hatte er nach dem Einbruch benutzt, und Spuren des Täters würde sie da kaum finden. Vielleicht wollte sie nur wissen, wie er lebte. Sie schüttelte eindeutig den Kopf, als sie das Schlafzimmer betrat, vermutlich als Reaktion auf das Chaos, das herumliegende Kleidungsstücke, das ungemachte Bett und der Katzenkorb vermittelten. Sie sagte nichts, und das war besser so. Flottmann hätte nicht garantieren können, dass ihm eine diplomatische Antwort auf ihre Bemerkungen eingefallen wäre. Aber besonders in diesem Fall war er auf ihr Wohlwollen und ihre Mithilfe angewiesen.

»Darf ich dir einen Kaffee anbieten?«, fragte er, um die Atmosphäre ein wenig zu entspannen.

»Nein«, kam die prägnante Antwort. Sie schob sich an ihm vorbei und ging in den Flur.

Dort nahm sie sich die Wohnungseingangstür vor. Auch hier ließ sie sich viel Zeit. Sie untersuchte das Schloss und die Kratzspuren auf dem Holz. Um diese zu sichern, trug sie eine Silikonmasse auf, in der sich die Werkzeugspuren des Einbrechers abformten. Nach dem Abhärten zog sie die Masse ab, steckte sie in eine Plastiktüte und verstaute diese in ihrer Reisetasche. Jedes Werkzeug hinterließ spezifische Spuren. Fand man später den passenden Schraubenzieher oder die Brechstange, half das, den Täter zu überführen.

Flottmann überlegte, ob Hilgersens Charme der Antrieb für ihren unermüdlichen Einsatz war. Es wäre nicht das erste Mal gewesen, dass er seinen Kollegen unterschätzt hatte.

Als Rita Förster ihre Arbeit beendet hatte, packte sie ihre Werkzeuge in die Reisetasche. Sie stand bereits mit der Tasche im Hausflur und war im Begriff, ohne Erklärungen zu gehen. Er fühlte den Impuls, sie am Ärmel des Schutzanzugs festzuhalten, zog aber seine Hand nach der Berührung wieder zurück.

»Äh – liebe Rita, was ist denn nun?«

Flottmann wusste nicht, ob seine Geste oder das »liebe« sie zu ihrem überraschten Gesichtsausdruck verleitet hatte. Jedenfalls sah sie ihn an, als hätte er ihr gerade einen unsittlichen Antrag gemacht.

Sie kniff beide Augen zusammen, wobei das linke Lid unablässig zuckte. Ihre Stirn legte sich in tiefe Falten.

»Ich schick dir den Bericht.«

»Hast du etwas herausgefunden?«

»Steht in meinem Bericht.«

»Bitte!«

Ihre Mimik entspannte sich, und mit etwas Phantasie konnte

er von ihren Lippen ein Lächeln ablesen. »Ich hab zwar einige Fingerabdrücke, aber die dürften von dir stammen. Das muss ich erst auswerten. Vermutlich trugen der oder die Täter Handschuhe. Aber professionelle Einbrecher waren es nicht. Jedenfalls sind sie beim Öffnen der Tür dilettantisch vorgegangen. Profis hätten das Schloss mit einem Elektropick in Sekunden geknackt oder hätten das Schloss aufgebohrt. Die hier haben rohe Gewalt angewendet. Und sie haben eine Blutspur hinterlassen.«

»Blut?«

»Ja. An der Tür.«

»Hat sich der Täter beim Einbruch verletzt?«

»An der Innenseite der Tür. Der Täter muss sie beim Verlassen der Wohnung hinterlassen haben. Es sieht so aus, als hätte er versucht, sie mit dem Ärmel abzuwischen.«

»Mit dem Ärmel? Woher willst du das wissen?«

Rita sah ihn einen Moment an, als benötigte sie die Aufmerksamkeitspause, um ihren Triumph auszukosten. »Ich hab eine Faser gefunden.«

»Gut gemacht.« Etwas Besseres fiel Flottmann in diesem Moment nicht ein. Es sollte ein Lob sein. »Dann haben wir bald die Blutgruppe und eine DNA?«

»Nee, das dauert, bis das LKA die Probe untersucht hat. Bei Einbrüchen ohne Personenschaden steht der Auftrag ganz hinten in der Schlange. Kapitaldelikte haben Priorität und Fälle, in denen der Verdächtige in Untersuchungshaft sitzt.«

Natürlich wusste Flottmann das. »Aber wenn …« Er unterbrach sich. Er hatte auf Bogomils Entführung hinweisen wollen, ließ es aber bleiben.

»Wenn?«

»Ach nichts. Vielleicht kannst du etwas Druck machen. Schließlich geht es um besonders wertvolle Gegenstände.«

Rita Förster zuckte mit den Schultern. Dann nahm sie ihre Tasche und ging.

Freunde würden Rita und er sicher nicht werden. Aber immerhin war das Zusammentreffen glimpflich abgelaufen, und er hatte keinen Zweifel, dass sie ihre Arbeit sorgfältig ausgeführt hatte. Er betrachtete die Stelle, an der Rita das Blut entdeckt und die Probe genommen hatte. Blut war dort nicht mehr zu sehen. Sie hatte es offenbar vollständig abgelöst. Es musste eine winzige Spur gewesen sein, sonst wäre sie ihm vorher aufgefallen. Da sie sich an der Innenseite der Tür befunden hatte, sprach vieles dafür, dass sich der Täter die Verletzung in der Wohnung zugezogen hatte. Für Flottmann war sofort klar, dass Bogomil sich mit seinen scharfen Krallen gegen die Entführung gewehrt hatte. Tapferes Kerlchen!

12

Hilgersen hielt sein Versprechen. Am späten Nachmittag begannen sie, die Plakate anzubringen. Obwohl Flottmann die Mitbewohner bereits angesprochen hatte, heftete er das erste Exemplar an das Schwarze Brett neben dem Hauseingang. Das war unproblematisch. Aber Laternenpfähle, Briefkästen und Hauswände damit zu dekorieren konnte behördlichen Ärger einbringen und barg die Gefahr, dass die Plakate abgerissen wurden. Sie an Bäume zu heften war zwar auch nicht erlaubt, störte jedoch in der Regel niemanden. Die beste Variante war es, Geschäftsinhaber um Erlaubnis zu fragen, ob sie ein Plakat im Schaufenster, an der Eingangstür oder am Aushang anbringen konnten.

Hilgersen erwies sich bei diesem Vorhaben als der Erfolgreichere. Er kannte viele Ladenbesitzer und verstand es, sie mit einem kleinen Klönschnack zu überzeugen. Dass er erneut seinen Heimvorteil ausspielte, konnte Flottmann dieses Mal gut verkraften. Nach zwei Stunden hingen die Steckbriefe unter anderem in der Berufsschule, der Theodor-Storm-Schule, im Nordsee-Museum, im Finanzamt, im Hotel »Altes Gymnasium«, im Handwerkerhaus sowie in einem Bioladen und einem Beerdigungsunternehmen. Hier ging Flottmann endgültig die Puste aus, trotz der Erholungspausen während Hilgersens Akquisitionsgesprächen. Er setzte sich auf einen Stein, den die Eigentümer des benachbarten Gebäudes dort offenbar platziert hatten, um wild parkende Autos fernzuhalten.

»Wie viele sind es noch?«, fragte er.

Hilgersen zählte den Stapel durch, den er in der Hand hielt. »Nur noch fünfundzwanzig. Die Hälfte haben wir geschafft.«

»Ich bin ebenfalls geschafft.«

»Du wirst doch jetzt nicht schlappmachen, oder?«

»Nee. Aber mit deinem Tempo kann ich nicht mithalten. Was nützt es, wenn Bogomil heil zurückkommt, aber sein Herrchen tot ist?«

»Sicherheitshalber hast du dich schon mal vor dem Beerdigungsinstitut niedergelassen?«

»Ich bin gleich wieder einsatzbereit.«

»Den Rest mach ich lieber allein. Und du gehst nach Hause. Vielleicht sitzt Bogomil schon vor der Tür und wartet.«

Flottmann war klar, dass Hilgersen ihm mit der Bemerkung einen Strohhalm bot, mit dem er sich aus der Affäre ziehen konnte. So viel Feinfühligkeit hätte er ihm gar nicht zugetraut.

»Das ist eine gute Idee«, sagte er. »Ich rufe dich an, wenn Bogomil zurück ist.«

»Okay. Dann mach ich mal weiter. Wir sehen uns morgen im Büro.« Hilgersen rollte die Plakate zusammen und ging Richtung Norderstraße.

Nachdem er sich etwas von den Strapazen erholt hatte, machte sich Flottmann auf den Weg zu seiner Wohnung. Dabei fluchte er über seinen inneren Schweinehund, der ihn von seinem geplanten Fitnesstraining abgehalten hatte. Immerhin hatte er damit einen Schuldigen, der verhinderte, dass er seine Vorsätze umsetzte. Und er wusste, dass er nicht der Einzige war, dem solch ein Tier im Wege stand.

Eine halbe Stunde später betrat er seine Wohnung. Kein Bogomil empfing ihn mit einem Miau, und kein flauschiges Fell strich um seine Beine. Er war ein richtiges Weichei geworden, sinnierte er. Nicht nur, dass ihm seit einigen Jahren so mancher Kriminalfall an die Nieren ging, er vermisste den Kater mehr, als er sich eingestehen wollte. Er war ja nur ein Tier, und er hatte ihm bereits einigen Ärger bereitet, sagte er sich. Aber es half nichts.

Am Abend rief Lena an. Zu Beginn des Telefonats gelang es ihm, seine Betroffenheit herunterzuspielen. Aber letztendlich konnte er ihr nichts vormachen. Immerhin schaffte sie es, ihn ein wenig aufzumuntern.

»Katzen sind zäh«, tröstete sie ihn. »Und Bogomil ist besonders gewieft. Ihm wird nichts zustoßen. Zudem konntest du ihn sicher so beschreiben, dass man ihn erkennt.«

»Ja. Die weißen Flecken an Nase und Pfoten sind markant.

Und sein – kräftiger Körperbau. Wir haben Plakate mit einem Foto von Bogomil in der Umgebung aufgehängt. Gustl war eine große Hilfe dabei. Die Anzeige in der Zeitung erscheint morgen.«

»Mehr kannst du nicht tun, Waldemar.«

»Ich weiß. Übrigens, die Sache mit dem Knochen. Du solltest bei uns vorbeikommen und –«

»Ja. Mach ich. Aber vermutlich ist meine Phantasie mit mir durchgegangen. Es wird eine harmlose Erklärung geben. Sehen wir uns am Wochenende?«

»Klar.«

»Hast du das Schloss auswechseln lassen?«

»Nein, noch nicht.«

»Dann kommst du am besten zu mir. Wir telefonieren noch mal. Bis dann, Waldemar.«

»›Waldemar‹ klingt so förmlich.«

»Wäre ›Herr Hauptkommissar‹ besser? Oder wie möchtest du genannt werden?«

»Keine Ahnung. Vergiss es. Bis bald, Lena.«

»Tschüss, Herr Hauptkommissar.«

Hilgersen versuchte, die restlichen fünfundzwanzig Plakate unterzubringen, ohne allzu sehr gegen die öffentliche Ordnung zu verstoßen. Die letzten Exemplare wollte er im Schlosspark verteilen. Die Theodor-Storm-Büste und das Kriegerdenkmal kamen als Klebefläche eher nicht in Frage. Er ging durch das Sandsteinportal in den sogenannten »Großen Garten« und wurde von lärmenden Saatkrähen und Dohlen empfangen. Das Meer aus Krokussen mit geschätzten vier Millionen Blüten beeindruckte Hilgersen immer wieder aufs Neue. Er setzte sich auf die Bank vor dem Brunnen und ließ seinen Blick schweifen.

Es gab verschiedene Theorien über die Geschichte der Blütenpracht. Im 15. Jahrhundert lebten in Husum die »Grauen Mönche«. Sie könnten versucht haben, aus den Narben der Blüten Safran zur Färbung ihrer Gewänder zu gewinnen. Eine andere Theorie besagte, dass die Herzogin Marie Elisabeth

Safran für ihre Zuckerbäckerei herstellen wollte und deshalb die Krokusse im Schlossgarten ansiedelte. Allerdings musste das Vorhaben in jedem Fall misslingen. Sie hätten die falsche Sorte gewählt, Crocus neapolitanus, aus der sich kein Safran gewinnen ließ.

Hilgersen rollte eines der Plakate aus und überlegte, wo er es platzieren könnte.

»Ach, wie niedlich«, erklang eine freundliche Frauenstimme. Sie gehörte zu einer Rothaarigen in engen Jeans, weißem Pullover und blauer Wolljacke, die sie offen trug und die ihre schlanke Figur preisgab.

»Ich nehme an, dass Sie nicht mich meinen«, sagte Hilgersen.

Die Rothaarige lachte, zögerte einen Moment und setzte sich dann zu ihm auf die Bank.

»Ist das Ihre?«, fragte sie.

»Nein. Aber ich mag Katzen. Es ist ein Kater. Er gehört einem Arbeitskollegen.«

»Bo-go-mil – ein merkwürdiger Name. Ich weiß nicht warum, aber irgendwie passt er.«

»Sie mögen Katzen?«

»Ja. Katzen, Hunde, Hamster, Meerschweinchen, Hühner, Schafe und Nashörner. Aber ganz besonders Katzen. Ich hab zwei. Sie sind etwas zierlicher als Bogomil.«

Die Frau hatte Hilgersen innerhalb weniger Minuten gefangen genommen. So etwas war ihm schon lange nicht mehr passiert. Sehr lange. Gern hätte er ein tiefsinniges Gespräch über die Samtpfoten geführt, aber als Kind hatte er einen Dackel gehabt, und über den gab es nicht viel zu berichten. Über Bogomil konnte man schon etwas mehr erzählen.

»Bogomil hat einmal einen Polizeieinsatz ausgelöst.«

»Wirklich?«

»Er hat mit der Fernbedienung gespielt und den Fernseher auf maximale Lautstärke gestellt.«

Sie lachte erneut und zeigte dabei eine schmale Lücke zwischen den oberen Schneidezähnen.

»Und jetzt ist er verschwunden.«

»Ich wünsche Ihnen, dass Sie ihn bald wiederbekommen.«

Sie stand auf und schenkte ihm noch ein Lächeln, bevor sie Richtung Schloss ging.

Er hatte keinen Namen und keine Telefonnummer. Noch hätte er sie einholen und fragen können. Stattdessen sah er ihr lange nach. Das nächste Mal würde er sie fragen, schwor er sich.

Er heftete die zwei letzten Plakate an Bäume in der Nähe des Parkeingangs am Erichsenweg, an Stellen, an denen sich niemand daran stören würde. Dann begab er sich auf den Heimweg, gut gelaunt und leicht beschwingt.

13

Wie die meisten Menschen liebte auch Leon Gerber den Frühling. Er trat hinaus auf die Terrasse. Ein leichter Wind trieb den Geruch aus frischem Gras, Moos und Erde zu ihm herüber. Der Garten schmückte sich mit den ersten Farbtupfern. Der Winter war kalt gewesen. Umso mehr genoss er die Sonnenstrahlen, die er jetzt auf seinem Gesicht und den nackten Armen spürte.

Ganz besonders mochte er den Klang des Frühlings, die Stille, die nur durch den Gesang der Vögel unterbrochen wurde. Aber er wusste, dass es die Ruhe vor dem Sturm war. Vom Obergeschoss aus hatte er Nachbar Hohlmeier beobachtet, der vor einigen Tagen den Rasen gedüngt hatte. Es war also nur eine Frage der Zeit, bis der den Motormäher anschmeißen und Gerbers Frühlingsgefühle beenden würde. Während er daran dachte, zerstörte allein die Vorstellung vom heraufziehenden Lärmgewitter sein Wohlbefinden. Er verspürte Übelkeit in der Magengegend, und Schweißperlen bildeten sich auf seiner Stirn. Das war krankhaft, aber er hatte es aufgegeben, seine Geräuschempfindlichkeit zu bekämpfen. Selbst die Konfrontationstherapie, bei der er sich gezielt dem Lärm aussetzte, hatte keine Linderung gebracht.

Seine Sensibilität ging einher mit einem ungewöhnlichen Hörvermögen und einer sogenannten synästhetischen Wahrnehmung, die darin bestand, dass er Töne mit visuellen Eindrücken, geometrischen Figuren und Farben, verband. Trotz oder gerade wegen seiner Lärmempfindlichkeit faszinierten ihn Geräusche aller Art, und er jagte ihnen mit Mikrofon und Aufnahmegerät nach, wann immer er Gelegenheit dazu hatte.

Gerber gelang es, die Angst vor der drohenden Lärmattacke seines Nachbarn auszublenden, indem er an seine Musik und an Laura und Sophia dachte – und an die Glocken von Rungholt. Sie spukten immer noch in seinem Kopf herum, nicht ständig, aber regelmäßig. Bei Unterwasseraufnahmen in Fuhlehörn auf Nordstrand hatte er mysteriöse Klänge aufgezeichnet. Für ihn bestand kein Zweifel mehr, dass sie von einer Schiffsglocke herrührten, die von der Strömung im Wattenmeer angeregt wurde. Natürlich handelte es sich nicht um Rungholts Glocke, und die Stadt würde nicht alle sieben Jahre in der Johannisnacht aus dem Meer auftauchen. Vielmehr vermutete Gerber ein Wrack in der Tiefe, irgendwo da draußen, in der Gegend von Pellworm, Südfall oder Süderoog. Es könnte in Bereichen liegen, die bei Niedrigwasser nicht trockenfielen, in einem Priel, im Heverstrom oder in einem seiner Seitenarme.

Aber dass das Wrack offen im Watt lag, war unwahrscheinlich. Dann wäre es vermutlich bereits entdeckt worden. Vielmehr nahm Gerber an, dass es sich dicht unter der Oberfläche eines Wasserlaufs befand. Jedenfalls hoffte er es, denn in dem Fall bestand eine Chance, es mit Hilfe von Luftaufnahmen zu orten. Überflüge mit Helikoptern oder Kleinflugzeugen konnte Gerber nicht bezahlen, und Sponsoren für seine vage Vermutung würde er kaum gewinnen. Aber die Drohnentechnologie bot eine Alternative. Die Methode war relativ kostengünstig, und Robert Mehler, der Sohn seines verstorbenen Freundes, würde ihn unterstützen. Mehlers Start-up-Unternehmen hatte sich auf die Entwicklung individueller Anwendungen für solche Fluggeräte spezialisiert.

Gerber hatte mit ihm einen Besprechungstermin vereinbart. Er fuhr mit seinem alten Daimler nach Bredstedt, dem Sitz der Firma. Er parkte auf dem Hof des L-förmigen Gebäudes. Im rechten Teil des von außen ein wenig heruntergekommen wirkenden Hauses befanden sich Mehlers Privaträume, in denen dieser mit seiner derzeitigen Lebensgefährtin wohnte.

Gerber nahm den Eingang zum Bürotrakt, neben dem ein Messingschild mit der Aufschrift »RMS – Robert Mehler Software« angebracht war. Seit seinem letzten Besuch waren einige Monate vergangen. Als er den Raum betrat, den die zahlreichen Bildschirme in ein blaues Licht tauchten, grüßte er mit einem »Moin«. Mehlers einziger Mitarbeiter John antwortete mit »Scheiße!«, was Gerber aber nicht auf sich bezog, sondern auf den Computer, der nicht das zu tun schien, was der Freak mit dem Bürstenschnitt von dem Gerät erwartete.

Gerber ging weiter zur Tür, hinter der sich Mehlers Büro befand. Er klopfte kurz und trat ein, ohne eine Antwort abzuwarten.

Mehler empfing ihn herzlich. »Leon, schön dich zu sehen.« Er begrüßte Gerber mit Handschlag und klopfte ihm auf die Schulter. Mehler war etwas größer als Gerber und von athletischer Statur. Durch sein dunkelblondes Haar zogen sich trotz seines Alters von nur achtundzwanzig Jahren an einigen Stellen bereits graue Strähnen.

»Kaffee ohne Milch und ohne Zucker, richtig?«

»Richtig.« Gerber nahm vor dem Schreibtisch Platz und legte den mitgebrachten Rucksack zu seinen Füßen ab.

»Der Kaffee ist bereits fertig.« Mehler ging zur Küchenzeile, nahm den Filter von der Thermoskanne und schraubte den Deckel auf. Mit zwei Tassen, der Kanne und einem Teller mit Keksen auf einem Tablett kam er zurück. Er setzte das Tablett auf dem Schreibtisch ab und ließ sich auf seinem Drehstuhl nieder. Nachdem er den Kaffee eingegossen hatte, sagte er: »Ich finde dein Vorhaben total spannend und helfe dir gern. Ich hab mir schon ein paar Gedanken gemacht. Das Ganze soll bei Niedrigwasser stattfinden?«

»Ja. Wobei wir das Watt selbst gar nicht überfliegen müssen. Das Wrack muss sich in einem Bereich befinden, der bei Niedrigwasser nicht trockenfällt. Vielleicht ragt auch nur ein Teil des Schiffes in einen Wasserlauf. Ich schließe natürlich nicht aus, dass ich mich irre und es gar kein Wrack und keine Glocke gibt.«

»Schon klar. Kein Problem. So ist Forschung. Man weiß nie, was herauskommt. Aber das Risiko ist begrenzt. Wir haben vor einigen Tagen ein neues Gerät reinbekommen. Einen Octocopter, also ein Ding mit acht Propellern. Fünf Kilogramm schwer, mit ausgesprochen ruhigem Flugverhalten. Kostet zehntausend Euro, ist aber sein Geld wert. Das wäre genau das Richtige für unser Vorhaben. Flugzeit circa vierzig Minuten. Das Beste daran ist die hochauflösende Kamera. Sie macht zwar nur Einzelbilder, aber die lassen sich mit unserer Software perfekt zusammensetzen. Und über das GPS können wir die genauen Koordinaten zuordnen.«

»Das klingt gut.«

»Kannst du mir das Untersuchungsgebiet zeigen?«

»Ich hab es eingezeichnet.« Gerber zog eine zusammengefaltete Karte aus seinem Rucksack, schob das Tablett beiseite und breitete die Karte auf dem Schreibtisch aus. Mit dem Finger fuhr er grob die Wattströme Hever, Norderhever, Dwarsloch und Fuhle Schlot nach, die zwischen Pellworm, Nordstrand und Eiderstedt verliefen.

»Das ist ein riesiges Gebiet.«

»Ich weiß. Ich hab versucht, es anhand der angenommenen Schallausbreitung der Glockentöne weiter einzugrenzen, was jedoch schwierig ist. Wegen der sehr geringen Schallabsorption unter Wasser unterscheiden sich entfernte Quellen nur unwesentlich von nahe gelegenen. Wie gesagt, müssen wir nur die Wasserläufe abbilden.«

Mehler nickte. »Allerdings sind das Betreten und der Überflug mit einem Copter über dem Nationalpark Wattenmeer verboten, es sei denn, man hat eine Ausnahmegenehmigung. Die müssten wir bei der Luftfahrtbehörde beantragen. Auch die Zustimmung der Naturschutzbehörden bräuchten wir. Selbst bei guter Begründung wird das dauern. Aber wenn ich mir deine Markierungen ansehe, würden wir weitgehend außerhalb der Schutzzone fliegen.«

»Ja. Das Fahrwasser der Schiffe gehört nicht dazu. Allerdings käme hier das Wasser- und Schifffahrtsamt ins Spiel.«

Mehler nickte. »Besser wir ignorieren das Problem!«

Gerber war nicht ganz wohl bei der Sache. Aber Mehlers bestimmte Art und die Aussicht auf eine außergewöhnliche Entdeckung ließen seine Bedenken in den Hintergrund rücken.

»Wir brauchen mehrere Tage für die Aktion«, sagte Mehler.

»Es sei denn, wir werden bereits bei der ersten Expedition fündig. Theoretisch müsste es möglich sein, den Suchbereich weiter einzugrenzen, wenn man Schallmessungen an mehreren Orten an der Küste machen würde. So eine Art Triangulation.«

»Glaubst du, dass das funktionieren könnte?«

»Einfach wird das nicht, zumal die Glockengeräusche ja nicht zu jeder Zeit zu hören sind.«

»Einen Versuch wäre es wert. Jedenfalls müssen wir für unsere Aktion passendes Wetter und günstige Tidebedingungen abwarten. Ich werde die Gerätschaften bereithalten. Wir sprechen uns dann kurzfristig ab.«

»Gut. Ich danke dir für deine Hilfe, Robert. Wie geht es Kristin?«

»Den Umständen entsprechend. Mein Vater fehlt uns beiden. Aber sie hat das Leben wieder im Griff. Die Lebensversicherung hat gezahlt. Damit sind zumindest die finanziellen Probleme gelöst. Aber die Umstände seines Todes …« Mehler sprach nicht weiter. Der vermutliche Suizid seines Vaters würde ihn noch lange belasten, zumal er sich daran mitschuldig fühlte.

»Ich werde Kristin in den nächsten Tagen mal anrufen.« Gerber stand auf. Er faltete den Plan zusammen und steckte ihn in den Rucksack zurück.

»Ich freue mich auf unser kleines Abenteuer«, sagte Mehler zum Abschied. »Das Ganze ist auch ein guter Test für unseren Octocopter. Und spannend ist die Unternehmung allemal.«

14

Jacobsen hatte das abgebrannte Nordsee-Hotel für die Geldübergabe ausgesucht. Vor dem Hotel führte eine Treppe auf den Deich. Von dort aus hatte er einen guten Überblick über die Gegend. Der Mörder sollte das Paket mit dem Geld in die Hütte legen, den Infostand, der sich neben der Treppe befand.

All die Jahre hatte Jacobsen sein Wissen mit übermenschlicher Anstrengung für sich behalten. Aber er hatte für den Zeitpunkt gelebt, zu dem er genug Kraft gesammelt haben würde, um den Täter zu stellen. Jetzt stand er mit dem Fernglas um den Hals, einer halb vollen Flasche Korn und der Pistole in den Jackentaschen auf dem Deich. Es war sechs Uhr am Morgen. Nebelschwaden zogen über den Dockkoog und den Porrenkoog. Trotzdem war die Sicht gut genug, um jeden Herannahenden erkennen zu können. In einer halben Stunde war es so weit. Aber noch zeigte sich keine Menschenseele.

Es war kühl, und ein frischer Wind wehte. Jacobsen griff zur Flasche. Nur noch einen Schluck wollte er nehmen. Er schloss die Augen und ließ den Fusel eine Zeit lang im Mund wirken, bevor er ihn herunterschluckte. Dann setzte er die Flasche auf der obersten Treppenstufe ab. Das Warten zehrte an seinen Nerven. Da half auch der Alkohol nur wenig. Er suchte die Umgebung mit dem Fernglas ab. Zu dieser frühen Stunde war die Gegend wie ausgestorben. Ein Auto näherte sich auf der Dockkoogstraße, bog dann aber zum Parkplatz am Sperrwerk ab.

Um halb sieben hätte der Mörder seiner Tochter erscheinen müssen. Aber die Zeit verstrich, ohne dass sich jemand zeigte. Jacobsen leerte die Flasche Korn und ließ sie die Treppe hinunterrollen. Auf einer der unteren Stufen zersprang sie in tausend Stücke. Auch er war tief gefallen, und sein Leben glich einem Scherbenhaufen.

Er stand auf. Kurz musste er sich am Geländer abstützen, aber dann funktionierten seine Beine wieder. Der jahrelange

Alkoholgenuss hatte ihn in gewisser Weise abgehärtet. Er ging langsam auf der asphaltierten Straße den Deich hinunter. Als er unten angekommen war, trat er bis an das Steinufer heran und ließ seinen Blick über das Watt schweifen. Die ersten Sonnenstrahlen bahnten sich den Weg durch den Nebel. Plötzlich meinte er, eine Stimme zu hören. Sabrinas Stimme. Ganz sicher eine Halluzination. Aber er wusste, dass sie dort draußen war. Das hatte im Brief gestanden. Doch sie war tot. Vielleicht sollte er ihr einfach in den Tod folgen. Er war nicht religiös und glaubte nicht an ein Wiedersehen im Jenseits. Trotzdem hatte der Tod etwas Verbindendes, und er würde all seine Probleme lösen. Endgültig.

Minutenlang stand Jacobsen regungslos da. Schließlich nahm er die Pistole in die Hand und setzte sie kurz entschlossen an seine Schläfe. Die Waffe war bereits entsichert. Er musste nur noch den Abzug betätigen. Dann war alles vorbei. Nicht einmal eine Sekunde würde es dauern, bis er sich von allem Leid befreit hätte. Sein Zeigefinger krümmte sich in Zeitlupe. Er fühlte schon den Druckpunkt, als er erneut Sabrinas Stimme hörte. Sie rief nach ihm, aber er konnte sie nicht verstehen. Jacobsen nahm den Finger vom Abzug und schleuderte die Pistole hinaus ins Watt, wo sie im Schlick versank.

Die Laute kamen aus dem Nebel, von weit her. Obwohl er wusste, dass seine Wahrnehmung ihn täuschte, zogen sie ihn in den Bann. Langsam ging er die Steinbegrenzung hinunter. Dabei musste er sich mehrmals mit den Händen abstützen, um nicht zu fallen. Als er unten angekommen war, streifte er seine Schuhe ab. Mit dem Blick in die Ferne gerichtet, watete er durch den Schlick. Immer weiter, Sabrina entgegen.

Einige Male glaubte er, sie im Nebeldunst zu erkennen. Aber was er sah, waren nur Konturen, die die Schwaden im Sonnenlicht formten. Er musste weiter, ihren Rufen folgen. Mit jedem Schritt wurde es mühsamer, die Füße aus dem zähen Schlick zu ziehen.

Endlich erreichte er etwas festeren Boden und konnte das Tempo erhöhen. Als ihm das Atmen schwerfiel, blieb er stehen, um sich auszuruhen. Es war gespenstisch still, aber er glaubte, ein Flüstern zu hören. Oder war es nur das leise Plätschern des Priels in einiger Entfernung?

Nein, er war sich sicher, dass Sabrina ihm ganz nah war. Und plötzlich tauchte sie direkt vor ihm auf. Nur für den Bruchteil einer Sekunde. Sie legte ihren Kopf in den Nacken, spitzte den Mund und pustete eine Haarsträhne aus ihrem Gesicht, wie sie es so oft getan hatte, wenn sie über etwas intensiv nachdachte und sich eine Antwort überlegte. War das, was er sah, eine Fata Morgana, eine Luftspiegelung? So etwas gab es auf dem Meer. Aber dann musste sie irgendwo da draußen sein. Jacobsen schloss für einen Moment die Augen. Es war ihm zunehmend schwerer gefallen, zwischen den inneren und äußeren Bildern zu unterscheiden, zwischen Traum und Wirklichkeit. Daran hatten auch die Tabletten nichts geändert, die er von den Ärzten erhalten hatte. Solche Flashbacks seien nicht ungewöhnlich in seiner Situation, hatte man ihm gesagt. Sie würden mit der Zeit weniger werden.

Jacobsen blickte sich um. Er hatte vollständig die Orientierung verloren. Weit und breit war kein Ufer in Sicht. Kaltes Wasser umspülte seine Füße. Der Priel war angestiegen, und seine Ausläufer hatten ihn erreicht. Es würde nicht mehr lange dauern, bis ihn das todbringende Nass eingeschlossen hatte. Angst überkam ihn. Angst vor dem Sterben, weniger vor dem Tod. Als Küstenbewohner kannte er die Gefahren der Flut. Niemals wäre er bei auflaufendem Wasser ins Watt gegangen, wenn er bei Verstand gewesen wäre. Erneut suchte er nach Anhaltspunkten, um seinen Standort zu bestimmen und die Richtung, in der Festland sein musste. Aber der Dunstschleier war undurchdringlich geworden. Seine Spuren im Watt waren vollständig überspült worden, sonst hätte er eine Chance gehabt, ihnen zu folgen.

Jacobsen suchte nach der Sonne. Sie hätte ihm mit Hilfe der Uhrzeit die Richtung zeigen können. Aber sie war hinter dichten Wolken verschwunden, und es hatte zu regnen begonnen. Ihm blieb nur übrig, sich nach seinem Gefühl zu richten, um das rettende Ufer zu lokalisieren. Auf jeden Fall musste er fort vom Priel. Das Wasser reichte ihm bereits bis zu den Knien. Noch konnte er sich zu Fuß vorwärtsbewegen. Wie lange würde es dauern, bis ihm das Wasser bis zum Hals stand? Eine Stunde oder weniger? Dann würde er schwimmen müssen. Die Pistole! Er griff in seine Jackentasche. Mit Schüssen in die Luft hätte er auf sich aufmerksam machen können. Aber die Waffe lag irgendwo am Steindeich im Schlick.

Jacobsen schrie um Hilfe, so laut er konnte. Vielleicht war er gar nicht so weit vom Ufer entfernt, wie er dachte, und jemand an Land konnte ihn hören. Sehr wahrscheinlich war das nicht, denn er war mindestens zwei Stunden im Watt umhergeirrt.

Er zog seine Jacke aus und warf sie von sich. Er brauchte Bewegungsfreiheit. Sein Überlebenswille war geweckt. Mit großen Schritten durchpflügte er das Wasser, das ihm inzwischen fast bis zu den Oberschenkeln reichte. Das Laufen war so anstrengend, dass er die Geschwindigkeit nach kurzer Zeit vermindern musste. Der Wasserspiegel schien immer schneller anzusteigen und ging ihm jetzt bis zur Hüfte. Erschöpft blieb er stehen. Eine Möwe stieß einen Schrei aus und flog über seinen Kopf hinweg. Aber da war wieder dieses Flüstern. Sabrina sprach zu ihm. Er war sich ganz sicher. Vielleicht war es das Beste, wenn er sich seinem Schicksal fügte.

»Ich komme zu dir«, rief er ihr zu. Viel zu lange hatte er schon gekämpft, mit sich selbst, für Gerechtigkeit und jetzt um das nackte Überleben. Irgendwann war es genug.

Die Idee mit der akustischen Triangulation hatte Gerber mehrere Tage und Nächte beschäftigt. Prinzipiell konnte man eine Geräuschquelle, in diesem Fall die Glocke, lokalisieren, indem man das Signal von mindestens drei verschiedenen Orten aus registrierte. Aus den unterschiedlichen Laufzeiten des Schalls ließ sich dann die Position ermitteln. Dafür brauchte er drei Messvorrichtungen. Zwei davon musste er unbeaufsichtigt betreiben, mit der Gefahr, dass jemand sie entdeckte und stahl. Das Risiko wollte er eingehen. Er machte sich keine Illusion über die Genauigkeit der Methode. Doch selbst die Reduzierung des Suchgebiets auf einige hundert Meter wäre ein Erfolg.

Er wählte einen südlichen Punkt auf Nordstrand für eine

Aufnahme, die Badestelle Dreisprung. Von dort aus fanden manchmal Wattwanderungen zur versunkenen Ortschaft Hersbüll statt, die 1634 während der »Zweiten Mandränke« untergegangen war. Die anderen Geräte positionierte er am Schobüller Strand und an der Eiderstedter Küste. Der beste Zeitpunkt für den Versuch war, wenn das Wasser auflief, einige Stunden vor Hochwasser. Dann war die Strömung für die Anregung der Glocke optimal, und der Schall würde alle Messpunkte erreichen. Dabei musste er allerdings beachten, dass die Flut an den drei Orten zu unterschiedlichen Zeiten einsetzte.

Einen Tag zuvor hatte Gerber alles vorbereitet. Um zehn Uhr balancierte er über die Lahnung an der Nordstrander Badestelle, bis er eine günstige Stelle fand, an der er das Hydrophon ins knietiefe Meerwasser sinken ließ. Er setzte sich auf die Faschinen und suchte eine Position, in der die zwischen die Pfähle eingeflochtenen Sträucher nicht so sehr drückten. Sie hielten die Sedimente und Schwebstoffe fest und dienten damit der Landgewinnung. Die Sonne verbarg sich noch hinter Wolken und Nebel. Der Wind hatte nachgelassen, sodass die niedrigen Wellen die Aufnahme nur wenig stören würden. Alles in allem keine schlechten Voraussetzungen für sein Vorhaben. Was fehlte, waren die Glockengeräusche. Immer wieder setzte er die Kopfhörer auf und lauschte, aber nichts tat sich. Das war enttäuschend, aber nicht weiter tragisch. Falls es heute nicht klappte, konnte er den Versuch am nächsten Tag oder später wiederholen. Und wenn es gar nicht funktionierte, würden Robert Mehler und er auch so klarkommen.

Gerber wollte gerade die Hörer ein weiteres Mal aufsetzen, als er Rufe vernahm. Sie mussten von weit her kommen, da sie kaum wahrnehmbar waren und in der Lautstärke stark schwankten. Zwar konnte er keine Worte verstehen, doch klangen sie wie Schreie eines Verzweifelten. Er war sich sicher, dass sie von See kamen. Vielleicht war jemand mit seinem Boot gekentert und brauchte Hilfe. Gerber richtete sich auf. Die Zweige unter seinen Füßen knackten. Dann war es wieder still. Noch einmal hörte er die Rufe. Eine Männerstimme. Er glaubte, grob die Entfernung und die Richtung abschätzen zu können, aus der die Laute herüberdrangen.

Gerber zögerte nicht. Er kramte sein Smartphone aus der Gesäßtasche und wählte den Notruf. Er ahnte, was er damit auslöste.

Zehn Minuten später hörte er die Rotoren eines Hubschraubers, der in die Richtung flog, die er an die Notrufzentrale durchgegeben hatte. Vermutlich war auch das Seenotrettungsboot bereits unterwegs. Gerber setzte sich wieder. Erst jetzt bemerkte er, dass seine Hände zitterten. Nur langsam ließ die Anspannung nach.

Das Wasser war inzwischen so weit angestiegen, dass seine Jeans völlig durchnässt waren. Ein letztes Mal setzte er die Kopfhörer auf. Da war es wieder, das Geräusch aufeinanderschlagender Messerklingen, das die Glocke unter Wasser erzeugte. Es klang wie Musik in seinen Ohren.

Nach zehn Minuten herrschte wieder Stille. Aber wenn die beiden anderen Apparaturen funktioniert hatten, würde er mit den Ergebnissen die Position der Glocke grob ermitteln können.

Während Gerber die Geräte in seinen Rucksack packte, musste er an den einsamen Rufer denken. Obwohl er ihn nicht kannte, bangte er um dessen Leben. Von einem Augenblick auf den anderen war er mit dem Schicksal des Unbekannten verbunden gewesen. Er hoffte sehr, dass die Rettungskräfte rechtzeitig eintrafen.

15

Für Flottmann als überzeugten Atheisten war der Karfreitag kein besonderer Tag. Dennoch wäre er unter normalen Umständen zu Hause geblieben. Aber im Fall Küster gab es viel zu tun. Er war überrascht, als auch Hilgersen im Büro erschien.

»Du bist nicht in der Kirche?«, frotzelte Flottmann.

»Am Ostersonntag ist wie jedes Jahr Motorrad-Gottesdienst. Daran werde ich teilnehmen. Das muss reichen.«

»Du besitzt eine Maschine?«

»Na ja, noch nicht. Fünftausend Biker werden erwartet. Da geht in Husum echt die Post ab. Mit Musik, Motorradkorso und Predigt. Vielleicht sogar mit einer Taufe. Das Spektakel solltest du dir ansehen. ›Dem Leben ein Lied singen‹ ist das Motto in diesem Jahr.«

»Sonntag hab ich schon was vor.«

Malte, der auf der Dienststelle Knoblauch-Malte genannt wurde, kam herein und unterbrach das Geplänkel der beiden. Niemand wusste, ob er seinen Spitznamen kannte, den die Kollegen während seiner Anwesenheit nicht benutzten. Malte war überzeugt, dass der Konsum einer Knolle Knoblauch pro Tag sein Leben um Jahre verlängerte.

Auch an diesem Morgen begleitete ihn eine intensive Duftwolke.

»Ich hab mir alle Videos reingezogen«, sagte er und sah erst Hilgersen, dann Flottmann an.

»Und?«, fragte Hilgersen.

»Nichts. Weder am Tag noch in der Nacht vor der Attacke gab es etwas Besonderes. Die Kameras auf der Terrasse haben überhaupt keine Bewegungen registriert. Die am Treppenaufgang zeigt den Sohn einige Male am Tag vor dem Angriff. Soweit ich sehen konnte, ging er anschließend in die Küche. Das ist alles. Keine fremden Personen, keine besonderen Ereignisse. Abgesehen natürlich vom eigentlichen Tathergang.«

»Danke«, sagte Flottmann. »Und danke, dass du dir die

Nächte damit um die Ohren geschlagen hast und heute extra reingekommen bist.«

»Einen Mordfall haben wir nicht alle Tage. Und wenn ich helfen kann …«

»Wir werden auf dich zukommen, wenn wir dich brauchen.«

»Okay.« Malte klang leicht frustriert.

Nachdem er den Raum verlassen hatte, öffnete Flottmann das Fenster. Der Straßenlärm von der Poggenburgstraße drang in das Büro, und ein Zug, der aus dem Bahnhof fuhr, übertönte für einen Moment Hilgersens Bemerkung.

»Vielleicht kann Svenja …«

»Was?«

»Vielleicht kann Maltes Verlobte Svenja helfen.«

»Was? Wieso?«

»Na, sie ist doch Astrologin. Mit Hilfe der Sterne oder des siebten Sinns wurden schon einige Vermisste wiedergefunden.«

»Quatsch. Im Fall Küster ist wie immer ordentliche Polizeiarbeit gefragt.«

»Ich dachte an den Fall Bogomil.«

»Äh – ach so. Aber dabei sollten wir uns auch nicht auf die Sterne verlassen. Ich frag mal bei Rita nach, was die Spurensicherung ergeben hat.«

»Heute ist Feiertag.«

»Hatte ich vergessen. Könntest du sie nicht zu Hause anrufen? Vielleicht hast du bei ihr tatsächlich einen Stein im Brett.«

»Klar hab ich das. Sie ist jetzt nicht so richtig mein Typ, aber ich kann mich auf jede Frau einstellen. Da könntest du einiges von mir lernen.«

»Dann lass mal deinen Charme spielen.«

»Okay.« Hilgersen nahm den Hörer ab und wählte Rita Försters Nummer.

»Moin, Rita. Ich sitz hier im Büro und hab gerade an dich gedacht. Da wollte ich dir schöne Feiertage wünschen. Was gibt es Besseres, als mit einer netten Kollegin zu schnacken, wenn man den ganzen Tag mit einem Miesepeter das Büro teilt – nee, der ist einfach so. Eben ein Rheinländer. Man denkt immer, dass die lustig und locker sind. Aber das ist gar nicht so. Selbst der Karneval ist bei denen eine todernste Sache, sag ich dir.«

Flottmann warf Hilgersen einen drohenden Blick zu. Der grinste nur und fuhr fort: »Er ist im Moment auch arm dran. Dieser Einbruch macht ihm schwer zu schaffen. Weißt du, dieses Gefühl, dass jemand deine Sachen durchwühlt hat, und die Angst, dass der wiederkommen könnte – doch, doch, Waldemar ist sehr sensibel. Das wissen die meisten Kollegen nicht. Deswegen wäre es wichtig, den Täter zu finden. Hast du irgendwelche Ergebnisse? – Steht schon im Intranet? Gut. Sehr gut. Ich werde den Bericht gleich abrufen. – Und die DNA-Analyse? – Du hast Druck gemacht? Das ist phantastisch. – Nächste Woche? Dann musst du gute Kontakte zum LKA haben. – Großartig. Ich bin dir sehr dankbar. Und Waldemar natürlich auch. War nett, mit dir zu plaudern. Tschüss, Rita! Und nochmals frohe Ostertage!«

Hilgersen wandte sich an Flottmann. »So geht das.«

»Wie kannst du so 'nen Scheiß von dir geben? ›Waldemar ist sehr sensibel‹. Hast du sie noch alle?«

»Nur das Ergebnis zählt. Den Bericht hat Rita schon ins Intranet gestellt. Die DNA-Analyse der Blutspur an deiner Tür erhält sie nächste Woche.«

»Danke.«

»Bitte. Ihre Stellungnahme zum Fall Küster hab ich auch schon. Außerdem liegen erste Resultate der Flensburger Spurensicherung und der DNA-Analyse des LKA vor.«

»Was steht drin?«

»Es wurden keine Fingerabdrücke am Messer gefunden. Und am Tresor und am Aufnahmegerät nur welche der Hausbewohner.«

»Das ist wenig überraschend. Auf dem Video ist zu sehen, dass der Täter Handschuhe trug. DNA?«

»Nur Mischprofile zahlreicher Personen. Wilhelm Küster hat dort Kunden empfangen. Spurenträger, die mit der Tat zusammenhängen, haben wir ja abgesehen vom Messer nicht. Das Blut stammt übrigens eindeutig von Alexander Küster.«

»Und der Schuhabdruck?«

»Stammt vom Täter. Schuhgröße vermutlich dreiundvierzig. Genau ließ sich das nicht feststellen. Aber das Profil ist verwendbar. Die Kollegen versuchen, noch Marke und Typ zu bestimmen. Dabei hilft sicher auch das Video. Reifenspuren auf dem Weg zur Seebrücke wurden übrigens nicht gefunden. An einigen Stellen müsste das Auto eigentlich über losen Sand gefahren sein. Aber der Täter könnte die Spuren nach dem Transport verwischt haben.«

Am Nachmittag erschien Drechsler und berichtete vom Einsatz des 3D-Scanners. Dabei lief er dozierend im Büro auf und ab.

»Das war beeindruckend«, schloss er am Ende seiner ausführlichen Schilderung. »In den nächsten Tagen erhalten wir das Ergebnis. Wir können dann den Tathergang aus jedem beliebigen Winkel betrachten, während das Überwachungsvideo nur eine einzige Blickrichtung bietet.«

»Und der Computer sieht Dinge, die vor der Kamera verdeckt waren? Genial!« Flottmanns Tonfall klang leicht ironisch, was er durchaus beabsichtigt hatte.

»Ich glaube, Sie verstehen das Prinzip immer noch nicht. Die Rekonstruktion erfolgt aus den Spuren, speziell aus den Blutspritzern. Natürlich sind auch Informationen aus dem Video eingeflossen.«

»Hm. Ich verstehe ja nicht viel von der Technik, aber ich dachte, dass das Video zur Überprüfung des Verfahrens dienen sollte. Wenn man Informationen des Films hineinsteckt, ist es kein Wunder, wenn anschließend eine Übereinstimmung herauskommt.«

Hilgersen grinste zustimmend.

Drechsler stutzte einen Moment. »Ja, irgendwie schon. Trotzdem wird das eine Hilfe für Ihre Arbeit sein. Die Flensburger wird das sicher begeistern. Wie läuft die Zusammenarbeit?«

»Wir können nicht klagen.«

»Ein merkwürdiger Fall. Ein Mord ohne Leiche. Das ist verrückt.« Drechsler ging zur Tür. »Ach, ich hab vom Einbruch bei Ihnen gehört. Dumme Sache. Sie ermitteln selbst in dem Fall?«

»Hilgersen ist da dran.«

Drechsler sah zu Hilgersen hinüber. Der nickte.

»Gut. Dann gibt es ja keine Interessenkonflikte.«

Der Dienststellenleiter verließ das Büro.

»Was macht der eigentlich an solch einem Tag hier?«, fragte Flottmann.

»Er ist seit dreißig Jahren verheiratet.«

»Verstehe.«

Hilgersens Telefon klingelte. Flottmann bekam nur Bruchstücke des Gesprächs mit, aber als der Name Gerber fiel, wurde er aufmerksam.

»Was gibt es?«, fragte er, nachdem Hilgersen aufgelegt hatte.

»Das ist 'n Ding.«

»Was?«

»Gerber ...« Hilgersen schüttelte den Kopf. »Unglaublich.«

»Mensch, rede schon.«

»Leon Gerber hat Schreie aus dem Watt gehört. Die DLRG ist ausgerückt und hat einen Mann in letzter Sekunde vor dem Ertrinken gerettet.«

»Nee!«

»Doch! Er wurde ins Krankenhaus eingeliefert, war stark unterkühlt, aber ansonsten unverletzt. Wahrscheinlich ein Tourist aus dem Rheinland, der noch nie etwas von Ebbe und Flut gehört hat.«

Flottmann ignorierte Hilgersens Anspielung.

»Weiß Gerber Bescheid, wie die Sache ausgegangen ist?«

»Keine Ahnung.«

Flottmann griff zum Telefon und rief Gerber an.

»Hier ist Waldemar Flottmann. Meine Glückwünsche, Herr Gerber.«

»Wieso? Weswegen?«

»Die Rettung im Watt. Die ist Ihnen zu verdanken.«

»Hat der Mann überlebt?«

»Ich hab mir schon gedacht, dass man Sie nicht unterrichtet hat. Er ist wohlauf.«

»Das ist eine tolle Nachricht. Wie ist es passiert? Wieso war er allein dort draußen?«

»Das weiß ich noch nicht. Ich hab selbst gerade erst von der Rettungsaktion erfahren.«

»Danke, dass Sie mich informiert haben.« Gerber war die Erleichterung anzuhören.

»Was für ein unglaublicher Zufall, dass Sie zur rechten Zeit am rechten Ort waren.«

»Ich hab an der Nordstrander Küste Geräuschmessungen vorgenommen. Sie wissen ja, wegen des Schiffswracks. Ich wollte das Suchgebiet eingrenzen. Ich erzähle es Ihnen bei Gelegenheit.«

»Gern. Wir bleiben in Verbindung. Ich wünsche Ihnen viel Glück mit dem Projekt.«

»Danke.«

Flottmann hatte die Wohnungstür notdürftig reparieren lassen. Sie war jetzt wieder abschließbar, aber letztendlich musste sie erneuert werden. Der oder die Täter waren mit brachialer Gewalt vorgegangen. Ob die Hausratversicherung die gestohlenen Fossilien ersetzen würde, war fraglich. Eine Zusatzversicherung für Wertgegenstände hatte er nicht abgeschlossen. Vermutlich würde er auf dem Schaden sitzen bleiben. Haustiere waren in der Police nicht erwähnt. Außerdem war der Kater ein unersetzliches Unikat, dessen Wert niemand außer Flottmann selbst bestimmen konnte.

Als er die Tür öffnete, vermisste er wieder, dass Bogomil ihn begrüßte und nach Futter und Streicheleinheiten verlangte. Weder die Anzeige in der Zeitung noch die Plakataktion hatten bisher Erfolg gebracht. Aber noch bestand Hoffnung. Wenn das arme Tier aus Angst vor den Einbrechern geflohen war, irrte es vielleicht noch irgendwo in der Stadt umher. Dass Bogomil zu seinem Vorbesitzer gelaufen war, konnte Flottmann ausschließen. Der wohnte in der Nähe von Schleswig. Das war eindeutig zu weit weg. Außerdem wollte er sich nicht vorstellen, dass der Kater so etwas tun würde. Schließlich ging er ins Arbeitszimmer und wählte doch die Mobilfunknummer, die damals in der Anzeige angegeben war. Thomas Boysen hieß der Mann, der ihm den Kater gebracht hatte. Er sei wie jeden Donnerstag auf dem Husumer Wochenmarkt und komme kurz vorbei, hatte er gesagt.

Bogomil war in einen viel zu engen Käfig gesperrt gewesen. Boysen hatte ihn wie ein Kaninchen am Genick gepackt und mit einem Schubs in den Wohnungsflur verfrachtet. Nein, zu solch einem Herrchen würde es Bogomil ganz sicher nicht hinziehen.

»Herr Boysen, hier ist Flottmann. Sie haben mir vor einiger Zeit Bogomil übergeben.«

»Bogo-was?«

»Äh – ich meine den schwarzen Kater.«

»Ach, Sie meinen ›Zorro‹. Ja, ich erinnere mich. Was ist mit ihm?«

»Er ist mir entlaufen. Da wollte ich fragen, ob er vielleicht zu Ihnen –«

»Nee, ist er nicht. Seien Sie froh, dass Sie ihn los sind. Tschüss.« Boysen hatte aufgelegt.

»Verdammter Idiot«, schimpfte Flottmann und warf das Mobilteil der Telefonstation auf den Schreibtisch.

Er benötigte einige Minuten, bis er sich beruhigt hatte. Dann rief er Lena an.

»Hallo, Herr Hauptkommissar«, begrüßte sie ihn mit einem Lachen in der Stimme.

»Muss das sein?«, brummte er.

»Hast du etwas von Bogomil gehört, Waldemar?«

»Nein, leider nicht. Er ist spurlos verschwunden. Für heute Nacht wurde ein Sturm mit orkanartigen Böen angekündigt. Ich hoffe, dass sich Bogomil an einem sicheren Ort aufhält. Er ist ein Stubentiger und kennt sich mit solchen Gefahren nicht aus.«

»Der Hauptkommissar mit dem weichen Kern. Das mag ich an dir. Kommst du Sonntagabend zu mir? Ich koche etwas für uns.«

»Ostersonntag? Gern.«

»So um neunzehn Uhr?«

Flottmann hörte, dass ein Anrufer anklopfte. »Gut. Ich bin morgen um sieben bei dir.« Er nahm das neue Gespräch an. Aber niemand meldete sich.

»Hallo, wer ist da?«

Keine Antwort. Flottmann schaute auf das Display: »Unbekannter Anrufer«. Es wurde keine Nummer angezeigt.

»Hallo.«

Ein Knacken in der Leitung. Der oder die Unbekannte hatte aufgelegt.

16

Lena Abendroth wurde in der Nacht mehrmals vom Sturm geweckt. Regen prasselte an die Fenster des Bungalows. Der Wind heulte erbärmlich und warf abgerissene Zweige auf das Haus. Gegen zwei Uhr fiel sie endlich in einen tiefen Schlaf und träumte eine merkwürdige Geschichte, in der eine Wasserleiche auftauchte und ein schwarzer Kater durch den Schlossgarten streunte und den umfallenden Bäumen auswich. Um vier Uhr weckte sie das Telefon. Sie versuchte, das Klingeln in den Traum einzubauen, wachte jedoch schließlich auf.

Sie ging mit halb geschlossenen Augen ins Wohnzimmer und hob den Hörer ab.

»Hier ist Carmen Lorenzen. Sorry, dass ich dich geweckt habe. Aber heute sind ideale Bedingungen.«

Lena brauchte einen Augenblick, um zu begreifen. »Carmen, ja – hallo. Bedingungen?«

»Um Strandgut zu sammeln. St. Peter-Ording. Ich sollte mich melden, wenn ich wieder auf Tour gehe.«

»Oh, ja.«

»Bei dem Wind müsste einiges angespült worden sein, und das Wasser läuft langsam wieder ab. Willst du mit?«

»Klar. Wir könnten uns in Husum treffen. Am alten Bahnhof?«

»Okay. Ich fahre in etwa zehn Minuten von hier weg. Wenn keine Bäume auf der Straße liegen, bin ich in einer knappen halben Stunde dort. Zieh dich warm an. Am besten dicke Socken, Gummistiefel und Regenjacke.«

»Mach ich, bis gleich.«

»Bis gleich.«

Zeitiges Aufstehen war Lena gewohnt. Aber einen Spaziergang am Meer zur frühen Stunde und bei dem Wetter war etwas Neues. Bis zum alten Bahnhof würde sie nur zehn Minuten benötigen. Sie konnte sich also Zeit lassen. Eine kalte Dusche und eine Tasse Kaffee brachten ihren Kreislauf in Schwung. Sie zog Jeans, dicke Socken und einen warmen Wollpullover an, die gelben Gummistiefel und den grünen Parka.

Obwohl der Wind ein wenig abgeflaut war, peitschte ihr der Regen ins Gesicht, als sie ins Freie trat. Sie beseitigte einen armdicken Ast von der Einfahrt und stieg in ihren blauen Corsa.

Nach einer guten Viertelstunde erreichte sie ihr Ziel, den Bahnhof Husum Nord, der früher Marschbahnhof genannt worden war. Der Bau aus rotem und gelbem Mauerwerk war 1887 für die Bahnlinie Hamburg-Tondern errichtet worden und diente noch bis 1943 als Haltepunkt. Die Marschbahn hatte ihre Bedeutung insbesondere durch die Viehtransporte rund um den Husumer Viehmarkt erlangt. Aber diesen Viehmarkt, den größten Nordeuropas, gab es schon lange nicht mehr. An ihn erinnerten nur noch die Ochsenköpfe am Tine-Brunnen und manche Straßennamen wie der Treibweg.

Lena kannte das Gebäude wie wohl die meisten Husumer nur als den »alten Bahnhof«. Sie fuhr auf den Parkplatz und wartete auf die Künstlerin, die jede Minute eintreffen musste. Der Regen hatte aufgehört, als Carmen Lorenzen mit ihrem roten betagten Hyundai kam. Sie stellte ihr Auto direkt neben Lenas ab. Beide stiegen aus.

»Können wir mit deinem Wagen fahren?«, fragte Lorenzen mit lauter Stimme, um den Wind zu übertönen. »Meiner ist bei diesem Wetter nicht besonders zuverlässig.«

»Ja, natürlich.«

Lena packte Lorenzens Sachen in ihren Kofferraum, einen Rucksack, zwei Taschenlampen und mehrere Stofftaschen für den Transport der Fundstücke.

»Das war ganz schön stürmisch, heute Nacht«, sagte Lorenzen, als beide eingestiegen waren.

»Allerdings. Das ist gut für unser Vorhaben, nicht wahr?« Lena lenkte den Corsa auf die Deichstraße und fuhr in Richtung der Zugbrücke, die über den Hafen führte und diesen in den Innen- und Außenhafen teilte.

»Ja. Außerdem ist Westwind. Auch das ist gut. Ich hoffe nur, dass nicht so viele Sammler unterwegs sind. Aber so früh am Morgen ist das nicht zu erwarten. Du kennst den Weg nach St. Peter-Ording?«

»Klar.«

Sie fuhren auf der Bundesstraße 5. Linker Hand lag das Windtestfeld Nord, auf dem Prototypen von Windkraftanlagen im Dauerbetrieb getestet wurden. Aber die Flügel bewegten sich nicht. Wegen des Sturms hatten sie sich automatisch aus dem Wind gedreht, um Schäden zu vermeiden. Der Standort in der Südermarsch hatte sich für die Anlagenhersteller als ideal erwiesen. Dort wehte ein beständiger Wind wie in einem Trichter, und er lag nicht weit entfernt vom Messegelände, auf dem alle zwei Jahre die »HUSUM Wind« stattfand.

Auf den Straßen lagen Zweige, und die Bäume bogen sich im immer noch andauernden Sturm. Auf den von zahlreichen Gräben durchzogenen Feldern stand das Wasser und spiegelte das erste Tageslicht. Sie fuhren an der Ortschaft Witzwort vorbei. Ein Schild verwies auf das Herrenhaus Hoyerswort.

»Bist du schon einmal dort gewesen?«, fragte Lorenzen.

»Nein. Du?«

»Einmal. Es liegt ganz in der Nähe. Bei Oldenswort. Ich hab mir die Skulpturen von Pierre Schumann angesehen und natürlich das ›Schloss‹, den Renaissancebau aus dem 16. Jahrhundert mit den geschweiften Giebeln und dem achteckigen Treppenturm. Ein Ausflug dorthin lohnt sich. Besonders im Sommer. Dort gibt es auch ein Café mit Außenplätzen.«

»Spielte dort nicht irgend so eine Geschichte mit dem Teufel?«

»Ja. Genau. Von der Frau, die nicht vom Tanzen lassen konnte. Sogar mit dem Teufel würde sie es tun. Der hat sie so lange herumgeschwenkt, bis ihr das Blut aus dem Mund quoll und sie tot zusammenbrach. Der Blutfleck an der Wand soll heute noch existieren. Er ist hinter einem Wandbehang verborgen und lässt sich angeblich nicht übermalen.«

»Eine schaurige Geschichte. Sie sollte wohl die Mädchen von damals dahingehend erziehen, nicht zu übermütig zu werden.«

»Vermutlich. Von Friedrich Hebbel gibt es ein Gedicht dazu.

Ein paar Zeilen weiß ich noch. ›Höre auf, höre auf, lieb Töchterlein! – Ach lasse mich, lasse mich, Mutter mein. Und wäre der Teufel hier selber zur Statt, er tanzte mich nimmermehr müde und matt.‹«

Lena lachte. »Irgendwann werde ich Hoyerswort mal besuchen. Für Touristen gehört das wahrscheinlich zum Pflichtprogramm. Aber wenn man hier aufgewachsen ist, fehlt einem oft der Bezug zu solchen Dingen. Jedenfalls ist das bei mir so.«

»Mag sein. Ich lebe erst seit knapp zehn Jahren im Norden.«

»Und vorher?«

»Bielefeld. Hier ist es eindeutig schöner.«

Die Kirche von Kotzenbüll kam in Sichtweite, die, wie für Eiderstedt typisch, auf einer Warft gebaut worden war.

»Wir sind bald am Ziel. ›Hitzlöper‹ nennt man uns Strandgutsucher auf Eiderstedt und auf den Inseln«, erklärte Carmen Lorenzen.

»Den Ausdruck hab ich noch nie gehört. ›Löper‹ steht für plattdeutsch ›Läufer‹, aber ›Hitz‹?«

»Nach der Sandbank mit dem Namen Hitzsand vor St. Peter. Dort hat man besonders viel Strandgut und zahlreiche Bernsteine gefunden. So ist der Ausdruck entstanden.«

»Ah. Das ist interessant. Wie lange machst du das schon?«

»Im Grunde seit meiner Kindheit. Zumindest das Sammeln. Irgendwann hab ich angefangen, Kerzenständer und Blumensäulen aus Treibholz zu basteln. Der Geruch und die weichen Formen der Hölzer haben mich schon immer fasziniert. Von den Strömungen, den Wellen und vom Sand rundgeschliffen, von der Sonne gebleicht und vom Salzwasser konserviert, hat die Umwelt ihnen ihren Stempel aufgeprägt. Dazu kommt die Vorstellung, was sie auf ihrer Reise alles erlebt haben könnten. Als Kind hab ich mir die spannendsten Abenteuer ausgemalt. Ein wenig ist von dieser Phantasie und der Faszination geblieben.«

Lena blickte kurz zu ihrer Beifahrerin hinüber. Das Lächeln auf den Lippen der Künstlerin verriet, dass sie in ihrem Element war. »Und die Geschichte ihres Ursprungs?«

»Ja, natürlich. Manches Holz könnte von einem Schiff stammen, das vor Jahrhunderten unterging.«

Beide schwiegen plötzlich. Vermutlich dachte Lorenzen gerade an das Gleiche wie Lena.

»So wie der Knochen eine Geschichte erzählt«, durchbrach Lena die Pause.

»Ja. So wie der Knochen. Aber das ist makaber. Dass ich ihn in einem meiner Werke verarbeitet habe, ist mir sehr unangenehm.«

»Wer weiß, vielleicht kommen wir auch der zugehörigen Geschichte auf die Spur.«

»Du würdest sie gern kennen, nicht wahr? Dich interessiert das Schicksal des Menschen, der dahintersteht.«

Lena nickte. »Ja, das kann ich nicht leugnen. Was wäre, wenn …?« Sie stockte, weil sie einem Ast ausweichen und sich auf das Fahren konzentrieren musste. »Was wäre, wenn wir es mit dem Opfer eines Verbrechens zu tun hätten?«

»Hast du irgendwelche Anhaltspunkte dafür?«

»Nein, nein. Nur so ein Gefühl. Ich kann das nicht begründen. Vielleicht will ich auch nur, dass es so ist.«

»Wieso? Das verstehe ich nicht. Das wäre doch schrecklich. Ich meine, wenn der Tote von einem Schiffsunglück stammt oder vielleicht ein Bewohner Rungholts war, dann – aber wenn er ermordet wurde …« Lorenzen schüttelte den Kopf. »Und wieso wünschst du dir das?«

»Sorry. Das war eine unbedachte Äußerung von mir.«

Eine Zeit lang herrschte Schweigen. Nur das Dröhnen des Motors war zu hören. Eine Böe erfasste den leichten Corsa, und Lena musste gegenlenken.

»Ich bin mit einem Polizisten befreundet. Er ist bei der Kriminalpolizei Husum. Ich hab ihm von dem Knochen erzählt. Aber er hat mich nicht ernst genommen.«

»Du hast dich geärgert und willst es ihm jetzt zeigen?«

»So ungefähr.« Lena lachte. »Ich weiß, dass es albern ist. Vielleicht will ich auch nur sicher sein, dass die Sache Hand und Fuß hat, bevor ich die Polizei offiziell einschalte.«

»Denkst du, dass wir heute weitere Skelettteile finden? Bist du deshalb mitgekommen?«

»Aber nein! Das ist doch Unsinn. Die Wahrscheinlichkeit dafür geht sowieso gegen null. Mich interessieren deine Arbeit und das Strandgutsammeln. Ich möchte mir ein Bild davon machen. Die Sache mit dem Knochen war nur der Anlass für den Besuch bei dir.«

»Okay.«

Carmen Lorenzen war mit der Antwort offenbar zufrieden. Natürlich glaubte Lena nicht, irgendwelche Hinweise auf den Toten zu finden. Dennoch war ihre Antwort nicht ganz ehrlich. Sie interessierte sich für die Arbeit der Künstlerin, aber auch der mysteriöse Knochenfund trieb sie an. Die Aktion an diesem Morgen war für sie so etwas wie eine Hintergrundrecherche.

»Ich hab übrigens eine Anzeige in der Zeitung aufgegeben, um den neuen Besitzer deiner Skulptur ausfindig zu machen. Darin habe ich das Doppelte der Kaufsumme geboten.«

»Das könnte klappen. So erreichen meine Arbeiten jedenfalls einen anständigen Preis.« Lorenzen lachte. »Der Besitzer wird sich über dein Angebot wundern. Wenn du Pech hast, vermutet er, ein besonders wertvolles Exemplar erworben zu haben, und wird den Preis weiter hochschrauben.«

»Hm. Daran habe ich noch gar nicht gedacht. Es gilt also, geschickt zu verhandeln. Wichtig ist erst einmal, den neuen Eigentümer zu ermitteln. Dann wird sich sicher ein Weg finden.«

Lena hatte vermutet, dass Lorenzen einen speziellen Ort für das Hitzlöpen wählen würde. Aber sie leitete Lena bis zum Ortsteil Bad, dorthin, wo die meisten Touristen Zugang zum Sandstrand suchten. Der Weg zum Meer führte über die gut einen Kilometer lange Seebrücke. In der Morgendämmerung tauchten bereits die für St. Peter-Ording typischen Pfahlbauten auf, das Restaurant Arche Noah, die DLRG-Rettungsstation und das Gebäude mit den öffentlichen Toiletten.

»Die Hütten sollen um zweihundert Meter Richtung Festland versetzt werden«, erklärte Lorenzen. »Der Anstieg des Meeresspiegels bewirkt, dass der Strand immer schmaler wird. Jedes Jahr gehen sechs bis zehn Meter Strand durch die Fluten verloren.«

»Heute Nacht ist bestimmt wieder viel Sand weggeschwemmt worden.«

»Das ist anzunehmen. Dafür ist hoffentlich nicht nur Müll, sondern auch brauchbares Treibgut angespült worden.«

Als sie ein Stück am Strand entlanggelaufen waren, wurde Lena klar, was Lorenzen gemeint hatte: Plastikflaschen, Reste von Einkaufstüten, Dosendeckel, Luftballons, Zigarettenstummel und Plastikschnüre.

»Am schlimmsten sind die Bruchstücke aus großen Kunststoffteilen, die im Laufe der Jahre von Wind und Wellen zerrieben und von Seevögeln und Fischen gefressen werden. Irgendwann landen sie wieder auf unseren Tellern.« Lorenzen leuchtete mit ihrer Taschenlampe ein Holzstück an und sammelte es auf. »Aber das hier ist wirklich nachhaltig. Ich werde daraus irgendetwas basteln, vielleicht einen Kerzenständer. Und wenn den jemand in sein Wohnzimmer stellt, muss er sich keinen anderen kaufen. Das schont die Ressourcen. Gleiches gilt für Seeglas.« Sie bückte sich erneut und hielt eine grüne, an den Kanten rundgeschliffene Scherbe in der Hand. »Eigentlich ist das Müll. Aber die Strömung und die Reibung mit dem Sand haben dem Glas seinen Schliff und matten Glanz verliehen. Seeglas hat übrigens richtigen Sammlerwert. Insbesondere rotes ist begehrt. Es wird mit hundert bis zweihundert Euro gehandelt. Manchmal stammt es aus alten Schiffslaternen.«

»Hast du auch schon Bernsteine gefunden?«, fragte Lena.

»Klar. Oft verstecken sie sich zwischen Tang, Muschelschalen und Holz. Wenn wir Glück haben, finden wir auch heute welche.«

Carmen Lorenzen ging langsam weiter. Hier und da blieb sie stehen und schob mit dem Fuß Seetang und Müll beiseite, um zu sichten, was darunterlag. Mit der Zeit füllten sich ihre Tragetaschen, und Lena nahm ihr zwei vorwiegend mit Holz gefüllte ab. Sie selbst sammelte kein Strandgut. Einen Bernstein würde sie natürlich gern mitnehmen. Insgeheim hoffte sie doch, einen weiteren Knochen zu finden. So unwahrscheinlich es auch war, sie konnte sich von dem Gedanken nicht lösen. Aber sie fand keinen, nicht einmal einen Tierknochen. Auf dem Weg zurück entdeckte sie zwischen einer Ansammlung kleiner Holzstücke einen etwa zwei Zentimeter großen Bernstein. Als sie ihn aufhob, glaubte sie das Prickeln zu fühlen, das Hitzlöper spüren mussten, wenn sie auf Schatzsuche gingen.

17

Aufgrund der Zeitungsanzeige und der Plakataktion meldeten sich einige Anrufer. Jemand hatte den Kater angeblich im Schlosspark gesichtet, ein anderer am Außenhafen. Eine Frau behauptete, Bogomil habe auf den Treppenstufen des alten Rathauses in der Sonne gedöst. Sie habe ihn eindeutig erkannt. Flottmann ging allen Hinweisen nach, aber ohne Erfolg.

Am Abend erfolgte ein weiterer Anruf. Zunächst meldete sich niemand. Er wollte gerade auflegen, als eine männliche Stimme sagte: »Ich hab Ihren schwarzen Kater. Ich will Geld.«

Flottmann dachte im ersten Moment, er habe den Einbrecher und Entführer am Telefon. Aber vielleicht war es auch nur jemand, der auf einen Finderlohn aus war. Er bemühte sich um einen freundlichen Tonfall.

»Das ist eine gute Nachricht. Wo ist der Kater?«

»Bei mir.«

»Und Sie sind sicher, dass es Bogomil ist?«

»Er sieht genauso aus wie auf dem Plakat.«

»Wo haben Sie ihn gefunden?«

»Er ist mir zugelaufen. Ich will hundertfünfzig Euro für meine Unkosten.«

»Welche Unkosten?«

»Wegen … egal. Wollen Sie das Tier wiederhaben?«

»Ja, natürlich. Können Sie mir Bogomil bringen?«

»Nein, nein. Das geht nicht. Weil …«

»Weil?«

»Weil ich kein Auto hab.«

»Dann komme ich zu Ihnen. Wo wohnen Sie?«

»Wir treffen uns am Wasserturm. Heute Abend um sieben. Und bringen Sie das Geld mit.«

Bevor Flottmann antworten konnte, hatte der Anrufer aufgelegt.

Endlich ein Lebenszeichen von Bogomil! Wenn alles klappte, würde der Kater schon bald wieder Leben in die Dreizimmerwohnung bringen. Das Telefonat hatte Flottmann aufgewühlt. Doch seine Zuversicht schwand. Nach einigen Überlegungen konnte er ausschließen, dass es sich bei dem Anrufer um den Einbrecher handelte. Der würde niemals solch ein hohes Risiko für hundertfünfzig Euro eingehen. Vielleicht war Bogomil dem Anrufer tatsächlich zugelaufen. Die wahrscheinlichste Variante aber war, dass er es mit einem Trittbrettfahrer zu tun hatte, der nur auf das schnelle Geld aus war. Egal, Flottmann musste sich auf das Treffen einlassen.

Er machte sich frühzeitig auf den Weg und stellte sein Auto in der Parkstraße ab, direkt vor einem Durchgang zum Schlossgarten. Nach wenigen Metern lag der Wasserturm vor ihm, das Backsteinbauwerk mit achteckigem Sockel und schiefergedecktem Helm. Er ging um den Turm herum, bis zum Eingang, über dem ein Relief mit dem Husumer Stadtwappen prangte. Von der Aussichtsplattform musste man einen phantastischen Blick über die Stadt, das Meer und die Halligen haben. Irgendwann würde er sich die Mühe machen, dort hinaufzusteigen. Der Turm hatte in früheren Zeiten dazu gedient, Schwankungen des Wasserverbrauchs auszugleichen und den erforderlichen Druck im Leitungssystem herzustellen. Jetzt war er zu einem Wahrzeichen Husums geworden und ein markanter Treffpunkt für die Übergabe des vermissten Katers.

Die Dämmerung hatte bereits eingesetzt, und leichter Nieselregen verschlechterte die Sicht. Flottmann schaute auf seine Armbanduhr. Zehn Minuten bis zur vereinbarten Zeit. Er hielt das Geld passend in seiner Jackentasche bereit. Portemonnaie und Papiere hatte er daheim gelassen. Eine Vorsichtsmaßnahme. Man konnte nie wissen.

Nach einer Viertelstunde kam eine schlaksige Gestalt auf ihn zu. Die Kapuze des Pullovers hatte sie tief ins Gesicht gezogen. Sie trug einen Kasten in beiden Händen vor sich her. Nicht zuletzt ihr Benehmen weckte Flottmanns Argwohn. Der Typ blickte unablässig umher, als fühlte er sich verfolgt. Die Art, wie er die Kiste hielt, ließ Flottmann zweifeln, dass Bogomil mit seinen fast acht Kilogramm darin steckte. Außerdem schien sie zu klein für ihn zu sein. Falls er dort hineingezwängt worden war, musste er Qualen erleiden.

Vor Flottmann stand ein halbwüchsiger Junge. »Ich will das Geld sehen!«

»Ich will meinen Kater sehen!«

»Erst die Scheine!«

Flottmann warf einen Blick auf den Kasten. An der Oberseite waren Löcher hineingebohrt worden. Er meinte, ein kratzendes Geräusch aus dem Inneren wahrzunehmen. Aber er konnte sich irren. Langsam griff er in die Jackentasche und brachte das Geld zum Vorschein. Er hielt einen Hunderter und einen Fünfziger in der Linken.

In diesem Moment stieß der Junge ihm die Kiste mit Wucht vor den Bauch. Reflexhaft packte Flottmann mit beiden Händen zu, und ehe er sich versah, hatten die Geldscheine den Besitzer gewechselt.

Er stand Sekunden wie bedröppelt und angewurzelt da. Dem Täter zu folgen, war aussichtslos. Der war bereits hinter dem Wall verschwunden, der den Schlosspark begrenzte. Den Treffpunkt hatte der Junge geschickt gewählt.

Im Grunde erübrigte es sich, in die Kiste hineinzuschauen. Doch er hob den Deckel an und starrte auf einen roten Backstein. Für einen Moment konnte er sich nicht entscheiden, ob er seine Wut gegen den Betrüger oder sich selbst richten sollte. Er entschied sich für Letzteres. Wie hatte er nur so dämlich sein können. Er, der in der Vergangenheit so manchen Verbrecher zur Strecke gebracht hatte, war auf eine plumpe Masche hereingefallen. Er schleuderte den Kasten samt Ziegelstein in die Büsche und schleppte sich kopfschüttelnd zu seinem Auto. Auf dem Heimweg überfuhr er eine rote Ampel und kam an einem Fußgängerüberweg nur durch eine Vollbremsung rechtzeitig zum Stehen. Erst als er die Wohnungstür hinter sich schloss, beruhigte er sich wieder. Er nahm sich vor, niemandem von dem Vorfall zu erzählen. Der Spott der Kollegen wäre ihm sicher gewesen.

18

Am Dienstagmittag kam Drechsler ins Büro. Er hatte eine DVD in der Hand und wedelte damit.

»Wünsche schöne Ostern gehabt zu haben. Was glauben Sie, was ich hier habe?« Der Dienststellenleiter sah in die Runde und strahlte.

»Die neueste Folge von ›Star Wars‹?«, fragte Flottmann.

»Ach, viel besser. Die Ergebnisse der forensischen Tatortrekonstruktion.«

»Schobüll?«

»Ja, natürlich. Das Wohnzimmer der Küsters.« Er ging zu Hilgersen hinüber und händigte ihm den Datenträger aus. »Schieben Sie die DVD mal rein. Sie enthält ein Startprogramm, mit dem man sich alles ansehen kann. Herr Flottmann, auch Sie sollten zuschauen.«

»Okay.« Flottmann stand auf und gesellte sich zu den beiden.

Nachdem Hilgersen das Programm aufgerufen hatte, erschien eine dreidimensionale Schwarz-Weiß-Darstellung des Raums auf dem Bildschirm.

»Keine Farbe?«, kritisierte Flottmann.

»Der Scanner liefert nur ein Graustufenbild. Er misst die Entfernungen und die Intensität der Reflexionen. Über fünfzig Millionen Punkte in ein paar Minuten.«

»Aha.«

»Passen Sie mal auf.« Drechsler beugte sich vor und steuerte die Computermaus auf ein Symbol, das eine Kamera darstellte. Jetzt erschienen wirklichkeitsnahe Farben und Texturen.

Hilgersen stieß einen Pfiff aus.

»Großartig, nicht wahr?« Drechsler war seine Begeisterung anzumerken. »Ich hab mit einem Klick die Fotos überlagert, die vor Ort geschossen wurden. Alles bleibt maßstabsgetreu, versteht sich. Man kann mit der Maus Entfernungen messen und den Standpunkt des Beobachters wählen.«

»Wirklich sehr, sehr nett«, sagte Flottmann.

»Nicht wahr? Man könnte jetzt zum Beispiel die Schussrichtung genau rekonstruieren.«

»Es wurde geschossen? Das ist mir ja völlig neu.«

»Nur so als Beispiel natürlich. Für den Fall, dass jemand geschossen hätte. Aber das ist noch nicht alles – und das dürfte Sie interessieren. Die Software hat zusätzlich die Blutspritzer analysiert, die an den Wänden und auf dem Boden vorgefunden wurden.«

»Die sind auf dem Video nicht zu erkennen. Dafür war die Auflösung der Kamera zu schlecht«, sagte Hilgersen.

»Eben. Und auch die eigentliche Messerattacke ist nicht vollständig zu sehen. Aber das Programm kann über die Blutflecken die Führung der Waffe rekonstruieren. Die meisten Spritzer entstanden, als das Messer zu Boden fiel. Einige aber auch beim Herausziehen aus der Wunde.«

»Schleuderspuren, das Fliehkraftprinzip«, warf Flottmann ein.

»Jedenfalls kommt jetzt der Hammer. Klicken Sie mal auf das Symbol rechts oben, Herr Hilgersen.«

Hilgersen folgte der Aufforderung. Jetzt wurden zwei Personen eingeblendet. Eine hielt ein Messer in der Hand und sollte offenbar den Täter darstellen. Die andere repräsentierte das Opfer. Eine Animation zeigte den berechneten Bewegungsablauf des Überfalls.

»Größe und Gewicht der Figuren wurden berücksichtigt, aber natürlich nicht Kleidung und Aussehen«, sagte Drechsler. »Die Rekonstruktion der Bewegungsabläufe anhand der Blutspuren ist nichts Neues. Aber die Darstellung in 3D ist sensationell, finde ich. So wird nicht nur der Tatort digital eingefroren, sondern auch der Tathergang.«

Hilgersen nickte zustimmend, und Flottmann gab ein »Hm« von sich.

»Ich lasse Ihnen die DVD hier. Machen Sie was draus.« Drechsler verabschiedete sich und ging. Sein Abgang hatte etwas von einem Triumph.

»Jetzt hat er uns aber mal gezeigt, wo der Hammer hängt«, sagte Hilgersen.

»Mir wäre lieber gewesen, er hätte uns ein Programm vorgeführt, mit dem man das Aussehen des Täters rekonstruieren könnte. Indem es sozusagen die Verkleidung herausrechnet.«

»Miesepeter. Vielleicht enthält das Verfahren doch Ansatzpunkte für unsere Ermittlungen. Sei mal ein bisschen offener für die moderne Technik.«

»Gut. Ich werde mich bemühen. Ab morgen oder übermorgen.«

»Apropos Aussehen des Täters«, sagte Hilgersen. »Einiges wissen wir über ihn. Er ist etwa einen Meter neunundsiebzig bis einen Meter zweiundachtzig groß, Schuhgröße vierundvierzig. Er hat ein schmales Gesicht und ist zwischen achtzehn und fünfunddreißig Jahre alt. Letzteres haben die Kollegen aus der Bewegung des Mannes abgeleitet.«

»Geht es nicht genauer?«

»Vielleicht kriegen wir ja noch sein Sternzeichen raus«, murrte Hilgersen.

»Gibt es keine Statistiken, welchem Tierkreiszeichen die meisten Mörder angehören? Das würde unsere Arbeit immens vereinfachen.«

»Das ist eine interessante Frage. Vielleicht weiß Malte mehr darüber.«

»Das war ein Scherz, Mann.«

»Ach so. Sag das doch gleich.«

19

Wilhelm Küster hatte zwei Nächte im »Alten Gymnasium« verbracht. Die Übernachtungen im Husumer Fünf-Sterne-Hotel gingen auf Firmenkosten. Das musste das Finanzamt akzeptieren. Das 1867 fertiggestellte, im gotischen Stil errichtete Gebäude war in den neunziger Jahren von einem ehemaligen Schüler zu einem Luxushotel umgebaut worden.

Küsters Vater hatte das Gymnasium besucht, das damals »Hermann-Tast-Schule« hieß. Er hatte seinen Vater kurz vor dessen Tod in das Restaurant des Hauses eingeladen. Der alte Herr hatte begeistert von seiner Schulzeit erzählt, vermutlich mit völlig verklärten Erinnerungen. Aber das war egal gewesen. Es war ein schöner Abend geworden, und sie hatten sich über viele Dinge unterhalten. Selten hatte er sich seinem Vater so nahe gefühlt. Immer hatte es eine unüberwindbare Distanz zwischen ihnen gegeben.

Wilhelm Küsters Verhältnis zu seinen Söhnen hatte sich ähnlich entwickelt. Woran das lag, konnte er nicht sagen. Vielleicht hatte er zu viel von ihnen verlangt und seinen eigenen Ehrgeiz und Erfolg als Maßstab gesetzt. Als Alexander das Studium abbrach, hatte das Verhältnis zu ihm einen neuen Tiefpunkt erreicht. Jetzt bereute Küster die Vorwürfe und die Auseinandersetzungen.

Wenn Alexander zurück war, würde er mit ihm reden. Alles erschien bedeutungslos in Anbetracht der Geschehnisse. Nachdem ihre Mutter weggezogen war, waren sich immerhin Erik und Alex nähergekommen. Sie hielten zusammen, so manches Mal auch gegen ihn.

Küster saß im Wohnzimmer seines Hauses. Die zweite Flasche Rotwein hatte er bereits zur Hälfte geleert. Er war es gewohnt, zu handeln, wenn es erforderlich war. Aber was sollte er tun? Hinauslaufen und nach Alexander suchen? Das wäre absurd. Die Polizei hatte die Gegend abgesucht. Sie hatte einen Schuh an der Seebrücke gefunden. Alexanders Schuh. Das stand inzwischen fest. Alles sprach dafür, dass er verletzt oder gar getötet worden war. Letzteres wollte Küster sich nicht vorstellen. Die Polizei hatte das Video aus der Überwachungskamera ausgewertet, das den Angriff auf seinen Sohn zeigte. Der Täter hatte angeblich nur einmal zugestochen. Ein Einbrecher? Es waren nur wenige Dinge gestohlen worden, etwas Bargeld und Münzen. Wegen solcher Kleinigkeiten brachte man doch keinen Menschen um! Im selben Moment wurde ihm klar, dass Morde manchmal schon für weniger verübt wurden. Erst vor Kurzem hatte er in der Zeitung gelesen, dass eine Frau auf der Straße überfallen und ihr die Handtasche entrissen worden war. Die Beute hatte nur zwanzig Euro betragen. Sie war mit schweren Verletzungen ins Krankenhaus eingeliefert worden und wenig später gestorben.

Die Videoüberwachung im Haus hatte für eine gewisse Sicherheit sorgen sollen. Ihm war nie klar gewesen, dass sie keinen Schutz bot, sondern lediglich im Falle eines Einbruchs die Ermittlung des Täters erleichterte. Sie hatte eine trügerische Sicherheit suggeriert, zumal die Alarmanlage schon seit Jahren außer Betrieb war.

Küster sah auf seine Armbanduhr. Er kniff die Augen zusammen und konzentrierte sich. Die verschwommenen Zeiger standen auf fünf nach zwölf. »Fünf nach zwölf!«, murmelte er und lachte. Das bedeutete »zu spät«. Zu spät für Einsichten. Er richtete sich auf. Noch konnte er sich ganz gut auf den Beinen halten. Er griff nach der halb leeren Rotweinflasche. Den guten Wein verkommen zu lassen kam nicht in Frage.

Küster ging in den Flur, nahm seine Jacke vom Garderobenhaken und zog sie über, ohne die Weinflasche aus der Hand zu legen. Bis zur Seebrücke waren es nur wenige hundert Meter. Er öffnete die Tür und stolperte die Eingangsstufen hinunter. Die Tür fiel hinter ihm zu. Draußen war es kalt. Er versuchte, immer noch mit der Flasche in einer Hand, den Reißverschluss der Jacke zuzuziehen. Aber es gelang ihm nicht. Selbst in nüchternem Zustand hatte er stets Mühe, die Enden zusammenzubringen.

»Scheißpatent!«, fluchte er, ließ die Jacke offen und nahm einen kräftigen Schluck aus der Flasche.

Er ging die Straße hinunter, am Campingplatz Seeblick vorbei bis zum Sandweg, der zur Seebrücke führte. Es herrschte gespenstische Ruhe. Die wenigen Campinggäste schienen bereits zu schlafen. Einmal glaubte Küster, Schritte hinter sich zu hören. Er drehte sich um, aber es war niemand zu sehen. Der Wind an der Küste erzeugte Geräusche, die gerade zur Nachtzeit die Phantasie heraufbeschworen. Küster war kein ängstlicher Mensch, doch ein merkwürdiges Gefühl begleitete ihn mit jedem Schritt. Dabei war es völlig sinnlos, was er tat. Er wollte bis zur Spitze der Seebrücke, dort, wo der Schuh gefunden worden war. Da gab es nichts zu entdecken, nichts, was Licht in das Geschehen, den Angriff auf Alexander und sein Verschwinden, bringen konnte. Trotzdem musste er an den Ort, an dem die letzten Spuren seines Sohnes entdeckt worden waren. Er wollte sich auf die Bank setzen und den restlichen Wein trinken.

Küster hatte die Brücke erreicht. Es war Niedrigwasser. Der Vollmond lugte aus den Wolken hervor, und sein fahles Licht spiegelte sich im Watt. Doch Küster hatte kein Auge für den malerischen Anblick. Das ungute Gefühl hatte sich verstärkt. Etwas Bedrohliches ging vor sich. Das Geräusch seiner Schritte auf den Holzplanken klang irgendwie verkehrt, so als wäre es nicht synchron mit seiner Bewegung. Nein, es waren zusätzliche Tritte zu hören!

Er drehte sich um. Im Mondlicht zeichnete sich eine Gestalt ab, die auf ihn zukam. Er konnte nur ihre Konturen erkennen. In ihrer Hand blitzte eine Klinge auf.

Küsters vom Alkohol vernebeltes Gehirn feuerte widersprüchliche Informationen. Aber sein Herzschlag signalisierte ihm: Er befand sich in höchster Lebensgefahr. Flucht war die einzige Möglichkeit. Der Rückweg war ihm durch den Verfolger abgeschnitten. Er musste es bis zum Ende der Brücke schaffen und den Sprung ins Watt wagen. Im tiefen Schlick würde auch der offenbar jüngere Angreifer Schwierigkeiten haben, sich fortzubewegen. Dann hätte er eine Chance, zu entkommen. Küster drehte sich um und lief los. Bis zum Ende des Stegs mochten es noch fünfzig Meter sein. Er wusste, dass er um sein Leben rannte. Seine offene Jacke behinderte ihn. Der rutschige Untergrund und die Spalten zwischen den Holzplanken bargen die Gefahr, dass er stürzte. Wenn er hinfiel, hatte er verloren.

Eine Wolke hatte sich vor den Mond geschoben. Dennoch konnte er das Ende der Brücke erkennen. Noch zwanzig Meter. Die Schritte kamen näher. Er fühlte bereits den Stich im Rücken. Nein, noch war es nicht so weit. Keine fünf Meter mehr. Im nächsten Moment setzte Küster zum Sprung an. Die Sekunden bis zum Aufprall dehnten sich zu Minuten. Seine Füße versanken tief im Schlick, der Oberkörper und die Arme schnellten nach vorn. Doch sein Lebenswille entfesselte unbändige Kräfte, und er kannte sich im Watt aus. Er wusste, wie er sich am besten fortbewegte, ohne tief einzusinken. Er rappelte sich auf und fing an zu laufen, mit kurzen Schritten, mehr gleitend als fest auftretend. Jetzt schien er wieder klar denken zu können. War der Angreifer ihm nachgesprungen? Küster glaubte, ihn zu hören. Es blieb keine Zeit, sich zu vergewissern. Er wollte weiterlaufen, bis ihn die Kräfte verließen. Vielleicht gelang es ihm, in der Dunkelheit zu entkommen. Doch beim nächsten Schritt sank er tief in den Untergrund. Sein Fuß blieb stecken, und er verlor das Gleichgewicht. Im Fallen drehte er sich und sah von der Seite die Gestalt und die Hand mit dem Messer, das auf ihn niederfuhr.

20

Als Flottmann am Morgen ins Büro kam, empfing Hilgersen ihn mit Neuigkeiten.

»Wir haben einen Spur-Spur-Treffer in der Datenbank in Sachen Bogomil.«

»Was?«

»Rita hat den Bericht geschickt. Die DNA aus deiner Wohnung stimmt mit einer aus einem zurückliegenden Fall überein.«

»Wurde damals auch ein Kater entführt?«

»Quatsch. Aber eingebrochen wurde. Die Täter – es waren wohl zwei – hat man nicht gefunden. Ein Einbruch in ein Wohnhaus in der Wasserreihe. Ein Laptop und Schmuck wurden gestohlen. Das ist allerdings fünf Jahre her. Die Akte ist noch nicht im System. Sie müsste im Keller sein.«

Flottmann stand auf.

»Hier, das Aktenzeichen.« Hilgersen hielt seinem Kollegen einen Zettel entgegen. »Nimm die Treppe. Ist gut für die Figur.«

»Mit meiner Figur ist alles in Ordnung.« Flottmann ergriff die Notiz und verließ das Büro.

Als er mit einem Ordner in der Hand zurückkam, lag Ritas Bericht bereits auf seinem Schreibtisch.

»Was für ein Service«, sagte er an Hilgersen gewandt. »Warum bist du nicht immer so?«

»Könnte dir so passen.«

Flottmann legte den Ordner auf den Schreibtisch und setzte sich an seinen Platz. Dann las er Ritas mehrseitige Stellungnahme. Im Wesentlichen enthielt diese, was Rita ihm bereits erzählt hatte. Das Interessanteste aber war der Datenbanktreffer. Mit fast hundertprozentiger Wahrscheinlichkeit war der Einbrecher in seiner Wohnung einer der Täter, die vor Jahren einen Einbruch in der Wasserreihe begangen hatten. Flottmann blätterte in den Unterlagen zu diesem »Cold Case«. Er beschloss, sie mit nach Hause zu nehmen. So sehr ihm Bogomils Verschwinden auch zu Herzen ging, durfte er doch seine Arbeit nicht vernachlässigen. Jedenfalls nicht die Untersuchungen zu den Schobüller Vorgängen. Die Bagatellfälle und Routinearbeiten konnten warten.

»Rate mal, wer der Mann war, der vor ein paar Tagen aus dem Watt gerettet wurde.« Hilgersen wippte mit der Rückenlehne seines Drehstuhls.

»Kein Rheinländer?«

»Peter Jacobsen. Das hab ich eben erfahren, als du im Keller warst.«

»Der Vater der Vermissten Sabrina Jacobsen? Sehr merkwürdig.«

»Ja, komischer Zufall.«

»Ich glaub nicht an Zufälle, wie du weißt.«

»Dann erkläre mir, wo der Zusammenhang ist.«

Flottmann kratzte sich hinterm Ohr. »Später mal. Gibt es etwas Neues zu Alexander Küster?«

»Nein. Lothar Böttcher vom K1 hat die Sache übernommen.«

»Nicht Hofmann persönlich?«

»Nee. Aber der wird sich bei Gelegenheit sicher einmischen. Jedenfalls hat Böttcher nichts dagegen, wenn wir behilflich sind. Im Gegenteil. Er wäre dankbar, wenn wir hier vor Ort parallel ermittelten. Dass wir uns gegenseitig auf dem Laufenden halten, versteht sich von selbst.«

»Okay. Hast du schon die Liste mit Alexanders Kontakten abtelefoniert?«

»Sein Handy ist ja verschwunden und konnte auch nicht geortet werden. Es liegt wahrscheinlich auf dem Meeresgrund. Aber die Einträge, die sein Bruder uns gegeben hat, habe ich gecheckt. Bis auf einen Teilnehmer hab ich alle gesprochen. Niemand hat etwas von Alexander gehört. Ich hab auch keine Hinweise auf besondere Vorkommnisse in seinem Umfeld erhalten. Aber ich hab eine Auflistung der Telefonverbindungen von Alexanders Provider angefordert. Vielleicht ergibt sich daraus etwas. Viel verspreche ich mir allerdings nicht davon. Wenn wir es tatsächlich mit einem Einbrecher zu tun haben …«

»Glaub ich nicht.«

»Hast du nicht einmal gesagt, dass du in die Kirche gehen würdest, wenn du glauben wolltest?«

»Kann mich nicht erinnern. Allerdings würde solch ein kluger Ausspruch zu mir passen.«

Hilgersens Telefon klingelte. Flottmann bekam nur Gesprächsfetzen mit. Mit »Verdammte Scheiße!« fasste Hilgersen den Inhalt des Telefonats zusammen und legte auf.

»Was ist passiert?«

»Das war Böttcher. Wir haben einen Toten.«

»Alexander?«

»Sein Vater.«

»Wilhelm Küster?«

»Ja. Er liegt zwischen Schilf und Schlickgras am Schobüller Strand. Die Flut muss ihn angeschwemmt haben. Camper haben ihn gefunden.«

»Unfall?«

»Er hat Messerstiche im Rücken und einen im linken Oberarm. Damit können wir Unfall und Suizid wohl ausschließen. Böttcher ist mit einem Team unterwegs. Wir sollen dazukommen.«

»Haben wir etwas übersehen? Ich meine, konnten wir wissen, dass Wilhelm Küster in Gefahr war?« Flottmann legte die Stirn in Falten.

»Nein, konnten wir nicht. Aber die Einbrechertheorie ist jetzt noch weniger plausibel.«

»Wieso wurde Alexanders Leiche fortgespült, während man die seines Vaters an Land gefunden hat?«

»Ich bin mir sicher, dass du selbst darauf kommst.«

»Na ja. Wir wissen ja nicht genau, wo die beiden ins Meer gelangten. Je nachdem sind die Strömungsverhältnisse verschieden, nehme ich an. Alexander wurde vermutlich bei der Schobüller Seebrücke –«

»Hast du schon mal etwas von Ebbe und Flut gehört? Als Alexander verschwand, lief das Wasser über den Heverstrom Richtung offenes Meer. Je nachdem, wann Wilhelm Küster –«

»Okay, okay. Hab verstanden. Aber vielleicht sollten wir ein Strömungsgutachten erstellen lassen, das nicht nur die Tide berücksichtigt, sondern den Wind und die lokalen Gegebenheiten. Dann könnte man zumindest abschätzen, ob Alexanders Leiche wieder auftauchen müsste. Vielleicht ließe sich sogar prognostizieren, wo.«

»Hm. Das ist nicht ganz abwegig. Allerdings könnte sie bei den jetzigen Temperaturen irgendwo weit draußen auf dem Meeresboden liegen. Unter zehn Grad bilden sich keine Fäulnisgase, die den Körper nach oben treiben. Und ab einer gewissen Tiefe ist das Wasser weniger als vier Grad kalt. Da kommt die Leiche unter Umständen gar nicht mehr zum Vorschein.«

»Was du alles weißt …«

»Du ahnst ja gar nicht, was ich alles weiß. Trotzdem ist deine Idee mit dem Strömungsgutachten nicht schlecht. Soweit ich informiert bin, macht das Bundesamt für Seeschifffahrt und Hydrographie so etwas. Ich werde mich darum kümmern. Aber jetzt sollten wir los. Wir werden in Schobüll gebraucht. Ohne uns läuft doch nichts.« Hilgersen stand auf, nahm seinen Notizblock vom Schreibtisch und eilte zur Tür. Flottmann folgte ihm. Wie immer hetzte der Kollege, als ginge es um Leben oder Tod.

Auch sein Fahrstil war entsprechend. Keine zehn Minuten später erreichten sie Schobüll. Hilgersen fuhr auf den Parkplatz am Freibad und hielt neben einem Streifenwagen, vor dem Neele Rasmussen stand. Die Kommissare stiegen aus.

»So schnell sieht man sich wieder«, empfing Rasmussen die beiden.

»Normalerweise stirbt man in Schobüll lediglich an Altersschwäche. Und jetzt haben wir gleich zwei Kandidaten, bei denen jemand nachgeholfen hat«, sagte Hilgersen.

»Ihr habt doch sicher schon eine Theorie, was passiert ist, oder?«

»Klar. Vater und Sohn haben sich gegenseitig umgebracht. Deshalb können wir die Akte bald schließen.«

Einen Moment schien Rasmussen zu überlegen, was er von Hilgersens Erklärung zu halten hatte.

»Seine Witze waren auch schon mal besser«, sagte er dann zu Flottmann gewandt.

»Da stimme ich dir zu«, entgegnete dieser. »Die Flensburger sind unten am Strand?«

»Ja. Vor der Brücke rechts. Sind nicht zu verfehlen.«

»Danke.«

Hilgersen und Flottmann gingen den Sandweg entlang Richtung Ufer. Der Sperrpfosten, der die Zufahrt verhindern sollte, war umgelegt, und in der Ferne standen Einsatzwagen der Polizei und Feuerwehr.

»Warum sind wir nicht hier durchgefahren?«, murrte Flottmann.

»Ein kleiner Spaziergang an der frischen Luft wird uns guttun.«

»Mag sein. Aber es heißt Spaziergang und nicht Spazierrennen. Also nimm mal das Tempo raus. Sonst kann ich die schöne Landschaft nicht genießen.«

»Wusstest du, dass wir hier den einzigen unbedeichten Abschnitt der gesamten schleswig-holsteinischen Westküste vor uns haben?«

»Ja, und dass der Schobüller Berg einunddreißig Meter hoch ist, hast du mir auch bereits erzählt.«

Sie erreichten das Ende der Straße und gingen an den Fahrzeugen vorbei. Ein schmaler Weg führte auf dem alten Strandwall Richtung Norden. Der Fundort der Leiche war deutlich anhand der Personen zu erkennen, die auf der trockengefallenen Salzwiese standen, einige in weißen Overalls, andere in gelb-schwarzer Feuerwehrkleidung.

Ein Mann löste sich aus dem Kreis und kam auf sie zu. Es war Lothar Böttcher in olivgrünem Parka und gelben Gummistiefeln.

»Moin«, grüßte er, als er auf Höhe der Besucher war. »Herr Flottmann?«

Flottmann nickte und reichte ihm die Hand.

»Moin, Gustav. Danke, dass ihr gekommen seid. Viel ausrichten könnt ihr hier nicht. Auch die Spurensicherung wird nichts finden. Die Leiche hat sich an der Lahnung verfangen, sonst wäre sie vermutlich bei ablaufendem Wasser wieder weggespült worden. Sie hat mehrere Messerstiche im Rücken. Ob sie die Todesursache sind, wissen wir noch nicht. Das wird die Obduktion ergeben. Über die Identität des Toten besteht kein Zweifel. Es ist Wilhelm Küster. Er hatte seinen Ausweis in der Hosentasche. Wir werden natürlich noch die Umgebung absuchen.«

»Die Seebrücke wäre wichtig«, sagte Flottmann.

»Ja, natürlich. Die nimmt sich die Spurensicherung noch vor. Wir haben den Bereich abgesperrt. Außerdem haben wir die Umgebung nach Reifenspuren abgesucht, bevor wir hier mit Fahrzeugen angerückt sind. Allerdings mit negativem Ergebnis. Wollt ihr zum Fundort?« Bei den letzten Worten blickte Böttcher auf die Schuhe der beiden Kollegen.

»Nein. Wie wir sehen, habt ihr alles im Griff«, antwortete Flottmann.

»Gut. Die Bergung wird jetzt schnell vonstattengehen. In einer Stunde läuft das Wasser wieder auf.«

Sie gingen gemeinsam zurück zu den Einsatzfahrzeugen. Flottmann warf noch einen Blick auf das Watt und die Nordstrander Skyline in der Ferne, bevor er und Hilgersen Richtung Parkplatz schlenderten.

21

Lena Abendroth hatte gerade die Klinik verlassen, als sie einen Anruf auf ihrem Handy erhielt.

»Ich hab, was Sie suchen«, meldete sich eine männliche Stimme.

»Die Skulptur?«

»Das Geschöpf aus der Tiefe.«

»Ich hab Ihren Namen nicht verstanden.«

»Ich hab ihn ja auch gar nicht genannt. Mumm heiße ich.«

»Herr Mumm, ich würde Ihnen die Skulptur gern abkaufen.«

»Ich verkaufe nicht. Ich wollte Ihnen nur mitteilen, dass ich sie habe. Sie brauchen also nicht weiterzusuchen.«

Lena befürchtete, dass der Gesprächspartner im Begriff war, aufzulegen. »Warten Sie. Kann ich mir das Stück jedenfalls ansehen?«

»Ansehen? Ich bin doch kein Museum. Wieso sind Sie so scharf auf das Ding? Was ist so Besonderes daran?«

Diese Frage hatte Lena befürchtet. »Gar nichts. Es hat mir nur sehr gut gefallen. Ich habe es beim ›Mischmasch‹ in der Hohlen Gasse entdeckt. Sie haben es mir vor der Nase weggeschnappt.«

Der Gesprächspartner am anderen Ende lachte. Sein Lachen ging nahtlos in einen Hustenanfall über. Typischer Raucherhusten, dachte Lena. Krampfhaft überlegte sie, wie sie ihn dazu bringen könnte, das Kunstwerk herzugeben.

»Ich hab es sowieso nicht mehr.«

»Was?«

»Ich hab es verschenkt. Und Geschenke kann man nicht zurückfordern. Das wäre peinlich. Also, Pech gehabt, Frau …«

»Abendroth.«

»Frau Abendroth. Tschüss.« Er legte auf.

»Verdammter Mist«, entfuhr es Lena.

Das war schiefgelaufen. Aber immerhin hatte sie den Namen des Käufers. Auch dessen Telefonnummer war in ihrem Handy gespeichert. Es war also noch nichts verloren. Vielleicht war es klug, ein wenig abzuwarten. Es bestand Hoffnung, dass sich dieser Mumm wieder melden würde. Wenn sie ihn jetzt anrief, würde sie den Preis hochtreiben.

Ihre Abwartetaktik schien aufzugehen. Am Abend rief Mumm erneut an.

»Vielleicht lässt sich doch etwas machen«, begann er. »Ich müsste derjenigen, der ich die Skulptur geschenkt habe, einen Ersatz geben. Etwas genauso Wertvolles. Ich darf mich ja nicht lumpen lassen.«

»Ich verstehe. Woran haben Sie gedacht?«

»Na ja. Ein Blumenstrauß reicht natürlich nicht. Aber ein Diamant muss es auch nicht sein.«

»Sondern?«

»Irgendetwas im Wert von vierhundert Euro, hab ich mir gedacht.«

Lena schluckte. »Die Skulptur hat nur sechzig gekostet.«

»Wie gesagt. Das Ganze ist etwas peinlich. Geschenke fordert man nicht zurück.«

»Ich gebe Ihnen das Doppelte, hundertzwanzig.«

»Zweihundert.«

»Hundertfünfzig.«

»Sagen wir, hundertachtzig. Dafür könnte ich meiner Frau etwas Anständiges kaufen.«

»Ihrer Frau?«

»Äh – ja. Hab ich das nicht erwähnt? Es war ein Geschenk für meine Frau. Sie hatte gestern Geburtstag. Also hundertachtzig Euro? Abgemacht?«

»Okay, abgemacht.«

Schon beim ersten Gespräch hatte Lena geahnt, dass sie es mit einem Schlitzohr zu tun hatte. Ihr Verdacht hatte sich bestätigt.

»Sie können das Ding morgen bei mir abholen«, sagte er. »Das Geld bitte in bar.«

»Gut. Morgen Abend gegen achtzehn Uhr?«

»Ich bin zu Hause.« Mumm gab Lena seine Adresse durch.

Mumm wohnte in der Schulstraße, keine zehn Minuten zu Fuß vom Krankenhaus entfernt. Trotzdem wollte Lena ihr Auto nehmen, um das Kunstwerk zu transportieren.

Sie drückte auf den Klingelknopf, der mit »Engelbert Mumm« beschriftet war. Sekunden später ertönte ein Summen, und sie konnte die Eingangstür des Mehrfamilienhauses aufdrücken.

Als sie die Stufen der zwei Stockwerke genommen hatte, erblickte sie einen schmächtigen Mann um die siebzig, mit grauen Haaren, Bart und einer Boxernase, der in der Wohnungstür stand. Für einen Moment war es ihr, als könnte sie ihm seine Verschlagenheit ansehen.

Er führte sie durch einen schmalen Flur in ein Wohnzimmer, das im Stil der fünfziger Jahre eingerichtet war. Nur das Fernsehgerät schien aus der Neuzeit zu stammen.

»Hier ist das gute Stück.« Er zeigte auf die Skulptur, die auf einer Kommode thronte.

Lena erkannte sofort, dass es sich um das Exemplar handelte, das sie vor dem Laden in der Hohlen Gasse gesehen hatte.

»Ich will aber dreihundertfünfzig Euro haben. Meine Frau braucht einen neuen Mantel. Der wäre ein würdiger Ersatz für das wunderschöne Kunstwerk.«

»Wir hatten hundertachtzig vereinbart.«

»Ich weiß. Das war ein Fehler von mir. Dreihundertfünfzig, sonst bleibt das Stück hier.«

Lena Abendroth setzte die grimmigste Miene auf, die sie zustande brachte. »Sie werden überhaupt nichts bekommen! Sehen Sie das hier?« Sie zeigte auf die blau gefärbte Querstrebe. »Das ist der Knochen eines Menschen. Ich weiß, wovon ich rede. Ich bin Ärztin. Es geht um einen ungeklärten Todesfall. Die Polizei wird die Skulptur konfiszieren. Ich hatte nur gedacht, dass wir den inoffiziellen Weg wählen könnten. Deshalb mein Angebot.« Lena wandte sich zum Gehen.

»Warten Sie! Das konnte ich ja nicht wissen. Hundertachtzig sind in Ordnung. Dann gibt es eben ein anderes Geschenk. Ich werde schon etwas Passendes finden.«

Lena zögerte. Sie ließ den »Geschäftspartner« ein wenig zappeln. »Okay«, sagte sie dann. »Ich vermeide damit viel Aufwand und Papierkram.«

»Haben Sie das Geld dabei?«

»Ja.« Lena hatte den passenden Betrag lose in ihre Jeanstasche gesteckt. Sie zählte das Geld auf die ausgestreckte Hand des Mannes. Wie bei einem Kuhhandel, dachte sie.

»Grüßen Sie Ihre Frau von mir«, sagte Lena, nachdem Mumm ihr das »Geschöpf aus der Tiefe« übergeben hatte.

»Meine Frau? Äh – ja. Danke.«

Lena war sich sicher, dass die Ehefrau eine Erfindung war. Sie verabschiedete sich und ging.

Im Treppenhaus betrachtete sie die Querstrebe der Skulptur genauer. Eindeutig der Oberarmknochen eines Menschen. Sie hatte sich nicht geirrt. Auch ihre Einschätzung, dass er von einer männlichen Person stammte, hielt sie aufrecht. Allerdings beruhte ihr Urteil allein auf Größe und Umfang des Knochens. Beides konnte bei einer kräftigen Frau ähnlich aussehen. Erst eine genaue Analyse würde Aufschluss geben. Konnte man aus einem Knochen DNA-Material gewinnen? Auf dem Weg zu ihrem Auto überlegte Lena, ob das möglich war. Soweit sie wusste, konnten speziell ausgerüstete Labore aus dem Inneren eines Knochens geringe Mengen DNA isolieren und auswerten. Außerdem hatte sie von einem neuen Verfahren gehört, das die mitochondriale DNA analysierte, die wesentlich robuster war als die Kern-DNA. Vielleicht war die sogenannte mtDNA trotz der widrigen Umwelteinflüsse, wie Wellen und salziges Meerwasser, intakt geblieben.

Aber darüber wusste sie zu wenig. Sie sah den Zeitpunkt gekommen, an dem sie ihre privaten Ermittlungen aufgeben und alles Weitere der Polizei und den Fachleuten der Forensik überlassen musste. Irgendwie schade. Am Abend wollte Waldemar kommen. Dann würde sie ihm das Kunstwerk zeigen und das Weitere mit ihm besprechen.

Er kam fast eine halbe Stunde später als vereinbart.

»Entschuldige, Lena. Bei uns ist der Teufel los. Ich kam nicht früher weg. Ich hätte dich anrufen sollen.«

»Kein Problem.« Sie gab ihm einen flüchtigen Kuss. »Die Mordsache in Schobüll?«

»Ja. Wir haben einen zweiten Toten. Aber die Flensburger Mordkommission macht jetzt den Job. Da wird es etwas ruhiger bei uns werden.«

Als Flottmann ins Wohnzimmer trat, fiel sein Blick sofort auf die Skulptur, die Lena mitten auf den Couchtisch gestellt hatte. »Eine Neuanschaffung?«

»Ja.«

»Was ist das?«

»Das sieht man doch, oder?«

»Klar. Ein Geschöpf aus der Tiefe.«

»Die Aufschrift auf dem Messingschild kann jeder lesen.«

Flottmann ließ sich auf dem Sofa nieder. »Hübsch.«

»Findest du?«

»Ja. Ungewöhnlich, aber ganz nett.«

»Ist komplett aus Strandgut hergestellt.«

»Aha. Ja, es gefällt mir.«

»Fällt dir nichts auf?« Lena setzte sich neben ihn und lehnte ihren Kopf an seine Schulter.

»Nee – aber ich kombiniere: Da drin ist ein Knochen verbaut.«

»Sehr gut, Herr Hauptkommissar.« Sie nahm die Skulptur vom Tisch und drehte sie so, dass Flottmanns Blick auf das Corpus Delicti fallen musste. »Die Künstlerin hat es dunkelblau angemalt. Es ist eindeutig ein menschlicher Oberarmknochen. Die Endstücke hat sie abgesägt. Sie existieren nicht mehr. Aber man kann noch erkennen, wie lang der Knochen war. Fünfunddreißig Zentimeter. Der Tote muss etwa fünfmal so groß, also einen Meter fünfundsiebzig, gewesen sein.«

»*Der* Tote? Ein Mann?«

»Das vermute ich. Aber ich kann mich irren. Die Forensiker können das anhand der Knochendichte und anderer Merkmale bestimmen.« Lena stellte die Skulptur wieder auf den Tisch zurück.

»Du hast Detektiv gespielt und den Eigentümer des Kunstwerks ausfindig gemacht?«

»Die Polizei hatte nicht so richtig Interesse gezeigt.« Sie lachte. Dann erzählte sie von Carmen Lorenzen, dem Ausflug nach St. Peter-Ording und wie sie in den Besitz des verschwundenen Stücks gelangt war.

»Hm. So etwas hätte ich dir nicht zugetraut.«

»Da sieht man, wie wenig du mich kennst.«

»Das muss sich dringend ändern.«

Lena lächelte ihn an. »Das lässt sich machen. Aber zurück zum Knochen. Ich hab mich informiert. Die Skelettierung einer Leiche im Meer geht relativ schnell vonstatten. Fische, Krebse und Seesterne nagen daran, und den Rest erledigen Mikroorganismen. Aber wie lange der Tote im Wasser lag, ist vermutlich schwer festzustellen. Falls der Fund ein Überbleibsel von Rungholt ist, wird sich die Mordkommission nicht dafür interessieren.«

»Lösen sich Knochen nicht irgendwann im Salzwasser auf?«, fragte er.

»Nicht, wenn sie mit einer Sedimentschicht bedeckt sind.«

»Ob es nur für die Archäologen interessant ist, lässt sich zuverlässig mit der Radiokarbon-Methode feststellen. Eine genaue Datierung des Todeszeitpunkts ist wohl tatsächlich schwierig. Aber es gibt moderne Verfahren, die man einsetzen kann.«

»Du nimmst dich der Sache an?«

»Eigentlich haben wir zurzeit genug Leichen. Aber da du den Knochen angeschleppt hast, kümmere ich mich natürlich darum.« Flottmann grinste. »Nein, Scherz beiseite. Die Wahrscheinlichkeit, dass ein Verbrechen vorliegt, ist nicht besonders hoch, aber selbstverständlich geht die Polizei der Angelegenheit nach. Wenn wir es tatsächlich mit einem Tötungsdelikt zu tun haben, wird sich die Flensburger Mordkommission einschalten. Am besten nehme ich das ganze Ding da mit.«

»Es hat mich hundertachtzig Euro gekostet.«

»Willst du das Geld von mir haben?«

Sie lachte. »Nee. Lass mal. Gibt es etwas Neues von Bogomil?«

»Nein, leider nicht.« Flottmann seufzte. »Aber es gibt eine Spur des Einbrechers in einem anderen ungelösten Fall. Wir haben eine DNA-Übereinstimmung in der Datenbank. Vielleicht führt mich das weiter. Das ist nur eine vage Hoffnung.«

»Der Fall wurde nicht aufgeklärt?«

»Nein. Er liegt bereits Jahre zurück. So richtig passen die beiden Einbrüche nicht zusammen. Damals sind die Täter professionell vorgegangen und haben keine großen Schäden hinterlassen. Bei mir sind sie mit brachialer Gewalt eingedrungen. Allerdings haben wir nur eine übereinstimmende DNA. Es könnte also sein, dass der zweite Unbekannte der Profi war und dieser am Einbruch in meine Wohnung nicht beteiligt war. Dafür spricht auch, dass die wertvollsten Stücke aus meiner Sammlung nicht mitgenommen wurden. Was machen wir heute Abend? Möchtest du weggehen?«

»Ich hab eingekauft und könnte etwas für uns kochen. Bier und Wein sind auch da. Wir könnten uns einen gemütlichen Abend machen. Bleibst du heute Nacht?«

»Schon überredet. Aber beim Kochen werde ich keine große Hilfe sein. Außer Kaffee und Spiegeleiern bringe ich nichts zustande.«

Lena ging durch den steingemauerten Rundbogen in die offene Küche. »Kein Problem. Dann trinken wir schon mal ein Glas Wein.« Sie drückte ihm einen Spätburgunder in die Hand und holte zwei Gläser aus dem Schrank.

Flottmann öffnete die Flasche und schenkte ein. Nachdem sie miteinander angestoßen hatten, stand er für Hilfsarbeiten zur Verfügung. Es sollte Scholle Finkenwerder Art mit Bratkartoffeln geben. Flottmann übernahm das Schneiden des Specks, und er erledigte seine Aufgabe zu Lenas vollster Zufriedenheit.

Den Tisch zu decken fiel ihm etwas schwerer. Eine versierte Hausfrau hätte sich vermutlich auch in einer fremden Küche schnell zurechtgefunden, aber ihm kam es wie ein Memoryspiel vor, bei dem er die ersten Karten aufdeckte. Lena ließ ihn dabei im Stich. Sie schien sich sogar über seine hilflose Suche nach Besteck, Servietten und Tellern zu amüsieren. Immerhin schaffte er es, seinen Job zu erledigen, bevor das Essen fertig war.

Die beiden setzten sich an den Esstisch, und Lena füllte die Teller auf.

»Unsere Zusammenarbeit hat doch gut geklappt«, sagte Lena mit Ironie in der Stimme.

»Einen Mörder zu fangen ist einfacher. Aber auch da machst du mir ja inzwischen Konkurrenz.«

Lena lachte. »Wusstest du, dass jeder zweite Mord unentdeckt bleibt, weil ein falscher Totenschein ausgestellt wurde?«

»Ja. Das wusste ich. Tausendzweihundert unentdeckte Tötungsdelikte sind das allein in Deutschland pro Jahr. Aber schuld daran sind fast immer die Ärzte, weil sie die Leichenschau schlampig durchführen.«

»Ich weiß. Vielen fehlt die Erfahrung. Außerdem ist es nicht sehr angenehm, die Polizei zu verständigen und den Angehörigen mitzuteilen, dass eine Autopsie durchgeführt werden muss. Da ist es einfacher, einen natürlichen Tod zu attestieren.«

»Vor einiger Zeit hat man einen Serientäter in Regensburg gefasst. Er hatte innerhalb von zwanzig Jahren fünf Rentnerinnen ermordet. Erst beim letzten Mord geriet er ins Visier der Ermittler und gestand. Er hatte den Frauen Staubtücher in die Hand gedrückt und die Morde als Hausunfälle getarnt.«

»Das ist ein Scherz, oder?«

»Nein. Das ist tatsächlich so passiert. Und in Düsseldorf hat ein Notarzt eine Zweiundsiebzigjährige fälschlich für tot erklärt. Sie wurde in einer Kühlzelle des Friedhofs aufgebahrt. Dort ist sie an Unterkühlung gestorben. Aber es gibt noch extremere Fälle. Es soll sogar Leichen mit Messer im Rücken gegeben haben, bei denen Ärzte eine natürliche Todesursache bescheinigten.«

»Das sind ja Horrorstorys. Aber genau wegen solcher Geschichten hab ich mich so intensiv mit dem Knochenfund beschäftigt. Ich möchte vermeiden, dass auch in diesem Fall etwas übersehen wird.«

»Aha – verstehe. Ist nicht auch etwas Detektivspielen dabei?«

Lena grinste. »Ja. Ganz wenig.«

»Unser Essen schmeckt sehr gut, nicht wahr? Perfekte Teamarbeit«, wechselte Flottmann das Thema.

»Das nächste Mal tauschen wir die Rollen.«

»Na ja. Ich weiß nicht, ob das eine gute Idee ist. Und den Job zu tauschen, würde ich auch nicht empfehlen.« Flottmann konnte sich diesen Wink mit dem Zaunpfahl an Lena nicht verkneifen, ergänzte aber: »Deine Patienten würden sich schön bedanken, wenn ich deinen Part übernähme.«

Lena reagierte nicht auf seine Bemerkung. Vermutlich hatte sie ihn verstanden. Die Suche nach dem Knochen war harmlos gewesen. Aber so unwahrscheinlich es auch war, falls tatsächlich ein Zusammenhang mit einem Mord bestand, konnte es gefährlich werden.

22

Nachdem die Flensburger Mordkommission die Ermittlungen weitgehend übernommen hatte, konnte sich Flottmann wieder mehr dem Entführungsfall Bogomil widmen. Eines Abends blätterte er erneut in der Akte »Einbruch Wasserreihe«. An dem Tatort war eine DNA sichergestellt worden, die offenbar von dem Täter stammte, der Bogomil entführt hatte. Die DNA des Komplizen hatte man ebenfalls gefunden. Aber auch die hatte zu keinem Treffer in der Datenbank geführt, weder bei den Personen- noch bei den Spurendatensätzen. Das bedeutete, dass der Komplize bisher nicht erkennungsdienstlich behandelt worden war und offenbar auch keine weitere Straftat begangen hatte, bei der er seine DNA hinterlassen hatte.

Flottmann überlegte. Seine Schlussfolgerung war nicht exakt. Der Bericht datierte fünf Jahre zurück. Möglicherweise war der Komplize später erneut straffällig geworden. Dann könnte sich sein Profil in der DAD, der DNA-Analysedatei, befinden. Verdammt, warum war er nicht früher darauf gekommen? Rita hatte ja lediglich den Spurenabgleich mit dem Blut aus seiner Wohnung vorgenommen.

Flottmann klappte die Mappe zu. Er fuhr mit dem Auto zur Dienststelle. Mit einem gehetzten »Moin« eilte er am Empfang vorbei, stürmte ins Büro, schaltete das Licht ein und setzte sich an seinen Arbeitsplatz. Eine Minute später stand »Inpol«, das zentrale Informationssystem, zur Verfügung. Einige weitere Minuten vergingen, bis er das Ergebnis auf dem Bildschirm sah.

»Bingo!«, rief er laut aus und schlug vor Freude mit der Faust auf den Tisch. Jetzt hatte er die Identität des Täters, der zusammen mit Bogomils Entführer den Einbruch in der Wasserreihe begangen hatte. Der Mann war vor einigen Monaten einer weiteren Straftat überführt worden. Peter Larsen hieß er, sechsunddreißig Jahre alt, wohnhaft in Friedrichstadt. Flottmann entschloss sich, ihn am folgenden Tag aufzusuchen.

Die kleine Stadt zwischen Eider und Treene hatte wohl nahezu jeder Nordfrieslandtourist schon einmal besucht. Aber Flottmann war noch nie dort gewesen. Immerhin wusste er, dass Friedrich III. sie als Handelsmetropole gegründet und dazu niederländische Bürger an den Ort geholt hatte. Das Holländerstädtchen lag etwa fünfzehn Kilometer südlich von Husum. Er musste Hilgersen nicht lange zu einem Ausflug dorthin überreden.

Obwohl Hilgersen langsam fuhr, um die nordfriesischen Sehenswürdigkeiten ausführlich erklären zu können, dauerte die Fahrt durch die Marschlandschaft nur eine halbe Stunde. Flottmann hatte kaum etwas von Hilgersens Kommentaren mitbekommen, als sie das Ortsschild erreichten. Er hatte noch einmal seine Strategie für Larsens Vernehmung durchgespielt, die er sich am Vorabend zurechtgelegt hatte. Sie fuhren von der Bundesstraße 202 ab in den nördlichen Teil der Altstadt. Als Hilgersen abrupt bremste, wachte Flottmann aus seinen Gedanken auf.

»Was ist los?«

»Fällt dir etwas auf?«

»Nee, wo, was?«

»Das Haus hier.«

»Hübsch.«

»Und?«

»Die Fassade ist ganz schön schief. Bodensenkungen – Bergbauschäden, nehme ich an.«

»Witzbold. Etliche Häuser sehen hier so aus. Und das hat einen bestimmten Grund.«

»Den wirst du mir ganz schnell erklären, damit wir weiterfahren können.«

»Weil du es bist: Wegen des hohen Wasserspiegels haben die Häuser hier keine Keller. Deshalb wurden früher die oberen Stockwerke zu Lagerzwecken genutzt. Anstatt die Getreide- oder Kohlesäcke durch das Haus zu schleppen, verwendete man Flaschenzüge. Und dafür bot eine schiefe Fassade gewisse Vorteile.«

»Ich verstehe.«

»Wirklich?«

»Ja, Mann. Kannst weiterfahren.«

»Übrigens nennt man dieses Eckhaus tatsächlich ›Schiefes Haus‹. Es wurde 1698 erbaut. Und –«

»Fahr weiter! Da vorn müssen wir rechts abbiegen. Dann sind wir da.«

»Okay.« Hilgersen legte den ersten Gang ein und fuhr im Schritttempo an der Sehenswürdigkeit vorbei.

Larsen wohnte in der Kaneelstraße, in einem kleinen Haus mit einem spitzen Giebel. An der Fassade rankte bis zur halben Höhe Efeu empor. Hilgersen hielt direkt vor dem Gebäude und schaltete den Motor des Polos aus.

»Hast du uns vorher angemeldet?«

»Nee. Manchmal sind Überraschungsbesuche effektiver. Hoffentlich treffen wir ihn an.«

Die beiden Kommissare stiegen aus. Als Flottmann den Klingelknopf drückte, ertönte eine Glocke. Eine Minute später öffnete sich die Tür. Ein Mann in fleckigem T-Shirt und speckiger Jeans stand vor ihnen. Er war auffallend klein, wirkte aber durchtrainiert und muskulös.

»Was gibt's?«

»Mein Name ist Flottmann, mein Kollege Hilgersen. Kriminalpolizei Husum.«

»Kripo? Was wollt ihr denn schon wieder?«

»Nur nett mit Ihnen plaudern.«

»Pah! Ich hab nichts zu sagen.«

Er war im Begriff, die Tür zu schließen, aber Flottmann schob seinen rechten Fuß in den Spalt.

»Dauert nicht lange.« Flottmann stemmte sich gegen die Tür und schob das Leichtgewicht beiseite.

»Das dürfen Sie nicht! Das ist Hausfriedensbruch!«

Flottmann ging an ihm vorbei. Hilgersen folgte. Sie durchschritten den schmalen Flur und betraten einen Raum, der offenbar das Wohnzimmer darstellte. Das Zimmer war dunkel und roch nach Zigarettenrauch. Die gelbbraunen Vorhänge waren zugezogen. In der Mitte lag ein »Perserteppich«, dem man auf den ersten Blick ansah, dass er aus China oder Indien stammte.

Das graue Sofa und ein beigefarbener Sessel waren abgenutzt, schienen aber so weit sauber zu sein, dass Flottmann sich traute, in letzterem Platz zu nehmen. Hilgersen wählte das Sofa.

»Darf ich den Herren etwas anbieten? Kaffee und Kuchen? Oder lieber einen Schnaps?«, giftete Larsen mit bebender Stimme.

»Danke, sehr freundlich«, erwiderte Flottmann. »Setzen Sie sich doch bitte.«

Larsen brummelte etwas Unverständliches, ließ sich dann aber neben Hilgersen nieder.

»Wir sind wegen der Messerstecherei auf dem Marktplatz hier«, begann Flottmann.

»Die Sache ist doch durch. In vier Wochen ist der Prozess. Ich war betrunken. Eins Komma acht Promille. Mein Anwalt wird mich da raushauen. Ich hab alles zugegeben. Das Messer gehörte nicht mir. Ich krieg maximal ein Jahr mit Bewährung.«

»Es sei denn, Ihnen wird eine weitere Straftat nachgewiesen.«

»Was?« Larsens nervöse Reaktion war nicht zu übersehen.

»Sie haben einen Einbruch in Husum begangen. In der Wasserreihe.«

»Nein, nein. Wieso …?«

»Ihre DNA wurde gefunden. Sie wissen doch sicher, was das bedeutet.«

»Das – das kann nicht sein.«

»Ein Laptop und wertvoller Schmuck wurden gestohlen.«

»Das war ich nicht.«

»Herr Larsen. Lassen wir doch das Spielchen. Die Beweise sind eindeutig. Sie sollten die Tat zugeben. Sonst wird das Ganze noch teurer für Sie.«

Peter Larsen schwieg. Er kaute an den Fingernägeln seiner linken Hand und sah dabei hilfesuchend zu Hilgersen hinüber, als hielte er nach einem Verbündeten gegen die Anschuldigungen Ausschau.

»Es wäre besser für Sie, wenn Sie alles zugeben würden.« Hilgersen senkte bedrohlich die Stimme.

»Vielleicht war ich da. Aber das ist lange her. Ich kann mich nicht erinnern.«

»Vielleicht kann sich Ihr Kumpel besser erinnern«, sagte Flottmann.

»Was?«

»Sie haben den Bruch nicht allein durchgezogen.«

»Unsinn. Ich war allein.« Larsen stockte. Dann schüttelte er heftig den Kopf. »Ich meine, ich hab immer allein gearbeitet.« Offenbar bemerkte er umgehend, dass er sich immer weiter in die Bredouille brachte. »Ich sag jetzt nichts mehr.«

»Das ist Ihr gutes Recht. Dabei wollten wir Ihnen gerade einen Deal vorschlagen.«

»Was für einen Deal?«

»Wenn Sie uns den Namen Ihres Kumpels geben, lassen wir mit uns reden.«

»Vergessen Sie es. Ich werde niemanden verpfeifen.«

»Wir könnten dafür sorgen, dass die Sache von damals unter den Tisch fällt.«

»Keine Chance. Leute wie ich haben einen Ehrenkodex, anders als die Bonzen von der Bank und der Automobilindustrie.«

»Als Wiederholungstäter wandern Sie in den Knast.«

»Und wenn schon.«

Alle schwiegen eine Weile. Larsen bearbeitete jetzt die Nägel der rechten Hand mit seinen Zähnen.

»Schade.« Flottmann versuchte, aus den durchgesessenen Polstern aufzustehen, was ihm nicht auf Anhieb gelang.

»Warten Sie.« Larsen wischte sich die Hand an der Jeans ab. »Gibt es keine andere Möglichkeit? Ich erzähle Ihnen alles, was Sie wissen wollen. Nur den Namen kann ich Ihnen nicht nennen.«

»Wir könnten dafür sorgen, dass auch Ihr Kumpel straffrei davonkommt.«

»Das könnten Sie wirklich?«

»Ehrenwort.«

»Schwören Sie?«

»Ich schwöre.«

»Bei Gott?«

»Auch das, in Gottes Namen.«

Larsen sah erneut zu Hilgersen hinüber. Dieser nickte zustimmend.

»Ich mach so etwas schon lange nicht mehr. Aber ich verstehe nicht, warum Sie den Namen meines Kumpels wissen wollen.«

»Damit wir die Akte endlich schließen können«, antwortete Flottmann. »Solange nicht alles geklärt ist, bleibt sie offen. Wenn Sie Pech haben, wird der Vorgang von einem anderen Kollegen wieder aufgegriffen. Vielleicht haben Sie davon gehört, dass solche Cold Cases auch nach Jahrzehnten erneut bearbeitet werden.«

»Ja, verdammt! – Okay. Thomas war damals mit dabei.«

»Thomas? Wie weiter?«

»Thomas Boysen.«

Flottmann konnte sich kaum beherrschen. Er fühlte den Impuls, aufzuspringen und laut zu schreien, zwang sich aber, ruhig zu bleiben.

»Boysen aus Schuby.«

»Woher wissen Sie das?«

»Wir sind schließlich von der Polizei. Und da wir sowieso wussten, wer am Bruch beteiligt war, brauchen Sie kein schlechtes Gewissen zu haben. Sie haben niemanden verraten.«

»Sie halten sich trotzdem an Ihren Schwur?«

»Selbstverständlich.« Flottmann stand auf. »Ich wünsche Ihnen viel Erfolg bei der Gerichtsverhandlung.«

»Sag mal, was war das für ein Quatsch mit Cold Cases und so weiter?«, fragte Hilgersen, als sie wieder im Auto saßen.

»Hat doch funktioniert.«

»Und was ist mit deinem Versprechen?« Hilgersen startete den Motor und fuhr los.

»Das werde ich halten. Die Tat ist über fünf Jahre her. Sie ist seit zwei Wochen verjährt.«

Hilgersen lachte. »Mann. Das Ding hätte von mir sein können. Aber woher wusstest du, dass der Komplize in Schuby wohnt?«

»Ich kenne den Entführer. Dieses verdammte Ar…!« Flottmann schlug mit der Faust auf das Armaturenbrett. »Er ist Bogomils Vorbesitzer.«

»Nee.«

»Doch. Dem zieh ich die Hammelbeine lang.« Flottmann sah auf seine Armbanduhr. »Wie weit ist es bis zu dem Kaff?«

»Über die B 202 circa eine Dreiviertelstunde.«

»Bist du dabei?«

»Heute noch?«

»Ja.«

»Klar bin ich dabei. Ich hab zwar meine Walther im Büro gelassen …«

»Die werden wir wohl nicht brauchen.«

Sie hatten die Holmertorbrücke erreicht, die über den Ostersielzug führte, und fuhren auf die Schleswiger Straße.

»Hast du eine Erklärung für die Schandtat?«, fragte Hilgersen.

»Nein. Das heißt, anscheinend hat Boysen bereut, Bogomil weggegeben zu haben. So einen intelligenten Kater gibt es in ganz Deutschland nicht noch einmal.«

»Hm. Ehrlich gesagt –«

»Sag nichts. Du kannst mir etwas über Schubys Sehenswürdigkeiten erzählen, wenn du willst.«

Hilgersens Antwort kam zögernd. »Na ja. Ehrlich gesagt fällt mir dazu nichts ein. Aber Schleswig ist nicht weit davon entfernt. Dort lebten die Wikinger in der Handelsstadt Haithabu. Zwischen dem 8. und 11. Jahrhundert …«

Flottmann hörte nicht mehr, was Hilgersen von sich gab. Seine Gedanken waren bei Bogomil und dem Entführer.

Boysens genaue Adresse kannte er nicht. Im Dorf musste er fragen. Hier schien jeder jeden zu kennen. Zumindest war Boysen dort bekannt wie ein bunter Hund.

Hilgersen parkte den Polo direkt vor dem baufälligen Einfamilienhaus.

»Es ist besser, wenn ich allein reingehe«, sagte Hilgersen. »Du bist zu sehr in den Fall involviert. Außerdem kennt er dich, wenn ich es richtig verstanden habe.«

»Allerdings. Und jetzt wird er mich noch besser kennenlernen.« Flottmann öffnete die Beifahrertür.

»Warte. Wenn er dich sieht, wird er uns nicht ins Haus lassen.«

»Okay. Wir rufen das SEK.«

Hilgersen lachte. »Du würdest Bogomil erschrecken. Falls er überhaupt dort ist. Also lass mich das machen.«

Missmutig knallte Flottmann die Autotür zu. »Meinetwegen.«

Hilgersen stieg aus und ging zur Eingangstür des Wohnhauses. Kurze Zeit später wurde diese geöffnet, und eine Frau mit ungepflegten Haaren und Jogginghose erschien. Flottmann sah noch, wie Hilgersen seinen Dienstausweis vorzeigte. Dann verschwand er im Haus.

Nervös drehte Flottmann am untersten Knopf seiner Jacke. Es verging eine halbe Stunde, die ihm wie ein halber Tag vorkam. Als der Kollege in der Tür erschien, hatte der Knopf seinen Widerstand aufgegeben. Flottmann ließ ihn auf den Boden fallen. Sein Herzschlag beschleunigte sich, als er sah, dass Hilgersen einen Karton vor sich hertrug. Zu groß und offenbar viel zu schwer für das Diebesgut. Darin musste Bogomil stecken!

Flottmann stieg aus und eilte Hilgersen entgegen. Dieser überreichte ihm das Paket, das ein herzergreifendes Miauen von sich gab. Flottmann hob den Pappdeckel an. Ein pechschwarzer Kopf mit weißer Nase streckte sich ihm entgegen. Der Kater schloss die grünen Augen zu einem Schlitz und fing trotz seiner unbequemen Lage an zu schnurren.

Nachdem Flottmann den Karton in den Fond des Fahrzeugs verfrachtet hatte, benötigte Bogomil keine Minute, um sich daraus zu befreien. Eine Zeit lang tobte er im Fond herum, legte sich aber dann auf die Rückbank und rollte sich zusammen, die rechte Pfote über den Kopf gelegt.

»Erzähl!«, bat Flottmann seinen Kollegen, als dieser anfuhr.

»Thomas Boysen war nicht zu Hause. Der liegt mit Blinddarm im Krankenhaus. Aber seine Frau und sein achtjähriger Sohn waren da. Sie waren sofort bereit, Bogomil auszuliefern. Ich hab zweihundert Euro Lösegeld gezahlt. Die krieg ich von dir wieder.«

»Das ist nicht dein Ernst.«

»Nein. Das war ein Scherz. Der Sohn, Dennis heißt er, hat

Boysen so lange in den Ohren gelegen, bis der den Kater wieder zurückgeholt hat. Sie hatten ihn weggegeben, weil Frau Boysen unter Allergien leidet.«

»Boysen ist bei mir eingebrochen, um Bogomil zurückzuholen?«

»Ja. Das nenne ich Einsatz für das eigene Kind.«

»Ich nenne das ein Verbrechen.«

»Kommt auf die Sichtweise an. Jedenfalls sind sie jetzt offenbar froh, dass sie ihn wieder los sind.«

»Wieso?«

»Bogomil alias Zorro hat ihr iPad hingerichtet. Und außerdem zeigt auch der Sohn erste Symptome einer Allergie.«

»Geschieht ihnen recht. Und der Einbruch wird für Thomas Boysen noch Folgen haben.«

»Hm.« Hilgersen tippte mit dem Zeigefinger mehrmals auf das Lenkrad. »Ich hab durchblicken lassen, dass du Gnade vor Recht walten lässt, wenn Boysen sich bei dir entschuldigt und dir die gestohlenen Sachen wiedergibt.«

»Was hast du?«

»Na ja. Ich dachte nur. Dir kam es doch immer darauf an, Bogomil wiederzubekommen.«

»Einbruch ist ein Offizialdelikt. Wir sind verpflichtet, die Straftat zu verfolgen.«

»Aber wir haben Wichtigeres zu tun, oder?«

Flottmann nickte. Er drehte seinen Kopf zu Bogomil, der lang ausgestreckt auf der Rückbank lag, und er ahnte, dass sein Groll auf Boysen die Fahrt zurück nach Husum nicht überdauern würde.

23

Lena war gerade von einer anstrengenden Nachtschicht nach Hause gekommen, als Carmen Lorenzen anrief.

»Störe ich?«, fragte sie.

»Nein. Ganz und gar nicht. Ich freue mich, von dir zu hören. Ich muss noch oft an unseren Ausflug denken. Ich hab ihn sehr genossen.«

»Ich wollte dich warnen, Lena. Mich hat ein Redakteur aufgesucht. Er hat irgendwie Wind von der Sache mit dem Knochen bekommen. Er war ziemlich penetrant, und ich fand ihn sehr unangenehm. Vermutlich wird er sich auch bei dir melden.«

»Du hast ihm meine Adresse gegeben?«

»Nein. Aber er kennt den Vorbesitzer meiner Skulptur.«

»Engelbert Mumm.«

»Einen Namen hat er nicht genannt. Jedenfalls ist der Redakteur durch ihn auf mich gekommen, und er hat auch dich erwähnt. Zuerst hat er mich nur über meine Arbeit ausgefragt und so getan, als wollte er einen Artikel darüber schreiben. Erst im Laufe des Gesprächs ist er auf den eigentlichen Grund seines Besuchs gekommen. Er hat das ganz geschickt angestellt und mich ziemlich überrumpelt. Er heißt Peter Staniuk. Ich vermute mal, dass er eine reißerische Story daraus machen will.«

»Für welche Zeitung schreibt er?«

»Angeblich für keine. Er sei freier Journalist. Es würde mich sehr wundern, wenn er sich nicht bei dir meldete. Wie gesagt, wollte ich dich vorwarnen.«

»Danke, Carmen. Das ist nett von dir. Ich hab die Skulptur übrigens an die Polizei weitergegeben. Die wird sich darum kümmern. Dass das Ganze ein gefundenes Fressen für die Presse ist, kann ich mir gut vorstellen. Es könnte auch eine Art Werbeaktion für dich und deine Werke dabei herauskommen.«

»Darauf kann ich verzichten.« Carmen Lorenzen lachte. »Aber langsam interessiert es mich auch, was es mit dem Knochen auf sich hat.«

»Ja. Die Geschichte der Dinge. Das ist ein faszinierendes Thema. Und in diesem Fall ganz besonders.«

»Schau doch mal auf eine Tasse Tee bei mir vorbei, wenn du in der Gegend bist. Ich würde mich freuen.«

»Ganz sicher tue ich das. Bis dann, Carmen.«

»Tschüss.«

Dieser Mumm! Vermutlich hatte er sich an die Presse gewendet, um aus der Angelegenheit noch etwas Geld herauszuschlagen. Fast hätte sie sich so etwas denken können. Der Typ war ihr von Anfang an unsympathisch gewesen. Ein wenig hatte sie aber selbst Schuld an der Situation. Schließlich hatte sie ihm erzählt, dass ein Knochen im Kunstwerk verarbeitet worden war, und hatte gedroht, es könne von der Polizei konfisziert werden. Sie hatte ihn damit von den astronomischen Geldforderungen abbringen wollen.

Der Anruf des Redakteurs ließ nicht lange auf sich warten. Vielleicht hätte sie es geschafft, ihn abzuwimmeln, wenn sie es wirklich gewollt hätte. Aber sie wollte die Herkunft des Knochens unbedingt klären. Vielleicht besaß dieser Staniuk Informationen, die sie einen Schritt weiterbrachten. Sie willigte in ein Treffen noch am selben Abend ein, obwohl sie von der Nachtschicht übermüdet war.

Gegen neunzehn Uhr stand ein etwa fünfzigjähriger Mann in Jeans und Lederjacke vor der Tür. Er war auffallend klein, mit einem deutlichen Bauchansatz.

»Staniuk. Wir haben telefoniert«, stellte er sich vor und trat ein, ohne Lena die Hand zu reichen.

Sie führte ihn ins Wohnzimmer. Er setzte sich sofort in einen der Sessel und schlug die Beine übereinander.

»Nett haben Sie es hier.«

»Danke. Kann ich Ihnen etwas anbieten?«

»Nein. Ich hab wenig Zeit. Ich hab mich heute Morgen mit Carmen Lorenzen unterhalten. Sie war nicht besonders gesprächig in der Angelegenheit. Ich meine natürlich die Sache mit dem Knochen.«

»Sie wollen darüber schreiben?«

»Ja. Die Story hat Potenzial. Ich hab ein Gespür dafür. Die Leser lieben geheimnisvolle Geschichten. Gebeine am Strand angespült und in einem Kunstwerk verewigt. Das hat was. So etwas gab es noch nie. Erzählen Sie mir, wie Sie das Ding gefunden haben.«

Lena kam nicht umhin, ihm einige Fragen zu beantworten, wenn sie selbst Informationen von ihm haben wollte. Sie erzählte, wie sie das Werk im »Mischmasch« entdeckt hatte und wie es ihr vor der Nase weggeschnappt worden war.

»Sie haben sofort erkannt, dass Sie einen menschlichen Knochen vor sich hatten?«

»Ich bin Ärztin. Ich war mir relativ schnell sicher. Leider habe ich gezögert, die Skulptur zu erwerben.«

»Dann haben Sie die Anzeige aufgegeben?«

Lena nickte. »Daraufhin hat sich der Käufer gemeldet.«

»Herr Mumm. Er hat sich an mich gewendet.«

»Er wollte Geld für die Geschichte, nehme ich an.«

Staniuk lachte. »Ja. Aber seine Forderungen waren abartig hoch. Schließlich hat er sich mit weniger zufriedengeben müssen. Mein Budget für solche Informationen ist stark begrenzt. Was mich besonders interessiert: Warum haben Sie die Angelegenheit so hartnäckig verfolgt?«

»Ich schloss nicht aus, dass ein Verbrechen vorlag. Sicher hätte der Knochen auch von einem Schiffs- oder Badeunglück stammen können. Jedenfalls fühlte ich mich irgendwie verpflichtet, der Sache nachzugehen.«

»Sie kannten den Vermisstenfall Bernd Burger nicht?«

Die Frage des Journalisten brachte Lena für einen Moment aus der Fassung.

»Ich erinnere mich dunkel«, antwortete sie vorsichtig.

»Das ging damals durch die Presse. Ich hab das Ganze angestoßen. Wir haben über Presse und Internet die Bevölkerung um Hilfe gebeten. Der junge Burger war von einem Tag auf den anderen spurlos verschwunden.«

»Woher wissen Sie, dass Bernd Burger der Tote ist?«

»Der DNA-Abgleich mit dem Knochen war positiv. Die Familie wurde benachrichtigt. Ich hab noch einen guten Kontakt zu den Eltern. Ich glaube, sie sind froh, dass es jetzt einen Abschluss gibt, auch wenn die Umstände nicht geklärt sind, die zum Tod ihres Sohnes geführt haben. Aber immerhin wissen sie jetzt, woran sie sind. Die Ungewissheit, ob er noch lebt, hat jetzt ein Ende. So etwas zermürbt die Angehörigen.«

Staniuk stellte noch zahlreiche Fragen. Einiges ging Lena zu sehr ins Persönliche, und sie antwortete ausweichend. Sie war froh, als sich der Journalist verabschiedete.

Wie jeden Abend telefonierte sie mit Flottmann. Sie erzählte ihm von dem Besucher.

»Hab mir fast gedacht, dass die Zeitungsfritzen auf die Geschichte abfahren.«

»Habt ihr die Identität des Toten klären können?«

»Ja. Aber Details darf ich dir nicht nennen. Was machst du heute Abend?«

»Ich hatte Nachtdienst. Ich bin müde und werde mich gleich ins Bett legen. Der DNA-Abgleich war also positiv?«

»Was? Ja. Es wurde eine mitochondriale DNA-Sequenzierung durchgeführt. Du weißt sicher besser als ich, was das genau ist. Man hat mir erklärt, dass sich die mitochondriale DNA nur entlang der mütterlichen Linie vererbt. Der Abgleich mit der Mutter eines Vermissten hat jedenfalls eine Übereinstimmung ergeben.«

»Es ist Bernd Burger, nehme ich an.«

Für einen Moment herrschte Schweigen in der Leitung.

»Verdammt, woher weißt du …?«

»Der Journalist. Er hat mit den Eltern gesprochen.«

»Toll.«

»Du klingst missmutig, Waldemar.«

»Tut mir leid. Ich hatte einen schlechten Tag. Und was du über den Journalisten erzählst, baut mich auch nicht gerade auf. Hat er gesagt, wie Bernd Burger gestorben ist?«

»Nein. Ich hatte den Eindruck, dass er nichts darüber wusste.«

»Bernd Burger hat Suizid begangen. Direkt nachdem wir die Nachricht über die DNA-Übereinstimmung überbracht hatten, hat der Vater das komplette Zimmer des Sohnes ausgeräumt. Bis dahin hatten die Eltern alles unberührt gelassen. Es war wohl eine Art Verzweiflungstat des Vaters. Jedenfalls hat er dabei den Abschiedsbrief entdeckt. Er wird zwar noch von einem Graphologen untersucht. Aber das ist wohl eher Formsache. Na ja. Das erzähle ich dir, obwohl ich es nicht darf.«

»Wieso wurde der Brief nicht vorher gefunden?«

»Der Brief muss gut versteckt gewesen sein. Offenbar haben die Kollegen das Zimmer nicht gründlich genug in Augenschein genommen. Genaues weiß ich nicht. Die Flensburger waren damals zuständig. Wir sprechen uns morgen wieder. Erhole dich von deinem Job und von mir. Tschüss, Lena.«

»Tschüss, Waldemar.«

Lena war erschöpft. Sie ging ins Schlafzimmer, legte sich ins Bett und schlief sofort ein.

24

Eigentlich hatte Lena Abendroth gedacht, dass die Sache mit dem Knochen für sie abgeschlossen sei. Auch die Polizei würde bei einem Suizid wohl nicht weiterermitteln. Aber es kam anders.

Sie wurde von einer Frau angerufen, die sich als Bernd Burgers Mutter vorstellte. Sie würde Lena gern persönlich sprechen. Der Journalist Peter Staniuk habe ihr die Telefonnummer gegeben. Lena ließ sich überreden, nach Horstedt zu kommen, wo die Familie in einem Einfamilienhaus in der Nähe der Grundschule wohnte.

»Danke, dass Sie gekommen sind.« Ellen Burger führte sie ins Wohnzimmer, das mit altem, etwas abgenutztem Mobiliar eingerichtet war, aber aufgeräumt und sauber wirkte.

Sie bot Lena einen Sessel an und nahm selbst auf einem Sofa Platz, über dem ein in Öl gemaltes Landschaftsbild der Hallig Hooge hing, eine typische Ansicht auf die Kirchwarft mit dem reetgedeckten Pfarrhaus, im Vordergrund ein Priel. Auf den ersten Blick wirkte es ein wenig kitschig, fing jedoch eine Stimmung von Stille und Besinnlichkeit ein, der sich der Betrachter nicht entziehen konnte.

»Trinken Sie Kaffee oder Tee?«

»Gern einen Kaffee.«

Ellen Burger verschwand in der Küche und kam mit einem Tablett wieder, auf dem sich neben dem Geschirr ein Teller mit Nussecken befand. Sie deckte den Tisch und schenkte Kaffee ein. Dann setzte sie sich auf die Couch.

Lena schätzte die Gastgeberin auf Ende vierzig. Die zierliche Frau trug das blonde Haar zu einem Pferdeschwanz gebunden. Ihr rötliches Gesicht wies einige Sommersprossen auf.

»Bitte bedienen Sie sich.«

»Danke.«

»Mein Mann ist nicht da. Er arbeitet beim Finanzamt«, erklärte sie. »Ich wollte Sie allein sprechen. Sie sind sicher überrascht, dass ich Sie hergebeten habe.«

Lena nickte.

»Es ist Ihnen zu verdanken, dass wir endlich Klarheit haben. Wissen Sie, dieses Schwanken zwischen Hoffen und Bangen, ob unser Sohn noch lebt, war für uns unerträglich. Ständig fragten wir uns, was passiert ist, wo er ist und was er wohl gerade tut. Besonders für meinen Mann Georg war das schwer. Eigentlich sollte man meinen, dass Hoffnung Trost spendet. Anfangs war das auch so. Aber nach all den Jahren hat sich das geändert. Können Sie das verstehen?«

»Ich glaube schon. Die Ungewissheit kann zermürben.«

»Ja. An dem Tag, an dem wir die Bestätigung vom Tod unseres Sohnes erhielten, hat mein Mann Bernds Zimmer ausgeräumt. Vieles haben wir weggeworfen, einiges im Keller verstaut. Georg hat dabei fast die ganze Zeit geweint. Aber irgendwie hat ihm das Ausräumen auch gutgetan – denke ich. Und jetzt hat er mit Bernds Tod abgeschlossen. Das behauptet er jedenfalls. Ich glaube das nicht. Aber er redet mit mir nicht mehr darüber. Er will gar nicht wissen, was passiert ist.«

»Und die Polizei hat nicht herausgefunden, was geschehen ist?«

»Sie geht davon aus, dass sich Bernd das Leben genommen hat.«

»Sie glauben nicht daran?«, fragte Lena.

»Es gibt einen Abschiedsbrief. Aber Bernie hatte noch so viele Pläne. Nach dem Abschluss seiner Ausbildung als Krankenpfleger wollte er das Abitur nachmachen und dann eventuell sogar Medizin studieren. Vielleicht hätte er einen Studienplatz bekommen. Oder Physik. Er interessierte sich für Astronomie und solche Sachen.«

»War Ihr Sohn depressiv? Litt er unter Stimmungsschwankungen?«

»Ungefähr ein Jahr vor seinem Verschwinden hat das begonnen. Also vor etwa fünf Jahren. Manchmal hat er sich in seinem Zimmer vergraben, hat nichts mehr gegessen und den ganzen Tag lang Musik gehört. Ich hab versucht, mit ihm zu reden, aber er hat es nicht zugelassen. Auch mein Mann kam nicht mehr an ihn heran. Irgendetwas muss damals vorgefallen sein. Bernd war immer sehr introvertiert und sensibel, aber selten traurig. Möchten Sie noch Kaffee?«

»Nein, vielen Dank. Die Nussecken schmecken übrigens hervorragend.«

»Selbst gebacken. Ich hab noch mehr. Greifen Sie zu.«

»Danke.« Lena nahm sich ein weiteres Stück.

»Mein Mann hat in Bernds Zimmer beim Ausräumen einen Schuhkarton gefunden. Darin lag der Abschiedsbrief. Es waren auch noch andere Dinge dabei. Fotos und Gedichte.«

»Haben Sie die Sachen der Polizei gezeigt?«

»Ja. Es waren zwei Uniformierte hier. Die haben nur den Abschiedsbrief mitgenommen. Mein Mann hatte aber vorher im Büro eine Kopie davon gemacht. Die ist bei den Unterlagen.«

Lena war immer noch nicht klar, warum Frau Burger sie kontaktiert hatte. Nur um sich zu bedanken?

»Wie kann ich Ihnen helfen?«, fragte sie jetzt direkt.

Ellen Burger griff nach der Kaffeekanne und schenkte beiden ein, obwohl Lena abgewinkt hatte. Sie schien über die Formulierung ihrer Antwort nachzudenken.

»Für die Polizei ist der Fall mit dem Abschiedsbrief abgeschlossen. Sie interessiert sich nicht dafür, warum er sich umgebracht hat. Aber ich muss es wissen. Als Mutter fühlt man sich mitschuldig. Der Gedanke, dass ich es hätte verhindern können, kreist ständig in meinem Kopf herum. Mein Mann fühlt vermutlich genauso, auch wenn er nicht darüber spricht. Sie haben so ausdauernd und erfolgreich recherchiert ...«

Lena schüttelte den Kopf. Sie ahnte, worauf Ellen Burger hinauswollte. »Ich bin Ärztin und keine Detektivin. Ich hab nur eine Spur verfolgt, weil ...« Sie sprach nicht weiter. Ihr fiel keine passende Erklärung ein, jedenfalls keine, die ihr angemessen erschien. Sollte sie sagen, dass sie von Neugier angetrieben worden war oder gar von dem Interesse an einer spektakulären Geschichte wie einem Mordfall?

Es trat eine kurze Pause ein. Dann stand Frau Burger wortlos auf und kam nach einigen Minuten mit einem Schuhkarton zurück. Sie schob Lenas Teller und Tasse beiseite und stellte den Karton auf den Tisch.

»Nehmen Sie das bitte mit. Ich selbst kann keine Erkundigungen einziehen. Mein Mann würde es merken. Er glaubt, er könne jetzt mit allem abschließen. Aber ich weiß, dass es nicht geht, solange wir die wahren Gründe für den Tod unseres Sohnes nicht kennen. Mir wäre schon geholfen, wenn Sie die Sachen durchsehen würden. Vielleicht fällt Ihnen etwas auf. Unser Blick ist zu sehr durch Emotionen getrübt, wenn Sie verstehen, was ich meine.«

Lena nickte. Sie entnahm der Kiste ein Foto, das an oberster Stelle lag. Darauf waren drei junge Männer zu sehen, die vor einem Auto posierten. Dass der BMW getunt war, erkannte sie sofort an der schwarz-weißen Sonderlackierung und den auffälligen Aluminiumfelgen.

»Mein Sohn mit zwei Freunden. Die Jungs waren verrückt nach Autos«, sagte Ellen Burger. »Das in der Mitte ist unser Bernd. Als er achtzehn war, hat er sich einen gebrauchten Golf gekauft und ständig daran herumgebastelt. Aber dann hat er ganz plötzlich die Lust verloren. Er hat das Auto zunächst stillgelegt und später verkauft. Es war auch einfach zu teuer. Von seinem geringen Gehalt konnte er das kaum bezahlen. Wir haben ihm natürlich immer etwas dazugegeben. Aber die Ersatzteile kosteten viel Geld, und nicht alle Reparaturen konnte er selbst durchführen.«

»Kennen Sie die beiden jungen Männer auf dem Bild?«

»Ich hab sie ein paarmal hier gesehen. Wie sie heißen, weiß ich nicht. Aber ihre Vornamen stehen auf der Rückseite. Werden Sie mir helfen?«

»Frau Burger, ich glaube nicht, dass ich die Richtige dafür bin. Ich hab auch nicht die Mittel, um so etwas –«

»Bitte nehmen Sie den Karton mit und sehen Sie sich die Sachen an. Sie haben doch bestimmt eine psychologische Ausbildung. Es sind Gedichte und handgeschriebene Notizen dabei, die Bernd verfasst hat. Vielleicht können Sie irgendetwas daraus ersehen, das seinen Tod erklärt. Auch wenn er sich umgebracht hat, wäre es für mich wichtig, die Gründe zu erfahren.«

»Ich kann Ihnen nichts versprechen.«

»Natürlich nicht.«

Lena suchte nach einer Ausrede, um Frau Burgers Ansinnen abzulehnen, fand aber keine plausible.

»Gut. Ich schaue die Sachen durch und melde mich bei Ihnen.«

»Danke.«

Lena nahm den Karton, stand auf und verabschiedete sich. Auf der Fahrt zurück kamen ihr immer mehr Bedenken. Worauf hatte sie sich nur eingelassen?

25

Lena Abendroth hatte es sich im Wohnzimmer gemütlich gemacht. Das Kaminfeuer gab behagliche Geräusche von sich, während der Regen gegen die Fenster prasselte. Sie hatte sich ein Glas Rotwein eingeschenkt und eine CD von Element of Crime aufgelegt. Sie nahm den Karton, den Ellen Burger ihr gegeben hatte, vom Couchtisch und legte ihn auf den Schoß. Oben auf dem Stapel verschiedener Zeitungsausschnitte und Zettel lag das Foto der drei Freunde, die vor einem BMW posierten. Auf der Rückseite befanden sich offenbar die Unterschriften der drei. Bernd Burgers Schriftzug konnte sie identifizieren. Die anderen beiden waren auf den ersten Blick unleserlich. Sie legte das Bild beiseite und entnahm die Kopie eines Zeitungsartikels mit dem Titel »Der nasse Tod«. Darin wurden die einzelnen Phasen des Ertrinkens beschrieben. Einige Sätze waren mit einem gelben Textmarker hervorgehoben. Lena überflog den Artikel und legte das Blatt zum Foto. Soweit sie es nach Durchsicht weiterer Artikel einschätzen konnte, hatte sich Bernd Burger intensiv mit dem Tod, speziell mit dem Freitod, beschäftigt.

Sogar eine Kurzgeschichte und Gedichte zu den Themen befanden sich in der Sammlung. Sie nahm einen handgeschriebenen Zettel und las die Zeilen, die vom Dichter und Schriftsteller Theodor Storm stammten:

Wie wenn das Leben wär nichts andres
Als das Verbrennen eines Lichts!
Verloren geht kein einzig Teilchen,
Jedoch wir selber gehn ins Nichts!
Denn was wir Leib und Seele nennen,
So fest in eins gestaltet kaum,
Es löst sich auf in Tausendteilchen
Und wimmelt durch den öden Raum.
Es waltet stets dasselbe Leben,

Natur geht ihren ew'gen Lauf;
In tausend neuerschaffnen Wesen
Stehn diese tausend Teilchen auf.
Das Wesen aber ist verloren,
Das nur durch ihren Bund bestand,
Wenn nicht der Zufall die verstäubten
Aufs neu zu einem Sein verband.

Sie war sofort beeindruckt von den Zeilen. Sie wusste, dass der berühmte Sohn Husums mit der Kirche nichts am Hut gehabt und auch nicht an das ewige Leben geglaubt hatte. Doch er brachte mit den Worten eine Verbindung des Lebens mit der Natur zum Ausdruck, die über den Tod hinausging. Jedenfalls verstand sie ihn so. Die Atome eines Verstorbenen verschwanden nicht, sondern konnten in anderen Lebewesen weiterexistieren. Theoretisch sei es sogar möglich, dass alle Teilchen zusammen ein neues Bewusstsein hervorbrachten. Die Wahrscheinlichkeit dafür war natürlich verschwindend gering, aber nicht null.

Sie musste schmunzeln. Das zweite Glas Wein zeigte anscheinend seine Wirkung. Während sie einen weiteren Schluck nahm, erinnerte sie sich, dass sie einmal gelesen hatte, dass ein Mensch bei jedem Luftholen statistisch gesehen ein Luftmolekül von Caesars letztem Atemzug einsog. Der Alkohol war wie ein Katalysator für solche merkwürdigen Gedanken.

Es war keine gute Idee gewesen, Ellen Burger zu versprechen, sich die Sachen ihres Sohnes anzusehen. Trotzdem nahm Lena einen weiteren Zettel in die Hand, beschrieben mit schwarzer Tinte auf weißem, linienlosem Papier. Der Text passte zum Thema. Es war die erste Strophe eines Gedichts von Friedrich Hebbel:

Natur, du kannst mich nicht vernichten,
Weil es dich selbst vernichten heißt.
Du kannst auf kein Atom verzichten,
Das einmal mit im Weltall kreist.

Sie legte alles zurück in den Karton, nahm aber das Foto noch einmal heraus und betrachtete es erneut. Bernd Burgers Freunde hatten jeder einen Arm um ihn gelegt und zeigten mit der freien Hand das Victoryzeichen. Burger sah nicht direkt in die Kamera und wirkte ein wenig entrückt. Der BMW stand in einer Einfahrt. Vom Haus war nur ein kleiner Teil zu sehen, eine weiße Fassade und der Überstand eines Reetdachs.

Bernd Burger war vor vier Jahren verschwunden. Das Bild musste also mindestens so alt sein. Ihr kam es so vor, als hätte sie einen der jungen Männer bereits einmal gesehen. Aber es musste lange her sein, und sicher war sie sich nicht.

Im Hintergrund war eindeutig das Meer zu erkennen, wenn auch nur in einem winzigen Ausschnitt links neben dem Gebäude. Lena wusste sofort, wo die Aufnahme entstanden war. An der norddeutschen Westküste gab es nur einen Ort, an dem es keine Deiche gab und man einen freien Blick auf die Nordsee hatte, dort, wo die höher gelegene Geest bis ans Meer reichte: Schobüll. Es konnte somit kein Problem sein, das Haus und die abgebildeten Personen zu identifizieren. Schon wieder fand Lena sich in der Rolle einer Detektivin wieder. Sollte sie wirklich ihre Nachforschungen fortsetzen? Wie Bernd Burgers Mutter beklagt hatte, war der Fall für die Polizei erledigt. Die interessierte sich nicht für die Motive eines Suizids. Aber die Eltern konnten nur schwer damit leben, dass sie nicht wussten, was genau geschehen war. Jedenfalls galt das für die Mutter, und Lena verstand sie gut.

Sie erwischte sich dabei, Argumente für weitere Recherchen zu sammeln. In Wirklichkeit hatte sie sich bereits entschieden, damit fortzufahren. Sie sah die restlichen Papiere durch. Aber sie las nicht jeden Zeitungsartikel. Am Boden des Kartons fand sie mehrere Kunststoffsplitter. Ein etwa fünf Zentimeter großes, transparentes Stück nahm sie in die Hand und betrachtete es genauer. Sie hatte keine Ahnung, woher die Teile stammen konnten, und schon gar keine Idee, warum Burger sie aufbewahrt hatte. Vielleicht hatten sie keine Bedeutung und waren zufällig dort hineingelangt. Sie legte den Splitter auf den Tisch.

Es kam selten vor, aber an diesem Abend trank sie ein drittes Glas Rotwein, bevor sie, ein wenig beschwingt, das Bett aufsuchte.

Am nächsten Tag plagten sie leichte Kopfschmerzen. Vermutlich war der Alkohol schuld. Während der Arbeit vergaß sie das Problem. Erst am späten Nachmittag machte sich das Pulsieren in ihrem Kopf wieder bemerkbar. Nach einer Tablette und einer Tasse Kaffee ging es ihr besser.

Kurz entschlossen schnappte sie sich den Karton mit Burgers Hinterlassenschaft, stieg in ihren Corsa und fuhr nach Schobüll. Das Foto hatte sie auf den Beifahrersitz gelegt. Hinter dem Ortsschild reduzierte sie ihre Geschwindigkeit auf Schritttempo. Kein Autofahrer hupte. Hier war man es gewohnt, dass Touristen durch den Ort schlichen, um sich zu orientieren oder um den herrlichen Ausblick auf Strand und Meer zu genießen. An der Stelle, wo sich die Straße nach Nordstrand und nach Wobbenbüll teilte, kehrte sie um und fuhr die Strecke durch Schobüll ein weiteres Mal ab. Schließlich war sie sich sicher, dass sie das Haus gefunden hatte, vor dem die Aufnahme entstanden war. Ob einer von Burgers Freunden dort gewohnt hatte und noch dort lebte, wusste sie natürlich nicht. Aber sie war optimistisch, dass die Bewohner ihr weiterhelfen konnten.

Lena parkte auf der Straße. Mit dem Karton in der Hand klingelte sie an der Haustür. »W. Küster«, stand auf dem Namensschild. Eine Minute später wurde geöffnet. Ihr gegenüber stand ein junger Mann Mitte zwanzig, der über einen Kopf größer war als sie. Für einen Moment dachte Lena erneut, sie habe ihn bereits einmal gesehen. Aber sie konnte sich nicht erinnern, wo das gewesen war. Vielleicht einer ihrer Patienten.

Sie nahm die erste Eingangsstufe, um etwas größer zu wirken.

»Mein Name ist Lena Abendroth. Ich hätte Sie gern kurz gesprochen.«

Ihr Gegenüber blickte argwöhnisch auf den Pappkarton. »Wollen Sie mir etwas verkaufen?«

Lena lachte. »Oh, nein. Entschuldigung. Ich möchte Ihnen

etwas zeigen.« Sie nahm das Foto heraus und hielt es dem Mann entgegen. »Sie sind das auf dem Bild, nicht wahr?«

Die Antwort auf Lenas Frage ließ auf sich warten. Sein Blick wanderte vom Foto zu ihr. »Sieht so aus.«

»Sie sind Herr Küster?«

»Ja. Erik Küster.«

»Darf ich reinkommen?«

Küster zögerte einen Moment. »Ja, natürlich. Kommen Sie.«

Er öffnete die Tür weit und ließ Lena in den Flur. Für einen Moment dachte sie, eine fremde Person sei ihr entgegengetreten. Der raumhohe Spiegel hatte sicher schon so manchen Besucher irritiert.

Küster führte sie ins Wohnzimmer und bot ihr Platz an. Sie setzte sich auf die Couch und legte den Schuhkarton neben sich. Er ließ sich in einen Ledersessel nieder und schlug die Beine übereinander.

»Sie wohnen phantastisch hier«, begann Lena das Gespräch.

»Das Haus gehört mir nicht.«

»Sie kennen Bernd Burger?«

Küster nickte.

»Die andere Person auf dem Bild …«

»Das ist mein Bruder Alexander. Warum sind Sie hier? Was wollen Sie?« Seine Worte klangen nicht unhöflich, aber doch etwas ungehalten.

»Ich werde Sie nicht lange belästigen. Wie Sie wahrscheinlich wissen, ist Bernd Burger vor einigen Jahren spurlos verschwunden.«

»Sind Sie von der Polizei?«

»Oh, nein. Ich bin Ärztin. Ich möchte wirklich nur mit Ihnen reden.«

Lena fiel erst jetzt eine kleine Narbe unter Eriks rechtem Auge auf. Plötzlich wusste sie, wo sie ihn bereits einmal getroffen hatte. Es musste Jahre zurückliegen. Er war mit einem anderen Mann in die Notaufnahme gekommen. Es könnte sein Bruder Alexander gewesen sein, überlegte sie. Erik Küster hatte Verletzungen im Gesicht gehabt. Auch ein Auge war betroffen gewesen. An Details konnte sie sich nicht erinnern.

»Wir kennen uns«, sagte sie. »Wahrscheinlich erinnern Sie sich nicht. Sie waren in der Notaufnahme. Ich hab Sie behandelt.«

Lena wollte mit ihrer Bemerkung das Eis zwischen ihnen brechen. Aber Erik Küsters Miene zeigte, dass sie das Gegenteil erreicht hatte.

Lena tat, als hätte sie es nicht bemerkt, und fuhr fort: »In diesem Schuhkarton befinden sich einige Sachen, die Bernd aus irgendeinem Grunde aufbewahrt hat. Vieles deutet darauf hin, dass er seinen Freitod über längere Zeit geplant hat. Sie und Ihr Bruder waren doch mit ihm befreundet. Hat er mit Ihnen darüber gesprochen?«

»Nein. Allerdings war er immer schon etwas depressiv. Aber konkret haben wir nie über so etwas geredet. Ich meine, über Selbstmord und Tod. Wir hatten viel Spaß zusammen.«

»Ihr Kontakt ist irgendwann abgebrochen?«

»Ja. Erst bin ich nach Kiel gezogen, später auch mein Bruder. Wegen unseres Studiums.«

»Das Faible für schnelle Autos hat Sie verbunden, nicht wahr?«

»Anfangs. Später hat jeder andere Interessen entwickelt. Aber ich verstehe nicht, was das alles soll. Warum stellen Sie mir diese Fragen?«

»Ich möchte herausfinden, warum sich Bernd Burger das Leben genommen hat. In seinem Abschiedsbrief hat er keine Gründe genannt.«

Erik Küster gab seine lässige Sitzposition auf und beugte sich vor. »Es gibt einen Abschiedsbrief?«

Lena nickte. »Ja.«

Küster schien überrascht zu sein. »Aber weshalb wollen Sie herausfinden, warum er es getan hat? Wenn er gewollt hätte, dass es jemand erfährt, hätte er es im Brief mitgeteilt.«

Darüber hatte Lena noch gar nicht nachgedacht.

»Es ist für die Hinterbliebenen wichtig. Ich hab es den Eltern versprochen«, antwortete sie.

»Ich kann Ihnen nicht weiterhelfen.« Erik Küster schüttelte den Kopf.

»Ihr Bruder vielleicht? Hat Ihr Bruder noch mit ihm Kontakt gehabt?«

»Alex ist verschwunden. Wahrscheinlich ist er tot.«

Lena sah ihn entsetzt an. »Was ist passiert? Wann …?« Sie sprach nicht zu Ende.

»Mein Vater ist ebenfalls tot. Er wurde ermordet. Verstehen Sie jetzt, dass ich kein besonderes Interesse an Ihren Nachforschungen habe?«

»Ja. Natürlich. Ich bitte um Entschuldigung. Ich hatte keine Ahnung.«

Lena fiel es wie Schuppen von den Augen. Sie erinnerte sich an Zeitungsberichte und an Flottmanns Äußerungen über den Fall, den er bearbeitete. Sie wusste nichts Genaues, kannte weder Einzelheiten noch Namen. Aber zweifellos war sie ausgerechnet in dem Haus gelandet, in dem sich offenbar die Tragödien abgespielt hatten.

»Dann gehe ich jetzt besser. Doch eine Frage habe ich noch.« Sie griff unter den Papierstapel, nahm einige der Splitter heraus und legte sie auf den Couchtisch. »Wissen Sie, was das ist?«

26

Hilgersen drehte seinen Stuhl Richtung Flottmann. »Erik Küster hat sowohl für den Überfall auf seinen Bruder als auch für den Mord an seinem Vater ein wasserfestes Alibi. Die Flensburger haben das überprüft. In der Zeit, als die Messerattacke geschah, war Erik Küster tatsächlich auf einer Feier. Dafür gibt es jede Menge Zeugen. Und wir haben ja aufgrund des Videos eine exakte Uhrzeit.«

»So etwas kann man manipulieren.« Flottmann hatte seine Schuhe ausgezogen und die Füße auf den Aktenbock gelegt. Wie so oft hatte er die Hände gefaltet und ließ seine Daumen umeinander rotieren.

»Vielleicht geht das, wenn man die entsprechenden Kenntnisse besitzt. Die IT-Forensiker müssten das wissen. Worauf willst du hinaus?«

»Auf nichts. Aber wir haben Alexander Küster immer noch nicht gefunden. Hätten wir eine Leiche, so ließe sich der Todeszeitpunkt vielleicht ermitteln.«

»Nach so langer Zeit auch nur ungenau«, erwiderte Hilgersen.

»Erik Küster fährt nach der Feier von Kiel nach Husum und ersticht seinen Bruder. Er verändert den Zeitstempel auf dem Video und fährt zurück.«

»Ich glaube nicht, dass es so einfach ist. Es ist ja eine fortlaufende Aufnahme über vierundzwanzig Stunden. Da kann man nicht so einfach die Zeiten ändern. Aber selbst wenn. Was ist mit dem Mord an dem Vater, Wilhelm Küster? Laut Autopsiebericht waren die Stichwunden nicht tödlich. Aber er war schwer verletzt. Seine Hände und Beine wiesen Abschürfungen auf. Er muss versucht haben, an der Brücke vorbei an Land zu robben, ist dann aber vor dem rettenden Ufer liegen geblieben. Auf die Brücke hätte er es nicht mehr geschafft. Vermutlich wurde er infolge der Anstrengung und der Verletzungen bewusstlos. Das auflaufende Wasser hat ihn um etwa zwei Uhr erreicht und ertränkt. Das konnte man anhand der Tidezeit relativ genau berechnen. Erik Küster hatte bis nach ein Uhr Besuch von zwei Kommilitonen. Sie haben zusammen für eine Klausur gelernt. Das Alibi wurde von beiden bestätigt.«

»Theoretisch könnte der Mordversuch Stunden vorher stattgefunden haben.«

»Erik Küster hat auch für die Zeit ein Alibi. Du willst auf eine Beziehungstat hinaus. Erik Küster wird Alleinerbe eines beträchtlichen Vermögens sein. Aber bringt man dafür den Bruder und den Vater um?«

»Bricht man in eine Wohnung ein und entführt einen Kater?«, fragte Flottmann mit erregter Stimme.

»Was für ein Vergleich!«

»Ich meine ja nur. Vor Kurzem hat eine Floristin versucht, ihren Mann mit den Samenkapseln eines Zerberusbaums zu vergiften, weil sie die Scheidungskosten sparen wollte.«

»Ich verstehe, was du meinst.«

»Haben die Wiesbadener ausschließen können, dass das Video manipuliert wurde?« Flottmann nahm seine Füße vom Aktenbock und zog die Schuhe an.

»Davon steht nichts im Bericht.«

»Vielleicht gibt es Indizien, Lichtverhältnisse und so weiter, die auf die Uhrzeit hinweisen.«

»Du bist auf dem Holzweg, Waldemar.«

»Oder Geräusche.«

»Du meinst, wenn ein Hahn auf der Aufnahme kräht, dann ist es vier Uhr morgens?«

»So in etwa.«

»Willst du wieder den Musiker aufsuchen?«

»Warum nicht? Vielleicht fällt ihm irgendetwas auf. Schaden kann es jedenfalls nicht.«

»Stimmt, schaden kann es nicht. Eine Kopie des Videos liegt auf dem Server.«

»Und dieser 3D-Animationsfilm der Kieler Kriminaltechnik?«

»Die DVD hab ich. Was willst du damit?« Hilgersen winkte mit dem Datenträger.

»Bei Gerber prahlen. Er soll sehen, was für eine moderne Technik wir hier einsetzen.«

»Du bewegst dich mal wieder am Rande der Dienstvorschriften.«

»Ist der Ruf erst ruiniert ... Du kennst doch den Spruch von Wilhelm Busch.«

»Der ist gar nicht von ihm.«

»Dann eben nicht.«

Flottmann gelang es nach einigen Versuchen, die Dateien auf einen Stick zu kopieren. Er holte sich die DVD von Hilgersens Schreibtisch und rief Gerber an.

Eine halbe Stunde später empfing der Musiker ihn in seinem Tonstudio.

»Was macht der lärmende Nachbar?«, fragte Flottmann mit einem breiten Grinsen.

»Er ist die Treppe runtergefallen und hat sich einen Arm gebrochen.«

»Eine gute Nachricht für ganz Rosendahl. Weshalb ich gekommen bin: Ich hab mal wieder ein Video dabei. Es stammt aus einer Überwachungskamera, die auch den Ton aufzeichnet.«

»Bitte, setzen Sie sich.« Gerber zeigte auf einen Stuhl neben dem Mischpult. »Darf ich Ihnen etwas anbieten?«

»Nein, danke. Nachher vielleicht.«

Flottmann nahm den Speicherstick aus seiner Hosentasche und überreichte ihn Gerber.

»Was ist da drauf?«, fragte der Musiker.

»Ein Angriff mit einem Messer. Die Bilder sind erträglich. Jedenfalls gemessen an denen, die ich Ihnen früher schon einmal zugemutet habe. Haben Sie Zeit, sich das Video mal anzusehen beziehungsweise anzuhören?«

»Ja, natürlich. Worauf soll ich achten?«

»Auf etwaige Hintergrundgeräusche. Geräusche, die von außen eindringen. Eventuell können wir daraus die Uhrzeit ableiten, zu der der Vorfall passiert ist. Wir schließen nicht vollständig aus, dass das Video manipuliert wurde.«

»Gut. Ich kann es versuchen.« Gerber steckte den Speicher

in einen der Steckplätze seines Computers. Dann setzte er die Kopfhörer auf und startete den Film. Es handelte sich lediglich um einen knapp fünfminütigen Ausschnitt. Auf dem Monitor war zu sehen, wie ein Mann ins Wohnzimmer trat und Alexander Küster mit einem Messer attackierte. Gerber wiederholte die Sequenz mehrere Male. Ihm war die Konzentration anzumerken. Schließlich nahm er die Hörer ab und schüttelte den Kopf. »Es sind leider keine markanten Geräusche zu hören. Etwas Straßenverkehrslärm, aber leider keine Einzelereignisse, die man einer bestimmten Zeit zuordnen könnte. Ist das Opfer tot?«

»Genau wissen wir es nicht. Es ist verschwunden. Ein ziemlich merkwürdiger Fall.«

»Man hört nur ein kurzes, unterdrücktes Aufstöhnen.«

»Laut unseren Rechtsmedizinern ist das typisch bei einem Stich ins Herz. Vielen Dank, Herr Gerber. Es war einen Versuch wert. Ich will auch die IT-Spezialisten noch einmal bitten, das Video auf Spuren einer Manipulation zu untersuchen. Ich werde den Verdacht nicht los, dass daran irgendetwas nicht stimmt.«

»Tut mir leid, dass ich nicht helfen konnte.«

»Sie haben mir geholfen. Übrigens hat die Kriminaltechnik eine 3D-Animation über den Tathergang erstellt. Neueste Technik.« Flottmann nahm die DVD aus seiner Jackentasche und überreichte sie Gerber. »Rufen Sie bitte mal das Programm im Ordner ›Rekonstruktion‹ auf.«

Gerber folgte Flottmanns Wunsch. Nach einem kurzen Vorspann, der das Logo der Software-Firma zeigte, startete die Grafik. Das Wohnzimmer der Schobüller Villa war nahezu realistisch abgebildet, inklusive des Inventars. Die beiden handelnden Personen hatten keine Gesichter, aber ihre Bewegungen schienen sehr natürlich zu sein. Die Animation entsprach der zuvor gesehenen Videosequenz. Allerdings wurde sie aus einem etwas anderen Blickwinkel dargestellt.

»Es ist schon beeindruckend, was man heute alles machen kann«, sagte Flottmann. »Ich will aber nicht verhehlen, dass ich zu den Skeptikern gehöre. Man läuft leicht Gefahr, sich auf die moderne Technik statt auf seinen Verstand zu verlassen. Übrigens kann man jeden beliebigen Blickwinkel realisieren. Das geht natürlich bei den Aufnahmen der Überwachungskamera nicht.«

»Woher hat man die Daten für die erforderlichen Berechnungen?«

»Aus den Blutspuren. Je nachdem, wie das Messer geführt wird, entstehen ganz spezifische Blutflecken an Wand und Boden. Angeblich muss das Verfahren sehr genau sein. Rechts oben ist ein dreidimensionales Koordinatensystem eingeblendet. Mit der Maus können Sie die Szene drehen und einen Standort für den Beobachter festlegen.«

Gerber benötigte nicht lange, bis er mit der Navigation vertraut war. Er wählte als Beobachtungsort den Eingang zum Wohnzimmer. Von dort aus konnte man den Angriff verfolgen. Die Täterfigur kam herein, stach zu, zog das Messer heraus und ließ es fallen. Dieser Vorgang war auf dem Überwachungsvideo nicht genau zu sehen gewesen, weil er durch den Täter und die Möbel verdeckt worden war.

Gerber fand ein Icon, mit dem man die 3D-Darstellung in einen Zeitlupenmodus schalten konnte, und ließ die Szene erneut ablaufen.

»Für wie zuverlässig halten Sie die Animation, Herr Hauptkommissar?«, fragte er dann.

»Angeblich ist das Verfahren sehr exakt.«

»Auch in diesem speziellen Fall?«

»Ich denke, dass es ein Standardfall ist.«

»Hm.«

»Sie trauen dem Braten nicht?«

»Das Messer ist nicht so gefallen, wie es die Grafik zeigt. Es traf mit der Spitze zuerst auf. In der Animation fällt es zuerst auf den Griff.«

»Wie kommen Sie darauf? Auf dem Überwachungsvideo ist es gar nicht zu sehen.«

»Aber zu hören.« Gerber ließ das Video erneut ablaufen. Der Ton kam diesmal über die Lautsprecher, die an der gegenüberliegenden Wand angebracht waren. »Kein Zweifel. Ihre Animation ist falsch. Ich spiele es noch einmal ab.«

Flottmann versuchte herauszuhören, was der Musiker meinte.

»Ich glaube, ich hab es verstanden«, sagte er. »Aber ich bin etwas voreingenommen.«

»Ihre Techniker können das genau analysieren. Das Auftreffen der Spitze hat ein anderes Klangspektrum als das des Griffs.«

Flottmann nickte. »Vermutlich wurde das gar nicht untersucht. Letztendlich ist das für die Aufklärung des Falls auch nicht wichtig. Aber es könnte eine Schwachstelle in den Berechnungen aufzeigen. Insofern ist es doch interessant.«

Gerber nahm die DVD heraus, trennte den Speicherstick und gab Flottmann beides zurück.

»Morgen starte ich übrigens zusammen mit Herrn Mehler von der Bredstedter Firma RMS einen Versuch, das Wrack zu orten. Es war Ihre Idee, dafür eine Drohne zu benutzen.«

»Manchmal hab ich halt auch gute Ideen.« Flottmann lachte.

»Ich hab das Schiff durch weitere Messungen etwas genauer orten können. Deswegen war ich damals auf Nordstrand, als der Mann im Watt nach Hilfe rief. Weiß man inzwischen, was passiert ist?«

»Ich hab mich bisher nicht darum gekümmert. Aber ich werde Sie informieren, sobald ich Näheres erfahre. Ich muss jetzt leider gehen.« Flottmann stand auf. »Es war heute wirklich ruhig bei Ihnen. Ich hoffe, Ihr Nachbar hatte einen komplizierten Bruch. In solchen Fällen dauert die Heilung manchmal sehr lange. Übrigens heiße ich Waldemar. Der Name gefällt mir selbst nicht, aber ich muss nun mal damit leben. Sind Sie einverstanden, dass wir uns zukünftig duzen, Leon?«

»Gern.«

27

Erik Küster starrte auf die Kunststoffsplitter. Lena verstand nicht, weshalb Küster so irritiert wirkte. Er nahm ein Stück in die Hand, betrachtete es, um es dann verächtlich auf den Tisch zu werfen.

»Was ist das?« Er versuchte, seiner Stimme einen gleichgültigen Klang zu verleihen. Aber Lena bemerkte seine Nervosität.

»Keine Ahnung. Teile eines Scheinwerfers vielleicht. Das Rote könnte – ach, ich weiß nicht.« Sie sammelte die Splitter ein und legte sie in den Karton zurück. Dann griff sie zu den Papieren, um sie ebenfalls hineinzupacken.

»Warten Sie. Vielleicht kann ich doch helfen. Sie können die Sachen hierlassen. Ich werde sie durchsehen und Ihnen Bescheid geben, falls ich etwas finde, das einen Hinweis auf seinen Tod liefern könnte.«

»Ich hab bereits alles gelesen. Es gibt keine konkreten Hinweise. Abgesehen von seinem Abschiedsbrief. Aber auch darin steht nichts über sein Motiv für den Suizid.«

»Ich kannte Bernd sehr gut. Vielleicht fällt mir etwas auf, das Ihnen entgangen ist. Deshalb sind Sie doch gekommen.«

Lena nickte. Keinesfalls wollte sie die Unterlagen aus der Hand geben. Küsters Reaktion war ihr suspekt. Außerdem hätte sie die Weitergabe als Vertrauensbruch gegenüber Ellen Burger betrachtet.

»Wir könnten sie zusammen durchgehen, wenn Sie einverstanden sind«, erwiderte sie.

Er schien kurz zu überlegen. »Gut. Für meinen Freund nehme ich mir die Zeit. Sagen Sie, gibt es noch mehr Glassplitter? Ich meine, außer denen, die Sie mitgebracht haben?«

»Warum fragen Sie?«

»Nur so. Ich frage mich, warum Bernd so etwas aufbewahrt hat.«

»Sie haben auch keine Idee?«

Küster schüttelte den Kopf. »Nein.«

»Es gibt noch ein größeres Stück.« Lena griff in den Karton und tastete mit den Fingern danach. »Das hab ich wohl zu Hause liegen lassen.«

»Ist auch egal. Möchten Sie ein Glas Wasser oder einen Orangensaft, Tee oder Kaffee?«

»Ein Wasser wäre gut.«

Küster stand auf und kam nach ein paar Minuten mit einem Tablett wieder, auf dem zwei bereits eingeschenkte Gläser und eine halb volle Flasche mit Mineralwasser standen. Auch ein Teller mit Schokoladenkeksen war dabei.

»Gut, fangen wir an«, sagte er, nahm die Sachen vom Tablett und legte dieses auf den Boden.

Lena trank ihr Glas fast vollständig aus. Dann stellte sie den Karton auf den Couchtisch und nahm das Foto noch einmal in die Hand.

»Wann ist die Aufnahme entstanden?«, fragte sie. »Auf der Rückseite sind die Unterschriften, aber kein Datum.«

»Den genauen Tag weiß ich nicht mehr. Aber es muss sechs oder sieben Jahre her sein. Irgendwann im Frühjahr ist es gewesen.«

Lena legte das Foto auf den Tisch. »Sie waren enge Freunde, nicht wahr? Und Sie hatten ein gemeinsames Hobby. Autos.«

»Ja. Es war eine schöne Zeit. Aber wir waren alle knapp bei Kasse und mussten viel improvisieren. Andererseits war das vielleicht gerade der Reiz bei der Sache.«

»Ihr Vater hat Ihnen doch sicher geholfen. Finanziell, meine ich.«

»Manchmal. Aber das meiste haben wir selbst beigesteuert. Mein Vater hatte so seine Grundsätze.«

Lena griff zu ihrem Glas und trank den Rest aus. Ihr war ein wenig übel, und sie spürte leichten Schwindel aufkommen.

»Haben Sie bei Bernd Burger irgendwelche Anzeichen von Depressionen bemerkt?«

»Ja, manchmal, wenn er etwas getrunken hatte.«

Lena schloss die Augen. Sie war plötzlich so müde. Sie öffnete die Lider und blickte zu Küster hinüber. Sein Gesicht verschwamm zu einer Fratze. Erneut fielen ihr die Augen zu.

Als sie aufwachte, lag sie in einem dunklen Raum auf staubigem Beton. Eine trübe Neonlampe an der Decke spendete etwas Licht. Wo war sie? Was war passiert? Ihre Hände waren mit Klebeband auf dem Rücken gefesselt. Mit Mühe schaffte sie es, ihren Oberkörper aufzurichten. Sie stieß sich mit den Füßen ab, rutschte bis an eine Wand und lehnte sich an. Starke Kopfschmerzen hinderten sie daran, klare Gedanken zu fassen. Sie versuchte, sich zu erinnern. Sie war in dieser Villa in Schobüll gewesen, aber sie wusste nicht mehr, was sie dort gewollt hatte. Weitere Bruchstücke gelangten in ihr Bewusstsein, ergaben aber kein logisches Bild. Wer hatte sie an diesen schrecklichen Ort gebracht – und warum?

Sie zuckte zusammen, als sie Schritte hörte, die wie in einer Kirche nachhallten.

»Schreien ist zwecklos«, ertönte eine Stimme, die sie wiedererkannte. »Durch die meterdicken Betonwände hört Sie kein Mensch. Außerdem befinden wir uns unter der Erde. Also versuchen Sie erst gar nicht, um Hilfe zu rufen.«

Erik Küster war aus dem Dunkel herausgetreten und stand vor ihr. Weitere Erinnerungsschnipsel brachen hervor: der Karton, die Kunststoffsplitter, das Glas Wasser!

Dann der Filmriss. Sie hatte keinen Zweifel daran, dass Küster ihr K.-o.-Tropfen verabreicht hatte. Alle Symptome sprachen dafür. Aber in ihrem Gedächtnis klafften Lücken. Über was hatten sie gesprochen? Sie konnte sich nur bruchstückhaft erinnern.

»Warum haben Sie mich hierhergeschleppt?«

»Sie hätten nicht so neugierig sein dürfen. Jetzt haben wir ein Problem.«

»Ich verstehe nicht, was Sie von mir wollen. Ist es wegen Bernd Burger?«

»Ich glaube Ihnen nicht. Sie tun nur so unwissend. Sie verstellen sich!«

»Nein, nein. Ich weiß nicht, worum es geht. Lassen Sie mich frei. Ich werde niemandem etwas erzählen.«

»Unsinn.« Küster trat mit dem Fuß gegen eine Blechdose, die scheppernd im Dunkel verschwand. »Verdammte Scheiße! Burger, dieser Idiot!«

Lena wurde langsam klar, dass Küsters Wut mit den Dingen im Schuhkarton zu tun hatte. Irgendetwas davon hatte ihn aus der Fassung gebracht. Die Scherben waren es. Aber wieso?

»Sie können den Karton mit den Sachen behalten«, stammelte sie.

Er lachte hämisch. »Sie wissen doch längst Bescheid. Und wenn Sie es jetzt nicht wissen, werden Sie irgendwann zwei und zwei zusammenzählen. Das Risiko kann ich nicht eingehen. Ich muss nachdenken.«

Er ging zu einer Stahltür an der gegenüberliegenden Wand.

»Lassen Sie mich nicht hier zurück. Ich hab Durst. Besorgen Sie mir etwas zu trinken. Bitte!«

»Wo haben Sie Ihren Hausschlüssel?«

»Ich hab keinen. Die Tür besitzt ein Fingerprint-System.«

Küster stieß einen weiteren Fluch aus. Dann öffnete er wortlos die Stahltür und ging hinaus. Lena hörte, wie zwei Riegel vorgeschoben wurden. Draußen war es dunkel. Es musste Nacht sein. Sie hatte ein pfeifendes Geräusch vernommen, das ihr bekannt vorkam. Eine Industrieanlage. Vielleicht der Hafen. Lena hatte das Zeitgefühl verloren, aber sie war sich sicher, dass sie mehrere Stunden bewusstlos gewesen war.

Erik Küster glaubte offenbar, dass sie etwas über ihn wusste, das ihn in Bedrängnis bringen konnte. Wie sollte sie ihm klarmachen, dass sie keine Ahnung hatte, worum es ging? Es war sowieso zu spät. Er hatte sie entführt und musste schon allein dafür mit einer Strafe rechnen.

Wo war ihr Handy? Sie tastete mit den gefesselten Händen die Gesäßtasche ihrer Jeans ab. Kein Smartphone. Ihr fiel ein, dass sie es gar nicht mitgenommen hatte. Es lag zu Hause auf dem Wohnzimmertisch. Küster hätte es ihr sowieso abgenommen.

Waldemar hatte sicher versucht, sie zu erreichen. Verdammt noch mal, warum hatte sie ihm nicht erzählt, was sie vorhatte? Sie kannte die Antwort: weil er es ihr ausgeredet hätte.

Sie musste sich selbst befreien. Wenn sie die Hände frei bekäme, stiegen ihre Chancen. Das Klebeband war mehrfach um ihre Handgelenke gewickelt. Sie konnte die Finger bewegen und damit die Fesseln an einigen Stellen erreichen. Aber das Zeug war zu reißfest, als dass sie es mit den Nägeln hätte durchtrennen können. Vielleicht fand sie irgendwo eine scharfe Kante an der Betonmauer. Auch die Blechdose, die Küster vor Wut weggekickt hatte, ließ sich möglicherweise einsetzen.

Mit einiger Mühe schaffte sie es, aufzustehen. Vorsichtig schritt sie durch den Raum Richtung Tür. Obwohl sie wusste, dass sie verriegelt war, wollte sie doch versuchen, sie zu öffnen. Sie stellte sich mit dem Rücken zur Stahltür. Es bereitete ihr trotz der Fesselung keine besondere Schwierigkeit, ihre Hände ein Stück zu heben, den Griff zu fassen und herunterzudrücken. Vergeblich. Sie trat mit dem Fuß gegen das Blech. Zu ihrer Angst gesellte sich Wut. Aber beide waren keine guten Ratgeber in ihrer Situation. Sie musste überlegt handeln. Zuerst galt es, die Fesseln loszuwerden.

Sie schaute sich um, fand aber nichts, womit sich das Klebeband durchtrennen ließ. Mehrere Holzbretter, eine Plastiktüte und ein großes Stück Pappe lagen in Sichtweite. Sie ging in den dunklen Bereich hinein. Noch konnte sie den Boden sehen. Der Raum hatte keine Fenster, war offenbar sehr lang und wurde nicht genutzt. Unter der Decke verliefen Rohrleitungen. Im Halbdunkel waren die Umrisse eines Aggregats zu erkennen, vielleicht eine Pumpe oder ein Gebläse. Die Maschine gab keine Geräusche von sich und schien außer Betrieb zu sein. Sie suchte nach einer scharfen Kante, die sie als Schneide benutzen konnte, fand aber keine, die sie mit ihren Händen hätte erreichen können.

Sie ging weiter. Irgendetwas Brauchbares würde sie finden, und wenn es die Dose war. Die könnte an der Naht auseinanderbrechen, wenn sie mit dem Fuß drauftrat. Das Blech wäre bestimmt scharf genug, um das Klebeband zu zerschneiden. Sicher war sie sich nicht, dass das funktionierte.

Ihre Augen hatten sich ein wenig an die Dunkelheit gewöhnt, aber von Schritt zu Schritt nahm die Sicht ab, bis sie ihre eigenen Füße nicht mehr erkennen konnte. Sie tastete sich vorsichtig weiter. Jederzeit konnte etwas im Weg liegen und sie zum Stolpern bringen. Mit den Händen hätte sie den Fall nicht abfangen können.

Plötzlich trat sie auf etwas Weiches. Lena wollte nicht wissen, was es war. Aber nur Sekunden später wurde aus ihrer Befürchtung entsetzliche Realität. Etwas huschte über ihren Fuß und kroch an ihrem nackten Bein bis fast zum Knie hinauf. Sie stieß einen gellenden Schrei aus. Eine Ratte! Mit hektischen Bewegungen versuchte sie, den Angreifer abzuschütteln. Um ein Haar hätte sie das Gleichgewicht verloren. Erst als sie mehrfach kräftig auf den Boden aufstampfte, ließ das Tier von ihr ab. Hatte es zugebissen? Sie spürte nur Ekel, keinen Schmerz.

Ohne auf irgendwelche Hindernisse zu achten, lief Lena so schnell sie konnte zurück in die Helligkeit. Dabei stieß sie auf die Blechdose. Trotz ihrer Panik schaffte sie es, diese mit den Füßen vor sich herzukicken.

Erschöpft lehnte sie sich gegen die Stahltür, die sie von der Freiheit trennte. Ihr war kalt, und sie war durstig. Der Gedanke an die Ratten, die im Dunkeln auf sie lauerten, ließ sie zusätzlich frösteln.

Lena verharrte eine Weile auf der Stelle. Ihre Gedanken wanderten zu Waldemar Flottmann. Er hatte sie vor eigenmächtigen Recherchen gewarnt. Aber spätestens seit klar war, dass der Oberarmknochen zu jemandem gehörte, der Suizid begangen hatte, hatte sie jegliche Gefahr ausgeschlossen. Das Detektivspielen war ihr zum Verhängnis geworden. Völlig naiv war sie in eine Falle getappt. Vielleicht konnte Waldemar sie daraus befreien. Sobald er sie vermisste, würde er sie suchen. Er war ein guter Polizist, und er war klug, beruhigte sie sich.

Lena betrachtete die Blechdose, die vor ihr lag. Sie stampfte mit dem Fuß auf die Dose, die aber nicht wie erhofft an der Naht auseinanderplatzte, sondern sich lediglich verformte. Nichts war so einfach, wie man dachte. Sie traktierte das Blech so lange mit der Hacke, bis es an einer Stelle riss. Dann setzte sie sich auf den Boden und nahm die Dose zwischen die frei beweglichen Finger. Nach endlosen Mühen gelang es ihr, sie so zu fassen, dass sie eine scharfe Kante als Schneide benutzen konnte. Gleich beim ersten Versuch, das Klebeband zu durchtrennen, schnitt sie sich ins Fleisch. Sie spürte, wie das warme Blut über ihre Hand lief. Ihr Wutschrei hallte von den Wänden wider. Aber sie gab nicht auf. Sie presste das Schneidewerkzeug gegen den Rücken und scheuerte die Fessel an der scharfen Kante. Doch das Blech war weich, und sie durfte keinen zu starken Druck ausüben. Immer wieder rutschte sie ab. Endlich bekam sie die Hände frei. Was für ein Gefühl! Sie stand auf, riss einen Streifen aus der Bluse und wickelte ihn um die verletzte Hand.

Es war nur ein Etappensieg, doch der verlieh ihr neuen Mut. Vielleicht schaffte sie es jetzt, die Tür zu öffnen. Oder ihr gelang es, Küster zu überwältigen, wenn er wiederkam. Der Überraschungseffekt wäre auf ihrer Seite – wenn er wiederkam. Die Angst kehrte zurück, er könne sie einfach in ihrem Verlies verhungern und verdursten lassen.

Lena untersuchte die Tür genauer. Sie drückte den Griff hinunter und zog so kräftig sie konnte. Es war aussichtslos. Vielleicht hätte sie mit einem Brecheisen etwas erreichen können. In ihrer Phantasie bildete sie sich ein, sie könne in ihrem Verlies einen Gegenstand finden, der sich dafür eignete. Aber die Aussicht war gering. Und keine zehn Pferde würden sie wieder in die Dunkelheit bringen, dorthin, wo die Ratten hausten. Für einen Moment stellte sie sich vor, wie die Nager sie angriffen, sobald sie, von Hunger und Durst geschwächt, am Boden lag.

Sie schrie aus voller Kehle, um die Geister zu vertreiben. Dann rief sie so laut sie konnte um Hilfe und hämmerte mit Füßen und Fäusten gegen das Stahlblech.

Schließlich gab sie erschöpft auf und rutschte mit dem Rücken an der Tür hinunter. Sie verbarg das Gesicht in beiden Händen. Der Durst wurde unerträglich. Die Kälte spürte sie kaum noch.

28

Robert Mehler holte Gerber um zehn Uhr ab, zweieinhalb Stunden vor Niedrigwasser. Es sollte ein Tag mit Temperaturen um die fünfzehn Grad werden, bewölkt, aber mit hervorragender Sicht. Der Wind wehte schwach mit weniger als zwei Metern pro Sekunde. Beste Voraussetzungen für den Drohnenflug und perfekte Aufnahmen.

Sie fuhren zur Westspitze Nordstrands. Mehler parkte seinen Seat am Straßenrand des Püttenwegs.

Die Männer benötigten einige Zeit, um ihre Ausrüstung zu checken. Mehler überprüfte noch einmal den Zustand der Akkus und stellte sicher, dass die SD-Karte einsatzbereit war. Kartenmaterial und einen Kompass hatte er in seiner regenfesten Jacke untergebracht. Den Alukoffer mit der Drohne, der Fernsteuerung und diversem Zubehör nahm er in die linke Hand.

Im Gegensatz zu ihm trug Gerber nur einen dicken Pullover und Jeans sowie einen Rucksack mit seinen Aufzeichnungen, Proviant und einem zweiten Paar Socken auf dem Rücken. Beide hatten gelbe Gummistiefel angezogen. Der Weg durch das Watt würde vorwiegend über festen Boden führen.

Sie stiegen auf die Deichkrone und ließen ihren Blick schweifen. Im Westen war die Insel Pellworm deutlich zu erkennen und im Süden das Ufer der Eiderstedter Halbinsel. Alles schien so nah zu sein, aber der Eindruck täuschte.

»Schiffe, die freigespült werden, sind meistens gut erhalten. Die Sedimente schützen das Holz vor den Gezeiten und den Mikroorganismen«, sagte Gerber.

»Du wärst sehr enttäuscht, wenn wir nichts fänden, nicht wahr?«

»Nein – ein bisschen. Eine zweite ›Ulpiano‹ wäre nicht schlecht.«

»Das Wrack, das man auf der Sandbank Süderoogsand gefunden hat?«

»Ja. Eine spanische Bark, die am 24. Dezember 1870, an

Heiligabend also, dort gestrandet ist. Die Galionsfigur ist dabei abgebrochen und wurde später auf einer Hallig gefunden. Sie ziert jetzt das Treppenhaus des Friesenmuseums in Wyk auf Föhr. Ich wäre schon mit der Glocke zufrieden, die ich gehört habe. Aber wenn das Ganze nur auf eine Wattwanderung hinausläuft, ist das auch okay. Wichtig ist, dass wir es versucht haben. Die Sache spukt mir seit Monaten im Kopf herum, und ich kann sie nicht loswerden, wie so vieles, was sich einmal in mein Gehirn eingebrannt hat.«

»Wie der Tod deiner Schwester?«

»Seit ich weiß, dass ich nicht schuld daran war, geht es mir besser.«

»Ich wollte, ich könnte das Gleiche sagen.«

»Es war die Verkettung unglücklicher Umstände, Robert. So etwas gibt es. Manche nennen das Schicksal. Dich trifft keine Schuld.«

Mehler schwieg. Der Freitod seines Vaters war sinnlos und tragisch gewesen und beruhte mehr oder weniger auf einem Missverständnis. Auch Gerber machte sich immer noch Vorwürfe, dass er nicht rechtzeitig mit seinem besten und einzigen Freund geredet hatte.

»Die Sandbänke sind ständig in Bewegung«, sagte Gerber, während sie durch eine Pfütze stapften. »So etwas wie die Freilegung der ›Ulpiano‹ kann jederzeit wieder passieren.«

»Es gibt drei große Außensände hier im nordfriesischen Wattenmeer. Süderoogsand, Norderoogsand und Japsand. Alle drei liegen in der Schutzzone 1. Sie sind effektive Wellenbrecher für die dahinterliegenden Inseln und Halligen. Aber sie bewegen sich kontinuierlich nach Osten und werden irgendwann auf Norderoog treffen. Dort gibt es dann einen schönen Sandstrand, den allerdings außer dem Vogelwart niemand nutzen kann. Die Hallig ist unbewohnt.«

»Meine Messungen haben ergeben, dass unser Objekt nicht so weit entfernt von hier liegt. Wenn wir Glück haben, befindet es sich außerhalb der Schutzzone.«

In der Ferne war die Hallig Südfall zu sehen. In der Nähe hatten das »Grote Rungholt«, das »Lütke Rungholt« und »Niedam«

gelegen, Teile der ehemaligen Insel Strand, die die Sturmfluten, die »Groten Mandränken«, von 1362 und 1634 zerrissen hatten. Zurückgeblieben waren die Inseln Pellworm und Nordstrand. Gerber musste an das Gedicht Detlev von Liliencrons »Trutz, Blanke Hans« denken, das er Sophia und ihrer Freundin Nathalie einmal, spontan mit der Gitarre vertont, vorgetragen hatte.

»Wo bist du mit deinen Gedanken?«, fragte Mehler.

»Rungholt. Wenn wir noch ein Stück weiterwandern, treffen wir auf die versunkene Stadt, das Atlantis des Nordens.«

»Hm. Du suchst also doch nach den Glocken des sagenhaften Kirchspiels?«

Gerber lachte. »Nein. Aber ich hab gehört, dass man vom Flugzeug aus Brunnenringe und andere Strukturen mit bloßem Auge erkennen kann.«

»Interessant. Das wusste ich nicht. So eine Aufnahme mit der Drohne wäre cool.«

Vor ihnen tauchte der Heverstrom auf. Das Gewässer floss fast geräuschlos zum offenen Meer. Bald würde es seine Richtung umkehren, anschwellen und sich über das Watt ergießen, bis es eins wurde mit dem Ozean. Danach wiederholte sich das ewige Spiel aus Ebbe und Flut.

Manchmal war ein Möwenschrei zu hören. Dazwischen die ungewohnte Stille, die schon allein ein Erlebnis darstellte. Gerber liebte die Stille. Es gab nur wenige Orte, an denen man sie für längere Zeit genießen konnte. Hier war so ein Ort.

»Ich würde sagen, dass wir den Copter hier schon mal zur Probe starten lassen«, sagte Mehler. »Der Wind hat zwar etwas zugenommen. Aber er ist immer noch schwach. Es sollten gute Aufnahmen werden.«

Sie gingen fast bis an die Kante des Priels. Mehler legte den Koffer auf einer einigermaßen trockenen und festen Stelle ab und öffnete ihn. Mit wenigen Handgriffen war die hochauflösende Kamera montiert und das Flugobjekt startklar. Es hob mit einem surrenden Geräusch ab. Obwohl der Lärm die Stille durchbrach, ordnete Gerber das Geräusch aus unerfindlichen Gründen als angenehm ein. Wie so oft begleiteten visuelle Eindrücke sein Hören. Er sah blaue, auf der Spitze tanzende Rechtecke. Die Synästhesie war für ihn ganz natürlich und störte ihn im Gegensatz zu seiner Lärmempfindlichkeit nicht.

Mehler führte einige Tests mit der Fernsteuerung durch. Auf dem integrierten Monitor erschienen die ersten gestochen scharfen Bilder.

»Ich hab ein Raster mit relativen Wegpunkten eingegeben, die automatisch abgeflogen werden. Am Computer werden die Aufnahmen dann zusammengesetzt«, sagte Mehler. »Wir könnten hier anfangen. Das Raster deckt genau fünfhundert mal fünfhundert Meter rund um den Punkt ab, den du mit deiner Triangulation ermittelt hast.«

»Okay.«

Mehler startete das Programm, das den autonomen Flug einleitete. Man konnte deutlich beobachten, wie der Octocopter seine Positionen einnahm, um zu fotografieren. Zeitweise geriet er fast außer Sichtweite. Nach einer halben Stunde kam der Octocopter zum Ausgangspunkt zurück. Mehler übernahm die Steuerung und ließ ihn in wenigen Metern Entfernung landen.

»Können wir uns die Bilder ansehen?«, fragte Gerber. Er war neugierig auf die Fotos, auch wenn es unwahrscheinlich war, dass sie das erhoffte Ergebnis zeigten.

Mehler hangelte sich durch die Menüs, bis die erste Aufnahme auf dem Display erschien.

»Das ist phantastisch«, rief Gerber aus, als er das Watt aus der ungewohnten Perspektive sah. Ihnen bot sich eine graubräunliche, ebene Landschaft dar, die von teils wasserführenden, teils trockengefallenen Verzweigungen des Hauptstromes durchzogen war. Die Strukturen glichen einem riesigen Baum mit Ästen und Zweigen.

Sonnenstrahlen passierten die ansonsten fast geschlossene Wolkendecke. Mehler drehte die Konsole etwas aus dem Licht und blätterte weiter. Ein Bild war schöner als das andere. Allein dafür hatte sich der Ausflug gelohnt.

»Stopp! Kannst du noch mal zurückblättern?«, rief Gerber plötzlich aus.

»Kein Problem.« Mehler folgte dem Wunsch des Musikers.

»Das da! Da ist was!« Gerber zeigte mit dem Finger auf eine dunkle Stelle in einem Bild. »Kannst du das vergrößern?«

»Klar.« Mehler zog den gewünschten Ausschnitt auf. »Das gibt es doch nicht!« Er schüttelte ungläubig den Kopf. Die Konturen waren verschwommen, aber zeigten eindeutig den Bug eines Schiffs. Oder war das nur Einbildung? Spielte ihnen die Erwartungshaltung einen Streich?

»Kannst du feststellen, wo das ist?«, fragte Gerber aufgeregt.

»Ja. Selbstverständlich. Wir haben die GPS-Koordinaten. Außerdem kann ich die Position auf einer Übersichtskarte darstellen. Einen Moment.«

Wenige Sekunden später hatte Mehler eine Karte aufgerufen, in der der eigene und der zuvor markierte Standort angezeigt wurden. Das Objekt, das sie gesichtet hatten, befand sich in einem wasserführenden Seitenarm des Heverstroms.

Gerber konnte es immer noch nicht glauben. Er hatte sich auf eine langwierige Suche eingestellt, die mehrere Tage dauern würde, zumal ihre Expedition von Ebbe und Flut abhing. Die Wahrscheinlichkeit, etwas zu entdecken, hatte er als eher niedrig eingestuft. Und jetzt das!

»Wir müssen dahin!«

»Ja, natürlich. Ich pack nur den Copter ein. Für die Navigation können wir das Handy verwenden.«

Nachdem Mehler die Koordinaten auf sein Smartphone übertragen hatte, verstaute er den Copter und die Fernbedienung in die dafür vorgesehenen Fächer und klappte den Koffer zu.

Ihr Ziel lag nur dreihundert Meter nordöstlich ihres Standortes. Wenige Minuten später hatten sie es erreicht. Der Nebenarm des Stroms schlängelte sich weit in die Wattlandschaft gen Festland. An der Stelle, an der sie jetzt standen, machte er einen lang gezogenen Bogen. Anders als auf dem Foto spiegelte sich die Wasseroberfläche im Sonnenlicht, und die Schwebstoffe trübten die Sicht. Doch mit etwas Mühe konnte man einige Konturen des Wracks entdecken. Gerber hoffte, dass es sich tatsächlich um ein historisches Schiff handelte und nicht um ein erst kürzlich gesunkenes. Es lag zu tief, um es sich genauer anzusehen. Gern wäre er danach getaucht. Aber das Wasser war entschieden zu kalt für solch eine spontane Aktion. Auch die Strömungen in den Prielen konnten tückisch und gefährlich sein.

Mehler hatte den Koffer abgesetzt. »Glaubst du, dass da unten deine Glocke liegt?«

»Vielleicht. Es würde passen. Jedenfalls hab ich keinen Zweifel, dass der Klang bei Hochwasser bis nach Nordstrand reicht.«

»Aber ich höre nichts.« Mehler grinste.

»Die Glocke meldet sich nur bei entsprechender Strömung. Dazu kommt, dass der Schall an der Grenzfläche zur Atmosphäre fast vollständig reflektiert wird. Außerhalb des Wassers kommt deswegen kaum etwas an.«

»Du hast die Tonaufnahmen mit einem Hydrophon vorgenommen, nicht wahr?«

»Ja, an der Badestelle Dreisprung. Das sind etwa fünf Kilometer von hier. Für Unterwasserschall kein Problem.«

»Was machen wir jetzt?«

Die beiden Männer standen an der Prielkante und blickten in die Tiefe. Eine Möwe landete in der Nähe auf dem Wasser und erzeugte konzentrische Wellenkreise, die das Bild des Wracks wenig später verschwimmen ließen.

»Die Flut setzt zwar erst in etwa sechs Stunden ein. Aber ich denke, dass weitere Aufnahmen keinen Sinn ergeben. Ich kenne einen Archäologen an der Uni Kiel, der sicher weiß, was zu tun ist«, sagte Gerber, »und der Landesbetrieb für Küstenschutz, Nationalpark und Meeresschutz muss wohl eingeschaltet werden.«

Mehler nickte. »Gut, dass wir hier außerhalb der Schutzzone sind.«

»Den Ort können wir jederzeit über die GPS-Koordinaten wiederfinden.« Gerber ließ seinen Blick schweifen. Das Watt glänzte in der Sonne. In etwa sechs Stunden würde wieder alles mit Wasser bedeckt sein. Die Gezeiten veränderten die Landschaft von Tag zu Tag und von Jahr zu Jahr, wenn auch für den oberflächlichen Betrachter nur unmerklich.

Gerber fiel ein Gegenstand ins Auge, der in circa fünfzig Metern Entfernung aus dem Wasser ragte.

»Da drüben ist etwas«, sagte er und zeigte mit der Hand in die entsprechende Richtung.

»Nicht einmal hier ist man vor dem Müll der Zivilisation sicher.«

Gerber antwortete nicht, sondern ging auf das grünlich schimmernde Paket zu. Je näher er kam, desto langsamer wurden seine Schritte. Mehler rückte zu ihm auf. Beide beschlich ein ungutes Gefühl.

29

Flottmann erreichte Lena weder zu Hause noch auf ihrem Handy. Er war etwas beunruhigt, aber wenn sie sich von ihren Nachtdiensten erholen wollte, schaltete sie ihr Handy aus und ging nicht ans Telefon. Er brannte darauf, ihr von der erfolgreichen Suche nach Bogomil zu erzählen.

Der Kater hatte sich schnell wieder bei ihm eingelebt. Er nahm die Couch erneut in Besitz und das Bett ebenfalls.

Die Tage der Abwesenheit hatten ihm offensichtlich zugesetzt. Flottmann registrierte einige neue Verhaltensauffälligkeiten, die einem unbeschwerten Zusammenleben nicht gerade förderlich waren, zumal Bogomil noch mehr als früher nachtaktiv geworden war.

Gleich in der ersten Nacht zeigte er, was er – auf welche Art auch immer – dazugelernt hatte. Flottmann war gegen zwei Uhr aufgewacht. Vielleicht hatte er etwas gehört, vielleicht war es auch nur eine übersinnliche Wahrnehmung gewesen. Jedenfalls schlich er ins Badezimmer und ertappte Bogomil auf frischer Tat. Der Kater saß auf dem Klodeckel (nachdem Bogomil einmal ins Becken gerutscht und mit nassem Fell zu ihm ins Bett gekrochen war, schloss Flottmann stets den Deckel). Mit der rechten Vorderpfote entrollte er geschickt das dreilagige Toilettenpapier, das sich mindestens zur Hälfte bereits über den Fliesenboden ergossen hatte. Flottmann hatte keinen Zweifel, dass Bogomil es schaffen würde, auch noch den Rest abzuwickeln.

Das Viech musste ihn entdeckt haben. Es gab ein lang gezogenes »Miau« von sich. Er hatte keine Ahnung, was der Kommentar zu bedeuten hatte. Hätte Bogomil wegen seiner traumatischen Entführung keine Bonuspunkte bei ihm gehabt, wäre Flottmann laut schreiend dazwischengefahren. So aber beobachtete er die Szene mit Kopfschütteln, ging zurück ins Bett und schlief ein.

Am nächsten Morgen staunte er nicht schlecht. Nicht, dass er die Hoffnung gehegt hatte, Bogomil würde das Toilettenpapier wieder fein säuberlich aufrollen. Aber dass der Kater einen beträchtlichen Teil in feine Fetzen zerlegen und in der gesamten Wohnung verteilen würde, hatte er ebenso wenig erwartet. Langsam dämmerte es ihm, weshalb Familie Boysen den Kater ohne großen Widerstand herausgerückt hatte. Die Katzenhaarallergie war sicher nur einer der Gründe gewesen.

Bevor Flottmann ins Büro fuhr, versuchte er erneut, Lena zu erreichen. Vergeblich. Auch im Krankenhaus war sie nicht.

Seit die Flensburger Mordkommission den Fall Schobüll übernommen hatte, kehrte wieder Routine bei der Husumer Kriminalpolizei ein. Auch die Sache mit dem Knochen hatte sich aus Flottmanns Sicht erledigt. Sogar der Fall Bogomil hatte ein gutes Ende genommen. Wie es mit dem Einbruch in die Wohnung weiterging, war noch nicht klar. Immerhin war die Spurensicherung tätig geworden. Flottmanns Strategie in der Angelegenheit hieß: abwarten. Er hatte das Interesse an einer Strafverfolgung des Täters verloren und die Akte unter den Stapel mit »Fahrraddiebstahl«, »Angriff eines Rottweilers« und »unerlaubter Waffenbesitz« geschoben.

Gegen Mittag rief er erneut in der Klinik an. Lena war nicht zum Dienst erschienen. Auch zu Hause und auf ihrem Mobiltelefon erreichte er sie nicht.

»Sie hat bestimmt einen Neuen«, war Hilgersens Reaktion, als er Flottmanns Unruhe bemerkte.

»Quatsch. So einen wie mich findet sie nicht wieder«, antwortete er gereizt.

»Das stimmt allerdings.«

»Wie meinst du das?«

»Wie ich es sage. Was gab es gestern bei Gerber? Du warst doch dort, oder?«

»Er konnte nichts feststellen, was uns weiterhilft. Er behauptet aber, dass unsere Hightech-Animation fehlerhaft ist.«

»Hat das Bedeutung für uns?«

»Nein. Ich hab dem Ganzen sowieso nicht getraut.«

»Vielleicht irrt sich der Musiker.«

»Glaub ich nicht.«

Flottmann blätterte im Gutachten der Kriminaltechnik und

fand die Telefonnummer der Kollegen, die den Laserscanner eingesetzt und die Vermessung der Blutflecken vorgenommen hatten. Der Leiter der Aktion, Lutz Waldmann, beharrte auf der Richtigkeit der Methode. Insbesondere das blutbehaftete fallende Messer habe ganz spezifische Spuren hinterlassen. Es sei definitiv mit dem Griff aufgetroffen. Ein Irrtum sei völlig ausgeschlossen.

»Du warst mal wieder nicht gerade feinfühlig«, sagte Hilgersen, nachdem Flottmann aufgelegt hatte. »Den Ausdruck ›technischer Firlefanz‹ hättest du dir verkneifen sollen.«

»Er schien regelrecht beleidigt zu sein, dass ich seine Ergebnisse anzweifelte.«

»Das kann ich verstehen. Da kommt so ein Laie daher, der noch nicht einmal einen Radiowecker bedienen kann und –«

»Das kann er nicht wissen.«

»Was?«

»Das mit dem Radiowecker. Aber da ich gerade in Form bin, ruf ich jetzt beim LKA an. Die sollen prüfen, ob Gerbers Verdacht stimmen kann, dass zuerst die Spitze auf dem Fliesenboden auftraf.«

»Was ist daran eigentlich so wichtig?«

»Unstimmigkeiten sind mir ein Gräuel. Deshalb ist es wichtig.«

Flottmann hatte Mühe, dem Kollegen, der für die Tonträgerauswertung zuständig war, den Sachverhalt zu erklären. Der Wiesbadener versprach, sich darum zu kümmern, sobald er Zeit dafür finde.

Flottmann hatte gerade an Lena gedacht, als sein Telefon klingelte. Hektisch griff er zum Hörer.

Am anderen Ende der Leitung meldete sich Gerber.

»Herr Hauptkommissar – Waldemar, wir, Herr Mehler und ich, sind hier im Watt südöstlich von Nordstrand, am Heverstrom. Wir haben eine Leiche gefunden.«

»Was?« Flottmanns Puls beschleunigte sich auf hundertachtzig.

»Ich …«

Gerber redete nicht weiter. Nach ein paar Sekunden sprach eine andere Stimme: »Mein Name ist Robert Mehler. Wir kennen uns. Robert Mehler Software, Bredstedt. Wir hatten schon einmal miteinander zu tun. In der Drohnensache. Herr Gerber ist gerade etwas – etwas unpässlich.«

»Was ist mit der Leiche?«

»Sieht übel aus. Sie ist in eine durchsichtige Plane eingewickelt und wurde wohl erst jetzt freigespült. Sie ist fast vollständig skelettiert.«

»Gott sei Dank.«

»Was?«

»Ach, nichts. Am besten bleiben Sie, wo Sie sind. Ich schicke ein Bergungsteam.«

»Das soll sich beeilen. Die Flut kommt. Es wird nicht mehr lange dauern, bis wir hier nasse Füße kriegen.«

»Wie ist Ihr genauer Standort?«

»Ich schicke Ihnen die Koordinaten auf Ihr Smartphone.«

»Gut. Feuerwehr und DLRG werden zu Ihnen stoßen. Danke.«

Flottmann legte auf. Er wischte sich den Schweiß von der Stirn.

»Was gibt es, Waldemar?«

»'ne Leiche im Watt. Verdammt, meine Nerven sind echt hinüber. Ich brauche dringend eine Auszeit.«

»Hier an der Nordsee hast du doch immer Urlaub.«

»Deine Scherze kommen bei mir gerade nicht gut an.«

»Das war kein Scherz. Ich meine es ernst. Wer ist die Leiche?«

»Woher soll ich das wissen? Sie liegt wohl schon länger dort.«

Flottmann griff zu seinem Handy. Die Nachricht mit den Koordinaten war angekommen. Er ging zu Hilgersen hinüber und hielt ihm das Display vor die Nase. »Schreib dir die Koordinaten ab. Da liegt die Leiche. Gerber und Mehler sind vor Ort.«

Hilgersen schrieb die Daten auf seinen Notizblock. »Was machen die beiden dort?«

»Die Glocken von Rungholt suchen.«

»Und ich dachte, deine Laune würde sich bessern, jetzt, wo Bogomil wieder da ist.«

»Tut mir leid. Du hast ja recht. Aber ich kann Lena nicht erreichen. Irgendetwas stimmt da nicht. Ich werde mal bei ihr zu Hause vorbeifahren. Du übernimmst die Sache mit der Wattleiche?«

»Klar.«

»Und noch etwas. Könntest du auf dem kleinen Dienstweg dafür sorgen, dass die Kollegen nach Lenas Auto Ausschau halten?«

»Auch das mach ich.«

»Danke.« Flottmann schrieb Lenas Kennzeichen auf einen Zettel und gab ihn Hilgersen. Dann steckte er sein Handy ein, nahm die Schlüssel des Dienstpolos an sich und eilte aus dem Büro.

Zehn Minuten später stand er vor der Haustür des Bungalows und klingelte Sturm. Nichts rührte sich. Was sollte er tun? Er öffnete das Garagentor. Ihr Corsa war nicht da. Sie war also mit dem Auto unterwegs. Sie war ihm keine Rechenschaft schuldig über das, was sie tat. Er hatte kein Recht, ihr hinterherzuspionieren. Aber wenn doch etwas passiert war? Er konnte ihr Handy orten lassen, aber ohne eine konkrete Gefahr für ihr Leben würde er keine Genehmigung dafür erhalten.

Er rief ein weiteres Mal in der Klinik an. Sie war nicht zur Arbeit erschienen. Dazu kam sein Bauchgefühl. Es meldete sich so deutlich wie selten, allerdings ohne eine genaue Erklärung abzugeben.

Er ging um das Haus herum und sah durch die Fenster des Bungalows. Vielleicht fand er irgendeinen Hinweis. Es war nichts Ungewöhnliches zu erkennen. Er musste rein! Vielleicht hatte Lena irgendetwas aufgeschrieben, das ihm weiterhalf. Eine Adresse oder Telefonnummer, die Aufschluss über ihren Aufenthalt geben konnte. Aber wie sollte er hineingelangen? Die Tür aufzubrechen war keine gute Idee, es sei denn …

Flottmann besorgte sich die Nummer des Friedrichstädter Ganoven Peter Larsen, der zusammen mit Bogomils Entführer den Einbruch in der Wasserreihe begangen hatte, und rief ihn an.

»Hier ist Flottmann. Ich hab einen Job für Sie.«

»Wer ist da?«

»Polizei Husum, Hauptkommissar Flottmann.«

»Was für einen Job?«

»Ich hab meinen Schlüssel verloren. Ich brauche einen Profi, der mir die Tür öffnet.«

»Dafür gibt es Schlüsseldienste.«

»Das sind Halsabschneider, und die machen mir das Schloss kaputt.«

»Ich bin in Friedrichstadt.«

»Sie können in einer Viertelstunde hier sein. Schneller ist der Schlüsseldienst auch nicht. Und vergessen Sie Ihr Werkzeug nicht. Zweihundert Euro sind drin.«

»Plus Spesen.«

»Von mir aus. Und wenn Sie geblitzt werden, regele ich das.«

»Wohin soll ich kommen?«

Flottmann gab die Adresse durch. Ganz wohl war ihm nicht bei der Sache. Wenn ihn sein Bauchgefühl getäuscht hatte, würde er Lena eine plausible Erklärung für sein Handeln liefern müssen.

Larsen hatte einen Koffer in der Hand, als er durch die Gartenpforte den Hof betrat. Er trug eine Schirmmütze, alte Jeans und eine leichte schwarze Jacke. Das Outfit wirkte wie die Berufskleidung eines Einbrechers.

»Nicht schlecht, Ihr Domizil. Ich wusste gar nicht, dass man bei der Husumer Polizei so gut bezahlt wird«, sagte er.

»Ich trage morgens die Zeitung aus. Ist da Ihr Werkzeug drin?« Flottmann zeigte auf den Koffer, der an den zahlreichen Gebrauchsspuren gemessen bereits Hunderte Einsätze hinter sich haben musste.

Larsen nickte. »Alles, was man so braucht.«

»Ich wäre Ihnen dankbar, wenn Sie möglichst wenig Spuren hinterlassen würden.«

»Das ist meine Spezialität.« Larsen stellte den Koffer ab, bückte sich und öffnete ihn. Er zog Einweghandschuhe an. Dann entnahm er ein Gerät und hielt es Flottmann unter die Nase. »Wissen Sie, was das ist?«

»Ein Elektropick.«
»Ich vergaß, dass Sie vom Fach sind.«
»Unser Job unterscheidet sich schon ein wenig.«
»Klar. Immerhin bin ich selbstständig. Das heißt natürlich, ich war es. Jetzt mach ich so was nicht mehr.«
»Es ist besser, wenn Sie mir keine Einzelheiten erzählen. Mit dem Ding da kriegen Sie das Schloss auf?«
Ohne zu antworten, inspizierte Larsen die Terrassentüren. Nur die, die zu Lenas Arbeitszimmer führte, hatte ein Schloss. Flottmann hörte für ein paar Sekunden lang ein leises Summen. Dann stand die Tür offen.
»Macht zweihundertfünfzig Euro«, sagte Larsen.
»Zweihundert waren vereinbart.«
»Fünfzig für die Spesen. Fahrtkosten und Aufwandspauschale.«
»Sie sollten einen Schlüsseldienst aufmachen.«
»Ist mir zu unsolide.«
Flottmann nahm sein Portemonnaie aus der Gesäßtasche und zählte das Geld auf die Hand des Einbruchspezialisten.
»Und wer wohnt hier?«, fragte Larsen.
»Wie ich sagte, hab ich meinen Schlüssel verloren.«
»Auf der Klingel am Hauseingang steht ›Lena Abendroth‹.«
»Äh …«
»Egal, erzählen Sie mir besser keine Einzelheiten. Es war mir eine Ehre, mit Ihnen Geschäfte zu machen. Übrigens hab ich mit Thomas gesprochen. Er war ziemlich sauer auf mich. Aber ich hab ihm erklärt, dass Sie ein Ehrenmann sind und sich an den Deal halten. Ich meine, die Sache mit dem Bruch in der Wasserreihe.«
»Die Akte ist geschlossen.«
»Thomas behauptet, dass es Ihnen nur um seinen Kater ging.«
»Wenn Thomas das sagt, wird es wohl stimmen.«
Larsen sah Flottmann ungläubig an. Dann steckte er die Scheine in seine Hosentasche, legte den Elektropick in den Koffer und schlenderte damit, eine Melodie pfeifend, Richtung Pforte.

Flottmann war gerade im Begriff, das Haus zu betreten, als Larsen zurückkam.

»Haben Sie versucht, durch das Kellerfenster einzusteigen?«, fragte er.

»Was? Nein.«

»Dann muss es jemand anders gewesen sein. Das Gitter vom Lichtschacht wurde aufgehebelt und das Fenster eingeschlagen. Dilettantische Arbeit war das. Mein Besuch war trotzdem nicht umsonst. Sie wären da nicht durchgekommen.« Larsen grinste.

Flottmann ignorierte die Anspielung.

»Ich bin dann mal weg«, sagte Larsen und zog ab.

Flottmann schüttelte den Kopf. Jetzt auch noch ein Einbruch. Konnte das ein Zufall sein, oder gab es einen Zusammenhang mit Lenas Verschwinden?

Er betrat das Haus durch das Arbeitszimmer, einen kleinen Raum mit einem antiken Schreibtisch und einem Bücherbord, das fast bis zur Decke reichte. Auf dem Schreibtisch und dem Boden lagen einige Papiere und aufgeschlagene Bücher. Es sah nicht danach aus, als wäre der Raum durchsucht worden. Flottmann ging durch die offene Tür in den Flur.

Es war ganz und gar nicht in Ordnung, was er tat. Aber einiges sprach dafür, dass Lena in Gefahr schwebte. Er hatte die Hoffnung, irgendetwas im Haus zu finden, was auf ihren Aufenthaltsort hinweisen konnte. Und da in den Bungalow eingebrochen worden war, hatte er als Polizist quasi die Pflicht, hineinzugehen.

Auch im Wohnzimmer herrschte nicht die nach Einbrüchen übliche Unordnung, die Täter hinterließen, wenn sie nach Geld und Wertgegenständen suchten. Er ging weiter zur Essecke und schließlich in die Küche. Dort hatte jemand den Mülleimer mit den Küchenabfällen auf dem Boden ausgeschüttet und durchwühlt. Flottmann hatte nicht die geringste Ahnung, wonach der Eindringling gesucht hatte.

30

Gerber trat den Rückweg allein an, während Mehler auf die Polizei und die Bergungskräfte wartete. Wie in Trance stapfte er durch das Watt. Es war für ihn schwer genug gewesen, sich das Video aus der Schobüller Villa anzusehen. Mit etwas Mühe hatte er es geschafft, die Bilder wie aus einem Fernsehfilm in Erinnerung zu behalten. Aber die fast skelettierte Leiche in der aufgeblähten Plane hatte sofort einen Brechreiz ausgelöst, und er war sich sicher, dass er den Anblick nicht so schnell loswerden würde. Das Wrack hatte plötzlich an Bedeutung verloren. Die Männer in ihren schwarz-gelben Jacken, die in einiger Entfernung an ihm vorbeiliefen, beachtete er nicht. Er wollte nur noch nach Hause.

Hinter dem Deich blockierten Einsatzwagen der Polizei und Feuerwehr die Straße. Er ging daran vorbei, den endlosen Grünen Weg entlang, als wollte er die gesamte Strecke zu Fuß zurücklegen. Nur allmählich gelang es ihm, wieder einen klaren Gedanken zu fassen. Er hätte mit seinem Mobiltelefon ein Taxi rufen können, aber er entschloss sich, Laura anzurufen. Sie hätte es nicht verstanden, wenn er sie nicht um Hilfe gebeten hätte.

Gerber erreichte sie in der Apotheke, in der sie halbtags arbeitete. Als sie hörte, was passiert war, versprach sie, sich sofort auf den Weg zu machen.

Gerber ging langsam weiter bis zum Ende der Straße. Dort musste er nicht lange warten, bis er ihren weißen Renault Espace kommen sah. Sie hatte ihn bereits erkannt und betätigte die Lichthupe.

Sie gab ihm einen flüchtigen Kuss, nachdem er seinen Rucksack im Fond verstaut hatte und eingestiegen war. »Alles in Ordnung mit dir? Du siehst mitgenommen aus.«

»Wir haben das Wrack gefunden«, sagte er, ohne auf ihre Frage zu antworten. Ihm war es immer noch peinlich, wenn er ihr gegenüber Schwächen eingestehen musste. Seine Empfindlichkeit gegen Lärm hatte er vor ihr nie verbergen können.

Inzwischen war er sich sogar sicher, dass sie es ernst meinte, wenn sie behauptete, sein sensibles Gehör sei eine Gabe und keine Behinderung. Aber in gewisser Weise kämpfte er mit vielfältigen Empfindlichkeiten, und der starke Mann an Lauras Seite würde er nie sein. Doch der Anblick der Leiche war keine Kleinigkeit. Vermutlich konnte das niemand so einfach wegstecken.

»Das ist großartig.« Laura wendete und fuhr Richtung Nordstrander Damm. »Weißt du schon etwas Näheres über das Schiff?«

»Nein. Im Grunde bin ich mir noch nicht einmal sicher, dass es zu der Glocke gehört, die ich mit dem Unterwassermikrofon aufgenommen habe. Aber es spricht vieles dafür.«

»Kann der oder die Tote im Watt ein Besatzungsmitglied des Schiffs gewesen sein?«

Gerber schüttelte den Kopf. »Das Schiff ist vermutlich sehr alt, und die Leiche war in eine Kunststoffplane eingewickelt. Deshalb ist es ein Fall für die Polizei. Robert Mehler ist noch dort. Wir haben phantastische Aufnahmen gemacht. Aber das ist jetzt nicht mehr so wichtig.«

»Natürlich ist das wichtig. Wenn die Polizei ihre Arbeit beendet hat, wirst du dich um das Wrack kümmern. Du willst doch jetzt nicht aufgeben?«

»Ich weiß nicht.«

»Du darfst nicht aufgeben, schon Sophia zuliebe. Sie redet ständig von der geheimnisvollen Glocke im Meer.« Laura lächelte. »Ich nehm dich jetzt erst einmal mit zu mir. Sophia kommt gleich aus der Schule. Du musst ihr vom Schiff erzählen.«

»Die Sache mit der Leiche lasse ich wohl besser weg.«

»Nein, nein. Sie wird es sowieso erfahren. Du musst ja keine Details nennen.«

»Wenn du meinst.«

»Ja. Und ich hab das Gefühl, dir täten ein Kaffee und ein Schnaps gut.«

Sie hatten den Damm erreicht und fuhren die gerade, gut zweieinhalb Kilometer lange Strecke Richtung Festland. Gerber war in Gedanken bei der oder dem unbekannten Toten im Watt. Vermutlich handelte es sich um das Opfer eines Verbrechens.

Sophia wurde von einer Nachbarin gebracht, deren Sohn in dieselbe Schule ging.

»Leon ist da!«, rief sie aus, als sie ins Wohnzimmer stürmte. Sie ließ den Ranzen fallen und flog ihm in die Arme.

Nachdem sie ihm und ihrer Mutter die wichtigsten Ereignisse aus der Schule erzählt hatte, sagte Laura: »Leon hat ein Schiff im Watt gefunden.«

»Echt?« Sophia sah ihn erwartungsvoll an.

»Das Wrack gehört zu der Glocke, die auf meinen Unterwasseraufnahmen zu hören ist.«

»Die Glocke von Rungholt!«

»Die eines versunkenen Schiffs. Es wird sehr alt sein.«

»Hundert Jahre?«

»Noch viel, viel älter.«

»Glaubst du, dass da ein Schatz drin ist?«, fragte sie aufgeregt.

»Wer weiß.«

»Bestimmt! Gold und Bernstein und Juwelen.«

Leon lachte.

»Sind der Kapitän und die Leute ertrunken? Hast du sie gefunden?«

Auf die Frage war Leon nicht gefasst. Er sah zu Laura hinüber. Sie zuckte mit den Schultern.

»Wir haben einen Toten gefunden«, sagte er.

»Das ist bestimmt der Kapitän. Der Kapitän geht immer als Letzter von Bord. Holt ihr das Schiff an Land?«

»Vielleicht. Das wissen wir noch nicht. Es wird schwierig werden. Aber wir werden Fotos davon schießen.«

»Dann kann ich sie Nathalie und den anderen zeigen.«

Leon nickte. Fürs Erste hatte er Sophias Fragen offenbar zufriedenstellend beantwortet. Den Rest würde ihre Phantasie erledigen. Er blieb noch eine Stunde. Bevor er aufbrach, musste er versprechen, bald wiederzukommen und seine Gitarre mitzubringen.

31

Lena saß immer noch auf dem kalten Betonboden. Ein wenig Licht kam jetzt durch einen schmalen Türspalt. Draußen war es hell geworden. Die Geräusche hatten zugenommen. Neue Hoffnung keimte in ihr auf. Es konnte kein ganz abgelegener Ort sein, an dem sie gefangen war. Sie stand auf, hämmerte erneut gegen die Stahltür und schrie gegen den Außenlärm an. Das war anstrengend. Ihre trockene Kehle brachte kaum noch Laute heraus. Noch nie hatte sie sich so hilflos und allein gefühlt. Sie wünschte sich, Küster würde zurückkommen. Dann hätte sie zumindest eine Chance, zu entkommen. So war sie einfach nur ihrem Schicksal ausgeliefert.

Sie hatte die ganze Nacht nicht geschlafen. Die meiste Zeit hatte sie an der Wand gehockt, die Hosenbeine der Jeans so umgeschlagen, dass die Ratten nicht hineinkriechen konnten, solange sie die Beine zusammenpresste. Gesehen hatte sie keins der ekligen Tiere, aber ihre Geräusche hatte sie gehört, das Huschen über den Betonboden, manchmal auch ein Quieken.

Ratten hatten sie schon als Kind geängstigt, obwohl sie selten eine gesehen hatte. Unwillkürlich verband sie mit ihnen die Übertragung von Krankheiten wie der Pest im Mittelalter. Als Ärztin sollte sie eigentlich sachlicher damit umgehen können. Aber Gefühle ließen sich nicht mit dem Verstand in Schach halten.

Sie lief in ihrem Verlies hin und her. Sie musste nachdenken. Was hatte Küster vor? Hätte er sie umbringen wollen, hätte er das bereits tun können. Er hätte ihr eine Überdosis der K.-o.-Tropfen geben oder sie ersticken können, als sie bewusstlos war. Vielleicht wollte er vor der Polizei fliehen und brauchte einen Vorsprung. Aber warum hatte er sie dann ohne Wasser und Nahrung zurückgelassen?

Eine andere Frage beschäftigte sie. Erik Küster hatte einen Unfall gehabt, als er in der Notaufnahme aufgetaucht war. Vielleicht einen Autounfall. Ob sein Bruder Alexander auch verletzt gewesen war, wusste sie nicht mehr. Erik Küster war sichtlich beunruhigt darüber, dass sie ihn wiedererkannt hatte. Und über die Splitter im Karton schien er regelrecht bestürzt zu sein. Sie konnte sich keinen Reim daraus machen.

Aber es hatte auch keinen Sinn, jetzt darüber nachzudenken. Selbst wenn sie wüsste, was passiert war, würde ihr die Information nichts nützen. Und Küster mit irgendwelchen Annahmen zu konfrontieren, war keine gute Idee. Je weniger sie den Eindruck vermittelte, dass sie etwas über dunkle Kapitel seiner Vergangenheit wusste, desto besser war es für sie.

Gerade hatte ihr Leben eine positive Wende genommen, da sollte es vorbei sein? Ihre Trennung von Jürgen vor zwei Jahren war der Tiefpunkt gewesen. Seitdem war es bergauf gegangen und hatte richtig Schwung aufgenommen, als sie Waldemar kennengelernt hatte. Sie wusste nicht einmal genau, was ihr an ihm besonders gefiel. Sicher war es seine humorvolle und lockere Art. Dabei war er alles andere als oberflächlich. Er konnte nachdenklich und ernst sein. Aber auch gefühlvoll. Das hatte er nicht nur ihr gegenüber gezeigt, sondern in rührender Weise nach Bogomils Verschwinden bewiesen. Aber besonders wichtig war, dass sie sich auf ihn verlassen konnte. Auch jetzt. Sie war überzeugt, dass er bereits nach ihr suchte. Nur hatte er vermutlich keine Anhaltspunkte, wo er sie finden konnte. Einmal mehr bereute sie es, ihn nicht über ihr Vorhaben informiert zu haben.

Ihr Blick fiel auf die Rohrleitungen, die unter der Decke verliefen. Sie hatte keine Ahnung, wozu sie dienten. Sie hatten etwa dreißig Zentimeter Durchmesser und gaben keine Strömungsgeräusche von sich. Vermutlich waren sie stillgelegt. War es nicht der Fall, konnte sie versuchen, eines der Rohre zu zerstören. Vielleicht würde die Unterbrechung auffallen, und man würde nach der Ursache dafür forschen. Aber zum einen kam sie nicht an die Leitungen heran, zum anderen würde sich der Inhalt, was es auch war, in den Raum ergießen und könnte sie ersticken oder ertränken. Aber gab es für solche Störfälle nicht Sicherheitsventile, oder wurde nicht gar ein Alarm ausgelöst? Wenn sie sich mit einem Fuß auf den Türgriff stellte und sich am Rahmen festhielte, könnte sie die Rohrleitung erreichen, sich mit ihrem Körpergewicht dranhängen. Mit etwas Glück würde sie das Rohr zum Bersten bringen. Das war nicht besonders aussichtsreich, aber immerhin ein Notfallplan, falls sie zu verdursten drohte. Nichts zu tun war die schlechteste Alternative.

Erneut begann sie, um Hilfe zu rufen. Es bestand immer noch die Chance, dass man sie hörte. Aber ihre Stimme war schon zu schwach, als dass sie durch das Stahlblech hindurch gegen den Außenlärm ankam.

Erschöpft setzte sich Lena auf den Boden und lehnte sich mit dem Rücken an die Tür. Irgendeine Maschine erzeugte Vibrationen, die ein angenehmes Kribbeln in ihrem Körper hervorriefen. Da draußen herrschte Betriebsamkeit. Sie war nur durch eine verdammte Tür von der Außenwelt getrennt. Sie war müde. Ihre Lider fielen zu. Im Halbschlaf tauchten absurde Halluzinationen auf: ein Skelett, das ihr ein Glas Wasser reichte, und ein schwarzer Kater, der tot auf dem Rücken lag.

Die Vibrationen hatten aufgehört. Lena öffnete die Augen. Ihr Blick fiel erneut auf die silbern glänzenden Rohrleitungen. Wenn sie mit einem harten Gegenstand dagegenhämmerte, würden sich die Signale über weite Strecken fortpflanzen. So könnte sie Lärm erzeugen, der anderswo empfangen werden konnte. Es wäre sogar möglich, Morsezeichen zu senden. SOS, dreimal kurz, dreimal lang, dreimal kurz. Das würde jeder verstehen, der es hörte.

Lena stand auf. Die Idee gab ihr neuen Auftrieb. Aber sie hatte keinen Gegenstand, mit dem sie schlagen konnte. Vielleicht fand sie einen im dunklen Teil des Raums. Doch da lauerten die Ratten! Lena schüttelte sich bei der Vorstellung, von einem der Biester angegriffen zu werden. Sie lief unschlüssig auf und ab. Dann blieb sie stehen und starrte in die Dunkelheit. Dass die Neonlampe an der Decke stark verschmutzt war und kaum Licht abwarf, ließ sich nicht ändern.

Sie musste den finsteren Teil ihres Gefängnisses erforschen. Es gab keinen anderen Weg. Sie griff zur Blechdose und bog das Material zuerst durch Tritte, dann mit den Händen, bis es ermüdete und sie kleine Stücke abtrennen konnte. Damit verengte sie die Hosenbeine ihrer Jeans wie mit Fahrradklammern, sodass keine Ratte hineinzukriechen vermochte.

So gewappnet wagte sie sich mit langsamen Schritten erneut in die Dunkelheit. Noch war der Boden zu ihren Füßen zu erkennen. Einige Male glaubte sie, Paare schwarz glänzender Rattenaugen hätten sich auf sie gerichtet. Die Müdigkeit trübte ihre Wahrnehmung und ihr Urteilsvermögen. Die Nager stellten keine reale Bedrohung dar, aber diese Erkenntnis half nur wenig gegen die Angst. Sie setzte einen Fuß vor den anderen und tastete dabei mit kreisenden Beinbewegungen den Boden nach Gegenständen oder Hindernissen ab. Auf ihre Augen konnte sie sich nicht mehr verlassen. Nur einer Katze hätte das wenige Restlicht gereicht, um sich zurechtzufinden.

Die fehlende Orientierung und die unnatürliche Art zu laufen brachten Lena mehr als einmal aus dem Gleichgewicht, sodass sie um ein Haar gefallen wäre.

Da war wieder dieses Quieken. Ein eisiger Schauer lief ihr über den Rücken. Zehn oder mehr mussten es sein, die sich zu einem Angriff auf sie sammelten. Sie stieß einen lauten Schrei aus. Als der Hall verklungen war, herrschte Ruhe. Kein Quieken und kein Rascheln mehr. Lena ging weiter. Dabei ließ sie ihren pendelnden Fuß über den Betonboden gleiten. Das Geräusch würde die Laute ihrer Gegner überdecken. Vielleicht wirkte es sogar abschreckend auf sie und hielt sie fern.

Sie blieb stehen. Ihr rechter Fuß hatte etwas berührt. Kein Metall, aber etwas Festes, Hartes. Sie tastete erneut danach. Dann bückte sie sich und griff mit der Hand zu. Es fühlte sich wie Holz an. Sie konnte es umfassen. Sie stand auf, zog das Fundstück zu sich heran und untersuchte es. Ein Straßenbesen mit spitzen Borsten. Das war nicht das, was sie gesucht hatte, aber es war brauchbar.

Neue Hoffnung keimte in ihr auf. Den Besen vor sich herschiebend, ging sie zurück ins Licht. Sie konnte es nicht erwarten, ihren Plan umzusetzen. Mit ausgestreckten Händen erreichte sie die Rohrleitung. Den lautesten Klang erzielte sie, wenn die Spitze des Querholzes auf das Metall traf. Die Sache mit den Morsezeichen funktionierte nicht so, wie sie es sich vorgestellt hatte. Eine schnelle Abfolge der Schläge, wie sie für das »S« erforderlich gewesen wäre, brachte sie nicht zustande. Aber Hauptsache war, dass jemand das Klopfen hörte und auf sie aufmerksam wurde. Doch schon bald ließen ihre Kräfte nach. Bereits nach einer Minute musste sie eine Pause einlegen. Lange würde sie die Anstrengung nicht durchhalten. Ihr kamen Zweifel am Sinn ihrer Aktion. Selbst wenn jemand die Schläge hörte, würde er sie vermutlich als unwichtige Störung ansehen. Vielleicht klappte es doch, ein SOS zu senden. Nach einer Erholungspause wollte sie einen neuen Versuch starten.

32

Auch in Lenas Wohnzimmer hatte Flottmann das übliche Durcheinander erwartet, wie er es bei sonstigen Einbrüchen vorgefunden hatte. Aber es sah alles ordentlich aus. Ob etwas fehlte, konnte er nicht erkennen. Vielleicht hatten die Täter lediglich nach Bargeld gesucht. Dagegen sprach, dass keine Schranktüren und Schubladen offen standen. Nicht einmal Lenas Smartphone hatten sie mitgenommen. Es lag auf dem Couchtisch.

Damit war auch die Hoffnung zerstört, er könnte Lena über die Ortung ihres Handys finden. Er nahm das Gerät in die Hand. Erst nach einigen vergeblichen Versuchen schaffte er es, sich die Anrufliste anzeigen zu lassen. Vielleicht hatte sie jemand kontaktiert, den sie dann spontan aufgesucht hatte. Flottmann dachte an Hilgersens Bemerkung, sie könne einen anderen kennengelernt haben. Er wischte den Gedanken beiseite.

Ihm wurde immer mehr bewusst, dass er in ihrem Leben herumschnüffelte. Aber wenn sie tatsächlich Hilfe brauchte, würde sie ihm das verzeihen.

Er scrollte durch die Liste der aktuellen Anrufe. Die Nummer vom Krankenhaus kannte er. Zwei weitere gehörten zu einer Zahnarztpraxis und einer Bank. Ein einige Tage zurückliegender, als angenommen markierter Anruf erregte sein Interesse. Die Nummer kannte er, konnte sie aber nicht zuordnen. Kurzerhand rief er mit seinem Handy an. Er war erstaunt, als sich eine Frau Burger meldete.

»Frau Ellen Burger?«, fragte er nach.

»Ja. Wer ist da?«

»Hauptkommissar Flottmann von der Husumer Polizei. Sie kennen Lena Abendroth, die Ärztin? Sie haben mit ihr telefoniert?«

»Warum wollen Sie das wissen?«

»Es ist wichtig. Es ist nicht auszuschließen, dass ihr etwas passiert ist.«

»Aber ... ja. Sie war bei mir. Vor ein paar Tagen. Sie wollte mir helfen.«

»Wobei?«

»Herauszufinden, warum sich mein Sohn – das Leben genommen hat. Die Polizei interessiert das ja nicht.«

»Wie wollte Frau Abendroth das anstellen? Hat sie Ihnen erzählt, was sie vorhatte?«

»Nein. Sie hat die Sachen meines Sohnes mitgenommen, den Schuhkarton, in dem er den Abschiedsbrief, das Foto und anderes aufbewahrt hatte. Ich glaube, sie wollte seine Freunde ausfindig machen. Die auf dem Bild mit dem Auto.«

»Wer sind die Freunde?«

»Ich kenne nur die Vornamen. Die stehen auf der Rückseite des Fotos. Alex und Erik.«

Flottmann schüttelte den Kopf. Ihm fielen sofort die Küster-Brüder ein. Aber das war absurd.

»Die Nachnamen wissen Sie nicht?«

»Nein.«

»Küster vielleicht?«

»Ich weiß es wirklich nicht. Sie wohnen in Schobüll. Das hat Bernd mal erwähnt.«

Schobüll! Alexander und Erik! Solche Zufälle gab es nicht. Die beiden Küsters kannten Bernd Burger. Flottmann war sich sicher, dass Lena Erik Küster aufgesucht hatte.

»Danke, Frau Burger.« Er legte auf.

Wo war der Schuhkarton, von dem Frau Burger geredet hatte? Er konnte ihn nicht finden.

Flottmanns Handy meldete sich mit »Highway to Hell«. Malte Schubert war am Apparat.

»Gustav hat mir gesagt, dass ich dich anrufen soll. Eine Streife hat das Auto von Lena Abendroth entdeckt. Das ist deine Freundin, oder?«

»Wo?«

»Was?«

»Wo ist das Auto gefunden worden, verdammt noch mal!«

»Äh – auf dem Deichparkplatz Hockensbüll.«

»Wo ist das?«

»Na, am Hockensbüller Deich natürlich.«
»Straße?«
»Norderwungweg – Ende Norderwungweg.«
»Was ist da? Ich meine, gibt es da was Besonderes?«
»Den Deich und das Meer. Sonst ist da nichts. Ein paar Schafe vielleicht. Der Schlüssel steckte. Die Kollegen haben die Gegend abgesucht. Weit und breit war niemand zu sehen. Worum geht es eigentlich?«
Flottmann antwortete nicht und legte auf. Er versuchte, die Informationen der letzten Minuten zu ordnen, aber es gelang ihm nicht. Was hatte Lenas Verschwinden mit Bernd Burger oder mit Alexander und Erik Küster zu tun? Wieso war ihr Auto in einer abgelegenen Gegend gefunden worden?
Sollte er dorthin fahren und nach ihr suchen? Nein, das war kein guter Plan. Wie auch immer alles zusammenhing: Erik Küster war der Schlüssel! Lena hatte ihn aufgesucht. Vielleicht hatte sie etwas erfahren, das sie in Gefahr brachte. Was konnte das sein?

Flottmann erreichte Erik Küster auf dem Mobiltelefon.
»Herr Küster. Hier ist Hauptkommissar Flottmann, Kripo Husum. Sind Sie in Schobüll?«
»Ja«, kam die zögerliche Antwort.
»Ich hab noch ein paar Routinefragen. Es geht um Alexanders Freunde. Sie hatten uns eine Liste mit seinen Kontakten gegeben. Ich bin in Kürze bei Ihnen.«
»Das ist jetzt gerade ganz schlecht.«
»Fünf Minuten. Länger dauert es nicht. Bis gleich.« Flottmann legte auf.
Er eilte durch die Küche zur Terrasse und zog die Tür hinter sich zu.

Als er in die Einfahrt der Villa fuhr, hatte er immer noch keine Theorie über die Geschehnisse, aber eine Strategie für sein Vorgehen. Falls Erik Küster etwas mit Lenas Verschwinden zu tun hatte, würde er es aus ihm herausquetschen. Nicht mit Gewalt, sondern mit Raffinesse. Wenn er etwas in der Bonner Zeit gelernt hatte, dann waren es Verhörmethoden, denen der Junge mit Sicherheit nicht gewachsen war.

Flottmann stellte den Polo hinter dem aufgemotzten schwarzen Golf ab. Die Haustür wurde geöffnet, noch bevor er den Klingelknopf drücken konnte.

Erik Küster führte ihn ins Wohnzimmer. Hier erinnerte nichts mehr an den Überfall auf seinen Bruder. Küster nahm auf der Couch Platz, während Flottmann im Zimmer auf und ab ging.

»Sie hatten Besuch von Lena Abendroth?« Flottmann sprach in einem sachlichen Tonfall.

Die Antwort ließ einige Sekunden auf sich warten.

»Ja. Sie war kurz hier.«

»Was wollte sie?«

»Sie wusste, dass mein Bruder und ich Bernd Burger kannten. Sie versuchte, herauszufinden, warum er sich umgebracht hat. Aber ich konnte ihr nicht weiterhelfen.«

»Wie lange war sie hier?«

»Vielleicht eine Viertelstunde.«

»Man hat ihr Auto gefunden. Aber von ihr fehlt jede Spur. Haben Sie eine Erklärung dafür?«

»Nein. Wieso ich? Wir haben uns kurz unterhalten. Dann ist sie wieder gegangen.«

»Was haben Sie gemacht, nachdem sie fort war?«

»Nichts. Das heißt, ich hab für mein Studium gelernt, im Arbeitszimmer meines Vaters.«

»Warum lügen Sie mich an?«, fragte Flottmann immer noch betont ruhig.

Küster zuckte zusammen. »Wieso? Was meinen Sie? Ich lüge nicht. Warum sollte ich auch?«

»Jemand hat gesehen, wie Sie mit dem Auto der Ärztin weggefahren sind«, bluffte Flottmann.

»Das ist doch Unsinn. Wer behauptet das? Derjenige muss sich irren. Das muss Frau Abendroth gewesen sein. Wieso sollte ich ihr Auto wegfahren?«

Das Wort »wegfahren« war Küsters erster Fehler. Seine Mimik verriet, dass er es selbst bemerkt hatte. Ein leichtes Zucken seines Mundwinkels.

Flottmann setzte sich in einen Sessel. »Wissen Sie, wie viele Hautschuppen ein Mensch in einer Stunde verliert?«

Küster antwortete nicht.

»Es sind vierzigtausend in einer Stunde. Unglaublich, nicht wahr? Und jede Zelle trägt die vollständige DNA. Leider ist die DNA-Analyse zeitaufwendig. Aber ich bin überzeugt, nein, ich bin mir sicher, dass man Ihr Profil im Fahrzeug von Lena Abendroth finden wird.«

Küster wurde blass. Er schüttelte heftig den Kopf. »Nein, nein. Das ist doch Unsinn.«

Flottmann schwieg. Und je länger er schwieg, desto nervöser wurde sein Gegenüber.

»Gut. Unsere Techniker sind bereits vor Ort. Und hier wird eine Hausdurchsuchung durchgeführt. Wenn Sie wissen, wo sich Frau Abendroth befindet, sollten Sie es genau jetzt sagen. Dann kann ich noch etwas für Sie tun. Ein Geständnis wirkt Wunder vor Gericht. Glauben Sie mir.«

»Ich bin mit ihr gefahren. Wir wollten zu Bernds Mutter, ein paar Sachen klären.«

»Warum haben Sie das nicht gleich gesagt?«

»Ich bin etwas durcheinander. Die Sache mit meinem Bruder und der Tod meines Vaters haben mich ziemlich mitgenommen.«

»Das kann ich gut nachvollziehen. Also, die Ärztin hat Sie in ihrem Corsa mitgenommen.«

»Ja, aber bei Burgers war niemand zu Hause. Wir sind dann umgekehrt. Frau Dr. Abendroth hat mich hier abgesetzt.«

»Hm. Das klingt immerhin nachvollziehbar. Aber vorhin haben Sie behauptet, dass Sie für die Uni gelernt haben, nachdem Frau Abendroth fortgefahren war.«

Küster war auf der Couch nach vorn gerückt und hatte eine verkrampfte Haltung angenommen. Er strich sich mit beiden Händen über die Oberschenkel. Er schien zu fühlen, dass sich die Schlinge um seinen Hals langsam zuzog.

»Wie gesagt. Ich bin etwas durch den Wind wegen der schlimmen Ereignisse.«

»Das verstehe ich. Es wird für die Techniker eine Kleinigkeit sein, nachzuweisen, dass Sie auf dem Beifahrersitz gesessen haben. Dort wird man dann die Hautschuppen schwerpunktmäßig finden. Ich danke Ihnen. Ach, ja. Die Fragen zu Alexanders Freunden können Sie mir morgen auf dem Polizeirevier beantworten. Kommen Sie bitte um zehn Uhr zu mir ins Büro.«

Flottmann stand auf. Dabei beobachtete er Küster aus den Augenwinkeln heraus. Er konnte den inneren Kampf spüren, den dieser mit sich ausfocht.

»Warten Sie! Ich – ich. Die Ärztin ist in Ordnung. Ihr geht es gut.«

Flottmann atmete tief durch und schloss für einen Moment die Augen. Er hatte sein Gesicht abgewandt, sodass Küster seine Erleichterung nicht bemerken konnte.

»Führen Sie mich zu ihr. Unterwegs erzählen Sie mir, was passiert ist. Sie haben eine gute Entscheidung getroffen.« Flottmann merkte, dass seine Stimme zitterte.

Er hätte jetzt einen Einsatzwagen anfordern müssen. Aber er tat es nicht. Fast hatte sich so etwas wie Vertrauen zwischen den beiden aufgebaut. Es war brüchig und konnte bei Küster jederzeit in Misstrauen und Angst umschlagen.

»Wo ist sie?«, fragte Flottmann.

»Im Keller eines Silos am Husumer Außenhafen, Rödemishallig. Als Kind hatte ich einen Freund, der in der Fischersiedlung wohnte und sich dort auskannte. Es war ein beliebtes Versteck für uns. Ich wollte die Ärztin bald wieder freilassen.«

»Wie haben Sie sie dorthin gebracht?«

»Mit ihrem Wagen. Auf dem Rücksitz. Am späten Abend, als es dunkel war. Ich hab ihr nichts angetan. Ihr Auto hab ich weggebracht und bin zu Fuß nach Hause gelaufen.«

»Sie zeigen mir jetzt, wo das ist, okay?«

Küster nickte. Flottmanns Methode hatte funktioniert. Sie bedurfte keines bösen Bullen. Ein guter reichte für ein Verhör völlig aus, wenn es intelligent geführt wurde.

Während der Fahrt begann Erik Küster zu reden.

»Wäre dieser verdammte Unfall nicht gewesen, wäre alles anders gelaufen. Alex ist damals gefahren. Wir hatten alle etwas getrunken, aber Bernd Burger war schuld. Er hat Alex mit seinem Wagen überholt und ihn geschnitten. Mein Bruder musste ausweichen und ist auf den Fahrradweg geraten. Er hat die Radfahrerin nicht gesehen. Bernd ist einfach weitergefahren. Mein Bruder und ich sind natürlich ausgestiegen und haben versucht, ihr zu helfen. Aber es war zu spät.«

»Sie haben ein Autorennen veranstaltet?«

»Wir waren in Husum, im Brauhaus, und wollten eigentlich noch weiterziehen. Aber irgendwann hatten wir keine Lust mehr und wollten noch ein bisschen bei uns zu Hause feiern. Wir sind dann so gegen acht Uhr losgefahren. Alex und ich mit seinem BMW und Bernd mit seinem Auto. Zuerst sind wir hintereinander hergefahren. Aber dann hat Bernd aufgedreht und Alex provoziert. Bernd hat angeblich vom Unfall nichts mitbekommen.«

Sie hatten das Husumer Ortsschild erreicht und bogen von der Schobüller Straße in die Deichstraße ein. Flottmann hielt sich an keine Geschwindigkeitsbegrenzung, obwohl er das mobile Blaulicht nicht eingesetzt hatte.

»Wir haben das tote Mädchen und das Fahrrad in die Nordsee …« Küster unterbrach seine Schilderung.

»Jetzt erklären Sie mir bitte noch, was das alles mit Lena Abendroth zu tun hat?«

»Ich war nicht angeschnallt und bin mit dem Kopf auf das Armaturenbrett geprallt. Meine Brille hat Schnittwunden verursacht. Sonst trug ich meistens Kontaktlinsen. Aber an dem Abend nicht. Ich befürchtete, dass mein Auge etwas mitbekommen haben könnte. Deshalb sind wir noch nachts in die Klinik gefahren. Dr. Abendroth hat mich in der Notaufnahme versorgt. Sie hat mich wiedererkannt, als sie bei mir auftauchte. Und sie hatte Bernds Sachen dabei. Wir hatten Bernd damals angerufen und ihm erklärt, was passiert war. Er sollte zu der Stelle fahren und alles beseitigen, was auf den Unfall hinwies. Er hat die Splitter vom Scheinwerfer und vom Rücklicht des Fahrrads aufgesammelt. Aber anstatt sie zu entsorgen, hat er alles aufbewahrt. Die Ärztin hat sie mir gezeigt. Ich glaube, sie wusste Bescheid.«

»Als Autofreak war Ihnen klar, dass man anhand der bedruckten Prüfnummern auf Ihr Fahrzeug beziehungsweise auf das Ihres Bruders schließen würde.«

»Ja. Wir sind sicherheitshalber am nächsten Tag noch mal hingefahren und haben alles genau abgesucht.«

»Und gestern sind Sie in den Bungalow der Ärztin eingestiegen, um nach weiteren Teilen der Scheinwerfer zu suchen.«

Küster nickte. »Deswegen hätte ich sie auch heute wieder freigelassen. Ich hab das fehlende Stück gefunden und alles weggeworfen. Es hätte also keine Beweise mehr gegeben. Aber das spielt jetzt keine Rolle mehr.«

Küsters Geschichte klang einigermaßen plausibel. Aber Flottmann glaubte ihm nicht, dass er Lena freigelassen hätte. Allein ihre Entführung und der Einbruch in ihr Haus brachten ihm mehrere Jahre Gefängnis ein.

Und der Mord an seinem Vater und an seinem Bruder? Gab es einen Zusammenhang mit der Geschichte? Es war keiner zu erkennen, aber Flottmann hasste solche Zufälle, und so mancher hatte sich in der Vergangenheit als Irrtum herausgestellt. Aber da war andererseits Kommissar Zufall. Den gab es wirklich, und er kam so manches Mal zu Hilfe, wenn Ermittlungen ins Stocken geraten waren. Verlassen konnte man sich leider nicht auf ihn.

Sie fuhren durch die Bahnunterführung und bogen rechts auf die Simonsberger Straße ab. Im Kreisverkehr nahmen sie die erste Ausfahrt, die zum Hafengelände führte. Flottmanns Anspannung stieg. Er glaubte nicht, dass Küster ihn an der Nase herumführte, aber in welchem Zustand würde er Lena vorfinden? Hatte sie ihre Gefangenschaft gut überstanden? Er konnte es nicht erwarten, sie in den Armen zu halten. Küster würde er sich am nächsten Tag zur Brust nehmen. Ob er dann noch den guten Bullen spielen würde, wusste Flottmann nicht.

33

Küster dirigierte Flottmann zum Nebengebäude eines Getreidesilos. Beide stiegen aus. Sie gingen einen asphaltierten Weg entlang, der an einer Steintreppe mit wenigen Stufen mündete.

Vor einer doppelschaligen Tür blieb Küster stehen. »Hier ist es. Das Schloss ist kaputt. Sie müssen nur die beiden Schieberiegel öffnen.« Er zeigte auf die verrosteten Vorrichtungen.

Flottmann wusste nicht, warum er ausgerechnet jetzt an Bogomil denken musste beziehungsweise an den Trittbrettfahrer, der ihn mit dem Ziegelstein im Kasten gelinkt hatte. Er bestand darauf, dass Küster die Treppe hinaufstieg und sich entfernte. Keinesfalls wollte er dem Jungen die Gelegenheit geben, dass er ihn angriff oder einschloss. Flottmann hatte Schwierigkeiten, sich auszumalen, was in dessen Kopf vorging.

Er zückte sein Mobiltelefon und rief die Notrufzentrale an. Sie sollten einen Kranken- und einen Einsatzwagen zum Außenhafen schicken, zu den Silos, Rödemishallig. Für lange Erklärungen war keine Zeit. Er legte auf. Dann schob er die Riegel beiseite. Sein Puls beschleunigte sich, als er den Türgriff hinunterdrückte. Er warf noch einen Blick zurück. Küster stand an der Straße. Von ihm ging keine Gefahr aus. Falls er fliehen wollte, sollte er es versuchen. Das war Flottmann in diesem Augenblick egal.

Er riss die Tür auf und sah sofort die zusammengekrümmte Gestalt, die auf dem Boden lag. Ohne zu zögern, eilte er zu ihr, kniete vor ihr nieder und hob ihren Kopf an.

Lena öffnete die Augen und lächelte. »Waldemar – Herr Hauptkommissar, ich wusste, dass Sie kommen würden.«

Flottmann war den Tränen nahe, vor Freude, über ihren Scherz, über sein Glück mit dieser tapferen Frau. Er wusste nicht genau, warum.

Er half ihr auf die Beine. »Bist du in Ordnung?«

»Hier sind Ratten. Und ich hab Durst.«

»Der Krankenwagen wird gleich da sein.«

Flottmann stützte Lena beim Hinausgehen. Als sie die Straße erreichten, entdeckte sie Erik Küster. Er wich ihrem Blick aus.

»Er hat dich hergeführt?«, fragte sie.

Flottmann nickte. »Es hat etwas Überredung gekostet.«

Sie fragte nicht weiter. Streifen- und Rettungswagen trafen gleichzeitig ein. Zwei Sanitäter nahmen sich Lenas an, gaben ihr zu trinken und versorgten ihre Wunde. Nachdem Flottmann den beiden Polizisten die Sachlage grob dargelegt hatte, führten sie Küster in Handschellen ab.

Lena konnte die Sanitäter nur schwer davon abhalten, sie in die Klinik zu bringen. Sie brauche keine Infusionen, sei selbst Ärztin und werde die nächsten Stunden ausreichend Flüssigkeit zu sich nehmen.

Sie bat Flottmann, sie nach Hause zu bringen.

»Ich bin in dein Haus eingebrochen«, sagte er, als sie abfuhren. »Ich hab nach Hinweisen gesucht, wo du stecken könntest.«

»Und, wie bist du auf meine Spur gekommen?«

»Ich hab auf deinem Handy gesehen, dass du mit Frau Burger Kontakt hattest. Ich hab sie angerufen. Sie kannte die Vornamen der Freunde auf dem Bild. Zwei Namen, die auch im Mordfall auftauchten, in dem wir aktuell ermitteln. Allerdings kannte ich die Zusammenhänge zu dem Zeitpunkt noch nicht.«

»Es ging um einen Autounfall, nicht wahr?«

»Ja. Aber die Sache ist komplizierter.«

»Und du darfst nicht drüber reden.«

»Nein, darf ich nicht. Dazu kommt, dass wir sozusagen noch im Halbdunkeln tappen. Aber das ist jetzt alles unwichtig. Zuerst musst du wieder auf die Beine kommen.«

»Mir geht es gut.«

»Körperlich vielleicht. Aber die Sache muss dich sehr mitgenommen haben. Du solltest psychologische Hilfe in Anspruch nehmen.«

»Das werde ich tun.«

Flottmann sah sie erstaunt an. Er musste gegenlenken, weil er seinen Blick zu lange von der Straße abgewendet und die Mittellinie überfahren hatte. »So viel Einsicht hätte ich dir nach allem gar nicht zugetraut.«

»Wie du weißt, hatte ich selbst eine psychologische Ausbildung.«

Flottmann lachte. »Daher weht der Wind. Und deine Ambitionen als Privatdetektiv …?«

»Den Job werde ich aufgeben.«

»Versprochen?«

»Versprochen.«

»Gut. Und ich verspreche dir, nie mehr in dein Haus einzubrechen.«

»Es war Gefahr im Verzug. So nennt man das doch, oder?«

»Ja. Übrigens ist die Tür unbeschädigt geblieben. Ich hab die Hilfe eines Fachmanns in Anspruch genommen, der sich mit so etwas auskennt. Allerdings ist Erik Küster bei dir eingebrochen. Er hat das Kellerfenster eingeschlagen und nach fehlenden Scheinwerferscherben gesucht.«

»Mir wurde die stabile Tür mit dem Fingerscanner empfohlen. An die Kellerfenster hab ich nicht gedacht.«

»Du solltest dich von der Polizei beraten lassen.«

»Gute Idee.«

Flottmann fuhr in die Auffahrt und stellte den Motor ab. »Geht es dir wirklich gut?«

»Wenn ich erst einmal geduscht habe, werde ich mich wie neu geboren fühlen. Den Abend sollten wir mit Essen und Trinken verbringen. Ich hab einiges nachzuholen.«

»Für mich ist das eher nicht das Richtige. Aber wenn du willst, leiste ich dir ein wenig Gesellschaft.«

»Ja, ich will.« Lena lächelte und stieg aus.

Eine halbe Stunde später saßen die beiden am Esstisch. Flottmann hatte den Müll in der Küche beseitigt, den Küster über dem Boden verteilt hatte. Da seine Kochkünste äußerst begrenzt waren, konnte er Lena nur Spiegeleier mit Brot anbieten.

»Wenn ich kochen könnte, hätte ich dir ein Dreigängemenü gezaubert«, sagte er. »Aber wir hätten auch essen gehen können.«

»Ich bin froh, zu Hause zu sein. Außerdem sind das die leckersten Spiegeleier, die ich je gegessen habe.«

»Hunger ist der beste Koch.« Flottmann lachte. »Kann ich dich nachher allein lassen? Die Ereignisse überschlagen sich gerade. Morgen früh werde ich mir Erik Küster vorknöpfen.«

»Ich bin jetzt sowieso todmüde und werde mich gleich ins Bett legen.«

»Deine Zeugenaussage brauchen wir natürlich auch. Dazu müsstest du in mein Büro kommen.«

»Kein Problem. Sag mal, Waldemar. Hätte Erik Küster mich in dem schrecklichen Verlies verhungern und verdursten lassen?«

»Ich weiß es nicht.« Flottmann ergriff Lenas Hand. »Nein, ich glaube nicht. Vielleicht solltest du doch Hilfe –«

»Ich komm schon klar.«

»Kein Detektivspiel mehr!«

»Bestimmt nicht. Aber ich hatte Ellen Burger versprochen, ihr zu helfen herauszufinden, warum ihr Sohn Suizid begangen hat.«

»Ich denke, dass unsere Ermittlungen etwas in der Hinsicht ergeben werden. Im Grunde hast du sie durch deine Aktion entscheidend weitergebracht. Erik Küster wird uns einiges zu erzählen haben.« Flottmann stand auf. »Ich lass dich dann jetzt allein. Ruf mich an, wenn ich etwas für dich tun kann.«

»Mach ich.«

34

»Wie geht es Lena?«, fragte Hilgersen, als Flottmann ins Büro kam und sich an seinen Schreibtisch setzte.

»Sie ist zu Hause und will schon bald wieder arbeiten. Sie scheint das Ganze gut überstanden zu haben. Das behauptet sie jedenfalls. Um zehn wird Erik Küster hergebracht. Bist du bei der Vernehmung dabei?«

»Klar. Nimmst du ihm die Geschichte mit dem Unfall ab?«

»Sie klingt weitgehend plausibel. Hast du in der Datenbank ...?«

»Klar hab ich die Prüfnummern gecheckt. LUNA hat genau einen Treffer geliefert. Die Scherben, die wir bei der Hausdurchsuchung in der Mülltonne gefunden haben, stammen eindeutig von Alexander Küsters BMW. Burgers Texte und Zeitungsausschnitte befanden sich ebenfalls im Abfall.«

»Wofür steht eigentlich der Name LUNA?«

»Leuchtendatei für Unfallfluchtnachforschungen.«

»Erik Küster kannte sich damit aus. Als er die Scherben sah, geriet er in Panik«, sagte Flottmann.

»Das passt nicht zu den K.-o.-Tropfen. Hast du so etwas ständig im Haus?«

»Es könnte auch ein starkes Schlafmittel gewesen sein. Allerdings ist Lena überzeugt, dass es solche Tropfen waren. Sie berichtete von einem plötzlichen Filmriss. Was es auch war, beides lässt sich nicht mehr nachweisen. Bei der Hausdurchsuchung wurde weder das eine noch das andere gefunden. Küster hat das Zeug offenbar rechtzeitig beseitigt.«

Flottmann sah auf den Bildschirm. Eine E-Mail war angekommen, eine vorläufige Stellungnahme der Rechtsmedizin. Er überflog die erste Seite. »Die Leiche im Watt ist Sabrina Jacobsen. Da sie in eine Plane eingewickelt war, sind einige Körperteile von der Zersetzung und vom Fischfraß so weit verschont geblieben, dass ein DNA-Schnelltest durchgeführt werden konnte. Ein ausführlicher Obduktionsbericht folgt noch.«

Flottmann druckte den zweiseitigen Bericht auf dem Arbeitsplatzdrucker aus und las ihn aufmerksam durch.

»Das gibt es nicht«, sagte er schließlich kopfschüttelnd.

»Was gibt es nicht?«

Bevor Flottmann antworten konnte, ging die Tür auf. Erik Küster wurde von einem uniformierten Beamten hereingeführt. Küster trug eine Handfessel, die Flottmann ihm abnehmen ließ. Nachdem der Polizist den Raum verlassen hatte, stand Hilgersen auf und stellte den Besucherstuhl in die Raummitte.

»Setzen Sie sich!«, forderte er Küster auf und platzierte seinen eigenen Drehstuhl neben Flottmanns Schreibtisch. Dieser reichte seinem Kollegen die soeben ausgedruckte Stellungnahme der Rechtsmedizin.

»Wir werden das Gespräch auf Tonträger aufzeichnen«, sagte Flottmann und schaltete das Aufnahmegerät ein. Nachdem Küster die Fragen zur Person beantwortet hatte, begann Flottmann: »Wir haben Ihre Angaben überprüft. Die Scheinwerfersplitter stammen vom BMW Ihres Bruders. Ein BMW M3, ist das richtig?«

»Ja.«

»Wo ist das Fahrzeug heute?«

»Wir haben es nach dem Unfall repariert, und später hat Alex es verkauft.«

Hilgersen legte den Bericht der Rechtsmedizin auf den Schreibtisch. Sein Blick verriet, dass er vom Inhalt genauso überrascht war wie Flottmann.

»Ihnen war sofort klar, dass die Scherben Sie verraten würden.«

Küster nickte.

»Bitte antworten Sie wegen der Audioaufnahme mit Ja oder Nein.«

»Ja. Wir wussten das. Deshalb haben wir Bernd zum Unfallort geschickt und sind selbst noch einmal hingefahren, um alle Splitter einzusammeln. Wir haben darauf geachtet, dass uns niemand sieht.«

»Die Entführung der Ärztin wird Ihnen einige Jahre Gefängnis einbringen. Ich glaube nicht, dass Sie mit einer Bewährungsstrafe davonkommen. Sie haben sie ohne Wasser und Nahrung zurückgelassen. Das kann Ihnen vor Gericht als versuchter Mord angelastet werden.«

»Ich wollte sie freilassen. Genau an dem Tag, an dem Sie kamen. Ich hatte ja das fehlende Stück des Scheinwerfers gefunden. Das müssen Sie mir glauben.«

»Womit haben Sie Lena Abendroth betäubt?«

»Mit K.-o.-Tropfen. Ich wollte sie nur so lange außer Gefecht setzen, bis ich ihr Haus durchsucht hatte.«

Flottmann glaubte Küster auch jetzt nicht, aber er wollte sein Gegenüber nicht in die Enge treiben. Die Gefahr war zu groß, dass dieser dichtmachte und weitere Aussagen verweigerte.

»Zurück zum Unfall. Bitte erzählen Sie möglichst genau, was damals passiert ist. Es wird alles protokolliert werden, und Sie müssen anschließend unterschreiben.«

Küster schilderte im Wesentlichen das Gleiche wie auf der Fahrt zum Außenhafen. Er sprach langsam, als würde er jedes Wort überlegen.

»Wo genau ist es passiert, und was haben Sie nach dem Unfall getan?«

»Kurz vor Hockensbüll, auf der Nordseestraße.«

Flottmann schlug die Akte »Vermisstenfall Sabrina Jacobsen« auf. Er entnahm eine Skizze, die die vermutete Route beschrieb, die die junge Frau an jenem Abend auf dem Weg von ihrer Freundin bis zu ihrem Elternhaus eingeschlagen haben musste. Er warf einen Blick darauf und gab sie anschließend seinem Kollegen.

»Sind Sie sicher?«, fragte Hilgersen.

»Ja, natürlich. Wir wollten nach Hause und dort noch ein bisschen zusammen feiern.«

»Sie sind nicht Richtung Hattstedt gefahren?«

»Nein. Was sollten wir dort? Warum fragen Sie?«

»Ist nicht so wichtig«, antwortete Flottmann für Hilgersen.

»Also, was haben Sie nach dem Unfall gemacht? Wie haben Sie die Tote fortgeschafft?«

»Wir haben sie auf den Rücksitz gelegt.«

»Und das Fahrrad?«

»Den Rucksack und das Fahrrad haben wir in den Kofferraum gepackt.«

»Das kann ich mir nicht so richtig vorstellen«, warf Hilgersen ein. »Der Kofferraum des BMWs ist doch viel zu klein dafür.«

»Das Hinterrad ragte heraus, und der Deckel blieb offen. Dann ging es. Wir sind nach Nordstrand gefahren. Um die Zeit war auf den Straßen nicht viel los. In Süderhafen haben wir ein Boot geklaut. Alex kannte sich damit aus. Früher hat er mit einem Freund manchmal eins mit Außenbordmotor ausgeliehen und ist nachts rausgefahren.«

»Und dann?«

»Wir haben sie irgendwo über Bord geworfen. Zusammen mit dem Rucksack und dem Fahrrad. Das war schrecklich. Und es tut mir wirklich leid, dass wir das getan haben. Aber wir waren in Panik.«

Flottmann nickte. Er nahm den Computerausdruck in die Hand, tat, als würde er darin lesen, und legte ihn auf den Schreibtisch zurück.

»Wir haben eine Leiche gefunden«, sagte er in sachlichem Tonfall. »Es handelt sich um Sabrina Jacobsen. Sie wird seit fünf Jahren vermisst. Kannten Sie Frau Jacobsen?«

Küster zögerte mit der Antwort. »Nein. Nein, ich kannte sie nicht.«

»Kann es sein, dass Sie bei Ihrer Schilderung etwas ausgelassen haben?«

Küster rutschte nervös auf seinem Stuhl hin und her. »Nur, dass wir sie mit Steinen – dass wir sie in eine Plane eingewickelt und mit Steinen beschwert haben. Damit – damit sie nicht wieder auftaucht.«

»Verstehe.«

Flottmann sah zu Hilgersen hinüber. Beide waren sich auch ohne Worte einig, dass sie den Druck jetzt weiter erhöhen sollten. Erik Küster hatte keine besonders guten Nerven.

»Kann es sein, dass jemand von dem Unfall wusste und Sie zur Rechenschaft ziehen wollte, Herr Küster? Ich denke an den Mord an Ihrem Bruder. Wir müssen wohl davon ausgehen, dass er von jemandem getötet wurde.«

»Der Freund des Mädchens hat Alex wiederholt angerufen und ihn bedroht.«

»Sie wussten also doch, dass es Sabrina Jacobsen war.«

»Aber ich kannte sie nicht. Der Vater und ihr Freund haben nach ihr gesucht, über Facebook und mit Plakaten. Außerdem haben die Zeitungen darüber berichtet.«

»Wie heißt der Freund?«

»Daniel, glaube ich. Den Nachnamen weiß ich nicht. Eines Tages stand er vorm Haus. Mein Vater hat ihn reingelassen und mit ihm geredet.«

»Wusste Ihr Vater von den Ereignissen?«

»Wir haben ihm am nächsten Tag alles erzählt. Er hatte das kaputte Auto in der Garage gesehen. Er wollte, dass wir uns der Polizei stellen. Hätten wir nicht die Sache mit dem Boot gemacht, wäre das auch das Beste gewesen. Aber so war es zu spät.«

»Glauben Sie, dass dieser Daniel Ihren Bruder und Ihren Vater getötet hat?«

Küster zuckte mit den Schultern. »Keine Ahnung.«

»Wie könnte er von dem Unfall erfahren haben?«

»Auch das weiß ich nicht.«

»Gut. Dann sind wir fast fertig. Aber du hast sicher noch Fragen, Gustav.« Damit überließ Flottmann die weitere Vernehmung seinem Kollegen.

»Herr Küster, sind Sie ganz sicher, dass Sabrina Jacobsen tot war, als Sie sie ins Meer geworfen haben?«

Küster wurde kreidebleich. »Natürlich war sie tot. Sonst hätten wir doch niemals …« Die Frage schien ihn völlig aus der Bahn zu werfen. Seine Hände fingen an zu zittern, und sein Blick schweifte hilfesuchend durch den Raum.

»Sie war tot! Ganz sicher. Man kann doch feststellen, dass sie nicht ertrunken ist.«

»Nach so vielen Jahren ist das nicht mehr möglich«, antwortete Hilgersen.

Flottmann nahm das Papier erneut in die Hand. »Die Autopsie hat die für eine Kollision mit einem Auto typischen Knochenbrüche ergeben. Aber zusätzlich hat sich das Opfer eine

Schädelverletzung zugezogen, die nicht vom Unfall herrühren kann. Womit haben Sie zugeschlagen, Herr Küster?«

Küster sah Hilgersen entgeistert an. Dann schüttelte er den Kopf und senkte seinen Blick. Er starrte minutenlang schweigend auf den Boden.

»Alex war es«, brachte er schließlich heraus. »Sie war schwer verletzt. Wahrscheinlich war sie querschnittsgelähmt. Ich hab noch versucht, ihn zurückzuhalten.« Er verbarg sein Gesicht in den Händen.

»Ich hoffe, dass Sie einen guten Anwalt haben. Er wird Ihnen bestimmt raten, die vollständige Wahrheit zu sagen.« Flottmann stoppte die Aufnahme, griff zum Telefon und ließ Erik Küster abführen.

Hilgersen rollte seinen Stuhl zurück an seinen Schreibtisch. »Was für Abgründe! Erik Küster schiebt alles auf seinen Bruder.«

»Es wird schwer zu beweisen sein, wer von beiden es getan hat. Jetzt müssen wir uns die Familie und den Freund des Mädchens vornehmen. Wer hat eigentlich die Familie benachrichtigt?«

»Rasmussen hat das übernommen.«

Flottmann holte die Pinnwand aus der Zimmerecke und stellte sie links von seinem Schreibtisch auf. Dann nahm er die Skizze aus der Vermisstenakte und heftete sie in die Mitte.

»Sie fuhr nicht auf dem direkten Weg nach Hause«, sagte er. »Wohin wollte sie?«

»So viele Möglichkeiten gibt es nicht. Nach Schobüll oder nach Hockensbüll, vermute ich.«

»Es wäre hilfreich, wenn wir einen Planausschnitt dazuheften würden. Aus Google Maps oder so.«

»Du meinst, ich sollte das tun?«

»Wir verstehen uns wie ein altes Ehepaar, Gustav. Du kannst meine Wünsche von den Lippen ablesen.«

»Ablesen heißt nicht erfüllen. Merk dir das. Ich tue das jetzt nur, damit wir zu Potte kommen.«

Flottmann grinste. Minuten später brachte Hilgersen ihm den Farbausdruck, den er neben die Skizze heftete.

»Lund, Auweg. Hier wohnte Sabrina Jacobsens Freundin.« Flottmann steckte eine Nadel an die Position. »Und hier ihre Eltern, Hattstedt, Kirchweg.« Er markierte die Stelle mit einer weiteren Nadel. »Der Unfallort?«

Hilgersen nahm ein rotes Exemplar aus der Schachtel und setzte es auf die Nordseestraße, kurz vor dem Ortsteil Hockensbüll, wie von Küster angegeben.

»Der Ort des Unfalls liegt ein ganzes Stück abseits ihres Heimwegs. Sie muss dort jemanden besucht haben.«

»Jörn Brodersen wohnt in Hockensbüll, ein Freund, auf den Daniel Hornweber eifersüchtig war. Das steht in der Akte. Wenn sie zu Brodersen wollte, musste sie die Nordseestraße überqueren. Allerdings hat sie ihrer Freundin nichts davon erzählt, dass sie vorhatte, noch an dem Abend zu ihm zu fahren.«

»Vielleicht weiß ihr Vater etwas oder Hornweber. Morgen werden wir den Vater aufsuchen. Er soll mir auch seinen Ausflug ins Watt erklären. Für heute mache ich Feierabend. Und du?«

»Ich hab noch zu tun.« Hilgersen ging zurück an seinen Schreibtisch.

35

Am nächsten Morgen erschien Hilgersen später als Flottmann zur Arbeit. Mit seiner vor vielen Jahren bei einem Lebensmitteldiscounter erworbenen Aktentasche in der Hand blieb er einige Sekunden in der Nähe der Tür stehen und runzelte die Stirn.

»Irgendwie hast du dich verändert«, sagte er.

»Findest du?«

»Ja. Ich weiß noch nicht genau, was es ist, aber ich werde es herausfinden.« Hilgersen ließ seine Tasche neben seinem Schreibtisch fallen, setzte sich auf den Drehstuhl und schaltete den Rechner ein.

Nachdem er das Passwort eingegeben hatte, wandte er sich erneut an Flottmann. »Ich weiß, was es ist.«

»So?«

»Du trägst eine Brille auf der Nase.«

»Von deiner Beobachtungsgabe bin ich immer wieder überrascht, Gustl.«

»Für einen Kriminalisten ist das Gold wert. Ich würde das Ding an deiner Stelle abnehmen.«

Flottmann blickte über den Rand der Gläser zu seinem Kollegen. »Weshalb?«

»Dieser intellektuelle Ausdruck passt einfach nicht zu dir. Andererseits ...«

»Andererseits?«

»Andererseits kann so ein Bluff bei Vernehmungen hilfreich sein.«

Flottmann setzte die Brille ab. Für die Arbeit am Monitor war sie sowieso ungeeignet. Der Optiker hätte ihn darauf hinweisen müssen. »Besser so?«

»Jetzt bist du wieder ganz der Alte. Was gibt es Neues?«

»Das BSH, das Bundesamt für Seeschifffahrt und Hydrographie, hat die Strömungen berechnet. Sie haben tolle Grafiken und Diagramme geliefert. Leider können wir nichts damit anfangen, weil wir nicht wissen, wann Alexander ins Wasser gefallen ist. Außerdem hängt der Weg, den seine Leiche genommen hätte, von vielen Randbedingungen ab.«

»Deine Idee war trotzdem gut.«

»Danke.« Flottmann nahm die E-Mail des Bundeskriminalamts zur Hand, die er auf seinem Arbeitsplatzdrucker ausgedruckt hatte. Wenn er sie im richtigen Abstand hielt, konnte er den Text gut lesen. »Auf mein Bitten hat das BKA die Tonspur des Videos aus der Überwachungskamera noch einmal untersucht. Gerber hatte recht. Es ist einfach unglaublich, was der Musiker heraushören kann. Und im Unterschied zu der dummen Technik fallen ihm Unstimmigkeiten auf. Das Messer ist zweifellos mit der Spitze zuerst auf dem Boden aufgetroffen und nicht wie in der 3D-Animation mit dem Griff zuerst. Die Geräusche sind in beiden Fällen unterschiedlich.«

»Also ist die Rekonstruktion definitiv falsch. Das wird den Kieler Spezialisten nicht gefallen.«

»Und Drechsler auch nicht. Er war so stolz darauf.«

»Aber das Schlimmste ist, dass deine Vorurteile gegen die moderne Technik neue Nahrung erhalten.«

»Auf diese Weise wird aus einem Vorurteil ein Urteil.« Flottmann legte die E-Mail zur Seite.

Hilgersen stieß sich mit den Füßen ab und drehte sich in Richtung seines Kollegen. »Und was ist, wenn beides stimmt, die Animation und das Video mit dem Ton?«

»Das wäre, als wenn man den Satz sagen würde: Ich lüge immer.«

»Was?«

»Wenn der Satz wahr wäre, wäre er zugleich falsch.«

»Ich verstehe – nicht. Oder doch. Egal. Was willst du mir damit sagen?«

»Dass nur eine Version richtig sein kann. Entweder die Animation oder das Video, genauer, der Ton des Videos. Das nennt sich Logik.«

»Von mir aus. Auch wenn du nichts davon hältst. Ich versuche mal, analytisch vorzugehen«, sagte Hilgersen und kaute auf einem Bleistift.

»Übernimm dich nicht.«

»Keine Angst. Pass auf. Der Täter hat nur einmal zugestochen. Vermutlich direkt ins Herz. Viel Blut ist nicht geflossen. Da er nicht erneut ausgeholt, sondern das Messer fallen gelassen hat, gibt es nur geringe Schleuderspuren, wie du mir erklärt hast.«

»Das fundierte Wissen stammt von Rita.«

»Ist dir am Video eigentlich aufgefallen, dass das Fallen des Messers nicht zu sehen ist? Der Vorgang wurde durch den Angreifer verdeckt.«

»Aber die Führung der Waffe ist eindeutig zu erkennen. Der Täter hat mit Wucht zugestochen.«

Hilgersen warf den Bleistift auf die Schreibtischunterlage. »Wusstest du, dass Erik Küster an der Uni in einer Theatergruppe mitgespielt hat?«

»Nein.« Flottmann stutzte. Dann fing er an zu lachen. »Du meinst, der Mord war ein Fake?«

»Ein Toter hat ein perfektes Alibi.«

»Für den Mord an Wilhelm Küster? Das ist doch völliger Quatsch.«

»Der Angreifer, vermutlich war es sein Bruder Erik, benutzt ein Theatermesser, und Alexander bricht zusammen. Alles fein säuberlich von der Überwachungskamera gefilmt. Die beiden haben das endlos üben können, bis es passte. Mehrmals am Tag beziehungsweise in der Nacht. Und an mehreren Tagen. Immer dann, wenn der Vater nicht im Haus war. Dann legen sie an der Seebrücke noch die Spur mit dem Schuh.«

»Deine Phantasie geht mit dir durch, Gustl. Aber ich gebe zu, dass auch ich bereits darüber nachgedacht habe.«

»Und warum hast du es mir nicht erzählt?«

»Weil ich mich nicht blamieren wollte.«

»Ach, aber ich hab mich jetzt blamiert, oder was soll das heißen?«

»Bei dir ist das nicht so schlimm. Aber du hast bei deiner Theorie das Blut vergessen. Das war kein Theaterblut. Es stammt eindeutig von Alexander.«

»Das kann man abzapfen.«

»Schon, aber laut KTU gab es am Messer Gewebeanhaftungen und Fasern von Alexanders T-Shirt. Außerdem müssen die Spritzer auf den Fliesen und dem Teppich von einem richtigen Messer stammen, von dem, das am Tatort gefunden wurde. Auf dem Film ist sogar zu sehen, dass es vor der Attacke sauber war. Ich hab mir die Szene noch einmal genau angeschaut. Nein, du bist auf dem Holzweg. Das Ganze ist ziemlich abwegig. Niemand käme auf die irrsinnige Idee, so etwas zu machen. Die Gefahr, dass wir die Täuschung aufdecken würden, wäre einfach zu hoch.«

»Es hat doch funktioniert.«

»Was?«

»Wenn es so war, wie ich es geschildert habe, hat es funktioniert. Niemand hat den Trick bemerkt. Das ist Logik.« Hilgersen grinste. »Außerdem war das Risiko für die Brüder gering. Nach der Theatervorstellung konnten sie ganz einfach abwarten. Wären sie aufgeflogen, hätten sie ihren Vater nicht ermordet. Sie hätten die Aktion als Scherz darstellen können und wären maximal für die Vortäuschung einer Straftat zur Rechenschaft gezogen worden.«

»Hm. Da ist was dran.«

»Was man auf dem Video hört, ist das Fallen des Theatermessers, das mit der Spitze auftrifft. Es müsste genauso aussehen wie das gefundene Exemplar. Erik zieht Alexander bis in den Flur. Dann gehen die beiden in den Keller, machen sich am Tresor zu schaffen und zerstören das Aufnahmegerät der Überwachungskameras. Jetzt können sie frei agieren, ohne gefilmt zu werden. Sie lassen ein echtes, in Alexanders Blut getränktes Messer im Wohnzimmer fallen und sorgen für die Blutlache.«

»Dann dürften auf dem Video die entsprechenden Bereiche nicht zu sehen sein. Sonst würde man erkennen, dass da nichts ist. Kein Messer, keine Lache.«

»Das können wir prüfen.«

Hilgersen brachte sich in Arbeitsposition und startete den Player. Flottmann kam zu ihm und schaute ihm über die Schulter.

»Kein Messer auf der Aufnahme. Weder vor dem Überfall noch hinterher. Dort, wo es schließlich lag, konnte die Kamera es nicht erfassen. Es wurde von einem Sessel verdeckt.«

Hilgersen rief die 3D-Animation auf und wählte als Blickpunkt die Position der Überwachungskamera. Die Darstellung zeigte, wie zu erwarten war, das gleiche Bild. Erst als er die Koordinaten änderte, rückten das Messer und die Blutlache in den Sichtbereich.

»Falls wir es tatsächlich mit einem Fake zu tun haben, ist der ziemlich raffiniert gemacht. Und das Motiv?«

»Ein stattliches Erbe. Zu Lebzeiten ist der Vater wohl eher knickrig gewesen.«

»Vielleicht gibt es noch ein weiteres Motiv. Der Vater wusste von dem Unfall. Vielleicht bestand er darauf, dass sich seine Söhne stellen«, sagte Flottmann.

»Nach so langer Zeit?«

»Der Freund der Toten hat Alexander und vermutlich auch seinen Vater über Jahre bedrängt, zur Polizei zu gehen. Vielleicht hat Wilhelm Küster vorgehabt, das zu tun, um die Sache endlich aus der Welt zu schaffen. Seine Söhne wären mit einer Bewährungsstrafe davongekommen. Er wusste ja nicht, dass es nicht nur um den Unfall ging, sondern um einen Mord, den Mord an Sabrina Jacobsen.«

»Also hat sich Alexander nach seinem vorgetäuschten Ableben irgendwo versteckt. Ist dann, nachdem sie sicher waren, dass niemand den Betrug bemerkt hat, aus der Deckung gekommen und hat seinen Vater umgebracht. Anschließend hat er sich wieder in das Versteck begeben oder ist irgendwo im Ausland untergetaucht.«

»Ein vermeintlich Toter begeht die Tat. Der perfekte Mord auf Nordfriesisch.« Flottmann schüttelte den Kopf. »Ich glaub nicht dran. Das ist alles viel zu kompliziert. Außerdem gehört eine immense Portion krimineller Energie dazu.«

»Die hat Erik Küster doch spätestens mit Lenas Entführung bewiesen.«

»Hm, ja, das stimmt. Ich mach jetzt Feierabend«, sagte Flottmann.

»Müssen wir unsere Überlegungen nicht dem K1 mitteilen, Hofmann oder Böttcher?«

»Das kannst du ja machen.«

»Du meinst, es ist besser, wenn ich mich blamiere?«

»Es ist deine Theorie. Du hast sozusagen die Urheberrechte daran. Bis morgen. Du kannst ja noch bleiben und ein bisschen an deiner Theorie feilen. Du hast nämlich vergessen, dass Erik ein hieb- und stichfestes Alibi für die Nacht hat. Das kannst du nicht vom Tisch wischen. Unser Gedankenspiel war trotzdem interessant.«

Flottmann ging zurück an seinen Platz, schaltete seinen Computer aus und verließ das Büro. Seine Brille hatte er auf dem Schreibtisch liegen lassen. So richtig überzeugt war er noch nicht von der Neuanschaffung.

36

Als Flottmann in die Einfahrt des Bungalows fuhr, bemerkte er die Metallgitter vor den Lichtschächten. Er nahm die Blumen, eine bunte Mischung aus Lilien, Rosen und Nelken, vom Beifahrersitz und stieg aus. Noch bevor er die Türschwelle überschritten hatte, überreichte er Lena den Strauß.

»Womit hab ich das verdient?«, fragte sie ihn.

»Für deine Detektivarbeit. Aber ich hätte das Papier entfernen müssen, oder?«

»Ja, hättest du.« Lena lachte. »Komm rein und geh schon mal ins Esszimmer. Ich stelle die Blumen eben in eine Vase.«

Flottmann hatte Frühstück und Mittagessen ausgelassen und freute sich auf den Apfelkuchen und die Sahnestücke, die auf dem gedeckten Tisch auf ihn warteten.

»Den Apfelkuchen hab ich selbst gebacken«, sagte Lena und stellte die Blumen auf dem Sideboard im Wohnzimmer ab. »Alles andere ist vom Bäcker nebenan.« Sie setzte sich zu Flottmann und schenkte Kaffee ein.

»Was möchtest du?«

»Ein großes Stück von deinem Apfelkuchen natürlich.«

Lena nahm den Tortenheber und platzierte das größte Exemplar auf Flottmanns Teller.

»Hast du alles gut überstanden?«, fragte er.

»Heute Nacht hab ich von Ratten geträumt. Ich vermute, dass das mit meinen Erlebnissen zusammenhängt. Aber ansonsten habe ich keine Probleme.«

»Das ist erstaunlich. Sagst du mir auch die Wahrheit?«

Sie nickte und lächelte. »Aber ich hab gegen Einbrecher aufgerüstet.«

»Die Lichtschächte sind vergittert, hab ich gesehen.«

»Ja, und an den Terrassentüren lasse ich auch etwas machen.«

»Wo bekommt man in so kurzer Zeit Handwerker her?«

»Beziehungen, zufriedene Patienten.«

»Verstehe. Für mich ist das schwieriger. Meine Klienten sind mir selten dankbar.« Flottmann hatte bereits das erste Kuchenstück verschlungen. »Wirklich köstlich. Als hätte ich es geahnt, hab ich heute noch nichts gegessen.«

»Dann lang zu.«

Das ließ sich Flottmann nicht zweimal sagen und nahm sich eine weitere Apfelschnitte.

»Hat Erik Küster gestanden?«, fragte Lena.

»Deine Entführung konnte er kaum leugnen.«

»Ich meine, hat er erzählt, was damals passiert war, als er zu uns in die Notaufnahme kam?«

»Ja, hat er.«

»Aber du darfst es mir nicht sagen?«

»Ich denke, du hast ein Recht darauf, zu erfahren, warum du entführt wurdest. Bernd Burger und die Brüder Küster haben an jenem Abend ein spontanes Autorennen veranstaltet. Die drei Autofreaks waren eng befreundet. Sie fuhren von Husum nach Schobüll, Burger allein in seinem Golf, die Brüder in Alexanders BMW. Alexander saß am Steuer. Alle hatten Alkohol getrunken. Angeblich überholte Burger und schnitt dabei den BMW. Alexander wich aus und überfuhr eine siebzehnjährige Radfahrerin. Sabrina hieß sie. Es spricht vieles dafür, dass sie zwar schwer verletzt, aber nicht tot war. Bernd Burger fuhr nach Hause. Er muss wohl später behauptet haben, dass er vom Unfall nichts mitbekommen hätte. Aber Erik und Alexander haben ihn noch am selben Abend angerufen, damit er die Spuren beseitigte, unter anderem die Splitter, die du im Schuhkarton gefunden hast. Was dann genau passiert ist, müssen wir noch untersuchen. Jedenfalls haben die Brüder ein Boot geklaut und das Opfer im Meer versenkt.«

»Lebendig? Dann ist das Mädchen ertrunken?«

Flottmann kratzte sich am Kopf. »Wie gesagt, wissen wir das nicht genau. Erik Küster trug Verletzungen am Auge davon und kam zu euch in die Klinik. Am nächsten Tag wurde das Mädchen als vermisst gemeldet. Da aber niemand etwas vom Unfall mitbekommen hatte, konnte auch keine Verbindung dazu hergestellt werden. Hinzu kam, dass das Mädchen nicht direkt von ihrer Freundin nach Hause gefahren ist. Der Unfall fand also gar nicht auf der vermuteten Wegstrecke statt. Die Eltern und der Freund haben jahrelang nach Sabrina gesucht. Bernd Burger muss wohl Schwierigkeiten gehabt haben, mit seiner Schuld klarzukommen.«

Lena schenkte Kaffee nach. »Ein Stück Sahnetorte?«

»Lieber von deinem.«

Lena verteilte zwei weitere Stücke Apfelkuchen auf die Teller.

»Wenn die Küster-Brüder ahnten, dass Bernd Burger sie verraten wollte, könnten sie ihn umgebracht haben«, sagte Lena.

Flottmann war überrascht, wie unvermittelt Lena eine derartige Vermutung anstellte.

»Jetzt bist du wieder in deiner Detektivrolle«, sagte er.

Sie lachte. »Nein, sie ist mir zu gefährlich. Aber ganz abwegig ist mein Verdacht doch nicht.«

»Du vergisst, dass es einen Abschiedsbrief gibt.«

»Aber man packt die Abschiedsworte nicht in einen Karton und versteckt diesen, wenn man vorhat, sich umzubringen. Zumindest ist das ungewöhnlich. Allerdings gibt es in Depressionsphasen Situationen, in denen man nicht mehr rational handelt. Es könnte also sein, dass Burger den Text schrieb, als er sich fest vornahm, seinem Leben in naher Zukunft ein Ende zu setzen. An dem Tag, als er sein Vorhaben in die Tat umsetzte, hat er eventuell nicht einmal mehr an den Abschiedsbrief gedacht.«

»Vielleicht wird Erik Küsters weitere Vernehmung Klarheit bringen. Die Flensburger Mordkommission wird ihn erneut befragen. Ich hab Bernd Burgers Unterlagen, die er im Karton aufbewahrte, im Auto. Wir haben sie in Küsters Mülleimer gefunden. Sie müssten weitgehend vollständig sein. Die Splitter sind natürlich nicht dabei. Sie sind Beweismittel und zur Untersuchung beim LKA. Ich hätte eine Bitte an dich. Könntest du Familie Burger die Sachen überbringen?«

»Sie werden Fragen stellen.«

»Auch deshalb hab ich dich informiert. Ich denke, dass du die richtigen Worte finden wirst. Die Eltern sollten die Sache mit dem Unfall wissen. Sie werden verstehen, dass ihr Sohn damit nicht klarkam. Ich möchte keinesfalls, dass sie das aus der Presse erfahren.«

»Gut. Ich kann das übernehmen. Damit löse ich auch mein Versprechen bei ihnen ein.«

»Danke.«

»Noch ein Stück Kuchen?«

»Lieber nicht.« Flottmann klopfte sich demonstrativ auf den Bauch. »Bogomil und ich wollen abnehmen.«

37

Lena hatte Flottmann nicht überreden können, zu bleiben. Zu viele Dinge würden ihm durch den Kopf gehen, hatte er gesagt. Das musste sie akzeptieren. Er hatte ihr den Umschlag mit Bernd Burgers Notizensammlung übergeben. Obwohl sie diese früher bereits weitgehend gelesen hatte, saß sie jetzt am Frühstückstisch und sah noch einmal alles durch. Sie hatte schlecht geschlafen. Mehrmals in der Nacht quälte sie ein Alptraum. Riesige Ratten hatten sie verfolgt. Immer wieder war sie gestürzt oder war wie gelähmt gewesen, unfähig, sich gegen die Angreifer zu wehren.

Die Sonne war gerade erst über den Häusern aufgegangen und schien zum Fenster herein. Die Punkte und Schlieren auf den Scheiben erinnerten sie daran, dass sie das Putzen in den letzten Wochen sträflich vernachlässigt hatte.

Sie blätterte durch die Papiere und stieß erneut auf das Gedicht von Friedrich Hebbel. Das Licht ließ das dünne Papier transparent erscheinen, und sie bemerkte, dass etwas auf der Rückseite geschrieben stand. Sie drehte den Zettel um und las: »Ausweg« und »Amnestia«. Sie schüttelte den Kopf. Es konnte eine belanglose Notiz sein, aber auf der Rückseite des ganz und gar nicht belanglosen Gedichts bekam sie eine Bedeutung. Es fragte sich nur, welche.

Sie holte ihren Tablet-PC aus dem Arbeitszimmer und gab das Wort »Ausweg« in eine Suchmaschine ein. Sie fand etwas über Adoption und betreutes Wohnen, über Psychoanalyse und künstliche Befruchtung. Schließlich stieß sie auf ein Forum, das sich mit Depressionen und Selbstmord beschäftigte. Sofort wusste sie, dass sie dort richtig war. Sollte sie versuchen, sich einzuloggen? Sie dachte nicht lange darüber nach. »Amnestia« war der Benutzername, das konnte sie anhand der Beiträge sehen, aber wie lautete das Passwort? Es musste mit dem Gedicht auf der Vorderseite zu tun haben. Sie hatte von einem einfachen Trick gehört, sich ein Passwort zu merken. Man nahm die ersten

Buchstaben eines Satzes, also in diesem Fall der Zeile »Natur, du kannst mich nicht vernichten«. Sie probierte »Ndkmnv«. Vergeblich. Sie wiederholte die Methode für die zweite, dritte und vierte Zeile. Auch das führte nicht zum Erfolg. Vielleicht sollte sie nur Kleinschreibung verwenden. Aber auch das funktionierte nicht. Klar, sie musste die Satzzeichen mitnehmen! Sie tippte »N,dkmnv,«. Das war's. Sie hatte Zugang zum Forum und zu den Chats.

Lena war schockiert, was dort zu lesen war. Es wurde über den Sinn beziehungsweise den Unsinn des Lebens diskutiert, über das Recht, sein Leben zu beenden, und über missglückte Suizidversuche. Obwohl eigentlich durch die Forumsregeln untersagt, tauschten sich die Mitglieder auch über Selbstmordmethoden und über die Beschaffung von Hilfsmitteln wie Tabletten und Gift aus. Lena fand in einem Beitrag sogar eine Formel, mit der angeblich Wirksamkeit, Dauer und Schmerz der unterschiedlichen Todesarten berechnet werden konnten. Verabredungen zu gemeinschaftlichem Suizid fand sie im Forum nicht. Aber auch so etwas gab es. Vor einiger Zeit hatte sie einen Pressebericht über drei Frauen gelesen, die sich im Internet verabredet hatten, um ihrem Leben in einem Ferienhaus mit einer Kohlenmonoxidvergiftung ein Ende zu setzen.

Als Ärztin war sie einige Male mit dem Thema Suizid in Berührung gekommen. Besonders tragisch war der Fall einer jungen Frau gewesen, die einen Selbstmordversuch mit schweren Gehirnschädigungen überlebt hatte.

Lena las einige Beiträge des Benutzers »Amnestia«. Sie waren voll von Anspielungen auf das »Ereignis«, mit dem offensichtlich der Unfall gemeint war. In vielen Postings wurden Fragen nach Schuld und Wiedergutmachung diskutiert. Lena las Amnestias letzten Beitrag: »Blutmond über Kuba. Ich werde eine Wattwanderung unternehmen. Die Natur spüren – überhaupt wieder etwas spüren – eins werden mit der Natur.«

Lena ahnte, dass Bernd Burger mit den Zeilen seinen Selbstmord angekündigt hatte. Eine Wattwanderung bei auflaufendem Wasser. Das war eine sichere Methode, um sich das Leben zu nehmen. Sobald man dem Meer weit genug entgegengelaufen war, gab es kein Zurück mehr. Man konnte sich nicht kurzfristig entscheiden, den Versuch abzubrechen. In Burgers Worten schwang so etwas wie Romantik mit, wie man sie auch in der Literatur fand. Das Sterben als ein friedliches Gleiten in eine andere Welt, die Verschmelzung mit der Natur, die Rückkehr in das Element, dem das Leben entstammte. Bis zu einem gewissen Maß konnte sie die Vorstellung nachvollziehen. Aber das Ertrinken hatte nichts Romantisches. Es war mit einem minutenlangen Überlebenskampf verbunden. Und sich den stetig steigenden Fluten auszusetzen, den kommenden Tod vor Augen, stellte sie sich schrecklich vor.

»Blutmond über Kuba«. Was hatte das zu bedeuten? Sie recherchierte im Internet. »Bei einer totalen Mondfinsternis tritt der Mond vollständig in den Kernschatten der Erde ein. Vor allem langwellige, also rote Anteile werden in der Erdatmosphäre so gebrochen, dass sie im Schattenkegel der Erde ankommen. Aus diesem Grunde erscheint der Mond schwach rot beleuchtet.« Lena benötigte einige Zeit, um sich das Phänomen vorstellen zu können.

Sie fand weitere Erklärungen. In den Jahren 2014 und 2015 gab es eine Blutmond-Tetrade. Alle vier Mondfinsternisse fanden an jüdischen Feiertagen statt. So mancher sah darin ein Zeichen Gottes, dass das Ende der Welt bevorstand.

Ob Bernd Burger religiös war, wusste Lena nicht. Vermutlich hatte er »Blutmond« lediglich als Metapher für sein eigenes Ende gewählt. Und Kuba? Am 15. April 2014 war auf Kuba die erste Finsternis der Tetrade zu sehen gewesen. Es war der Tag, an dem Bernd Burger verschwand! Er hatte seinen Suizid im Forenbeitrag mit Datum angekündigt!

So etwas war nach den Regeln der Betreiber nicht erlaubt. Entsprechende Beiträge wurden vom Administrator gelöscht. Vielleicht hatte Burger seine Ankündigung deshalb so verklausuliert, oder er hatte seinem Tod eine mystische Note geben wollen.

Lena legte den Tablet-PC beiseite, kramte alle Papiere zusammen und steckte sie in den Umschlag zurück. Schon wieder hatte sie Detektiv gespielt. Immerhin mit Erfolg, und ein persönliches Risiko war sie diesmal sicher nicht eingegangen.

Am frühen Nachmittag suchte sie Familie Burger auf, übergab den Umschlag und erzählte, was sie herausgefunden hatte. Ellen Burger zeigte sich sehr gefasst und wollte alles genau wissen, während ihr Mann die Schilderungen schweigsam hinnahm. Lena gewann den Eindruck, dass Ellen Burger dankbar und ein wenig erleichtert darüber war, nun das Motiv für den Suizid ihres Sohnes zu kennen. Was in ihrem Mann vorging, konnte Lena nicht erraten. Vielleicht überwog bei ihm der Gram darüber, dass sein Sohn Mitschuld am Tod eines Menschen trug.

Über die Ereignisse nach dem Unfall äußerte Lena sich nur so weit, dass nach dem derzeitigen Kenntnisstand die angetrunkenen Brüder Küster Sabrina nach ihrem Tod ins Meer geworfen hatten, um die Tat zu verdecken. Aber die Polizei bemühe sich noch, die genauen Vorgänge aufzuklären.

Lena erfuhr, dass der Journalist Staniuk Frau Burger mehrfach angerufen hatte, um Neuigkeiten zum Tod ihres Sohnes zu erfahren. Lena gab ihr den Rat, ihn an die Pressestelle der Flensburger Polizei zu verweisen und sich nicht von ihm bedrängen zu lassen.

Noch am selben Abend unterrichtete sie Flottmann über ihre Erkenntnisse.

38

Teresa Wolff liebte es, mit nackten Füßen durch den kühlen, nassen Sand zu laufen. Schuhe und Strümpfe hatte sie in ihrer Umhängetasche verstaut. Sie hatte die Worte ihrer Mutter »Du wirst dich erkälten, Kind« im Hinterkopf. Dabei war sie letzte Woche sechsundvierzig geworden, und durch Kälte bekam man keinen Schnupfen. Sondern nur durch eine Infektion, und hier am Meer schwirrten ganz sicher keine krank machenden Viren umher.

Paul schlief vermutlich wieder bis zehn Uhr. Bei jedem Urlaub im Norden behauptete er, er leide vom ersten Tag an an der norddeutschen Schlafkrankheit. Tatsächlich überkam auch sie große Müdigkeit, sobald sie an der See war. Vermutlich lag das aber daran, dass die Anspannung von ihnen abfiel, wenn sie den Berufsalltag hinter sich gelassen hatten. Ihr Job als Altenpflegerin war aufreibend, seiner als selbstständiger Steuerberater nicht weniger. Aber morgens an der frischen, salzigen Luft war ihre Müdigkeit wie weggeblasen.

Um diese Zeit traf sie oft keine Menschenseele am Strand von St. Peter-Ording. Jedenfalls nicht im Frühjahr. Wie erholsam das war, wenn man in einer Großstadt wie Frankfurt lebte!

Teresa hatte gute Laune. Den kleinen Streit am Vorabend über die Urlaubsplanung für das nächste Jahr hatte sie vergessen. Sie juchzte übermütig und sprang zur Seite, wenn eine eiskalte Welle über ihre Füße schwappte. Sie bückte sich nach einem Stück Holz, das vom Meer rundgeschliffen worden war. Versonnen strich sie mit der Hand über die Oberfläche, die sich glatt und weich anfühlte. Dann warf sie das Fundstück in hohem Bogen zurück ins Meer. Vielleicht würde es bei ablaufendem Wasser eine neue Reise mit unbekanntem Ziel antreten. Im letzten Jahr hatte sie einen Bernstein am Strand gefunden. Auch jetzt waren die Voraussetzungen nicht schlecht. Deshalb schlenderte sie mit gesenktem Haupt weiter, den Spülsaum stets im Blick. Mit dem Fuß stieß sie eine Ansammlung kleiner schwarzer Holzstücke auseinander. Sie wusste, dass sich das über fünfzig Millionen Jahre alte fossile Harz dort gern versteckte. Manchmal sogar mit Einschlüssen, einer Mücke oder Fliege. Aber sie hatte kein Glück.

Ein paar Schritte weiter streifte etwas ihren Blick aus dem Augenwinkel, das ihr Herz in Alarmbereitschaft versetzte, noch bevor sie erkannte, was es war. Eine fahlgraue Hand mit gekrümmten Fingern streckte sich ihr entgegen, als wollte sie nach ihr greifen. Eine Sekunde hoffte sie, der Arm einer Schaufensterpuppe ragte aus dem Sand. Doch auf den zweiten Blick erkannte sie einen fleischigen Stumpf. Angst und Ekel lähmten sie. Langsam ging sie rückwärts, außerstande, sich abzuwenden. Dann drehte sie sich um und rannte los. In sicherer Entfernung blieb sie stehen, fingerte nach ihrem Handy in der Umhängetasche und wählte den Notruf.

»Ein Toter am Strand«, platzte es aus ihr heraus. »Nein, eine Hand, ein Arm.«

Der Mann am anderen Ende der Leitung versuchte, sie zu beruhigen. Er wollte ihren Namen wissen und wo sie sich befand. Die Polizei werde eine Streife schicken. Sie solle ihr Telefon eingeschaltet lassen.

Sie legte ihr Handy zurück in die Umhängetasche. Plötzlich fühlte sie die Kälte. Sie setzte sich auf den Boden. Mit den Händen beseitigte sie den gröbsten Sand von ihren Füßen und zog Strümpfe und Schuhe an.

Nach einer Viertelstunde trafen zwei Polizisten in Uniform ein. Sie zeigte ihnen die Stelle, an der sie die schaurige Entdeckung gemacht hatte, blieb aber in einiger Entfernung davor stehen. Nachdem die Beamten ihre persönlichen Daten notiert hatten, konnte sie gehen.

Ihre Stimmung war eingetrübt, und auf dem Weg zurück hatte sie keinen Blick mehr für die Landschaft und das Meer.

39

Als Flottmann am Morgen ins Büro kam, tippte Hilgersen bereits fleißig auf der Computertastatur.

»Moin. Bei deinem Arbeitseifer kriegt man ja ein schlechtes Gewissen.«

»Ein guter Polizist ist immer und emsig im Einsatz.«

»Dann hast du den Flensburgern sicher auch schon deine Theorie dargelegt.« Flottmann zog seine Jacke aus, hängte sie an den Garderobenständer neben der Tür und setzte sich an seinen Schreibtisch.

»Ich hab es mir anders überlegt. Die sollen gefälligst selbst drauf kommen. Dafür hab ich noch gestern mit Sabrina Jacobsens Vater telefoniert. Ihr damaliger Freund heißt Daniel Hornweber. Ihr Verschwinden muss ihn sehr mitgenommen haben. Ihre Eltern und der Freund haben Himmel und Hölle in Bewegung gesetzt, um nach ihrem Verschwinden Hinweise zu erhalten. Aber ohne Erfolg. Offenbar hatte niemand etwas von dem Unfall mitbekommen.«

»Das kann ich mir kaum vorstellen. Wenn Erik Küsters Aussage stimmt, geschah der Unfall um kurz nach zwanzig Uhr. Es müssen einige Fahrzeuge daran vorbeigefahren sein. Aber es war bereits dunkel, und es könnte wie eine Autopanne gewirkt haben. Jedenfalls hat wohl keiner der Zeugen später eine Verbindung zum Vermisstenfall hergestellt, auch die nicht, die den BMW eventuell mit dem Fahrrad im Kofferraum gesehen haben.«

»Wir sollten uns mit Daniel Hornweber unterhalten. Er hat ein Motiv für den Mord an Alexander und vielleicht auch für den an Wilhelm Küster. Er wusste offenbar etwas vom Unfall und wer ihn verursacht hat, woher auch immer.«

»Wo finden wir diesen Hornweber?«

»Er wohnt in Husum und arbeitet in einem Elektronikfachmarkt im Industriegebiet. Ich hab ihn für zehn Uhr herbestellt.«

»Sehr gut. Ist das mit den Kollegen aus Flensburg abgesprochen?«

»Ich hab Böttcher angerufen. Es ist in Ordnung, wenn wir die Vernehmung durchführen. Übrigens hat er mir die Auswertung von Alexanders Telefonverbindungen zugeschickt. Hornweber hat tatsächlich ständig auf Alexanders Handy angerufen. Er muss ihn regelrecht gestalkt haben.«

»Ist das Handy seit Alexanders Verschwinden noch einmal benutzt worden?«

»Nein. Keine Gespräche und auch keine Einwahl in eine Funkzelle.«

»Hat Böttcher noch etwas erzählt?«

»Allerdings. Wilhelm Küster ist nicht an den Messerstichen gestorben. Die haben ihn zwar schwer verletzt, waren aber allesamt nicht tödlich. Er ist ertrunken.«

»Weiß man, wo das passiert ist? Ich meine, die Messerattacke.«

»Nein. Sicher nicht im Haus. Dort wurden keinerlei Spuren gefunden, und der Fundort am Schobüller Strand ist wie erwartet auch nicht der Tatort. Abwehrverletzungen wurden übrigens nicht festgestellt. Und noch etwas. Wilhelm Küster hatte vor seinem Tod eine beträchtliche Menge Alkohol getrunken. Vielleicht war er deshalb nicht mehr in der Lage, sich gegen den Angreifer zu wehren.«

»Hat die Spurensicherung auch die Seebrücke unter die Lupe genommen?«, fragte Flottmann.

»Keine Ahnung. Danach hab ich nicht gefragt. Warum sollte sie?«

»Alexanders Schuh wurde da gefunden. Vermutlich wurde seine Leiche an der Stelle ins Meer geworfen. Da liegt es doch nahe, dass auch Wilhelm Küster ganz in der Nähe seines Wohnhauses ins Meer geworfen wurde und dort schwer verletzt ertrunken ist.«

»Ich frag mal nach, ob die Kollegen das bedacht haben.« Hilgersen griff zum Hörer und rief Böttcher vom K1 erneut an.

»Fehlanzeige. Die SpuSi hat den Steg untersucht und nichts gefunden. Aber Böttcher schickt den gesamten Bericht«, sagte er nach dem Telefonat. »Im Schlick gab es Fußabdrücke, die aber durch die Flut verwaschen waren. Woher sie stammen, kann nicht mehr festgestellt werden. Am Ende des Stegs führt eine Treppe ins Watt, wie du weißt. Manchmal vergnügen sich Touristen dort und sammeln Muscheln, wenn auch seltener zu dieser Jahreszeit. Man sinkt fast bis zum Knie ein, wie mein heroischer Einsatz bei der Bergung von Alexanders Schuh gezeigt hat. Du wärst da gar nicht wieder rausgekommen. Und wenn dann die Flut eingesetzt hätte …«

»Ist gut, Gustl. Ich hab gar kein Problem damit, solche gefährlichen Operationen zukünftig dir zu überlassen.«

»Jedenfalls ist da richtiges Schlickwatt. Wusstest du, dass man zwischen Schlick-, Sand- und Mischwatt unterscheidet? Ersteres findet man vorwiegend direkt vor der Küste …«

»Keinen Vortrag, bitte.«

»Okay. Dann eben nicht.«

Daniel Hornweber kam pünktlich. Er war circa einen Meter achtzig groß und kräftig. Flottmann taxierte ihn unter dem Aspekt, ob der Zweiundzwanzigjährige in der Lage wäre, Alexander Küster aus dem Haus zu tragen beziehungsweise über den Boden bis zur Einfahrt zu schleifen. Er kam zu dem Ergebnis, dass er durchaus dazu fähig wäre.

»Danke, dass Sie gekommen sind«, begann Flottmann das Gespräch, nachdem Hornweber Platz genommen hatte. »Sie wissen, worum es geht?«

»Um Sabrina.«

»Ja, natürlich. Aber es geht auch um Alexander Küster.«

Hornweber schwieg.

»Aber beginnen wir mit Ihrer Freundin. Wie lange kannten Sie sie, bevor sie verschwand?«

»Ein knappes Jahr.«

»Sie haben sie sehr gemocht, nicht wahr?«

Hornweber nickte.

»Am Abend, als Sabrina verschwand, hatten Sie eine Auseinandersetzung mit ihr. Worum ging es dabei?«

»Es war nichts Wichtiges. Nur ein harmloser Streit.«

»Es ging um Jörn Brodersen, nicht wahr?«

»Er hat ständig versucht, sie anzumachen. Aber sie wollte nichts von ihm.«

»Trotzdem haben sich die beiden getroffen. Wir wissen das von Sabrinas Freundin Vanessa Bader.«

»Sie hat mir versprochen, dass sie ihn nicht mehr trifft. Warum stellen Sie mir diese Fragen?«

»Wir schließen nicht aus, dass sie am Abend ihres Verschwindens zu ihm wollte. Haben Sie davon gewusst?«

Hornweber sah Flottmann sichtlich irritiert an. »Nein, hab ich nicht.«

»Sie haben Kontakt zu Alexander Küster aufgenommen. Wie ist es dazu gekommen?«

»Ich erhielt einen anonymen Anruf.«

»Wann war das?«

»Das weiß ich nicht mehr so genau. Etwa ein Jahr, nachdem Sabrina verschwunden war.«

»Anonym? Sie wussten nicht, wer es war?«

»Nein, aber er erzählte etwas von einem Unfall. Es muss jemand gewesen sein, der damit zu tun hatte. Allerdings hat er viel wirres Zeug gefaselt. Ich glaube, er war betrunken oder bekifft. Er hat sogar am Telefon geheult. Jedenfalls hat er gesagt, Alexander Küster habe Sabrina totgefahren, aber auch er habe ›Schuld auf sich geladen‹. So hat er sich ausgedrückt. Ich hab versucht, mehr aus ihm herauszubekommen. Aber er hat plötzlich dichtgemacht und aufgelegt.«

»Sie kannten Alexander Küster?«

»Nein. Aber der Typ, der mich angerufen hat, sagte, es sei auf der Straße zwischen Husum und Schobüll geschehen. In Husum gibt es beziehungsweise gab es keinen Alexander Küster. Aber in Schobüll.«

»Sie haben ihn angerufen?«

»Ja. Allerdings hat er so getan, als wüsste er von nichts.«

»Aber Sie haben nicht lockergelassen.«

»Nein, hab ich nicht. Ich wollte von ihm erfahren, was geschehen war. Sabrinas Eltern waren vollkommen fertig. Und ich auch. Falls sie tot war, wollten wir jedenfalls wissen, wo wir sie finden konnten.«

»Haben Sie den Eltern vom anonymen Anruf und von Ihrem Verdacht erzählt?«

»Nein, das hätte sie zu sehr aufgewühlt. Aber natürlich hätte ich sie informiert, wenn ich herausbekommen hätte, was passiert war.«

»Herr Hornweber, warum sind Sie nicht zur Polizei gegangen?«, fragte Hilgersen, der an seinem Arbeitsplatz saß und aufmerksam zuhörte.

Hornwebers Antwort ließ lange auf sich warten. »Ich hatte ja nur diesen anonymen Anruf. Außerdem hätten Sabrinas Eltern das nicht gewollt. Wir alle ahnten, dass Sabrina nicht mehr am Leben war. Ihre Eltern wünschten sich Gewissheit, und sie wollten sie beerdigen, falls sie tot war. Darum ging es. Ich hoffte, der Anrufer würde sich noch einmal melden oder Alexander beziehungsweise sein Vater würden doch noch reden.«

»Sie haben Wilhelm Küster aufgesucht?«

»Ja. Zuerst war er freundlich. Er behauptete, sein Sohn hätte nie einen Unfall verursacht, sonst hätte er es mitbekommen. Ich hab ihm von dem anonymen Anruf erzählt. An seiner Reaktion hab ich sofort gemerkt, dass er ganz genau über die Sache Bescheid wusste. Dann hat er mir sogar gedroht. Er würde mich wegen übler Nachrede anzeigen. Ich bin dann gegangen.«

»Wir wissen, dass Sie Alexander Küster weiterhin angerufen haben.«

»Ich hoffte, dass er irgendwann reden würde. Niemand hält eine schwere Schuld ewig aus. Das dachte ich jedenfalls. Aber ich hab mich getäuscht. Die Küsters sind skrupellos.« Hornwebers Stimme bebte.

»Alexander Küster ist verschwunden, und sein Vater ist tot. Vermutlich ist auch Alexander nicht mehr am Leben. Beide wurden mit einem Messer angegriffen.«

»Deshalb haben Sie mich herbestellt! Sie glauben doch nicht, dass ich etwas damit zu tun habe?«

»Sie haben ein Motiv.«

»Unsinn. Wie ich Ihnen gesagt habe, will ich nur wissen, was damals geschehen ist und wo sich Sabrina befindet.«

»Sie wurde vor einigen Tagen aus der Nordsee geborgen. Sie ist vermutlich am Tag ihres Verschwindens gestorben.«

Hornweber starrte Flottmann entsetzt an. »Wieso – wieso aus der Nordsee?«

»Was genau passiert ist, können wir nicht sagen. Unsere Ermittlungen dauern an, und es kann sein, dass wir Sie noch einmal befragen müssen. Für heute sind wir fertig, Herr Hornweber. Kommen Sie klar? Kann Sie jemand abholen?«

»Ich bin okay.«

»Seine Betroffenheit war echt«, sagte Hilgersen, nachdem Hornweber das Büro verlassen hatte.

»Traust du ihm einen Mord zu?«

Hilgersen zuckte mit den Schultern. »Eigentlich traue ich niemandem so etwas zu. Aber er hat ein Motiv. Sein Verhältnis zu Sabrinas Eltern muss sehr eng gewesen sein. Besonders zu ihrem Vater. Vielleicht auch deshalb, weil er seine Eltern durch einen Verkehrsunfall verloren hat, als er zwölf Jahre alt war. Wir sollten seine Wohnung durchsuchen lassen. Vielleicht finden wir Hinweise, zum Beispiel die Verkleidung, die der Täter beim Angriff auf Alexander getragen hat.«

»Informiere das K1 über die heutige Vernehmung. Die Kollegen sollen sich auch um den Durchsuchungsbeschluss kümmern.«

Hilgersens Telefon klingelte. Das anschließende Gespräch schien ihn in Aufregung zu versetzen.

»Was gibt es?«, fragte Flottmann, nachdem Hilgersen aufgelegt hatte.

»Wieder eine Leiche beziehungsweise ein Teil davon. Diesmal am Strand von St. Peter-Ording. Ein Arm, vermutlich von einer Schiffsschraube abgetrennt. Der Besitzer war männlichen Geschlechts.«

»Alexander Küster?«

»Das wird die DNA-Analyse zeigen. Der Arm ist bereits in der Rechtsmedizin. So ein verdammter Mist.«

»Natürlich ist das Mist.«

»Ich meine, damit wäre meine Theorie geplatzt, dass der

Mord an Alexander ein Fake war. Gut, dass ich sie nicht den Flensburgern mitgeteilt habe. Es war ja auch nur eine Hypothese. Das ist viel weniger als eine Theorie. Mehr so ein Gedankenspiel. Ach was, mehr so ein Scherz von mir.«

»Hoffentlich gehört der Arm zu Alexander. Ansonsten hätten wir einen weiteren Todesfall. Das gefiele mir ganz und gar nicht. Mir wird es langsam zu brutal bei euch im Norden. Ich hatte mir zwar keinen Dauerurlaub vorgestellt, als ich mich hier niederließ, aber auch keine Metzelei wie zu Störtebekers Zeiten.«

»Husum ist eben kein Provinznest. Dazu gehört auch eine ordentliche Mordrate.«

»Wenn es sich um Alexanders Arm handelt, wovon ich also mal hoffnungsvoll ausgehe, haben wir vier Tote. Sabrina Jacobsen wurde überfahren und erschlagen. Bernd Burger hat sich selbst umgebracht, weil er depressiv war und sich mitschuldig an Sabrinas Tod fühlte. Alexander Küster wurde vor laufender Kamera erstochen, und Wilhelm Küster ertrank in den Fluten, nachdem ihn jemand mit mehreren Messerstichen schwer verletzt hatte.«

»Jetzt müssen wir nur noch ein paar Kleinigkeiten klären«, sagte Hilgersen. »Wer hat Sabrina erschlagen, Erik oder Alexander? Wer hat Wilhelm und Alexander Küster getötet? Hat Bernd Burger wirklich Selbstmord begangen, oder wurde er von den Brüdern umgebracht, weil er sie verraten wollte?«

»Burger hat einen Abschiedsbrief hinterlassen, wenn auch ohne Datum. Inzwischen liegt ein graphologisches Gutachten vor, das bestätigt, dass er den Text selbst geschrieben hat. Das allein ist allerdings noch kein Beweis dafür, dass er sich tatsächlich das Leben genommen hat. Aber Lena hat einiges herausgefunden. Burger hat seinen Tod im Internet auf den Tag genau angekündigt.«

»Will Lena bei uns anfangen?«

»Ich hab ihr abgeraten. Die Bezahlung ist schlecht, und die Arbeitszeiten sind auch nicht viel besser als im Krankenhaus.«

»Okay, der Todesfall Bernd Burger ist also geklärt. Übrigens haben wir neben den Mordfällen noch zwei Entführungen.«

»Zwei? Wieso zwei?«

»Lena und Bogomil.«

»Äh – stimmt. Wobei Bogomils Entführung geklärt ist und nur geringfügig mit den anderen Ereignissen zusammenhängt.«

»Geringfügig? Was meinst du damit? Wo ist der Zusammenhang?«

»Ach, vergiss es.«

»Na, sag schon. Du darfst mich nicht im Unklaren lassen. Es ist bisher immer schiefgegangen, wenn du mich nicht in die Ermittlungen eingeweiht hast.«

»Larsen, der Kumpel des Bogomil-Kidnappers, hat mir geholfen, in Lenas Bungalow zu gelangen.«

»Du hast einen unserer Kunden, einen Verbrecher, engagiert, um in ein Haus einzubrechen?«

»Er ist echt gut in seinem Job, sage ich dir.«

Hilgersen schüttelte den Kopf. »So etwas wird dir irgendwann den Hals brechen.«

40

Peter Jacobsen war mehrere Tage im Krankenhaus behandelt worden. Nach seiner Entlassung hatte man ihm die Nachricht überbracht, dass Sabrinas Leiche gefunden worden war. Er war bereit, mit der Polizei zu reden. Jacobsen empfing Flottmann im Wohnzimmer. Die Einrichtung war schlicht und die Sitzgarnitur etwas abgenutzt. Eine dicke Staubschicht überzog die Möbel. Auf dem Boden und dem Tisch standen leere und halb volle Flaschen, und auf den Sitzgelegenheiten lagen Kleidungsstücke verteilt. Es roch abgestanden und muffig im Zimmer. Die einzige Tochter tot, die Ehefrau ausgezogen, Job und Haus verloren. Was hatte es da noch für einen Sinn, zu putzen und Ordnung zu schaffen?

Flottmann fand in einem freien Sessel Platz, während Jacobsen sich auf das Sofa setzte.

»Meine Kollegen waren hier und haben Sie über den Tod Ihrer Tochter informiert?«, fragte Flottmann.

»Ja. Wann werden wir Sabrina beerdigen können?«

»Die Untersuchungen der Gerichtsmedizin sind abgeschlossen. Sie wird bald freigegeben. Sie erhalten Nachricht von uns.«

»Ich hab seit Langem gewusst, dass sie tot ist. Ich bin froh, dass man sie gefunden hat.« Jacobsen machte nicht den Eindruck, als hätte er etwas getrunken. Seine Stimme klang klar und verständlich. »Woran ist sie gestorben, weiß man das inzwischen?«

»Sie war Opfer eines Verkehrsunfalls. Das konnten wir rekonstruieren. Aber es ist nicht auszuschließen, dass es eine zusätzliche Fremdeinwirkung gab.«

»Ich verstehe nicht. Fremdeinwirkung?«

»Sie hat eine Schädelverletzung, die nicht zum Unfallgeschehen passt. Wir schließen nicht aus, dass sie nach dem Unfall noch lebte und erschlagen wurde. Außerdem wurde sie ins Meer verbracht.«

»Erschlagen? Aber wieso? Warum hat er das getan?« Jacobsen war sichtlich entsetzt.

Flottmann wurde hellhörig. »Sie wussten von dem Unfall, nicht wahr? Herr Hornweber hat Ihnen davon erzählt.«

»Nein.«

»Wir wissen, dass Daniel Hornweber einen anonymen Anruf erhielt, in dem Alexander Küster bezichtigt wurde, den Unfall verursacht zu haben. Warum sind Sie nicht zur Polizei gegangen?«

Jacobsen antwortete nicht. Die Nachricht, dass seine Tochter erschlagen worden war, hatte ihn offenbar sehr mitgenommen. Schließlich sagte er: »Sie wurde also ermordet? Mord verjährt nicht, das stimmt doch, oder?«

»Ja, das stimmt. Mord verjährt nicht. Aber die Gerichte entscheiden darüber, wie das Verbrechen einzustufen ist. Sie haben im Watt nach Sabrina gesucht? Woher wussten Sie, dass sie dort war?«

»Eine Vorahnung. Eine Vision, wenn Sie so wollen. Ich war betrunken, als ich ins Watt hinauslief, und habe Stimmen gehört.«

»Hm.«

»Sie glauben mir nicht?«

»Ich weiß, was Sie durchgemacht haben«, wich Flottmann der Frage aus. »Der Unfall geschah auf der Nordseestraße zwischen Husum und Schobüll. Können Sie sich vorstellen, weshalb sie dort unterwegs war?«

Jacobsen schüttelte den Kopf. »Nein. Wenn sie bei ihrer Freundin in Lund war und nach Hause wollte, wäre sie nicht an der Stelle vorbeigekommen. Sie wäre über die Husumer Straße gefahren. Ich hab jeden Stein entlang der Strecke umgedreht, um irgendwelche Hinweise zu finden. Aber wenn sie die Strecke gar nicht entlanggefahren ist, musste das vergeblich sein.«

»Deshalb hat wohl auch die Polizei damals nichts gefunden. Zudem haben der oder die Verursacher die Spuren des Unfalls vermutlich sorgfältig beseitigt. Auch das Fahrrad, ihr Rucksack und das Handy wurden wahrscheinlich ins Meer geworfen.«

»Sind Sie wirklich sicher, dass es Sabrina ist, die gefunden wurde?«

Flottmann nickte. »Nach ihrem Verschwinden wurden DNA-Proben in Ihrem Haus genommen, für einen Abgleich mit einer Mädchenleiche, die man wenig später in der Nähe von Kiel gefunden hatte. Damals verlief der Abgleich negativ. Aber diesmal haben wir eine Übereinstimmung. Es gibt keinen Zweifel.«

Jacobsen nickte.

»Herr Jacobsen, wie ist Ihr Verhältnis zu Daniel Hornweber?«

»Er ist ein feiner Kerl. Und er hat Sabrina über alles geliebt. Sie hat das manchmal gar nicht richtig zu schätzen gewusst. Ich glaube, ihr wurde es manchmal zu eng.«

»Er war oft bei Ihnen im Haus?«

»Ja. Wir waren für ihn so ein bisschen Ersatzeltern. Seine eigenen Eltern hat er früh verloren.«

Flottmann stand auf. »Ich will Sie jetzt nicht weiter belästigen. Wir werden Sie unterrichten, wenn es neue Erkenntnisse gibt. Falls Sie Hilfe benötigen …«

»Ich komme schon klar.«

»Ihre Tour ins Watt hätte Sie beinahe das Leben gekostet. Wie konnte das passieren?«

»Ich war betrunken. Und dann war da diese Vorahnung. Ich hatte nicht die Absicht, mich umzubringen.«

»Gut. Danke für das Gespräch, Herr Jacobsen. Ich finde allein hinaus.« Flottmann stand auf und verabschiedete sich.

Er benötigte keine Viertelstunde für die Rückfahrt zur Dienststelle in der Poggenburgstraße.

»Es ist Alexander«, empfing Hilgersen Flottmann.

»Der Tote von St. Peter-Ording?«

»Der Mann, zu dem der Arm gehört. Ob er tot ist, wissen wir immer noch nicht. Aber einiges spricht dafür.«

»Ich nehme an, dass die Gerichtsmedizin die Todesursache nicht feststellen konnte.« Flottmann setzte sich an seinen Schreibtisch.

»Nee, da müssen wir den Kollegen schon weitere Körperteile zur Verfügung stellen. Der Strand wurde inzwischen mehrfach abgesucht. Aber ohne Erfolg. Vielleicht spült die nächste Sturmflut die Leiche an Land. Im günstigsten Fall in einem Stück.«

»Wann ist die nächste Sturmflut?«

»Wenn der Wind kräftig von Westen weht. Und wenn dann noch Sonne, Mond und Erde auf einer Linie liegen, gibt es sogar eine Springflut. Das ist Astrologie.«

»Du meinst Astronomie.«

»Ja, klar. Ich hab mich versprochen.«

»Okay, warten wir auf den Sturm.«

»Wie war die Befragung von Jacobsen?«

»Er schien einigermaßen okay zu sein. Vielleicht war er sogar erleichtert, dass seine Tochter gefunden wurde. Als ich allerdings andeutete, dass man sie erschlagen hat, wirkte er ziemlich betroffen. Zudem werde ich das Gefühl nicht los, dass er uns etwas verschweigt.«

»Was könnte das sein?«

Flottmann zuckte mit den Schultern. »Ich gehe davon aus, dass er vom Unfall gewusst hat. Ich bin mir sogar relativ sicher, dass er den Verursacher kannte.«

»Dann hat Hornweber ihn entgegen seiner Aussage doch informiert?«

»Vermutlich. Oder jemand anders.«

»Womit Jacobsen wieder in den Kreis der Verdächtigen rückt. Was machen wir jetzt?«

»Wir könnten noch einmal Alexanders Freundin befragen. Wie hieß sie doch gleich?«

»Caroline Voigt.«

»Ja. Immerhin war sie ein halbes Jahr mit Alexander Küster zusammen. Vielleicht weiß auch sie mehr, als sie uns verraten hat.«

»Gute Idee.« Hilgersen tippte auf seiner Tastatur. »Sie arbeitet bei einer Bank, nicht weit von hier. Ich hab ihre Telefonnummer, unter der sie tagsüber zu erreichen ist.«

»Frag sie, wann sie zu Hause ist. Es ist besser, wenn wir sie dort aufsuchen. Wir müssen ihr die Nachricht von Alexanders Tod schonend beibringen.«

Hilgersen erreichte Caroline Voigt. Er teilte ihr lediglich mit, dass die Polizei noch einige Fragen hätte.

»Sie wohnt in der Süderstraße«, sagte Hilgersen. »Das ist ein Katzensprung von hier. Wir könnten zu Fuß hingehen.«

»Wir nehmen besser den Dienstwagen. Dann sind wir schneller unterwegs, falls eine weitere Leiche gefunden wird.«

Hilgersen grinste. »Ein Spaziergang würde dir aber guttun.«

»Was mir guttut, weiß ich besser als du. Eine Tasse Kaffee zum Beispiel, gekocht von einem fähigen Kollegen.«

»Da komme ja nur ich in Frage.«

»Richtig. Und tu einen Löffel mehr rein. Ich hab Kopfschmerzen. Ein starker Kaffee hilft dagegen.«

»Was macht dein Schädel?«, fragte Hilgersen, als sie um sechzehn Uhr in die Süderstraße einbogen.

»Danke, geht wieder. Die Medizin hat geholfen.«

»Hier hat Theodor Storm eine Zeit lang mit seiner Familie gewohnt.« Hilgersen zeigte auf ein schmales Gebäude mit Sprossenfenstern. »Dort starb auch seine Frau Constanze. Aber er hatte fast zwanzig Jahre lang eine Geliebte, die er kurz nach dem Tod seiner Frau geheiratet hat.«

»Hat das dem Ansehen eures verehrten Dichters nicht geschadet?«

»Nee. So etwas gehört einfach dazu, wenn man berühmt ist.«

Sie fanden einen Parkplatz direkt vor dem Haus, in dem Caroline Voigt wohnte. Eine Holztreppe führte zur Dachgeschosswohnung, die mit alten Möbeln ausgestattet war. Ungewöhnlich für eine junge Frau, dachte Flottmann.

»Wohnen Sie schon länger hier?«, fragte er, nachdem alle auf harten Stühlen um einen runden Tisch mit einer verzierten Standsäule Platz genommen hatten.

»Erst seit ein paar Wochen. Die Wohnung gehörte meiner Großmutter. Sie ist vor zwei Monaten gestorben. Aber ich will hier nicht bleiben. Deshalb hab ich nichts verändert. Ich will zurück nach Hamburg. Meine Eltern und ich haben dort gewohnt, bevor wir hierherkamen. Mein Vater hat vor einigen

Jahren eine leitende Stelle bei den Husumer Stadtwerken angenommen. Ich wäre gern in Hamburg geblieben.«

»Frau Voigt, wir müssen Ihnen eine traurige Mitteilung machen. Alexander Küster ist tot. Man hat ihn gefunden.« Flottmann hatte sich vorgenommen, ihr Details über die Umstände vorerst zu ersparen.

Sie nahm die Nachricht überraschend gefasst auf und vergoss keine Tränen.

»Ich hab damit gerechnet«, sagte sie. »Er wurde also im Haus mit dem Messer erstochen, das am Boden lag? Wer hat das getan?«

»Das wissen wir noch nicht. Deshalb sind wir auf Ihre Hilfe angewiesen. Hat Alexander Küster Sie nach seinem Verschwinden noch einmal kontaktiert?«

Sie schüttelte heftig den Kopf. »Nein. Wenn er doch tot war – ich verstehe die Frage nicht.«

»Er könnte verletzt gewesen und erst später gestorben sein.«

»Nein. Ich hab seit dem Morgen nichts von ihm gehört.«

Flottmann nickte. »Wir stellen Ihnen nur die üblichen Routinefragen. Vor allem versuchen wir zu klären, was nach dem Angriff auf ihn passiert ist. Sie standen ihm sehr nahe, nicht wahr?«

»Ja. Deshalb hab ich auch nicht verstanden, warum er Schluss gemacht hat. Es war nichts zwischen uns. Wir hatten geplant, zusammen wegzugehen. Nach Amerika oder Australien. Wir wollten völlig neu anfangen. Nur wir beide. Und plötzlich war alles anders.«

»Es gab ein Ereignis vor fünf Jahren, einen Autounfall, an dem er beteiligt war.«

Sie schwieg und sah Flottmann an, als wartete sie auf weitere Erklärungen.

»Hat er Ihnen davon erzählt?«

»Nein. Das hatte doch nichts mit uns zu tun.«

Sie war eine schlechte Lügnerin. Jetzt wurde es spannend. Flottmanns Einfühlungsvermögen war gefragt. Nicht immer stand es ihm in ausreichendem Maß zur Verfügung. Aber in solchen Fällen konnte er sich darauf verlassen. Hilgersen beobachtete die Szene aufmerksam.

»Vielleicht hat es doch mit Ihrer Beziehung zu tun.«

»Er wusste, dass ich zu ihm halte, egal, was passiert war und was geschehen würde.«

»Alexander ist tot. Sie sollten uns berichten, was er Ihnen erzählt hat.«

»Ich hab ihm versprochen, niemandem etwas zu sagen.«

»An das Versprechen müssen Sie sich nach seinem Tod nicht mehr gebunden fühlen, Frau Voigt.«

Sie sah zu Hilgersen hinüber. Der nickte zustimmend.

»Ich erinnere mich noch genau an den Abend. Wir hatten beide viel getrunken. Er erhielt einen Anruf auf seinem Handy. Ich hab nicht alles mitgekriegt. Alexander war ziemlich aufgeregt. Nach dem Gespräch hab ich ihn gefragt, was los war. Da hat er mir von dem Unfall erzählt. Er sei nicht schuld gewesen. Jedenfalls nicht allein. Ein anderes Auto habe ihn abgedrängt. Aber er wusste, dass ihm niemand glauben würde. Deshalb haben sie die Frau weggebracht und ins Meer getan.«

»Hat er geschildert, wie das genau abgelaufen ist?«

»Nur, dass sie auf Nordstrand ein Boot geklaut haben.«

»Hat er nicht gesagt, was auf dem Boot passiert ist?«

»Sie haben sie über Bord geworfen.«

»Die Obduktion hat ergeben, dass sie noch lebte.«

»Was? Das kann nicht sein. Das stimmt nicht. Niemals!«

Flottmann war enttäuscht. Er hatte gehofft, dass Alexander seiner Freundin die ganze Wahrheit mitgeteilt hätte. Aber das war offenbar nicht der Fall. Dass sie log, schloss er aus. Sie war keine gute Schauspielerin, und sie hätte auch keinen Grund gehabt, die halbe Geschichte zu erzählen.

»Was wollten Sie an dem Morgen bei ihm?«, fuhr Flottmann mit der Befragung fort.

»Mit ihm reden.«

»Sie hatten einen Trumpf in der Hand, nicht wahr? Sie wussten, dass er einen Menschen getötet hatte.«

Sie schwieg eine Weile. Dann entgegnete sie: »Ich hätte ihn nicht verraten.«

»Ich kann das verstehen. Wenn man einen Menschen liebt, hält man bedingungslos zu ihm. Und wenn er einem etwas anvertraut, darf man es nicht preisgeben. Aber Alexander ist tot, und Sie müssen ihn nicht mehr schützen.«

»Tu ich auch nicht. Ich hab Ihnen alles erzählt, was ich weiß.«

»Dann wollen wir Sie in Ruhe lassen. Sie bekommen von uns in den nächsten Tagen eine Vorladung, damit wir Ihre Aussage protokollieren können. Ach ja, was mich noch interessieren würde: Wo haben Sie sich in der Regel mit Alexander getroffen? Hier oder in der Schobüller Villa?«

»Nicht hier. Ich wohne ja erst seit Kurzem hier. Meistens haben wir uns in Schobüll getroffen, am liebsten, wenn sein Vater nicht da war. Manchmal sind wir aber auch nach Bordelum in die Hütte seines Onkels gefahren. Das war immer sehr romantisch, mit Kaminfeuer und so.«

»Können Sie uns beschreiben, wo die Hütte liegt?«, fragte Hilgersen.

»Am Rand der Bordelumer Heide. Da sind wir oft spazieren gegangen.«

»Können Sie uns das auf der Karte zeigen?«

»Ja, natürlich.« Sie holte ihr Smartphone, das auf der Fensterbank lag. Nach wenigen Sekunden hatte sie einen Planausschnitt auf dem Display. Sie zeigte mit dem Finger auf eine Wegkreuzung. »Dort ist es. Eine Holzhütte. Ein paar Meter daneben befindet sich eine Grabplatte, auf der ein Hund abgebildet ist. ›Rico‹, steht da drauf und irgendeine Jahreszahl. Aber der Hund hat angeblich nicht Alexanders Onkel gehört. Das Grab hat wohl jemand anders dort angelegt.«

41

»Du hast mich beeindruckt«, sagte Hilgersen, als beide wieder im Auto saßen. Es war bereits dunkel geworden, und leichter Nieselregen hatte eingesetzt.

»Danke.«

»Deine Befragung war geschickt.«

»Hast du etwas anderes erwartet?«

»Ja. Die Sache mit der Hütte hat mich überrascht. Du hast mit deinen Fragen gezielt darauf hingesteuert.«

»Gut beobachtet.«

»Aber wieso? Und bitte keine Ratespiele.«

»Ich hab nur deine Theorie vom gefakten Mord aufgegriffen. Wenn die wider Erwarten zutrifft, müsste sich Alexander nach seinem Scheintod irgendwo versteckt haben.«

»Du meinst, er könnte in der Hütte seines Onkels untergekrochen sein?«

»Ja. Nach dem Mord an seinem Vater hat er sicher vorgehabt, ins Ausland zu fliehen, mit falschen Papieren vermutlich.«

»Einerseits genial und andererseits ziemlich bekloppt«, sagte Hilgersen.

»Nordfriesisch eben.«

»Aber Alexanders Arm wurde gefunden, und ich gehe mal davon aus, dass er den nicht geopfert hat, um seinen Tod besonders glaubhaft erscheinen zu lassen.«

»Wusstest du, dass es Menschen gibt, die einen Körperteil opfern, um Berufsunfähigkeitsrente zu kassieren? Da werden Finger amputiert und Hände zerquetscht, um an das Geld zu kommen«, sagte Flottmann.

»Aber einen ganzen Arm – und dann noch den rechten?«

»Nein, wohl eher nicht. Außerdem hat man deutliche Hinweise auf eine Schiffsschraube als Ursache für die Amputation gefunden. Und sie erfolgte laut Autopsie posthum. Wie die Rechtsmediziner das festgestellt haben, ist mir allerdings ein Rätsel. Aber wir können wohl davon ausgehen, dass Alexander tot ist und der Mörder ihn am Abend seines Verschwindens von der Schobüller Seebrücke ins Meer geworfen hat. Weiterhin scheint es mir plausibel zu sein, dass der Mörder von Vater und Sohn dieselbe Person ist.«

»Damit ist meine Fake-Theorie also endgültig hinüber. Sie beruhte ja auch nur auf Gerbers Behauptung, dass das Messer nicht so gefallen sein kann, wie es die 3D-Animation zeigt. Gerber hat sich geirrt. So einfach ist das.«

»Das LKA hat seine Behauptung bestätigt, wie du weißt.«

»Dann ist die Animation falsch.«

»Sag ich doch.«

»Was machen wir jetzt?«

»Wir fahren zur Hütte. Vielleicht finden wir irgendwelche Hinweise, die uns weiterbringen. Zum Glück sind wir nicht zu Fuß hier. Während du fährst, checke ich mal, ob das Häuschen wirklich Alexanders Onkel gehört.«

Flottmann rief in der Dienststelle an. Die meisten Kollegen waren bereits in den Feierabend gegangen. Aber er erreichte Malte Schubert. Malte versprach, sich um die Frage zu kümmern, ob die von Caroline Voigt beschriebene Hütte einem von Küsters Verwandten gehörte. Kurz bevor Flottmann und Hilgersen ihr Ziel erreichten, rief er zurück. Alexander hatte lediglich einen Onkel mütterlicherseits. Der aber sei vor zwanzig Jahren nach Kanada ausgewandert. Außerdem hatte Malte herausgefunden, dass das Grundstück einem Landwirt gehörte, der das Gebäude anscheinend ohne Baugenehmigung errichtet hatte.

»Da drüben muss es sein.« Hilgersen wies nach links auf ein Blockhaus, das weitgehend hinter Sträuchern verborgen lag. Er steuerte den Wagen an den Rand des holprigen Weges. Er nahm die Taschenlampe aus dem Handschuhfach und stieg aus. Flottmann fluchte, weil sein erster Schritt in einem matschigen Graben landete. Um ein Haar hätte er das Gleichgewicht verloren. Er wischte seine Schuhe im nassen Gras ab und folgte Hilgersen, der bereits vor der Hütte stand. Wäre das silberfarbene Abgasrohr nicht gewesen, das über das Dach hinausragte, hätte man das Holzhaus für einen Geräteschuppen halten können, in dem der Landwirt seine Geräte unterbrachte. Auch ein Grillplatz mit zwei Bänken wies darauf hin, dass das Domizil für andere Zwecke genutzt wurde.

»Die Tür ist abgeschlossen«, sagte Hilgersen.

»Sind wir hier richtig?«

»Kein Zweifel. Drüben ist das Grab.« Hilgersen zeigte auf eine Fläche, die mit Steinen eingefasst war. »Auf der Schiefertafel steht: ›Rico, du warst uns ein guter Freund‹. Ich wette, dass der Schlüssel hier irgendwo versteckt ist.«

Flottmann nahm ihm die Taschenlampe aus der Hand, leuchtete die Dachunterkante ab und tastete hinter einem Balken. »Nimm den.« Er überreichte seinem Kollegen das Fundstück.

Hilgersen schloss die Tür auf. Dann griff er wieder nach der Taschenlampe und ging voran. Der Raum war rustikal eingerichtet: ein Tisch, Stühle und Hocker aus grobem Holz, ohne Sitzauflage, ein Bett, das so schmal war, dass nur eine Person oder ein frisch verliebtes Paar darin Platz fand, eine Küchenzeile mit Gaskocher und ein Schrank. Einzig der Kaminofen in der Ecke versprach ein wenig Komfort. »Romantisch« hatte Caroline Voigt die Hütte genannt. Flottmann versuchte, diese Charakterisierung nachzuvollziehen, was ihm aber nicht gelang.

Hilgersen zündete die Kerzen auf dem Tisch sowie die Petroleumlampe an, die von der Decke hing. Die Atmosphäre gewann ein wenig an Romantik. Wenn er jetzt mit Lena hier wäre …

»Dass Alexander Küster mit Caroline und vielleicht auch mit anderen in dieser Behausung war, wissen wir«, unterbrach Hilgersen Flottmanns Gedanken. »Deshalb werden wir auch seine Fingerabdrücke finden. Aber das hilft uns nicht weiter. Also, was suchen wir hier?«

»Irgendetwas, von dem wir nicht wissen, dass wir es suchen.«

»Aha.«

Auf dem Tisch lagen Reste einer Pizza, eine angebrochene

Wasserflasche und eine offene Tüte mit Keksen. Die Pizzareste waren steinhart. Seit wann die Verpflegung dort lag, ließ sich kaum abschätzen. Flottmann öffnete den Schrank, der neben dem einzigen Fenster stand. Hierin befanden sich Gaskartuschen, eine Schublade mit den wichtigsten Werkzeugen sowie ein kleiner Vorrat an haltbaren Lebensmitteln. Er schob die Tür wieder zu und setzte sich an den Tisch. Hilgersen gesellte sich dazu.

»Alexander muss eine Verbindung zum Besitzer des Grundstücks gehabt haben. Ich kann mir nicht vorstellen, dass er sich mit seiner Freundin hier einfach so eingenistet hat, ohne dass der Eigentümer davon wusste«, sagte Flottmann.

»Davon gehe ich auch aus. Das können wir prüfen. Vielleicht weiß der Besitzer, ob Alexander nach seinem Verschwinden noch hier gewesen ist.«

»Du hast dich in deine Fake-Theorie verbissen?«

»Sie wäre jedenfalls effizient. Wir hätten nur einen Täter, und der sitzt bereits in Untersuchungshaft. Alexander und Erik beschließen, ihren Vater umzubringen. Erik ersticht seinen Bruder vor laufender Kamera, nicht wirklich, aber perfekt inszeniert. Alexander fährt in das Versteck, also in diese Hütte, und Erik positioniert einen Schuh seines Bruders an der Seebrücke. Jetzt warten sie ab, ob ihre Täuschung auffliegt. Wäre sie aufgeflogen, hätte die Polizei sie diesbezüglich zur Rede gestellt. Nachdem sie lange genug abgewartet haben, bringt Alexander seinen Vater um. Ein Toter braucht kein Alibi, und Erik beschafft sich sein eigenes, die Feier mit Freunden. Damit Alexander weiterhin als tot gilt, muss er das Land verlassen. Natürlich beseitigen sie vorher alle Spuren, wie die Verkleidung und irgendwelche Anhaltspunkte in dieser Hütte, die auf Alexanders Aufenthalt nach seinem Scheintod hinweisen könnten. Deshalb werden wir hier nichts finden.«

»Die Pizzareste?«

»Hätten sie zum Schluss auch noch beseitigt, wenn alles glattgelaufen wäre. Alexanders Tod gehörte natürlich nicht zum gemeinsamen Plan.«

»Aber Erik will das gesamte Erbe für sich. Deshalb tötet er

seinen Bruder, bevor dieser abreisen kann, und wirft ihn ins Meer.«

»Genau.«

»Bis auf einen wesentlichen Punkt klingt alles einigermaßen logisch, Gustl. Und ich bin beeindruckt, wie du das hingekriegt hast.«

»Danke. Aber?«

»Wie du weißt, hat Erik Küster ein perfektes Alibi für die Zeit, als der Angriff auf seinen Bruder geschah. Er kann es also nicht gewesen sein. Er war in Kiel. Das würde bedeuten, dass noch jemand beteiligt gewesen wäre und Beihilfe zu zwei Morden geleistet hätte. So ein Mitwisser, den die Brüder gut bezahlen müssten, ist ganz schön riskant. Aber das Schlimmste wäre, dass wir nach einem Auftragskiller suchen müssten. Damit wäre unser Job also ganz und gar nicht erledigt, sondern noch wesentlich komplizierter als gedacht.«

»Und wenn meine Theorie nicht stimmt? Auch dann müssten wir einen Mörder suchen, der Alexander und Wilhelm Küster umgebracht hat.«

»Immerhin haben wir einen Kandidaten. Daniel Hornweber, den Freund der getöteten Sabrina Jacobsen. Er hat kein Alibi. Er war angeblich allein zu Hause, als der Angriff auf Alexander geschah. Wann Wilhelm Küster starb, wissen wir leider nicht genau.«

»Am besten machen wir jetzt Feierabend. Die Flensburger müssen ja auch noch etwas zu tun haben. Ach ja, eine Sache noch. In jener Nacht müssen nach deiner Theorie beide Küsters hierhergefahren sein, denn Alexanders Auto musste nach Schobüll zurückgebracht werden. Und es wäre die Frage zu klären, wie Alexander sich hier fortbewegt hat. Sein Auto konnte er ja nicht benutzen.«

»Mit Bus und Fahrrad.«

Flottmann stutzte. »Bus … Bus … Bus … Bus!«

»Was?«

»Bus!«

»Ist dir nicht gut?«

»Irgendetwas rotiert in meinem Kopf. Ich weiß nicht, was es

ist. Wenn ich Glück habe, kommt gleich eine geniale Erkenntnis dabei heraus – Bus, Bus.«

Hilgersen langte mit der Hand über den Tisch und legte sie auf Flottmanns Stirn. »Hast du Fieber?«

»Klar hab ich Fieber.«

42

Während der Rückfahrt nach Husum wartete Flottmann auf den Aha-Effekt. Auch Hilgersens Kommentare halfen nicht dabei, die Gedankenschleifen zu durchbrechen.

»Was ist denn jetzt mit dem Bus-Bus? Wie wäre es, wenn du mich einweihen würdest?«

»Wie soll ich dich in etwas einweihen, das ich nicht formulieren kann? Außerdem – außerdem hab ich Angst, mich zu blamieren.«

»Vor mir?«

»Ja, natürlich. Hast du nicht zu Rita gesagt, ich wäre sehr sensibel?«

»Einerseits. Andererseits bist du unsensibel gegenüber deinen Mitmenschen.«

Flottmann wischte auf seinem Smartphone herum. »Lass mich jetzt nachdenken. Bus, Bus.«

»Du gehst mir auf die Nerven, Waldemar.«

»Haben Busse Fahrtenschreiber?«

»Ja.«

»Auch Linienbusse?«

»Nee. Nur wenn sie Strecken über fünfzig Kilometer zurücklegen, soweit ich weiß.«

»Schade.«

»Warum?«

»Ich weiß nicht.«

Hilgersen schlug mit der Faust auf das Lenkrad. »Vielleicht rückst du endlich mal mit der Sprache raus!«

»Nicht böse sein, Gustl. Ich muss meine Gedanken erst sortieren.«

Beide schwiegen, bis sie auf den Parkplatz des Polizeigebäudes fuhren.

»Ich muss direkt weiter«, sagte Flottmann. »Kannst du bitte ermitteln, ob die Busse auf der Linie 1047 am Tag von Alexanders Verschwinden regelmäßig gefahren sind oder ob es Ausfälle gab? Und auch für die – sagen wir – zehn Tage davor.« Er stieß die Tür auf und stieg aus.

»Nur wenn du mir erklärst, was das soll!«, rief Hilgersen hinter ihm her.

Aber Flottmann war schon auf dem Weg zu seinem Auto. Er war mit Lena zum Essen verabredet. Vorher musste er noch duschen und Bogomil füttern.

Hilgersens »Moin« am nächsten Morgen klang unterkühlt. Mit der Zeit hatte Flottmann es gelernt, den Gemütszustand seines Kollegen aus dem Tonfall seiner Begrüßung herauszuhören.

»Hast du den Fahrplan gecheckt? Gab es Besonderheiten?«

»Liegt auf deinem Tisch. Nach Auskunft der Verkehrsbetriebe sind alle Busse normal gefahren. Keine relevanten Verspätungen. Auch an den Tagen vor Alexanders Verschwinden nicht.«

»Schade. Dann war mein Verdacht eine Luftnummer. Soll ich dir erklären, was ich vermutet hatte?«

»Nein.«

»Okay. Ist ja auch nicht mehr wichtig.«

Flottmann wusste, dass Hilgersens Missstimmung mindestens bis zur Mittagspause anhalten würde.

Er rief Lohmeyer an, den IT-Spezialisten der Husumer Polizei. Eine offizielle Funktion hatte er nicht als solcher, aber er war auf dem Fachgebiet bewandert. Er betrieb es sozusagen als Hobby.

»Hallo, Ralph. Hier ist Waldemar. Wie du weißt, sind wir noch an der Schobüller Sache dran.«

»Das Ding mit dem Video.«

»Ja. Siehst du nicht doch eine Möglichkeit, wie der Zeitstempel zu manipulieren wäre?«

»Nee. Die Ziffern werden in den Bildhintergrund eingebrannt, und der geht dabei natürlich verloren. Vergiss es. Hat das LKA dir etwa eine andere Auskunft gegeben?«

»Nein.«

»Das hätte mich auch gewundert. Es ist mit entsprechender Software möglich, das Datum auszuradieren, zu verpixeln. Allerdings sieht man das hinterher. Eben weil der ursprüngliche Hintergrund ja zerstört ist.«

»Danke dir.«

»Immer für dich da. Ach – du kannst natürlich die Uhr verstellen. Aber das ist ja etwas anderes.«

»Was?«

»Na ja. Wenn die interne Uhr nicht richtig gestellt ist, ist der Zeitstempel selbstverständlich auch falsch. Aber eine nachträgliche Manipulation des Videos ist wie gesagt nicht machbar.«

»Sag das noch mal.«

»Was?«

»Das mit der Uhr.«

»So ein Überwachungssystem hat eine zentrale Software. Da kannst du alles einstellen. Selbstverständlich auch die aktuelle Uhrzeit und das Datum.«

»Wieso sagt mir das denn keiner?«

»Du hast nach der Manipulation des aufgenommenen Videos gefragt.«

»Danke.« Flottmann knallte den Hörer auf die Gabel. »Wer die falschen Fragen stellt, bekommt falsche Antworten.«

Hilgersen tat so, als hätte er das Gespräch aus Desinteresse nicht verfolgt. Flottmann saß einige Minuten still an seinem Schreibtisch und haderte mit sich. Dann versuchte er, eine Unterhaltung mit seinem Kollegen zu beginnen.

»Bist du noch sauer?«, fragte er.

»Warum sollte ich?«

»Manchmal bin ich ein Stinkstiefel, nicht wahr?«

»Der Ausdruck gefällt mir, und er passt zu dir.«

»Weißt du, wann heute Niedrigwasser ist?«

Hilgersen tippte auf seiner Tastatur. »Um elf Uhr ist Ebbe.«

»Ich meine Niedrigwasser.«

»Elf Uhr«, wiederholte Hilgersen ungehalten.

»Ich wollte wissen, wann das Wasser weg ist. Als Ebbe bezeichnet man das Sinken des Meeresspiegels, das heißt, das Ablaufen des Wassers. Niedrigwasser nennt man dagegen den tiefsten Stand, also wenn hier an der Küste der Schlick rausguckt.«

»Du bist Klookschieter und Stinkstiefel in einer Person, Waldi.«

Dass Hilgersen ihn »Waldi« nannte, war ein Zeichen, dass sein Groll nachgelassen hatte.

»Ich will noch mal zur Schobüller Seebrücke«, sagte Flottmann. »Alexander wurde an der Stelle ins Meer geworfen und Wilhelm Küster vielleicht ebenfalls.«

»Du erwartest doch nicht, dort nach so langer Zeit irgendwelche Hinweise zu finden? Die SpuSi hat sicher alles genau untersucht.«

»Ich weiß. Aber ich hab gelernt, dass das Watt ständig in Bewegung ist. Vielleicht hat die See neue Indizien freigespült. Außerdem will ich mir noch mal einen Eindruck verschaffen, sozusagen die Atmosphäre des Ortes schnuppern.«

»So wie die Profiler im Fernsehen? Bei denen blitzt dann immer der wahre Tathergang auf, und der Fall ist gelöst.«

»Ja, so ungefähr. Kommst du mit?«

»Okay.«

Eine halbe Stunde später saßen beide am Kopf des Badestegs auf einer Bank. Die Sonne schien ihnen ins Gesicht. Ein kühler Wind strich über ihre Haut. Beide schwiegen und hatten die Augen geschlossen. Für diesen Moment genossen sie ihren Job.

»Und? Blitzt es?«, fragte Hilgersen schließlich.

»Was?«

»Fühlst du, was hier passiert ist?«

»Nee. Irgendwie funktioniert das bei mir nicht. Bei dir?«

»Nee.«

Flottmann öffnete die Augen. »Da blinkt etwas im Watt.«

»So?« Hilgersen blinzelte kurz und schloss dann wieder die Lider.

»Braunes Glas.«

»Sauerei, was die Leute alles ins Meer schmeißen.«

»Vielleicht wurde es bei der Sturmflut vor einigen Tagen angespült.«

»Das war doch keine richtige Sturmflut.«

»Vielleicht liegt da noch mehr. Irgendetwas, das mit unserem

Fall zu tun hat. Die SpuSi hat wahrscheinlich nur den Schlick im Nahbereich der Brücke umgegraben.«

»Geh doch rein und sieh nach.«

»Ich würde viel tiefer einsinken als du.«

»Die Flut kommt erst in sechs Stunden. Irgendjemand wird dich bestimmt wieder rausholen, falls du stecken bleibst.«

Einige Minuten saßen beide wortlos nebeneinander. Dann begann Flottmann, sich Schuhe und Strümpfe auszuziehen und die Hosenbeine hochzukrempeln. Er zog seine Jacke aus, legte sie auf die Bank und ging zur Treppe. Er stieg langsam die Stufen hinunter. Hilgersen beobachtete ihn argwöhnisch.

Flottmann hatte gelesen, dass es Schlicklöcher gab, in denen man bis zur Hüfte oder gar bis zum Hals versinken konnte. Man könne sie durch eine glatte, glänzende Oberfläche erkennen, hatte in dem Artikel gestanden. Er versuchte, sich von solchen Ängsten zu befreien. Nachdem er die unterste Stufe erreicht hatte, hielt er sich am Geländer fest und setzte den rechten Fuß vorsichtig in den Matsch. Der war kalt und kroch zwischen seinen Zehen hindurch. Aber es gab kein Zurück. Wenn er jetzt kniff, würde er sich vor Hilgersen blamieren. Er ließ das Geländer los und wagte die nächsten Schritte, die von schmatzenden Geräuschen begleitet wurden. Dabei wurde sein Gleichgewichtssinn auf eine harte Probe gestellt. Flottmann konnte sich nicht vorstellen, dass Menschen freiwillig durch den Morast wateten. Ihm war klar, dass Hilgersen ihn genüsslich beobachtete und darauf wartete, dass er der Länge nach hinfiel. Aber den Gefallen würde er ihm nicht tun. Er war froh, als er die Glasscherbe erreichte. Er hob sie auf und steckte sie, so schmutzig sie war, in seine Hosentasche.

Eine Zeit lang stapfte er noch durch den Schlick und grub an einigen Stellen, die ihm aus irgendwelchen Gründen auffällig erschienen, nach Fundstücken. Seine Vorgehensweise war unsystematisch und sinnlos, aber er wollte ein bisschen Aktion demonstrieren, bevor er zurück zur Treppe ging.

43

Nach der Schlicktour spülte Flottmann Arme und Füße mit eiskaltem Wasser aus dem Hahn ab. Dann setzte er sich neben Hilgersen auf die Holzbank, rieb sich die Füße mit Papiertaschentüchern trocken und zog Strümpfe und Schuhe an.

»Hab ich jetzt ein paar Punkte bei dir gutgemacht?«, fragte er, während er in seine Jacke schlüpfte.

»Ja, zehn dürften es sein, acht für deinen mutigen Einsatz und zwei für das Fundstück. Lass mal sehen.«

Flottmann kramte die Scherbe vorsichtig aus seiner Hosentasche und überreichte sie Hilgersen, der sie eingehend betrachtete. »Du kannst sie wieder in den Schlick werfen.«

»Wieso?«

»Die ist alt. Viel älter als unser Fall.«

»Woher willst du das wissen?«

Hilgersen strich mit den Fingern über den Rand der Scherbe. »Sie ist schon vom Wasser und vom Sand abgeschliffen.« Er gab seinem Kollegen das Bruchstück zurück.

Flottmann überprüfte Hilgersens Aussage und fand sie bestätigt. Er steckte die Scherbe und die schmutzigen Taschentücher in die Jackentasche.

»Mist. Eure Gezeiten versauen einem sämtliche Spuren. Und die Leichen lassen sie auch verschwinden.«

»Wenn man lange genug wartet, kommen sie wieder zum Vorschein, so wie Rungholt und die Scherbe, die du gerade unter Einsatz deines Lebens geborgen hast. Wieso sollte denn ein Stück Glas mit unserem Fall zusammenhängen?«, fragte Hilgersen.

»Keine Ahnung.«

»Und warum hast du dann im Schlick rumgebuddelt?«

»Ich wollte dir beweisen, dass ich kein Drückeberger bin. Außerdem hatte ich gehofft, irgendetwas zu finden, das Wilhelm Küster gehört hat. Dann wüssten wir, dass er hier ins Meer geworfen wurde. Mann, ist mir kalt. Ich würde sagen, wir brechen ab, und du stellst gleich die Heizung auf Maximum.«

»Wie war jetzt die Sache mit dem Bus?«, fragte Hilgersen, als sie über den Steg Richtung Parkplatz schlenderten.

»Ich hatte deine Theorie noch einmal aufgenommen.«

»Ich dachte, du hättest sie widerlegt.«

»Schon. Hauptsächlich wegen Eriks Alibi und weil man das Video nicht manipulieren kann. Aber ich hab von Lohmeyer erfahren, dass man die Uhr des Überwachungssystems ohne Probleme verstellen kann.«

»Ich hab's mitbekommen.«

»Das mit der Uhr wusste ich zwar gestern noch nicht, hab mir aber trotzdem Gedanken gemacht, wie es wäre, wenn der Scheinangriff auf Alexander einen oder mehrere Tage vor seinem Verschwinden inszeniert worden wäre. Wie du weißt, hab ich Leon Gerber gebeten, sich die Tonspur der Überwachungsaufnahme anzuhören, in der Hoffnung, er könnte ein markantes Geräusch identifizieren, das eine eindeutige Zuordnung zu einem bestimmten Tag und vielleicht einer Uhrzeit erlaubt.«

»Die Sache mit dem krähenden Hahn.«

»Genau. Aber er konnte lediglich Verkehrsgeräusche erkennen. Allerdings hab ich ihm nur den Ausschnitt gegeben, der uns interessierte.«

»Der mit dem Angriff auf Alexander.«

»Ja. Das war ein Fehler. Er hätte sich alles zu Gemüte führen müssen. Am besten sogar die Aufzeichnungen aller vier Kameras.«

»Was hat das mit dem Bus zu tun?«

»Die nächstgelegene Haltestelle zur Villa ist das Schwimmbad. Ich bin sicher, dass Gerber in den Verkehrsgeräuschen das Halten, Anfahren und die Vorbeifahrt der Linienbusse identifizieren kann. Ich erwarte also, dass die Zeiten, an denen der Buslärm zu hören ist, mit dem Fahrplan der Verkehrsbetriebe übereinstimmen.«

»So weit kann ich folgen. Aber da sie jeden Tag um die gleiche Uhrzeit fahren, kannst du wenig damit anfangen.«

»Das ist der Punkt. Wäre einer der Busse jedoch am Tag von Alexanders Verschwinden beziehungsweise am Tag der Aufnahme ausgefallen, sähe die Sache anders aus.«

»Deine Überlegungen sind gar nicht so schlecht.«

»Danke. Aber leider gab es keine Besonderheiten auf der Linie 1047, wie du mir gesagt hast.«

»So ist es.«

Sie hatten den Parkplatz erreicht und stiegen in ihr Fahrzeug.

»Hast du dir die Liste, die ich dir gegeben hab, genau angesehen?«, fragte Hilgersen, während er auf die Nordseestraße abbog.

»Klar.«

»Hast du bemerkt, dass einige Uhrzeiten auf dem Fahrplan mit den Buchstaben ›SZ‹ markiert sind?«

»Nee. Was heißt ›SZ‹?«

»Das weiß ich nicht genau, aber ich nehme an, dass es die Abkürzung für ›Sonderzeiten‹ ist.«

»Aha.«

»Die Sache mit Alexander passierte in der Nacht vom 26. auf den 27. März. Auch das Video beginnt am 26. und endet am 27. März. Kannst du mir mal an den Hintern greifen?«

»Was?«

»In meiner rechten Gesäßtasche ist eine Kopie des Fahrplans.«

»Ach so.«

Obwohl Hilgersen sich vorbeugte, hatte Flottmann Mühe, das Papier zu fassen zu kriegen. »Pass auf den Verkehr auf! – Ich hab's.«

Flottmann faltete das Blatt auseinander. Er musste es weit von sich halten, um die Zahlen entziffern zu können: »Station Schobüll Schwimmbad: 6.06, 7.20, 7.54, 8.51, 9.54, 11.51, 12.51, 13.51, 15.51, 17.51, 18.51.« Zwei Spalten waren mit »SZ« gekennzeichnet. In der zugehörigen Fußnote hieß es: »Verkehrt nur in der Zeit vom 24. März bis 28. November.«

Verärgert knüllte Flottmann das Papier zusammen. »Am Morgen des fraglichen Tages sollte der Bus also um acht Uhr einundfünfzig und neun Uhr vierundfünfzig am Schwimmbad halten. Vor dem 24. März fuhr keiner die Station zu diesen beiden Zeiten an. Verdammt! Warum hast du mich nicht gleich darauf hingewiesen!«

Flottmann hatte das gerade ausgesprochen, als sein Oberkörper nach vorn schnellte und in die Gurte gepresst wurde. Hilgersen war voll in die Bremsen gestiegen.

»Wenn du mich nicht immer im Unklaren –«

Flottmann unterbrach ihn. »Hast ja recht. Ich werde mich bessern.«

Hilgersen fuhr an und beschleunigte.

»Wenn die Videoaufnahme einige Tage vor der Messerattacke erstellt wurde, ist der Bus weder um acht Uhr einundfünfzig noch um neun Uhr vierundfünfzig auf der Aufnahme zu hören«, folgerte Flottmann. »Das soll Gerber checken. Ich muss ihn noch einmal aufsuchen. Du hast was gut bei mir, Gustl.«

»Das hast du doch morgen wieder vergessen.«

»Wie kannst du so etwas von mir denken?«

»Erfahrungssache.«

Hilgersen fuhr auf den Parkplatz des Polizeigebäudes und stellte den Motor ab.

»Übrigens hängen immer noch Bogomils Suchplakate an diversen Stellen. Ich werde sie heute Nachmittag abnehmen.«

»Nee, das ist nun wirklich mein Bier. Du hast mir in der Sache genug geholfen.«

»Ich würde das aber gern machen.«

»Im Ernst?«

»Ja. So ein Spaziergang durch die City und den Schlosspark wird mir guttun.«

Nachdem Hilgersen ihn mit der Bergung der Glasscherbe im Watt im Stich gelassen hatte, wunderte sich Flottmann über dessen Einsatz. »Wirklich?«

»Ja, Bogomil zuliebe.«

Zurück im Büro kopierte Flottmann alle Überwachungsvideos auf eine mobile Festplatte und rief Leon Gerber an. Er brauche dringend seine Hilfe. Eine halbe Stunde später saß er im Tonstudio des Musikers.

»Der Leichenfund im Watt war schlimm für dich, nicht wahr?«, fragte Flottmann.

»Ja. Der Anblick war schrecklich. Weiß man inzwischen, wer es ist?«

»Eine junge Frau, die seit Jahren vermisst wurde. Sie ist sehr wahrscheinlich einem Verbrechen zum Opfer gefallen.«

»Und jetzt bringen Sie – bringst du mir ein neues Schockvideo?«

»Nein, keine Angst. Ich hab die Aufnahmen der Überwachungskameras aus dem Schobüller Haus dabei, dieses Mal die vollständigen Aufzeichnungen. Kurz gesagt, muss ich wissen, ob um acht Uhr einundfünfzig und neun Uhr vierundfünfzig am Morgen vor der Messerattacke ein Bus die Haltestelle Schwimmbad angefahren hat. Glaubst du, dass du das heraushören kannst?«

»Ich denke, ja. In dem Ausschnitt, den du mir vor einigen Tagen vorgespielt hast, waren Verkehrsgeräusche zu hören. Die Busse erzeugen tieffrequenten Lärm, der besonders gut durch die Fenster dringt. Sie müssten deutlich aus den Geräuschen hervortreten.«

»Am besten nehmen wir wieder die Wohnzimmerkamera.« Flottmann griff in seine Jackentasche und holte die Festplatte hervor. »Die Dateien waren zu groß für einen Speicherstick.«

Gerber verband das Kabel der Festplatte mit dem USB-Anschluss seines Computers. Nach wenigen Mausklicks startete das Video.

»Am besten wäre es, wenn wir einige Minuten vor und nach der eigentlichen Ankunftszeit mitnehmen würden, falls der Bus zu früh war oder Verspätung hatte.«

Gerber nickte. Er setzte die Kopfhörer auf und nahm sich den Bereich um acht Uhr einundfünfzig und den um neun Uhr vierundfünfzig vor. Schließlich setzte er die Kopfhörer ab und schüttelte den Kopf. »Nichts. Kein Bus.«

»Bist du dir sicher?«

»Ja, ganz sicher. Ich hab aber nur jeweils fünf Minuten zugegeben. Wir sollten das Ganze zur Sicherheit mit zehn Minuten wiederholen«, schlug Gerber vor und setzte die Kopfhörer erneut auf. Auch der Versuch verlief negativ. Gerber konnte keine Busgeräusche zu den gefragten Zeiten feststellen.

»Bist du enttäuscht?«

»Ganz im Gegenteil!«, antwortete Flottmann.

Gerber sah ihn fragend an.

»Ich kann es dir leider nicht erklären. Aber du hast uns der Lösung des Falls wieder einmal ein ganzes Stück nähergebracht.«

Flottmann bedankte sich bei Gerber und fuhr zurück ins Büro.

Hilgersen hatte sein Auto stehen lassen und die verschlungene Strecke, auf der er und Flottmann die Plakate verteilt hatten, zu Fuß abgegrast. Dass sein eigentliches Ziel der Schlosspark war, wollte er sich selbst nicht eingestehen. Vielleicht würde er ganz zufällig die Rothaarige mit der kleinen Lücke zwischen den Schneidezähnen treffen. Die Wahrscheinlichkeit war gering. Aber in seinem Horoskop, das Maltes Lebensgefährtin für ihn erstellt hatte, stand: »Im Januar wechselt der Glücksplanet Jupiter in die Waage. Sie werden auf das andere Geschlecht unwiderstehlich wirken. Nutzen Sie die günstigen kosmischen Einflüsse, um Ihr Liebesleben so richtig in Schwung zu bringen.« Er kannte den Text auswendig, Wort für Wort. Das Horoskop war vom letzten Jahr, und der Januar war längst vorbei, aber so genau nahmen die Gestirne das sicher nicht. Im Grunde glaubte er nicht an solche Dinge. Aber in diesem einen Fall … Und dann war da ja auch noch die Sache mit der sich selbst erfüllenden Prophezeiung.

Er suchte direkt die Bäume am Parkzugang Erichsenweg auf, an die er die Plakate geheftet hatte. Eines war verschwunden. Das andere nahm er ab und rollte es über die bereits abgenommenen Exemplare. Dann schlenderte er Richtung Schloss bis zur Theodor-Storm-Büste und zum Brunnen. Dort setzte er sich auf die Bank. Er wusste, dass sie nicht kommen würde. Solche Zufälle gab es nicht, egal, wie die Planeten standen. Je länger er vor dem plätschernden Brunnen saß, desto peinlicher wurde ihm die Situation. Es kam ihm so vor, als wüssten die Menschen, die an ihm vorbeispazierten, weshalb er dort wartete. Schließlich hielt er es nicht mehr aus. Er stand auf und ging zurück zum

Polizeigebäude. Zu seiner Überraschung war Flottmann noch im Büro und telefonierte.

Hilgersen legte die Rolle mit den Plakaten auf den Schreibtisch des Kollegen. Eigentlich wollte er nach Hause, aber er setzte sich an seinen Arbeitsplatz und wartete, bis Flottmann aufgelegt hatte.

»Ich hab das K1 über alle Neuigkeiten informiert. Und die Spurensicherung hab ich gebeten, das Watt am Ende der Schobüller Brücke noch einmal gründlich zu untersuchen. Die Begeisterung der Kollegen hielt sich in Grenzen.«

»Gibt es etwas Neues, das ich noch nicht weiß?«

»Allerdings. Ich war bei Gerber. Halt dich fest: Die Videoaufnahme wurde vor dem Datum erstellt, an dem Alexander Küster verschwand. Du hattest recht. Die haben uns nach Strich und Faden verarscht. Ich hätte das nicht für möglich gehalten.«

»Aber Alexander ist tot. Oder glaubst du, dass er irgendwo mit einem Arm herumläuft?«

»Nein. Er muss nach dem Fake ermordet worden sein«, erwiderte Flottmann.

»Erst tut er so, als würde ihn jemand erstechen, und dann wird er tatsächlich getötet. Das ist doch Blödsinn.«

»Wenn der Mörder von dem Fake wusste, hätte er die Gelegenheit nutzen können. Der Verdacht würde auf den Mann im Video fallen. Theoretisch kann Alexander sich auch selbst das Leben genommen haben. Oder Erik war es. Im Prinzip kommen auch noch Daniel Hornweber und Sabrinas Vater in Frage. Beide behaupten, sie hätten um die Zeit allein im Bett gelegen. Das klingt zwar glaubwürdig, taugt aber nicht als Alibi. Wann Wilhelm Küster exakt getötet wurde, wissen wir leider nicht. Mit Wasserleichen, insbesondere hier in der Nordsee mit den komplizierten Strömungs- und Temperaturverhältnissen, haben unsere Rechtsmediziner so ihre Schwierigkeiten.«

»Ich mach Feierabend. Morgen ist auch noch ein Tag, und keiner von denen läuft uns weg«, sagte Hilgersen.

»Der Leiter vom K1 hat sich für morgen bei uns angemeldet.«

»Hofmann? Was will der hier?«

»Die Ermittlungsergebnisse mit uns abgleichen.«

»Aber Böttcher ist doch zuständig.«

»Hofmann meint wohl, dass der Küster-Fall Chefsache ist. Er wird morgen früh hier aufkreuzen. Gibt es etwas für den Besuch vorzubereiten?«

»Nee. Ich hab Böttcher immer auf dem Laufenden gehalten, bis auf unsere letzten Erkenntnisse, die Sache mit dem Bus.«

»Okay. Dann wünsche ich dir einen erholsamen Feierabend. Und vielen Dank, dass du die Plakate abgenommen hast.«

»Es war ein schöner Spaziergang.« Hilgersen stand auf, ging zum Garderobenständer und nahm seine Jacke vom Haken.

Flottmann entrollte das oberste Plakat. »Jemand hat da was draufgeschrieben. Was sind das für Zahlen?«

»Keine Ahnung. Tschüss.«

»›Franziska‹«, las Flottmann laut.

Hilgersen hatte bereits den Türgriff in der Hand. Er drehte sich um, ging auf Flottmann zu und entriss ihm das Plakat. Ein paar Sekunden lang starrte er auf den Schriftzug.

»Das brauche ich als Andenken an die Aktion.« Er faltete das Blatt mehrmals, steckte es in seine Jackentasche und verließ eilig das Büro.

44

»Hast du sie gestern Abend erreicht?«, fragte Flottmann, nachdem er sich am Morgen an seinem Arbeitsplatz eingerichtet hatte.

»Ja. Sie wohnt in Hamburg und ... Woher weißt du, dass ...?« Hilgersen starrte Flottmann mit halb offenem Mund an und runzelte die Stirn.

»Hast du vergessen, dass ich bei der Polizei bin? Dein Übereifer gestern, die Handynummer und der Frauenname, ein männlicher Single, der mir das signierte Plakat aus der Hand reißt und mit nach Hause nimmt. Ich wollte, wir hätten immer so eine gute Beweislage.«

Hilgersen klappte den Mund zu. »Hm, ja. Sie ist nett.«

»Dann halt sie fest. Während du gestern geflirtet hast, hab ich mich doch ein wenig auf unseren Besuch vorbereitet.«

»Hofmann?«

»Ja. Er hat mich gestern, nachdem du weg warst, angerufen. Er hat Daniel Hornweber vorläufig festnehmen lassen.«

»Was?«

»Hornwebers DNA wurde am Tatort, im Haus Küster, gefunden.«

»Wir wissen doch, dass er vor dem Überfall auf Alexander dort gewesen ist.«

»Hofmann wird uns aufklären, was ihn dazu veranlasst hat.«

»Da bin ich gespannt.«

»Er wird um zehn Uhr hier sein.« Flottmann sah auf seine Armbanduhr. »Bis dahin ist noch eine Stunde Zeit. Da werde ich mal den Sender ausprobieren.«

»Welchen Sender?«

»Bogomil hat ein Halsband mit GPS-Tracker bekommen. Auf meinem Handy kann ich genau sehen, wo er sich befindet. Falls er mal wieder entführt wird.«

»Du machst Witze, oder?«

»Nein, wieso? Das ist eine praktische Sache. Bogomils Position wird auf Google Maps angezeigt.«

»Lass mal sehen.« Hilgersen ging zu Flottmann herüber und schaute ihm über die Schulter.

Flottmanns Smartphone zeigte einen Kartenausschnitt mit der Umgebung seiner Wohnung. Unter der Abbildung stand: »Kein Signal«.

»Was bedeutet das?«, fragte Hilgersen.

»Na ja. Das GPS funktioniert nicht in geschlossenen Räumen. Der Positionspfeil bewegt sich nur, wenn das Halsband unter freiem Himmel ist. Dafür aber weltweit. Ich könnte Bogomil selbst in den USA oder China aufspüren.«

»Sehr eindrucksvoll. Du wirst durch deinen Kater noch zum Technikfreak. Also, was nützt es dir, wenn Bogomil entführt wird und in einem chinesischen Restaurant auf seine Verwertung wartet?«

»Hab ich dir schon mal gesagt, dass ich deine Witze nicht mag?«

»Ja, schon oft.«

»Die App zeigt die letzte Position des empfangenen Signals an. Bogomil ist jetzt in der Wohnung. Sobald er sie verlässt, kriege ich eine SMS-Nachricht.«

»Big Brother is watching you.« Hilgersen schüttelte den Kopf und setzte sich wieder an seinen Schreibtisch.

Hofmann war pünktlich. Er wartete im Besprechungsraum. Silke Amsel hatte für kalte Getränke gesorgt, sich aber wie stets geweigert, Kaffee zu kochen. In seltenen Fällen ließ sie sich zu solchen Tätigkeiten überreden, an diesem Tag nicht. So kümmerte Flottmann sich darum.

»Ich hab Kaffee aufgesetzt«, sagte er auf dem Weg durch den Flur und ging in die Küchenzelle. Anders konnte man den kleinen Raum nicht nennen, in den keine zwei Menschen gleichzeitig passten. Er überreichte Hilgersen die Kanne und nahm drei Tassen aus den Hängeschränken.

»Hast du auch nicht reingespuckt? Sonst würde ich lieber Tee trinken.«

»Nein, hab ich nicht. Ich mag ein Stinkstiefel sein, aber hinterhältig bin ich nicht.«

Hofmann bemühte sich nicht, aufzustehen, als Flottmann und Hilgersen den Raum betraten. Immerhin reichte er ihnen die Hand, nachdem sie Kanne und Tassen abgestellt hatten. Er hatte einen dicken Aktenordner mitgebracht und diverse Papiere auf dem Tisch ausgebreitet.

Flottmann störte besonders Hofmanns Überheblichkeit. Welche anderen Eigenschaften seine Abneigung verursachten, konnte er nicht benennen. Sie ließen sich mit der zugegebenermaßen subjektiven Beschreibung »unsympathisch« zusammenfassen. Der Zweiundfünfzigjährige war kleiner und schlanker als Flottmann, hatte schwarze Stoppelhaare auf dem Kopf und im Gesicht und trug eine Lesebrille, die er jetzt abnahm.

Er strich sich mit der linken Hand über den Bart. »Der endgültige Bericht der KTU liegt vor. Den kennen Sie vermutlich noch nicht. Wir haben ihn erst gestern erhalten. Natürlich überlasse ich euch eine Kopie.«

Bei den letzten Worten sah er Hilgersen an. Die beiden kannten sich schon viele Jahre und duzten sich, während Flottmann und er sich siezten. Vermutlich würde das noch lange so bleiben. Flottmann hatte nicht vor, ihm das Du anzubieten.

Hofmann fuhr fort: »Wie Sie bereits wissen, haben wir am Tatort im Haus Küster die DNA von Daniel Hornweber gefunden. Natürlich wissen wir, dass Hornweber einige Male in der Villa war. Das hat er zugegeben. Vielen Dank noch einmal für deine ausführlichen Protokolle zum Stand eurer Ermittlungen, Gustav.« Er nickte Hilgersen freundlich zu. »Das Besondere ist, dass sich das fremde DNA-Material im geronnenen Blut des Opfers befand, im Blutfleck auf den Bodenfliesen. Das bedeutet, dass der Eintrag in den ersten Minuten nach dem Angriff stattgefunden haben muss.«

»Ich traue Hornweber keinen Doppelmord zu«, sagte Flottmann und verschränkte die Arme vor dem Bauch. Ihm war klar, dass er Hofmann damit provozierte.

»Glauben Sie, dass Ihr Gefühl der Kriminaltechnik überlegen ist?«

»Das hängt von den Umständen ab. Auf dem Boden könnten sich alte Spuren befunden haben. Und beim Fall des Körpers oder beim Transport könnte Staub mit Hornwebers Hautschuppen aufgewirbelt worden sein und sich auf dem frischen Blutfleck abgesetzt haben.«

»Das ist nicht völlig auszuschließen, aber doch eher unwahrscheinlich.«

Flottmann nickte. »Aber nicht auszuschließen.«

Hofmann warf ihm einen verächtlichen Blick zu. Flottmann registrierte das mit einer gewissen Genugtuung.

»Für eine Anklage reicht eine DNA-Spur nicht aus«, räumte Hofmann ein. »Wir brauchen weitere Beweise. Hornweber hat ein starkes Motiv, sowohl für den Mord an Alexander Küster als auch an Wilhelm Küster. Und vielleicht wäre Erik Küster der Nächste gewesen. Alexander und Erik waren schuld am Tod von Hornwebers Freundin, und der Vater hat die beiden geschützt.«

»Hat Hornweber gestanden?«, fragte Flottmann, obwohl er wusste, dass das nicht der Fall war. Ansonsten wäre Hofmann schon lange damit herausgerückt.

»Nein. Und sein Anwalt hat ihm geraten, nicht weiter auszusagen.«

»Das ist klug«, sagte Flottmann und kassierte damit den nächsten bösen Blick.

Hilgersens Mund zuckte zu einem kurzen Lächeln, was Flottmann nicht entging.

»Auch entlastende Beweise sollten wir suchen«, ergänzte Flottmann und sah dabei Hilgersen an. Er wartete darauf, ob dieser seine Hypothese über den gefakten Mord vorbringen würde. Aber Hilgersen machte keine Anstalten, das zu tun.

Bisher hatte keiner die Getränke angerührt. Flottmann nahm sich eine Tasse und schüttete sich Kaffee ein. Hofmann und Hilgersen folgten seinem Beispiel.

»Wir haben festgestellt, dass das Video der Tat gefälscht ist«, sagte Flottmann kurz entschlossen.

Hofmann runzelte die Stirn. Er sah zuerst ihn, dann Hilgersen an. »Was soll das bedeuten?«

»Wir gehen davon aus, dass der Überwachungsfilm einen oder mehrere Tage vor dem aufgeprägten Datum entstanden ist.

Die Uhr wurde dafür ganz einfach vorgestellt. Danach wurde die Zeit dann wieder korrigiert und gegebenenfalls Spuren der Manipulation, Protokolldateien oder Ähnliches, beseitigt.«

»Der Täter tötet Alexander vor laufender Kamera. Er lässt die Leiche verschwinden, damit der Todeszeitpunkt nicht feststellbar ist. Vorher verstellt er die Uhr auf einen Tag, für den er sich ein sicheres Alibi verschafft. Das sind doch wilde Spekulationen!«

»Wir haben es mit einer ganz und gar ausgeklügelten Geschichte zu tun«, meldete sich Hilgersen zu Wort. »Die Küster-Brüder haben sich offenbar intensiv vorbereitet und sich mit Methoden der Kriminaltechnik vertraut gemacht. Wahrscheinlich haben sie sich alle Folgen der CSI-Fernsehserien reingezogen. Ihnen war klar, dass nahezu alle Beziehungsmorde aufgedeckt werden. Also mussten sie sich etwas Besonderes ausdenken. Wahrscheinlich haben sie sogar Spaß daran gehabt, uns an der Nase herumzuführen. Wir vermuten, dass das Video gar keinen Mord zeigt, sondern einen Scheinangriff. Alexander hat danach lustig weitergelebt, vermutlich in einer Hütte in Bordelum. Als angeblich Toter konnte er seinen Vater ermorden. Ein perfekteres Alibi gibt es nicht.«

»Und wieso ist Alexander tot?«

»Äh, ja. Das wissen wir noch nicht. Es könnte Streitigkeiten zwischen Erik und ihm gegeben haben. Vielleicht wollte Erik auch das Erbe allein antreten und hat seinen Bruder deshalb beseitigt.«

»Mir fallen spontan ein halbes Dutzend Argumentationslücken bei der Geschichte ein«, sagte Hofmann abfällig grinsend. »Wie kommt zum Beispiel Daniel Hornwebers DNA an den Tatort?«

»Das ist Teil der Manipulation. Erik und Alexander müssen auf irgendeine Art eine Probe von ihm besorgt und am Tatort positioniert haben.«

Hofmann schüttelte den Kopf. »Ich habe selten solch eine komplizierte und, entschuldigt den Ausdruck, haarsträubende Story gehört. In ein paar Tagen haben wir Hornwebers Geständnis. Er hat ein Motiv, und wir benötigen keine Konstruktion um drei Ecken, um ihm den Mord sowohl an Alexander als auch an Wilhelm Küster nachzuweisen. Ihr habt veranlasst, dass das Gebiet um die Schobüller Seebrücke noch einmal umgegraben wird?«

»Wir haben Böttcher darum gebeten«, antwortete Hilgersen.

»Ich hab das Unternehmen gestoppt.«

In diesem Moment klingelte Hofmanns Mobiltelefon. Nach dem Gespräch schwieg er einen Moment. Dann erklärte er: »Auf einer Sandbank vor St. Peter-Ording wurde eine Leiche gefunden. Aller Wahrscheinlichkeit nach handelt es sich um Alexander Küster. Wir brechen jetzt ab. Ich werde dort gebraucht.« Er kramte seine Unterlagen zusammen, packte sie in seine Aktentasche und stand auf. Für einen Handschlag zum Abschied nahm er sich keine Zeit, sondern eilte mit der Tasche in der Linken und dem Aktenordner unter dem rechten Arm aus dem Besprechungsraum.

»Und wir?«, fragte Hilgersen.

»Trinken unseren Kaffee aus. Der ist ziemlich gut, finde ich.«

»Von unserer Theorie schien er nicht viel zu halten.«

»War das nicht deine Theorie?«

»Mal so, mal so, hab ich das Gefühl. Je nachdem, ob sie gerade angesagt ist oder nicht. Im Moment scheinst du daran zu zweifeln.«

»Kennst du Ockhams Rasiermesser?«

»Nee. Ich rasiere mich selbst, und zwar trocken.«

»Das Prinzip stammt aus der Wissenschaft und besagt: Von mehreren Erklärungen für ein und denselben Sachverhalt ist die einfachste Theorie vorzuziehen. Alle anderen werden sozusagen mit dem Rasiermesser abgeschnitten.«

»Dann ist Hornweber der Doppelmörder. Ich wusste nicht, dass das so einfach ist. Hättest du das nicht gleich sagen können?«

»Dazu musstest du erst die komplizierte Theorie aufstellen. Sonst hätte man ja nichts abschneiden können.«

Hilgersen schlürfte geräuschvoll aus seiner Tasse. »Und die Sache mit dem Bus? Hat sich Gerber geirrt? Und was ist mit Daniel Hornwebers DNA?«

»Das Video wurde manipuliert. Da beißt die Maus keinen Faden ab. Und das DNA-Problem kriegen wir auch in deine Theorie integriert. Lena hat behauptet, sie sei mit K.-o.-Tropfen betäubt worden. Die wirken schnell und führen meistens zu einem Filmriss. Das Opfer kann sich oft nicht mehr erinnern, was unmittelbar vor der Verabreichung geschah. Wir haben uns gewundert, warum Erik Küster so etwas im Haus hatte, als er Lena außer Gefecht setzte und entführte.«

»Du meinst, er hat damit Daniel Hornweber betäubt und ihm Haare ausgerissen oder Hautschuppen abgenommen?«

»Das wäre doch denkbar. Er oder Alexander passen ihn in einer Diskothek oder Kneipe ab, kippen ihm das Zeug ins Glas und leisten ihm Erste Hilfe, als er zusammenklappt.«

»Klingt aber nicht nach Ockhams Rasiermesser.«

»Nee, zugegeben. Aber vielleicht ist unsere Theorie ja doch nicht so schlecht.«

»Sagtest du ›unsere‹?«

Flottmann grinste. »Jemand sollte den Schlick in Schobüll durchsieben, und zwar möglichst so fein wie die Goldgräber in Alaska. Ich glaube immer noch, dass Wilhelm Küster dort zu Tode gekommen ist.«

»Wer könnte dieser Jemand sein?«, fragte Hilgersen und sah sich demonstrativ im Raum um.

»Ich darf dich daran erinnern, dass ich bereits meinen Einsatz hatte.«

»Das werde ich nie vergessen. Heute Nachmittag ist Ebbe beziehungsweise Niedrigwasser, um genau zu sein. Malte wäre der richtige Mann für solche Fälle. Rita käme auch in Frage. Allerdings reicht vermutlich nicht einmal mein Charme aus, um sie dazu zu bewegen. Außerdem brauche ich den heute noch.« Hilgersen sah auf seine Armbanduhr.

»Franziska?«

»Ja. Sie fährt morgen früh nach Hamburg zurück. Sie ist dort Lehrerin. Hast du noch irgendwelche Storys über Bogomil parat? Sie liebt Tiere, und Geschichten über deinen Kater könnten unsere Unterhaltung beflügeln.«

»Dir wird schon etwas anderes einfallen. Notfalls könntest

du vom heroischen Einsatz deines Lieblingskollegen im Schlick berichten.«

»Ich weiß nicht, von wem du sprichst.«

»Hm. Gut. Sieh zu, dass du dein Date nicht vermasselst. Und das Goldwaschen im Schobüller Schlick übernehme ich.«

»Du?«

»Ja, ich.«

45

Dieses Mal war Flottmann auf die Watttour vorbereitet, wenn auch nicht optimal, wie sich herausstellte. Der gefütterte Parka brachte ihn sofort ins Schwitzen, und die gelben Gummistiefel saugten sich im Schlick fest. Schon nach wenigen Schritten weigerte sich einer der beiden, den Weg fortzusetzen. Kurz entschlossen schlüpfte Flottmann auch aus dem anderen heraus und ging zuerst auf den dicken Wollsocken weiter. Schließlich zog ihm der Matsch auch diese aus. Da half kein Fluchen. Immerhin erfüllte die Eisenstange, die er in seinem vier Quadratmeter großen Kellerraum gefunden hatte, den ihr zugedachten Zweck. Sie gab jedes Mal, wenn sie auf etwas Hartes traf, ein charakteristisches Geräusch ab. Er brachte zwei Steine und einen Turnschuh in Kindergröße zum Vorschein. Aber so schnell würde er nicht aufgeben. Um lästige Zuschauer von seiner Expedition fernzuhalten, hatte er den Steg mit einem Flatterband abgesperrt. Vielleicht war sein Alleingang keine gute Idee. Die Annahme, Wilhelm Küster sei an derselben Stelle ins Meer geworfen worden wie Alexander, war eine reine Vermutung und außer mit seinem Bauchgefühl nicht besonders schlüssig begründbar. Aber jetzt würde er die Sache durchziehen. Schon aus Prinzip, auch wenn er sich, bereits weitgehend mit Schlick besudelt, etwas lächerlich vorkam.

Er versuchte, systematisch vorzugehen, indem er das Untersuchungsgebiet gedanklich in einzelne Felder einteilte und jedes möglichst engmaschig mit der Stange abtastete. Erneut stach er mit der Eisenstange in den Untergrund und stieß auf einen harten Widerstand. Allmählich hatte sich trotz seiner bisherigen mageren Ausbeute eine Art Goldrausch eingestellt. Er kannte dieses Gefühl nicht vom Goldwaschen am Klondike River, sondern eher vom Flohmarkt in der Bonner Rheinaue, wenn er ein besonders interessantes Fossil bei einem unwissenden Hobbysammler entdeckt hatte.

Er zog die Stange heraus und steckte sie neben sich. Mit der behandschuhten Rechten tauchte er an der zuvor mit dem Werkzeug ertasteten Stelle und wurde fündig. Allerdings war seine Enttäuschung groß, als er eine weitere Glasscherbe in Händen hielt. Zum Glück war er nicht mit seinen blanken Füßen hineingetreten. Das hätte eine böse Verletzung gegeben, und er hätte sich von Lena verarzten lassen müssen. Das Stück hatte messerscharfe Kanten, war somit ganz sicher kein Relikt alter Zeiten. Flottmann fand eine Pfütze, in der er es abwaschen konnte. Der Rest eines Etiketts mit dem geschwungenen Schriftzug »Guiot« hing daran. Er verstaute die Scherbe in einer der vielen Taschen des Parkas. Auswerten würde er seine Ausbeute später. Ein Bernstein, am besten mit einem spektakulären Einschluss, wäre auch nicht schlecht gewesen, auch wenn der ihn im Fall Küster nicht weiterbringen würde. Die Aussicht auf solch einen Fund war in dieser Küstenregion sowieso nicht besonders gut.

Flottmann konnte noch eine Zwei-Euro-Münze bergen, bevor er mit der Eisenstange und seinen Gummistiefeln in Händen die Treppe erklomm. Seine Socken hatte er dem Wattenmeer überlassen müssen. Er reinigte sich, so gut es ging, vom Schlick und trocknete sich mit dem mitgebrachten Handtuch ab. Dann schlüpfte er in die Stiefel. Ohne Strümpfe fühlten sich seine Füße nass und kalt an. Er saß noch eine Weile auf der Bank und betrachtete die Glasscherbe. Die runde Form, die braune Farbe und das weiße Etikettfragment legten nahe, dass sie Teil einer Rotweinflasche gewesen war.

Flottmann wollte Nägel mit Köpfen machen. Er warf das Handtuch über die Schulter und ging Richtung Absperrband. Dort hatten sich bereits einige Menschen versammelt.

»Kann man da jetzt hin?«, fragte ein älterer Herr mit Pudelmütze.

»Nee, kann man nicht«, antwortete Flottmann. »Die Brücke ist beim letzten Sturm beschädigt worden und wird jeden Moment zusammenbrechen.«

Ihm schien diese Erklärung am einfachsten und wirkungsvollsten zu sein. Er ersparte es sich, zur Unterstützung seiner Autorität den Dienstausweis vorzuzeigen. Er hob das Flatterband an, schlüpfte darunter durch, ging zu seinem Wagen, warf das Handtuch auf den Beifahrersitz und nahm den direkten Weg zum Wohnhaus Küster. Die Eingangstür war mit einem neuen Schloss versehen worden. Ohne Weiteres konnte er nicht hineingelangen. Er hätte noch einmal Peter Larsen beauftragen können. Das schien ihm jedoch nicht angebracht zu sein. Und dessen Preise, die er aus privater Tasche zahlen musste, gefielen ihm auch nicht. Als Erik Küster in Untersuchungshaft gekommen war, hatte er die Schlüssel zur Villa abgeben müssen.

Nach einigen Telefonaten erreichte Flottmann, dass sie ihm von einem Kollegen der Schutzpolizei gebracht wurden. Die Wartezeit verbrachte er auf den Treppenstufen. Für ein Paar trockene Socken hätte er ein Monatsgehalt ausgegeben, und er war froh, als er endlich die Tür aufschloss und in den Flur trat. Sein Spiegelbild wies dunkle Streifen auf Stirn und Wangen auf. Zusammen mit dem grünen Parka vermittelte es den Eindruck, er stünde einem Soldaten gegenüber, der sein Gesicht zur Tarnung mit Ruß geschwärzt hatte.

Nach einem kurzen Blick ins Wohnzimmer stieg Flottmann die Holzstufen der Kellertreppe hinunter. Sein Weg führte ihn direkt in einen Raum, dessen Wände mit fast mannshohen Weinregalen ausstaffiert waren. Er benötigte einige Zeit, bis er fand, was er suchte: Flaschen mit der Aufschrift »Château Guiot Costières de Nîmes«. Er nahm die Scherbe aus seiner Jackentasche und verglich den Schriftzug mit den Etiketten. Kein Zweifel: Das Fragment passte. Die gefundene Glasscherbe stammte mit hoher Wahrscheinlichkeit von einer Weinflasche aus Küsters Vorrat. In Flottmanns Kopf formte sich langsam ein geschlossenes Bild der Geschehnisse, auch wenn letzte Beweise noch fehlten.

Mit Mühe widerstand er der Versuchung, eine Flasche Wein als Entschädigung für die Strapazen mitzunehmen. Er ging nach oben, verließ das Haus und schloss die Tür wieder ab.

Die Luft war angenehm frisch. Flottmann atmete kräftig durch. Ihm war nicht mehr kalt. Den Feierabend hatte er sich verdient. Er würde jetzt nach Hause fahren, Bogomil füttern, duschen, mit Lena telefonieren, eine Pizza bestellen und, mit ruhigem Gewissen, eine eigene Flasche Rotwein öffnen.

Als er am nächsten Morgen das Büro betrat, erkannte er an Hilgersens »Moin«, dass dessen Date, auf welche Art auch immer, erfolgreich verlaufen war. Einzelheiten wollte er nicht wissen, aber er befürchtete, dass sein Kollege vorhatte, ihn diesbezüglich zu unterrichten. Deshalb legte er ihm das Fundstück vom Vortag auf den Schreibtisch, noch bevor er seine Jacke ausgezogen hatte.

»Das hab ich im Schlick gefunden. Die Scherbe einer Rotweinflasche. Ich hatte recht, Wilhelm Küster war am Steg.«

»Er hat auf der Bank gesessen, Rotwein gepichelt und die Flasche ins Watt geworfen?«

»Laut Obduktionsbericht hatte er mindestens eins Komma acht Promille im Blut, als er starb«, erwiderte Flottmann.

»Aber er ist nicht an Alkoholvergiftung gestorben, sondern an diversen Messerstichen in den Rücken.«

»Er ist ertrunken, wie du weißt. Aber jemand muss ihn vorher von hinten angegriffen haben. Wo ist Alexanders Leiche?«

»Dort, wo sie hingehört. In der Kieler Rechtsmedizin.«

»Ruf mal an und frag, ob die schon was sagen können. Ich muss nachdenken.« Flottmann setzte sich an den Schreibtisch und legte die Füße auf den Aktenbock. Er schloss die Augen und ließ seine Daumen umeinander rotieren. Immer, wenn er glaubte, eine neue Erkenntnis hervorgebracht zu haben, stoppte er die Bewegung kurz.

»Sehr auskunftsfreudig waren sie nicht«, unterbrach Hilgersen Flottmanns Gedanken nach einiger Zeit.

»Wer?«

»Die Doktoren der Rechtsmedizin. Aber etwas Interessantes hab ich immerhin erfahren können.«

»Und das ist?« Flottmann nahm seine Füße vom Aktenbock.

»Alexander Küster wurde der Schädel eingeschlagen. Und da ist noch etwas.«

»Was?«

»Das erzähle ich dir, sobald du einen Kaffee für uns gekocht hast.«

»Mensch, rück's schon raus.«

»Alexander hatte zwei Glassplitter im Kopf. Sie könnten …«

»… von einer Weinflasche stammen.«
»Richtig.«
»Château Guiot Costières de Nîmes.«
»Was?«
»Das ist die Sorte, mit der Wilhelm Küster seinen Sohn erschlagen hat. Er hat davon acht Flaschen in seinem Keller.«
»Du warst in der Villa? Du hast doch nicht …?«
»Nein, hab ich nicht. Wahrscheinlich hat er das gar nicht gewusst.«
»Mit welcher Sorte er seinen Sohn erschlagen hat?«
»Mann! Dass es Alexander war, der ihn mit einem Messer angegriffen hat, natürlich. Er hat sich gewehrt und blindwütig zugeschlagen. Dann hat er, schwer verletzt, wie er war, versucht, sich ans Ufer zu retten, ist aber liegen geblieben und ertrunken, als die Flut einsetzte. Alexander ist vermutlich sofort tot gewesen. Seine Leiche wurde Stunden später mit dem ablaufenden Wasser fortgeschwemmt und Tage danach ohne rechten Arm in der Nähe von St. Peter-Ording auf eine Sandbank gespült. Die beiden haben sich tatsächlich gegenseitig umgebracht, so wie du es direkt gesagt hast.«
»Ich hab das gesagt?«
»Ja. Das sollte damals allerdings ein Scherz sein.«
»Nee, nee. Das war schon ernst gemeint. Das hat so in meinem Kopf aufgeblitzt, als ich vor Ort war, wenn du weißt, was ich meine.«
»Gut. Sehr gut. Entweder gehst du jetzt noch einmal zur Schobüller Seebrücke und lässt es blitzen, damit wir das Messer finden, oder du rufst Böttcher an. Der soll einen Trupp schicken, der den Schlick durchwühlt.«
»Nicht Hofmann?«
»Besser nicht. Aber wir müssen Erik Küster noch einmal vernehmen. Hofmann will sicher dabei sein. Kannst du das organisieren?«
»Und was wirst du tun?«
»Weiter nachdenken und mich auf die Vernehmung vorbereiten. Du musst zugeben, dass ich gestern einen unermüdlichen Einsatz gezeigt habe, während du dich amüsiert hast.«

»Franziska ist wirklich nett. Sie ist geschieden und hat einen erwachsenen Sohn. Sie hat mich nach Hamburg eingeladen. Wir wollen …«

Flottmann hörte nicht mehr, was Hilgersen erzählte. Er hatte seine Füße wieder auf dem Aktenbock geparkt und versuchte, in Gedanken alle Ereignisse einzuordnen und in einen logischen Zusammenhang zu bringen. Dabei nickte er ein und wachte erst wieder auf, als sein Telefon klingelte. Er brachte sich in Arbeitsposition und hob den Hörer ab.

»Flottmann.«

»Hofmann.«

Schweigen.

Der Leiter des Kommissariats 1 räusperte sich. »Wie geht es Ihrem Kater?« Vermutlich stellte die Frage den Versuch eines Small Talks dar. »Ich hab von der Entführung und Ihrer Plakataktion gehört.«

»Es ist wirklich nett von Ihnen, dass Sie extra anrufen und sich nach Bogomil erkundigen. Der Fall ist gelöst, und dem Opfer geht es gut. Es wurden keine posttraumatischen Belastungsreaktionen und keine dissoziativen Identitätsstörungen festgestellt.«

»Ah – ja. Das freut mich. Es gibt noch einen zweiten Grund für meinen Anruf. Erik Küster will nach langem Schweigen endlich aussagen. Allerdings nur mit Anwalt und in Ihrer Gegenwart.«

»Spricht etwas dagegen?«

»Nein. Es hat mich nur etwas verwundert.«

»Wann?«

»Morgen, vierzehn Uhr, in der Polizeistation Nord, Neustadt.«

»Erik Küster ist über den Tod seines Bruders informiert, nehme ich an.«

»Ja, ist er.«

»Gut. Dann bis morgen. Hilgersen wird ebenfalls dabei sein.« Flottmann legte auf.

Flottmann war gerade zu Hause eingetroffen, als die Türglocke erklang. Er öffnete und blickte in das zerknirschte Gesicht

Thomas Boysens. Bogomils Vorbesitzer drückte ihm eine Plastiktüte in die Hand.

»Da sind die Sachen drin, die ich mir ausgeliehen hatte«, sagte er. »Ich hätte sowieso nichts damit anfangen können. Ja, und dann wollte ich mich noch entschuldigen.«

»In Ordnung. Ich werde Sie nicht hineinbitten. Das wäre nicht gut für Bogomils Psyche, verstehen Sie?«

»Klar. Das Schloss?«

»Ich hab es reparieren lassen und die Tür zusätzlich gesichert. Das war sowieso fällig.«

»Sehr gut. In der heutigen Zeit ist das wichtig. Die Wohnungseinbrüche haben stark zugenommen.« Boysen verharrte einige Sekunden auf der Stelle, als wollte er noch etwas sagen. Dann drehte er sich um und ging.

46

Die Polizeidirektion Flensburg war in der Innenstadt in einem imposanten Bau aus der Gründerzeit untergebracht. Der Treffpunkt, das Gebäude der Polizeistation Nord, wirkte dagegen schlicht und funktionell. Auf dem Weg über die Bundesstraße 200 gerieten Flottmann und Hilgersen in einen Stau, der durch einen Verkehrsunfall verursacht worden war. Mit zehn Minuten Verspätung erreichten sie ihr Ziel.

Die Vernehmung fand in einem schlicht eingerichteten Raum im dritten Stock statt. Die Tische standen in Hufeisenform. Küster war von den Handschellen befreit worden und saß neben seinem Anwalt, einem etwa dreißigjährigen Anzugträger mit Krawatte und Aktenkoffer.

Hofmann und Böttcher saßen den beiden gegenüber. Flottmann und Hilgersen nahmen neben ihnen Platz und grüßten die Anwesenden mit einem Kopfnicken. Von der Staatsanwaltschaft war niemand gekommen. Die zuständige Oberstaatsanwältin Dr. Stephanie Friedrichsen hatte angeblich einen kurzfristigen Termin wahrnehmen müssen.

Hofmann startete das Aufnahmegerät, das er vor sich aufgestellt hatte, und erteilte dem Anwalt das Wort.

»Mein Mandant hat sich entschlossen, umfangreich auszusagen.«

Küster rutschte nervös auf seinem Stuhl hin und her. Dann beugte er sich vor und stützte seine Arme auf der Tischplatte ab. Seine Anspannung war ihm deutlich anzumerken.

Wie Flottmann erwartet hatte, schob er alle Schuld auf seinen toten Bruder. Er schilderte den Unfall und wie Alexander und er die schwerverletzte Sabrina Jacobsen in ein gestohlenes Boot verfrachtet hätten. Sie seien zunächst überzeugt gewesen, dass sie tot sei. Als sie aus der Bewusstlosigkeit erwachte, habe Alexander unvermittelt mit einer Eisenstange zugeschlagen. Er, Erik, habe das nicht verhindern können.

Während seiner Schilderung schaute er ausschließlich Flottmann an, als legte er besonderen Wert darauf, dass dieser ihm glaubte. Seine Darstellung überraschte Flottmann nicht, und sie ließ sich kaum widerlegen. Auch seine Behauptung, er habe Lena Abendroth entführt, damit die Sache von damals nicht ans Licht komme, war plausibel. Einen Tötungsvorsatz würde man ihm nicht nachweisen können. Mit einem guten Anwalt und einem milden Richter würde er wahrscheinlich mit einer Freiheitsstrafe auf Bewährung davonkommen. Aber Flottmann war sich sicher, dass beide Brüder zusammen die Ermordung des Vaters geplant hatten, und er war gespannt, welche Geschichte Erik Küster sich ausgedacht hatte, um sich auch in diesem Fall aus der Schlinge zu ziehen.

»Es begann alles mit einem Scherz bei Bier und Wodka im Haus meines Vaters«, begann Küster. »Er war wieder einmal auf einer Dienstreise. Alex und ich saßen im Wohnzimmer. Wir überlegten uns, ob es heute noch möglich wäre, ein perfektes Verbrechen zu verüben, in Anbetracht der modernen Ermittlungsmethoden mit DNA-Analysen und so weiter. Insbesondere wenn es um eine Beziehungstat ging, hielten wir das zunächst für unmöglich. Trotzdem haben wir weitergesponnen. Als Erstes musste ein wasserfestes Alibi her. Alexander meinte, dass ein Toter ganz sicher nicht in Verdacht komme. Also sollte einer von uns glaubhaft sterben, vor laufender Kamera und mit richtigem Blut, sodass kein Zweifel aufkommen würde. Wir haben bis in den frühen Morgen diskutiert und uns in die Sache hineingesteigert. Es hat uns richtig Spaß bereitet.«

»Ziel war der Mord an Ihrem Vater«, warf Böttcher ein.

»Ja. Das heißt natürlich nicht wirklich. Es war alles nur ein Gedankenspiel. Allerdings hatten wir irgendwann den Einfall, den Mord an Alexander tatsächlich vorzutäuschen, mit allem Drum und Dran. Wir bezogen auch die polizeilichen Ermittlungen ein.«

Hilgersen und Flottmann sahen sich an.

Hofmann runzelte die Stirn. »Sie haben eine Straftat, ein Tötungsdelikt, aus Langeweile inszeniert?«

»Nicht aus Langeweile. Wir fanden es spannend, herauszufinden, ob man uns auf die Schliche kommen würde, ob wir schlauer sind als die Polizei. Ich weiß, dass das nicht in Ordnung war. Aber die Idee ließ uns einfach nicht mehr los. Wir haben dann alles bis ins Detail geplant. Zuerst haben wir durch Alexanders T-Shirt gestochen. Vermutlich sind dabei Fasern am Messer hängen geblieben. Dann hat Alexander sich das Messer in den Oberschenkel gerammt, damit später Haut und Gewebe gefunden werden konnten. Das war verrückt. Aber wir hatten den Ehrgeiz, alles realistisch aussehen zu lassen. Wir waren wie im Rausch, haben Bücher über Forensik gelesen, uns Filme angeschaut und viel darüber diskutiert.«

»Sie waren der Angreifer, und Sie haben die Aktion einen oder mehrere Tage vorher aufgezeichnet, damit Sie ein Alibi hatten.«

Küster nickte. »Ich hab natürlich nicht wirklich zugestochen. Es sollte ja nur so aussehen.«

»Und kurz vor dem Zeitpunkt, an dem das blutige Messer gefunden werden sollte, hat Ihr Bruder den Speicher ausgetauscht, das Aufnahmegerät zerstört, das Messer und das Blut positioniert.«

Küster nickte.

»Ihr Bruder hat den Schuh an der Brücke hinterlassen und sich in einer Blockhütte bei Bordelum versteckt.«

»Ja. Sie gehört den Eltern eines Freundes. Wir haben dort manchmal gefeiert. Um diese Jahreszeit hat sie niemand genutzt. Das war ein ideales Versteck. Wir hatten uns alles genau überlegt. Wir wollten das Spiel unbedingt zu Ende bringen. Wir haben uns vorgestellt, wie die Presse darüber berichtet. Und den Schock haben wir unserem Vater gegönnt. Vielleicht wäre ihm endlich bewusst geworden, was er an uns hat. Irgendwann wäre Alexander dann wieder aus seinem Versteck aufgetaucht, und wir hätten alles aufgeklärt.«

»Was ist das für eine verdammte Geschichte?« Hofmann schüttelte den Kopf. »Gehörte der Mord an Ihrem Vater auch zu Ihrem Plan?«

»Nein, nein, natürlich nicht. Wir wollten nur sehen, ob wir das Verbrechen hätten verüben können, ohne dass wir aufgeflogen wären. Ein perfekter Mord sozusagen, mit einem perfekten Alibi. Das Ganze war nichts anderes als ein harmloses Strategiespiel. Sozusagen mit echten Gegnern, der Polizei.«

Sein Anwalt nickte.

»Wir wissen, dass Alexander Ihren Vater mit einem Messer attackiert hat«, sagte Böttcher. »Wir haben das Messer gestern im Watt bei der Seebrücke gefunden.«

»Aber davon weiß ich nichts. Ich hab damit nichts zu tun«, beteuerte Küster.

Vermutlich glaubte ihm niemand im Raum, sein Anwalt eingeschlossen.

»Sie wollen uns allen Ernstes weismachen, dass die Ermordung Ihres Vaters nicht zu Ihrem gemeinsamen Plan gehörte?«, hakte Hilgersen nach.

»Niemals würde ich meinen Vater töten.« Küster senkte den Kopf. »Was zwischen Alexander und ihm vorgefallen ist, weiß ich nicht. Sie haben sich oft gestritten, seit Alex bei ihm wohnte, und mein Vater hat ihm sehr übel genommen, dass er sein Studium hingeschmissen hat. Er hat ihn als Versager beschimpft.«

»Wir haben die DNA von Daniel Hornweber im Blutfleck auf den Fliesen gefunden. Können Sie uns das erklären?«, fragte Flottmann.

»Ach ja. Der hat Alex oft wegen des Unfalls bedroht. Es sollte so eine Art Rache sein, den Verdacht auf ihn zu lenken. Und es gehörte zu unserem Spiel.«

»Wie sind Sie an die Probe gekommen?«

»Alexanders Freundin Caroline hat uns geholfen. Sie hat Daniel im ›Speicher‹ bei einer Musikveranstaltung K.-o.-Tropfen ins Glas getan. Als ihm schlecht wurde, hat sie ihn nach draußen begleitet, und wir haben ihm mit einem Wattestäbchen Hautschuppen abgenommen. Sie hat aber mit der ganzen Sache nichts zu tun und wusste nicht, worum es ging.«

»Für den Fall, dass es nicht gelingen würde, den Verdacht auf Hornweber zu lenken, haben Sie einige Gegenstände entwendet und Spuren am Tresor hinterlassen. Im Zweifelsfall sollte ein überraschter Einbrecher die Tat begangen haben.«

Erik Küster nickte stumm.

Hofmann verlor die Geduld. Er schlug mit der Faust auf den Tisch, sodass das Aufnahmegerät einen Hüpfer vollführte.

»Schluss jetzt mit der Märchenstunde! Wenn Sie denken, Sie können uns an der Nase herumführen, sind Sie schiefgewickelt! War es nicht vielmehr so, dass Sie ebenfalls einen Hass auf Ihren Vater hatten? Hat er auch Sie gedemütigt? Und war es nicht vielmehr so, dass Sie beide von einer Erbschaft träumten, die Ihnen endlich finanzielle Freiheit bringen würde?«

Flottmann ahnte sofort, dass Hofmanns aggressive Fragen nicht zum Ziel führten. Tatsächlich sagte Küster kein Wort mehr.

Der Anwalt legte seine Unterlagen zurück in den Aktenkoffer und klappte diesen geräuschvoll zu. »Das war's, meine Herren. Herr Küster hat Ihnen alles erzählt. Sie haben sein Geständnis. Wir sehen uns vor Gericht wieder. Ich werde Herrn Küster vertreten.«

Nachdem Erik Küster abgeführt worden war, versuchten sowohl Hilgersen als auch Böttcher, eine Diskussion über den Fall in Gang zu bringen. Aber Hofmann verließ verärgert den Raum.

»Es wird schwer werden, ihm den gemeinschaftlichen Mord nachzuweisen«, sagte Böttcher. »Seine Geschichte ist zwar hanebüchen, aber kaum zu widerlegen.«

»Habt ihr etwas über das Messer herausgefunden, das ihr aus dem Schlick geholt habt?«, fragte Flottmann.

»Ein Jagdmesser, das zu Tausenden verkauft wurde. Ähnlich dem, das wir in der Villa gefunden haben. Wir versuchen zu ermitteln, ob einer der Küster-Brüder so ein Exemplar erworben hat. Hätte Erik es angeschafft, hätten wir ein Indiz für seine Beteiligung. Aber viel Hoffnung habe ich nicht.«

»Machen wir Schluss für heute.«

Flottmann und Hilgersen verabschiedeten sich und gingen zurück zum Parkplatz.

»Hofmann versteht weder etwas von Vernehmungstaktiken noch von Psychologie«, schimpfte Flottmann, als Hilgersen anfuhr.

»Deswegen ist er ja auch Leiter der Mordkommission geworden. Das warst du doch auch mal, in Bonn.«

»Kann mich nicht erinnern. Muss ewig her sein.«

»Zwei Jahre. So lange bist du schon bei uns.«

»Kommt mir viel länger vor.«

»Du klingst frustriert. Wir werden Küster schon knacken. Bestimmt!«

»Wie denn? Weder bei der Hausdurchsuchung in der Villa noch bei der in Erik Küsters Kieler Wohnung wurde irgendetwas gefunden, das auf einen gemeinsamen Plan der beiden Brüder hinweist. Die waren verdammt vorsichtig. Auch deren Computer wurden untersucht, Festplatten und Speichersticks. Nichts. Apropos Speicherstick: Hat man eigentlich SD-Karten sichergestellt, die für die Überwachungskameras benutzt wurden?«

»Was? Du weißt doch, dass wir eine haben.«

»Eben. Nur eine.« Flottmann strich sich nachdenklich über das Kinn. »Findest du das nicht merkwürdig?«

»Was ist daran merkwürdig?«

»Ich finde das merkwürdig. Ich zum Beispiel besitze zu Hause zwei Speichersticks und hab meinen Computer erst etwas über ein Jahr.«

»Hm. Ich hab bestimmt fünf von den Dingern.«

»Eben.«

»Du hast recht. Es ist merkwürdig. Aber was hat das zu bedeuten?«

»Weiß ich nicht.«

»Schade.«

47

Obwohl auf der Bundesstraße wenig Verkehr herrschte, fuhr Hilgersen ungewohnt langsam. Auch er schien über Erik Küsters Aussage nachzudenken.

»Wurde die Blockhütte bei – wie hieß der Ort?«, fragte Flottmann.

»Bordelum.«

»Wurde die Hütte durchsucht?«

»Ja, natürlich. Aber man hat nichts gefunden.«

»Manchmal findet man nur etwas, wenn man weiß, wonach man sucht.«

»Es waren Profis am Werk.«

»Wie weit ist es nach Bordelum?«

»Es wäre kein großer Umweg. Soll ich?«

»Ja.«

Kurz vor der Ortschaft Wanderup bog Hilgersen auf die Bredstedter Straße ab. Eine halbe Stunde später hatten sie ihr Ziel erreicht. Der Schlüssel zur Hütte hing an einem Nagel unterhalb des Dachüberstands. Die Eingangstür war nicht versiegelt. Im Inneren herrschte keine besondere Unordnung, und es waren kaum Spuren der Durchsuchung zu erkennen.

»Und jetzt?«, fragte Hilgersen. »Sollen wir gezielt nach einer SD-Karte suchen?«

»Ist ja nur eine Idee von mir. Vielleicht standen sich die Brüder doch nicht so nahe, wie wir vermutet haben. Erik Küster schiebt die gesamte Schuld auf Alexander.«

»Das ist doch nachvollziehbar. Alexander ist tot und kann nicht mehr vor Gericht gezerrt werden.«

»Trotzdem. Ich hätte mich an Alexanders Stelle abgesichert, dass ich nicht als Sündenbock dastünde, falls etwas schiefging. Nehmen wir an, die beiden hätten das Ganze tatsächlich bei Bier und Wodka im Wohnzimmer der Villa geplant. Dann hätte es eine Aufzeichnung des Gesprächs durch die Überwachungskamera gegeben.«

Hilgersen stieß einen Pfiff aus. Er setzte sich an den Tisch, und Flottmann folgte seinem Beispiel.

»Du meinst, Alexander könnte die SD-Karte am Tag nach dem Gespräch herausgenommen und durch eine andere ersetzt haben?«

»Ja.«

»Erik hätte auf die gleiche Idee kommen können, um sich abzusichern«, sagte Hilgersen.

»Stimmt. Wie auch immer. Auf dem Speicher könnte die Wahrheit aufgezeichnet sein. Das ist eine Theorie. Mehr nicht.«

»Sie ist nicht völlig abwegig. Wo würdest du die Karte hier verstecken?«

Flottmann zuckte mit den Schultern. »Vielleicht in einer der Ritzen in diesen rustikalen Holzwänden.«

»Wie wahrscheinlich ist das?«

»Zwanzig Prozent. Eher geringer.«

»Die Suche wäre eine echte Sisyphusarbeit.«

»Wenn wir jetzt anfangen, sind wir in zwei Stunden fertig. Du übernimmst die unteren Bretter, ich die oberen, weil ich größer bin als du.«

»Kann es sein, dass ich immer den unbequemeren Part übernehmen muss?«

»Unsinn. Denk an meinen Alleingang im Schlick. Also los!« Flottmann stand auf.

Auch Hilgersen erhob sich. Dann kniete er sich vor einer Holzwand nieder und inspizierte die Ritzen zwischen den Brettern. Dabei rutschte er auf den Knien den Boden entlang. Flottmann musste zugeben, dass der Kollege den anstrengenderen Teil übernommen hatte. Nach einer halben Stunde setzte sich Hilgersen erschöpft auf seinen Stuhl.

»Machst du schon schlapp?«, fragte Flottmann mit einem Grinsen im Gesicht.

»Schon? Zwei Wände hab ich abgescannt.«

Flottmann arbeitete weiter. Für die oberen Bretter musste er auf einen Hocker steigen. Hilgersen blieb seelenruhig auf seinem Stuhl sitzen.

»Das ist Arbeitsverweigerung!«, protestierte Flottmann.

Hilgersen wedelte mit einer durchsichtigen Plastiktüte. »Rate mal, was ich hier habe.«

Flottmann trat an den Tisch und riss ihm die Tüte aus der Hand. Darin befand sich eine Speicherkarte. Sie stammte vom selben Hersteller wie die aus dem Videoüberwachungssystem.

»Und du lässt mich weitersuchen?«

»Es hätte ja sein können, dass hier noch eine versteckt ist. Außerdem sehe ich dir gern bei der Arbeit zu.«

Flottmann ließ sich auf den anderen Stuhl fallen, der unter seiner Last verdächtig ächzte.

»Hoffentlich sind da keine Urlaubsfotos drauf«, sagte Hilgersen.

»Ganz sicher nicht. Komm, mach hin. Wir fahren ins Büro.« Flottmann steckte das Fundstück in seine Jackentasche und stand auf.

»Ruf Lohmeyer an. Der soll einen Adapter für die SD-Karte an meinen Rechner anschließen, bevor er Feierabend macht«, sagte Hilgersen auf der Rückfahrt. »Es wäre verdammt schade, wenn wir an so einem technischen Problem scheitern würden.«

Flottmann erreichte Lohmeyer. Als sie im Büro eintrafen, war alles vorbereitet. Das Video zeigte tatsächlich den Wohnraum der Villa. Die Spannung stieg. Erst jetzt zog Flottmann seine Jacke aus und warf sie achtlos auf den Boden. Hilgersen ließ den Film im Zeitraffer vorlaufen. Als Alexander und Erik Küster ins Bild kamen, schaltete er auf normale Geschwindigkeit um. Erik hatte zwei Gläser und eine Wodkaflasche in den Händen, Alexander einen Sechserpack Bier. Sie stellten alles auf dem Couchtisch ab und lümmelten sich in die Sessel. Erik öffnete zwei Bierflaschen und reichte eine seinem Bruder. Nachdem sie angestoßen und getrunken hatten, erhob sich Erik und ging zur Stereoanlage.

»Mist, wenn sie die Musik aufdrehen, können wir nichts verstehen«, fluchte Hilgersen.

Erik Küster legte eine CD von Keb' Mo' auf. Obwohl die Band ruhige Bluesstücke spielte, war die Unterhaltung zwischen den Brüdern nur bruchstückhaft zu verstehen. Alexander sprach von seiner Freundin Caroline. Sie sei eine Nervensäge. Lange werde er sie nicht mehr ertragen. Am liebsten würde er ins Ausland gehen und alles hinter sich lassen. Aber ohne Geld sei das schwierig. Die beiden redeten über einige belanglose Dinge. Erik öffnete die Wodkaflasche und schenkte die kleinen Gläser bis zum Rand voll. Die Brüder tranken sie in einem Zug aus.

Als die Musik endete, waren ihre Worte wieder deutlich zu hören.

»Lass dir doch vom Alten dein Erbteil auszahlen. Dann kannst du von hier weg«, sagte Erik.

»Gute Idee. Du könntest ihn ja davon überzeugen. Ich bin in seinen Augen doch sowieso ein Versager.«

»Quatsch.«

»Keinen Cent wird er für mich rausrücken. Dabei hat er Kohle ohne Ende.«

Erik schenkte nach, und beide tranken aus.

»Hat dieser Hornweber dich noch mal angerufen?«

»Gestern erst wieder«, antwortete Alexander. »Der lässt nicht locker. Ein Grund mehr, von hier abzuhauen. Seit seinem Besuch nervt der Alte mit der Geschichte. Wir sollen uns stellen. Wenn er wüsste.«

»Ist das Ganze nicht nach fünf Jahren verjährt?«, fragte Erik.

»Der Unfall vielleicht. Warum musstest du auch zuschlagen, Mensch? Wir wären jetzt aus dem Schneider, wenn wir nach dem Unfall ganz einfach die Polizei gerufen hätten.«

Hilgersen stoppte die Aufnahme. »Hast du das gehört?«

Flottmann nickte. »Erik Küster hat Sabrina getötet. Das Video ist fast so gut wie ein persönliches Geständnis.«

Hilgersen ließ den Film weiterlaufen.

»Alex, du warst betrunken. Hast du das vergessen? Du wärest im Knast gelandet.«

Beide schwiegen eine Weile.

»Lass uns nicht streiten«, begann Erik Küster erneut. »Was geschehen ist, ist geschehen. Das können wir nicht mehr ändern.«

Er nahm einen kräftigen Schluck aus der Wodkaflasche und reichte sie seinem Bruder.

»Dieser Hornweber weiß, was passiert ist«, sagte Alexander. »Er kann das nur von Bernd erfahren haben. Bernd ist verschwunden. Vielleicht hat Hornweber ihn umgebracht. Wenn es so ist, bin auch ich in Gefahr.«

»Hast du Angst?«

»Nee. Mit dem werde ich schon fertig. Aber ich muss hier weg. Ich will nach Australien.« Alexander trank erneut aus der Wodkaflasche, die die beiden bereits zur Hälfte geleert hatten.

»Stell dir vor, wir würden das Haus erben. Bei der Lage kriegt man bestimmt eine Million dafür. Dazu kommen Aktien und Wertpapiere und die Wohnung in Hamburg. Ich hab keine Ahnung, aber ich schätze, dass alles zusammen sicher über zwei Millionen wert ist.«

»Wie ich schon sagte. Der Alte lässt nichts springen.«

»Nicht freiwillig. Nur mal angenommen, er hätte einen Unfall. Oder besser, Hornweber würde ihn umbringen.«

Alexander lachte. »Den Gefallen wird er uns nicht tun.«

»Er denkt, dass unser Vater alles weiß und uns schützt. Das ist doch Motiv genug. Glaubst du, dass es das perfekte Verbrechen gibt?«

»Nee. Mit den heutigen Methoden kriegen die Kriminalisten alles raus. Jeder Mörder hinterlässt Spuren. Und wenn eine Beziehung zwischen ihm und dem Opfer besteht, ist die Sache noch aussichtsloser.«

»Man könnte es probieren«, sagte Erik.

»Was?«

»Ich hab eine Idee. Ich erkläre es dir. Aber erst lege ich eine neue Scheibe auf.« Erik reichte seinem Bruder die Flasche und stand auf. Er ging zum CD-Spieler. Eine Minute später schallte Bruce Springsteen aus den Lautsprechern, und das Gespräch der beiden war nicht mehr zu verstehen.

»Das reicht«, sagte Flottmann.

Hilgersen stoppte das Video. »Wie es aussieht, war Erik die treibende Kraft bei den Taten. Und er hat Sabrina Jacobsen getötet.«

»Ich bin ziemlich sicher, dass man mit entsprechender Technik die Sprache herausfiltern kann. Dann werden wir mehr erfahren.«

»Gerber könnte vielleicht ebenfalls helfen.«

»Ja. Aber ich will ihn nicht auch noch damit belasten. Ich glaube, dass ihn der Leichenfund noch lange verfolgen wird. Außerdem möchte ich Erik Küster mit der Aufnahme konfrontieren. Da wäre es gut, wenn man komplett verstünde, was gesagt wurde.«

»Du hoffst auf ein Geständnis?«

»Ja, ich bin mir sicher, dass er gestehen wird, wenn er die Aufnahme hört. Machen wir Feierabend. Morgen ist auch noch ein Tag.«

»Ich wette mit dir, dass Hofmann die weitere Vernehmung Küsters übernimmt. Und natürlich die Pressekonferenz. Es wäre nicht das erste Mal, dass wir die ganze Arbeit machen und sein Dezernat die Lorbeeren erntet.«

»Die Wette gilt. Ich bin der gleichen Meinung.«

Dienststellenleiter Drechsler kam ins Büro.

»Grandiose Arbeit, meine Anerkennung«, lobte er und sah abwechselnd zu Flottmann und Hilgersen herüber. »Hat Ihnen die forensische Tatortrekonstruktion bei der Aufklärung geholfen?«

»Äh …« Flottmann musste kurz überlegen, was Drechsler meinte. »Die Animation in 3D? Ja, sie war hilfreich. Allerdings …«

Drechsler wandte sich Flottmann zu. »Allerdings?«

»Sie passte nicht zum Überwachungsvideo. Das haben die Kieler Kriminaltechniker übersehen beziehungsweise überhört.«

»Das müssen Sie mir ein anderes Mal genau erklären. Werden Sie die Technik jetzt öfter einsetzen?«

»Sie rechnen doch nicht etwa mit weiteren Morden hier in Nordfriesland?«

»Na ja, wer weiß? Einen schönen Feierabend wünsche ich.«

Als Drechsler gegangen war, herrschte für einen Moment Stille im Büro. Nur von draußen war ein Zug zu hören, der aus dem nahe gelegenen Bahnhof fuhr.

Flottmann stützte seine Ellenbogen auf dem Schreibtisch ab und legte sein Kinn auf die gefalteten Hände. »Spürst du das auch?«

»Was?«

»Diese Leere, die nach so einem Fall eintritt.«

»Ja.«

»Wirklich?«

»Ja. Einerseits ist man froh, andererseits ... Eben diese Leere, wie du sagst.«

»Wir verstehen uns, Gustl. Jedenfalls manchmal. So wie jetzt.«

»Wir sollten den Tag ausklingen lassen. Bei einem Bier oder so.«

»Ich möchte noch einmal zur Schobüller Seebrücke.«

»Im Ernst?«

»Ja. Dort hat alles angefangen. Kommst du mit?«

»Äh – klar.« Hilgersen sah auf seine Armbanduhr. »Wenn wir uns beeilen, kriegen wir noch den Sonnenuntergang mit.«

»Dann los!«

Wenig später saßen die beiden auf der Bank am Kopf der Brücke. Die Sonnenscheibe berührte bereits die Nordstrander Silhouette und tauchte den Himmel und das spiegelnde Watt in ein tiefes Rot.

»Schön ist es hier.« Flottmann öffnete den Reißverschluss seiner Jacke.

»Geradezu romantisch«, stimmte Hilgersen zu.

»Hm.«

Gerd Kramer
DAS FLÜSTERN IM WATT
Broschur, 272 Seiten
ISBN 978-3-7408-0190-8

Hauptkommissar Flottmann hat sich vom Rheinland nach Norddeutschland versetzen lassen, um ein wenig zur Ruhe zu kommen. Doch die währt nicht lange. Eine Entführungsserie hält die Region in Atem, die Täter gehen mit äußerster Brutalität vor. Als die Ermittlungen ins Stocken geraten, greift Flottmann zu ungewöhnlichen Mitteln: Er sucht Unterstützung bei Leon Gerber, einem Musiker mit hochsensiblem Gehör. Kann dieser den entscheidenden Hinweis liefern?

Gerd Kramer
TIDETOD
Broschur, 272 Seiten
ISBN 978-3-7408-0406-0

Ein Serienmörder entführt seine Opfer, um ein perfides Spiel zu spielen: Nur durch mutiges und kluges Handeln können sie dem Tod entkommen. Die Husumer Kommissare Flottmann und Hilgersen stehen vor einem Rätsel. Was ist das Motiv des Täters, und wie lässt sich der Wahnsinn stoppen? Kann Musiker Leon Gerber mit seinem hochsensiblen Gehör auch in diesem Fall wertvolle Hinweise liefern? Ein Wettlauf gegen die Zeit beginnt.

www.emons-verlag.de